LA MUJER DEL DIPLOMÁTICO

ISABEL SAN SEBASTIÁN

LA MUJER DEL DIPLOMÁTICO

PLAZA **⊞** JANÉS

Primera edición: agosto, 2014

© 2014, Isabel San Sebastián
© 2014, Penguin Random House Grupo Editorial, S. A. U.
 Travessera de Gràcia, 47-49. 08021 Barcelona

Printed in Spain – Impreso en España

ISBN: 978-84-01-34327-8
Depósito legal: B-6.637-2014

Compuesto en Fotocomposición 2000, S. A.

Impreso en Liberdúplex
Sant Llorenç d'Hortons (Barcelona)

L 3 4 3 2 7 8

Para Iggy y Leire,
esta historia también es suya...

Madrid, octubre de 2011

El trastero olía a humedad. Lustros de vecindad con la carbonera del edificio habían cubierto de hollín todos los bultos acumulados allí a lo largo de los años, otorgándoles un aspecto extrañamente similar a pesar de su disparidad. De no haber sido por las lámparas de pie, cuyas patas rompían la geometría rectangular dominante, el primer golpe de vista habría podido evocar la maqueta de una ciudad en miniatura construida con pizarra negra.

Lucía encendió la luz de una bombilla solitaria que colgaba del techo enroscada en su casquillo. ¿Por dónde empezar? No tenía la menor idea de lo que escondía entre sus paredes ese cuarto habitado por las reliquias de una vida errante. Aquél había sido el santuario de María, su madre, señora indiscutible del hogar y maestra reputada en el arte de la mudanza. Sólo ella conocía los secretos del lugar.

Resultaba difícil así, a simple vista, calibrar cuáles de esos objetos merecían ser salvados del chatarrero, que estaba a punto de vaciar el trastero como paso previo a su puesta en venta junto al piso familiar. Lucía se los habría quedado todos con los ojos cerrados, pero entonces tendría que haber prescindido de las camas con el fin de hacer sitio en su modesta vivienda. De modo que estaba obligada a elegir y descartar; algo habitual, aunque doloroso, para quien hace y deshace equipajes con frecuencia.

Sacó de una bolsa un montón de trapos limpios antes de taparse la boca con un pañuelo, consciente de la polvareda que iba a levantarse en cuanto empezara con la tarea que se había propuesto realizar. De hecho, al cabo de unos minutos tuvo que salir del cubículo dejando la puerta abierta, en espera de ver disiparse la nube oscura que amenazaba con ahogarla y además dejarla ciega.

El santuario de los trastos se defendía de su incursión con toda la munición a su alcance.

Regresó, armada de escoba y recogedor, con ganas de acabar rápidamente una faena tan desagradable. Disponía también de insecticida, por si acaso, pero la gran cantidad de cucarachas con las que se encontró llevaban mucho tiempo muertas. Pensándolo bien, se dijo Lucía, todo lo que había en aquel sótano parecía llevar una eternidad durmiendo el sueño de los justos. Todo mostraba un aspecto desvaído, pálido, uniformado en ese tono grisáceo que acaba prevaleciendo allá donde jamás penetra la luz del sol.

O casi todo.

En el último rincón del trastero, bajo una pila de bultos, llamaba la atención el azul intenso de un baúl armado con ballenas de madera y remaches plateados, cuyo color se había mantenido misteriosamente vivo. Un objeto similar a los cofres de cuero que se habían puesto de moda y decoraban las tiendas de algunas marcas inglesas de ropa masculina. Sólo que en este caso se trataba de una pieza auténtica.

Ese viejo baúl de cartón piedra había viajado por tierra, mar y aire a través de cuatro continentes. Había transportado de todo; desde vajilla hasta libros, pasando por los enseres domésticos. Era un retazo vivo de su pasado.

Un fogonazo de la memoria llevó a Lucía hasta los veranos de su infancia, cuando se llenaba de trajes de baño e impermeables, botas de agua, pantalones cortos, toallas, chaquetas de punto y calcetines de perlé. Ropa indispensable para vestir a los niños durante los tres meses que pasaría la familia en casa de los abuelos de San Sebastián, por muy lejos que estuviese destinado Fernando, su padre, en ese momento.

El baúl azul formaba parte de un juego de maletas de distintos tamaños cuyos perfiles fueron recobrando vida en su recuerdo. Estaba segura de ello. Por alguna razón misteriosa, no obstante, sólo ése conservaba prácticamente intacto su color original.

Tardó un buen rato en llegar hasta el lugar donde se encontraba y abrir, apalancándola con un destornillador, la cerradura oxidada para la cual no tenía llave. Le costó encontrar una razón que justificara su empecinamiento, pero en cuanto vio lo que contenía comprendió por qué la había atraído desde el primer golpe de vista con una fuerza tan inexplicable como poderosa.

Había sido una llamada.

Allí, dentro del baúl, se ocultaba la voz de María. En ese sepulcro abrigado, bajo varias capas de glamurosos vestidos de fiesta con aroma a Dior, descansaba un diario cuya primera página estaba fechada en Estocolmo en octubre de 1962.

Lo firmaba la mujer a quien Lucía llevaba una eternidad buscando.

1

Estocolmo,
lunes, 22 de octubre de 1962

P uede que esto sea lo último que escriba. Ya ha empezado la cuenta atrás. Sólo queda preguntarse quién nos devolverá los abrazos perdidos. Qué será lo último que verán sus ojos. Cuántas palabras, cuántas caricias les habré robado a ellos por el amor de su padre.

Demasiado tarde para lamentaciones.

No sé qué hago aquí hablando sola, como escondida de la realidad, en lugar de pensar en algo más útil. Supongo que si finalmente ocurre lo que me ha anunciado Paola, nada de lo que pensemos o hagamos servirá de nada. No está en nuestras manos cambiar el destino que a estas horas dos hombres, únicamente dos hombres, trenzan para todos nosotros. Sólo podemos rezar.

¿Por dónde empiezo?

Hoy he almorzado con mi amiga Paola, la mujer del embajador de Italia, a quien conocí en Lima. Me ha dicho que está a punto de estallar la guerra. Una guerra mundial, devastadora, mucho peor que las conocidas hasta ahora. Al principio, como es lógico, me he resistido a creerla. Luego he tenido que rendirme a sus argumentos.

Por una vez hablaba en serio y sabía bien lo que decía. Me ha explicado que Kruschev y Kennedy se han saltado las líneas rojas, que ya no hay vuelta atrás. Según ella, en cualquier momento se hará pública la noticia de la ruptura de hostilidades, lo que provocará una oleada de pánico a escala mundial. Acaso ni siquiera lleguemos a una declaración formal. Esta misma noche uno de los dos podría apretar el célebre botón rojo y desencadenar el holocausto nuclear. Hiroshima multiplicado hasta el infinito. Nuestro planeta reducido a cenizas.

Nada más llegar a casa he intentado poner una conferencia con Madrid. Necesitaba desesperadamente oír por un momento las voces de mis hijos, aunque tuvieran que sacarlos de clase para hablar con su madre, pero no he conseguido contactar con ellos. La operadora sólo entendía sueco e inglés, por lo que con mi francés chapurreado ha sido imposible llegar a nada. He acabado enfadándome con ella, llorando de rabia. Me roía las entrañas la sensación de impotencia y he descargado mi enfado en el último eslabón de la cadena, en lugar de culpar a Kennedy, a Kruschev o a Fernando. Ella estaba más a mano.

Cuando he logrado tranquilizarme le he telefoneado a él, al hombre que nos ha traído a este país, ansiosa por preguntarle. Su secretaria me ha dicho que no estaba en la Embajada, y lo cierto es que no me ha sorprendido. Últimamente, rara vez le encuentro allí. Tal vez ande más enredado de lo habitual como consecuencia de esta crisis o tal vez sus ausencias se deban a alguna otra causa menos santa en la que no quisiera pensar, aunque no me la quito de la cabeza.

Hace una semana Oliva, la doncella, vino a verme muy apurada con motivo de una mancha que era incapaz de sacar de un pañuelo de hilo «del señor»; uno de los últimos que le regalé, bordado con sus iniciales. Había probado a frotar con jabón Lagarto, traído desde España y atesorado precisamente para ocasiones como ésa. Lo había puesto a hervir con detergente e incluso había recurrido a la lejía, en vano. La tela se había echado a perder mientras la mancha seguía allí, prácticamente intacta. Quise saber qué la había causado, pero ella no supo responderme, así es que fui a verla por mí misma. Era negra, como si se tratara de tinta, aunque compacta y grasienta. Únicamente una sustancia deja una huella así: el rímel de ojos. Algo que sólo las mujeres utilizan.

Esa noche le pregunté, como quien no quiere la cosa, pretextando el disgusto de la chica, cómo había llegado esa mancha hasta allí. Al principio se hizo de nuevas e incluso se molestó porque le interrogara respecto de una cuestión doméstica carente, a su juicio, de la menor importancia. Luego, según él, recordó:

—Ya caigo —dijo con aparente naturalidad—. Ayer regañé a Berta, una de las secretarias nuevas, porque me había hecho una chapuza al transcribir una carta urgente que acababa de dictarle. Es posible que me excediera un poco. La cuestión es que ella se puso a llorar y yo le ofrecí mi pañuelo. Supongo que se mancharía así. ¿Satisfecha?

Su tono fue bastante agrio, casi de reproche, como si le hubiese dolido que yo pusiera en duda su conducta por el hecho de tener un gesto caballeroso con una subordinada. Sus ojos me acusaron de haber desconfiado sin motivo e hicieron que me sintiera una mala esposa, porque lo cierto es que su historia es perfectamente plausible. Con el genio que le caracteriza, no me extraña nada que haga llorar a una secretaria o al mismísimo sursuncorda si pierde los nervios. Yo ya estoy acostumbrada y le conozco; sé que, por mucho que ladre, no muerde, pese a lo cual todavía en ocasiones me asusta. ¿Cómo no va a intimidar a una pobre recién llegada?

En ese momento me bastó su explicación, aunque a medida que han ido pasando los días he ido dándole vueltas y más vueltas al asunto, atando cabos y probablemente obsesionándome en exceso. Ya se sabe que cuando el diablo se aburre mata moscas con el rabo… o se imagina cosas feas.

Sea como fuere, ojalá pudiera olvidarme de ese maldito pañuelo. Bastante tengo con el fantasma de la guerra, que vuelve a mostrar sus garras.

¡Dios quiera que mis hijos no tengan que pasar por lo que pasamos nosotros o algo incluso peor!

Paola me ha disparado esa noticia terrible a bocajarro, después de hacerme jurar que guardaría su secreto; es decir, la razón por la cual está enterada de esta amenaza atroz que a mí me ha dejado helada y que ella, en cambio, parece tomarse casi a broma, como si no le importara.

Pura actuación, creo yo, bien interpretada, eso sí:

—*Carpe diem, mia cara. Quel che sarà, sarà.* O como decís los españoles: «Lo que tenga que ser, será». Disfrutemos de la vida hasta que llegue nuestra hora.

¿Disfrutar? Tengo un nudo en la boca del estómago. No dejo de pensar en Miguel e Ignacio. ¿Cómo estarán? ¿Tendrán miedo? ¿Se encontrarán solos en ese internado tan inmenso, con caballos, jardines, pistas de tenis y hasta piscina cubierta, en el que nadie les ayuda a santiguarse cuando se van a dormir? ¿Quién les dirá «te quiero»? No es que lo hayan oído muy a menudo de mis labios, pero necesito creer que lo saben. ¡Espero que se sientan queridos aunque no esté allí para abrazarles!

¿Pensarán en estas cosas Kruschev y Kennedy mientras se muestran los dientes a semejanza de los lobos? ¿Tendrán hijos? Sí, claro que los tienen. Cinco, si no me equivoco, el presidente ruso y dos el norteamericano. Tal vez sean esos niños la última esperanza de este mundo asomado al abismo. Si despiertan en sus padres la misma ternura que alumbran los míos en mi corazón, parecido sentido de la responsabilidad y una mínima parte del amor que me llena el alma de congoja, es posible que veamos amanecer otro día. Si les preocupa su futuro tanto como a mí el de Miguel, Mercedes, Ignacio y Lucía, acaso lleguemos a la Navidad y brindemos por un feliz 1963.

¡Ojalá!

¿Serán conscientes mis chicos del peligro al que nos enfrentamos? ¡No, seguro que no! ¿Cómo iban a serlo si ni siquiera yo lo sospechaba antes de almorzar con Paola? Ellos, además, son muy pequeños; demasiado, en mi opinión, para dejarlos ya en Madrid. Miguel acaba de cumplir nueve años e Ignacio apenas tiene siete. Son dos niños, pero son varones; no pueden perder el curso. Aquí no hay ningún colegio español o liceo francés al que mandarlos, de modo que no ha quedado otra opción. ¿Por qué razón entonces no dejo de preguntarme si se sentirán abandonados por mí?

¡Qué complicado resulta ser buena madre y al mismo tiempo esposa de un diplomático! Espero que Fernando sea valedor de este sacrificio. Confío en estar equivocada al dudar de su fidelidad. Porque si no fuera así, si algún día supiera que todo este dolor y toda esta añoranza de mis hijos están causados por un hombre que no se lo merece…

No quiero ni pensarlo.

Me digo a mí misma que el mayor cuidará de su hermano, como ha hecho siempre. El otoño pasado lo sacó del mar helado, tirándose a rescatarlo sin vacilar cuando se cayó al agua desde un embarcadero en el que pescaba, en casa de unos amigos. Le faltaba un tablón de madera al maldito muelle y los adultos charlábamos, distraídos, sin prestar atención. Si no llega a ser por Miguel, se hubiera ahogado. Pero estaba al quite. Todo lo que le sobra de valentía le falta de mano izquierda, que es justo el punto fuerte de Ignacio. Están juntos, se protegerán mutuamente.

Claro que…

¿Y si sucede lo que mi amiga italiana pinta como inevitable? Entonces, en menos de veinticuatro horas los soviéticos ocuparán Suecia, que les pilla muy cerca de su territorio, mientras España quedará bajo el paraguas militar de Estados Unidos. Nos veremos separados por un muro de enemistad infranqueable.

Me basta mirar por la ventana y ver los árboles teñidos de otoño, a la luz mortecina de este atardecer nórdico, para imaginar lo insoportablemente triste que me resultaría esa situación prolongada en el tiempo. Mis dos hijos allí, quién sabe si con su abuelo, sus tíos o bajo la tutela del director del colegio; Fernando, las chicas y yo aquí, sin posibilidad de comunicarnos. Y eso sería en el mejor de los casos; en el supuesto de que siguiéramos vivos.

Esto es una pesadilla.

Desde que se firmaron los tratados militares del 53 y el 55, hay bases norteamericanas en territorio español, lo que significa que somos enemigos declarados de los rusos. Es verdad que no estamos en la Organización del Tratado del Atlántico Norte, a pesar de haber sido invitados a entrar por Estados Unidos, porque Noruega vetó en su día nuestro ingreso, aduciendo que el régimen de Franco es una dictadura. Ahora bien, dentro o fuera de esa alianza, formamos parte del mundo occidental y somos amigos de Washington. De eso no hay duda. Lo proclamó a todo el que quisiera oírlo Dwight Eisenhower cuando visitó Madrid, hace tres años, en loor de multitudes. Hasta declararon festivo ese día con el fin de celebrar el acontecimiento por todo lo alto.

¡No presumió poco el gobierno de aquella visita y del respaldo que suponía para el régimen…! Si alguien había creído posible todavía descabalgar a Franco del Pardo, después de aquella fotografía histórica las cosas cambiaron. La colonia de exiliados en México, donde Fernando tenía algunos contactos, la consideró una afrenta. Aquel paseo en coche por la Gran Vía marcó el fin de la autarquía y el comienzo de un nuevo tiempo. Entonces me alegré de corazón, porque significaba que la gente dejaría de pasar tanta hambre. Ahora sé que si estalla la guerra los niños estarán a un lado del frente y nosotros al otro, hasta que todo se acabe.

Nunca he prestado demasiada atención a la política, aunque sí escucho y suelo compartir la opinión de Fernando. Ahora entiendo por qué dio él tanta importancia a las palabras de John Kennedy, cuando con motivo de la última crisis de Berlín dijo algo muy difícil de olvidar. Algo referido a las causas que habían llevado al mundo a enfrentarse en terribles guerras con millones de muertos. Según el presidente estadounidense, en todos y cada uno de los casos la razón última que había provocado el estallido del conflicto había sido un grave error de juicio sobre las intenciones del adversario. Y ahí era precisamente donde ponía el acento ese político recién ascendido al vértice del poder: «Hoy, en la era termonuclear, cualquier falsa interpretación respecto de las intenciones de la otra parte podría provocar en pocas horas una devastación mayor que la de todas las guerras de la Historia juntas».

Es imposible no pensar ahora en el tremendo significado de esa advertencia.

Lo que me ha estado relatando Paola hace un rato, entre pitillo y pitillo, es exactamente lo que se temía Kennedy: la historia de un monumental malentendido, de una mano de mus en la que uno y otro han ido subiendo el envite hasta llegar al órdago, pese a saber que es imposible ganar la partida.

Trato desesperadamente de no plantearme la peor de las hipótesis. No lo consigo. Soy incapaz de contener la angustia que, nada más llegar a casa, me ha hecho vomitar lo poco que había comido. Y aquí estoy, confesándome a un pedazo de papel, desahogando esta insoportable ansiedad en un viejo cuaderno olvidado en un cajón, sintiendo que el suelo de esta casa alquilada, que no es la mía, se desmorona bajo mis pies.

Los suecos son de gustos sobrios. Rechazan el lujo tanto como aprecian el confort. En nuestro pequeño chalet de Bromma, rodeado de árboles frondosos, los muebles son de madera de pino, sencillos, funcionales, carentes de pretensiones y también de personalidad. Apenas dos alfombras tejidas en lana basta cubren la tarima de la entrada y el salón. Las paredes, de un blanco frío, están desnudas. Aquí no se usan cortinas ni visillos. ¿Para qué? La luz es un bien escaso. Una calefacción espléndida hace más que soportables los rigores del invierno ártico, pero no consigue proporcionarme la sensación de hogar que sí percibo en Madrid, a pesar de que allí nuestro piso es mucho más modesto que esta residencia.

Hasta el verano pasado al menos podía decir que estábamos todos juntos y llenábamos de voces la casa. Ahora, en cambio, el silencio de los chicos se cuela en todas partes. Sólo faltaba el espectro de la sospecha para terminar de envenenar el ambiente.

Quién iba a decirme esta mañana que me vería así, pensando seriamente en la posibilidad de dejar aquí solo a mi marido, por primera vez desde que nos casamos, y marcharme con las niñas a España. Es exactamente lo que debería hacer. Lo que haría si fuese como la mayoría de mis amigas extranjeras, si pensara de un modo distinto a como pienso y si no le amara tanto como le amo.

¿De verdad lo estoy pensando? No lo sé. Supongo que no, por más que intente engañarme a mí misma. Soy su mujer y mi sitio está con él, pase lo que pase. Nuestros hijos crecerán y harán su vida. Fernando y yo seguiremos juntos el camino hasta el final, a pesar de que en este momento todo lo que hemos construido con tanto esfuerzo y renuncia penda de un hilo frágil.

Ayer estuvimos hablando de la paz como argumento casi banal, de conversación de salón, sin tener la menor idea de lo que estaba fraguándose. Yo al menos no la tenía. ¿Quién iba a decirnos...?

Al igual que hacemos cada domingo, fuimos a oír la misa de las diez a la modesta iglesia católica de la calle Riddargatan, situada muy cerca del mar y del puente que conduce a la parte antigua de la ciudad, donde se encuentran el Palacio Real, la Academia y la Ópera. Es parecida en su estructura sobria a los templos protestantes que abundan en Estocolmo, aunque todavía más pobre.

Allí oficia el padre Javier Bartolomé, capellán de la diminuta comunidad española afincada en Estocolmo: un centenar de obreros que trabajan en una planta siderúrgica emplazada a pocos kilómetros de la capital, el propietario de un restaurante de paellas escasamente dignas de tal nombre, que sin embargo triunfa entre los suecos, el personal de la Embajada, y pare usted de contar. Nada que ver con las prósperas colonias que conocimos en Lima, México o La Habana. Un lugar tranquilo, pensaba yo, cuando fuimos destinados aquí.

Ingenua de mí…

En su homilía, don Javier habló del valor de la paz, invitándonos a rezar por ella. No habían encendido los radiadores, supongo que para ahorrar, y hacía tanto frío que resultaba prácticamente imposible pronunciar una palabra sin que castañetearan los dientes. Pese a ello, al final de la ceremonia resonaron con la habitual potencia los cánticos de alabanza elevados al cielo en español: «Cantemos al Amor de los amores, cantemos al Señor…».

Eso sí que me devolvió a España de golpe.

Más tarde, durante el almuerzo que le ofrecimos en casa, el capellán se mostró preocupado, aunque no lo suficiente como para perder el apetito. Mientras devoraba croquetas de pollo, especialidad de Jacinta, nuestra cocinera, gambas en gabardina y lomo de cerdo asado, servidos por Oliva con la solemnidad que, a su modo de ver, merecía un invitado vestido de sotana, ponderó las virtudes del papa Juan XXIII y preguntó a Fernando por los últimos acontecimientos acaecidos en el mundo.

—Su Santidad nos exhorta a todos a trabajar por el mantenimiento de esta paz precaria —dijo en tono un tanto forzado, seguramente con el propósito de impresionarnos—. Los trabajos del concilio que se celebra estos días van también en esa dirección, me consta. He oído decir que el pontífice prepara una gran encíclica dedicada a esta cuestión crucial.

—La paz es la mejor de las causas —replicó Fernando, rellenándole la copa de Viña Tondonia, mientras las niñas y yo atendíamos en silencio a la conversación—. Este concilio, no obstante, habrá de ir más allá en el empeño de renovar la Iglesia y abrirla a los fieles. Si Su Santidad, que goza de mi absoluta admiración, consigue llevar a buen puerto la revolución que se trae entre manos, los trabajos de ese cónclave pasarán a la Historia.

—Iglesia y revolución son términos contrapuestos, querido Fernando —repuso el padre Bartolomé—. La Iglesia es Historia. Dos mil años de historia, nada menos. No sé si resulta prudente pretender cambiar la obra de Dios.

—La de Dios no, padre, la de los hombres —aseveró Fernando, que se considera muy próximo al agnosticismo aunque nunca haya dejado de acompañarme a la iglesia y evite por lo general zaherirme con sus dudas—. Renovarse o morir. Es preciso recuperar la sencillez, la humildad... El Concilio Vaticano II es un empeño ambicioso. Seguramente dará que hablar durante largo tiempo.

—¿Y qué se dice en las altas esferas de la situación política? —Nuestro huésped cambió hábilmente de tema, reacio a entrar en profundidades teológicas.

—Nada de particular, padre. Al menos nada que haya llegado a oídos de este humilde ministro consejero.

—Confiemos, pues, en las oraciones del pontífice por la paz —reiteró don Javier, engolando la voz y juntando las palmas de las manos en un gesto teatral que llevó a Fernando a contestarle con retranca.

—Seguro que esas oraciones ayudan, padre, aunque, si quiere saber mi opinión, yo confío más en la firmeza del presidente norteamericano ante las fanfarronadas de Kruschev. Esperemos que sepa estar a la altura de su responsabilidad.

¿Sabría mi marido ayer algo de lo que me ha contado hoy Paola?

Hace meses que se habla de la tensión creciente entre las dos superpotencias, especialmente en Alemania, donde rusos y norteamericanos no han dejado de enfrentarse desde que se repartieron el país tras derrotar juntos a Hitler. Pero de ahí a lo que está ocurriendo en Cuba, precisamente en Cuba, con la de recuerdos felices que evoca en mi mente esa isla…

Hasta ahora todos mirábamos a Berlín, epicentro de esta guerra larvada. Allí la tensión ha ido escalando paulatinamente desde agosto del año pasado, cuando los rusos levantaron kilómetros de alambradas con el fin de separar su parte de la ciudad de la controlada por las potencias occidentales. Querían evitar así la salida masiva de civiles desesperados por huir del comunismo; más de quince mil, dijeron los periódicos, sólo en los primeros días del mes, mientras quedó alguna vía de escape abierta. Una auténtica estampida frenada de golpe por la bota implacable de Moscú.

¿Qué clase de gobierno o régimen tiene que colocar alambre de espino para impedir que sus ciudadanos se marchen? ¡Eso sí que es un fracaso! Y lo cierto es que no me sorprende. Cualquiera que haya visto en acción a los comunistas rusos sabe de lo que son capaces. En España, durante la Guerra Civil, cometieron auténticas barbaridades con los de su propio bando, sus compañeros de trincheras, empezando por los anarquistas. Mi padre solía decir que fueron los comunistas, en este caso los españoles, quienes hundieron la República. Ahora hace ya mucho tiempo que no habla de esa tragedia.

En todo caso, es evidente que los berlineses no querían saber nada del «paraíso proletario» que les habían impuesto sus «amigos» soviéticos, porque pronto el alambre de espino tuvo que ser reforzado con muros de ladrillo y paneles de hormigón armado, hasta aislar por completo a los habitantes de Berlín Occidental de sus vecinos del este. Así ha nacido lo que hoy se conoce como el «Telón de Acero», que ha caído sobre Europa como una maldición de Dios.

Pese a que España no está directamente involucrada en la disputa, cuántas veces habré visto llegar a casa a Fernando preocupado por esta cuestión y malhumorado. Cuando se comparte la vida con un hombre que pasa la suya hablando de política con sus colegas, observándola, midiéndola y analizándola como parte esencial de su trabajo, es imposible mantenerse al margen. Quieras o no, te salpica. Y casi nunca es agradable.

Las cosas llegaron a ponerse muy feas en Alemania a raíz de la construcción de ese muro. Tanto, que temimos ir de cabeza a la guerra. Y todo porque, según decía Kruschev, con esa medida de presión quería obligar a los estadounidenses a firmar un tratado de paz que hiciera descansar el equilibrio del mundo sobre la fuerza de la razón y no sobre la potencia del arsenal nuclear. Confieso que nunca entendí la argumentación de Kruschev.

Por aquel entonces, apenas hace poco más de un año, nosotros estábamos veraneando en casa de mis padres, en San Sebastián. Fernando había llegado un par de semanas después de que el gobierno en pleno desembarcara en la ciudad para participar en el multitudinario recibimiento que se le brinda cada año al Generalísimo coincidiendo con la festividad de la Virgen del Carmen. No sé cómo, pero mi marido siempre se las arregla para estar en otro lugar ese día, sin tener que dar explicaciones a sus superiores ni que se note su ausencia. Bien es verdad que entre tanta gente sería difícil echar a alguien en falta. Si algo abunda el 16 de julio en San Sebastián son entusiastas del régimen dispuestos a dejarse ver junto al Caudillo. No cabe un alfiler en las calles.

En lo referente a la familia, en cambio, ese verano no fue como los demás. Fernando no bajaba a la playa con nosotros, sino que se acercaba casi todas las mañanas al Palacio de la Cumbre, residencia del ministro de Exteriores, que por entonces ya era Castiella. Otros años lo había hecho únicamente una vez, a su llegada, para dejar allí la tarjeta como fórmula de cortesía. Ese verano, por el contrario, iba a diario, seriamente preocupado, en busca de noticias y de órdenes, por si debía reincorporarse a la Embajada antes de tiempo, cosa que gracias a Dios no fue necesaria.

Le dejaron agotar las vacaciones, pero la víspera de nuestro regreso a Estocolmo, el 30 de agosto, a la hora de comer volvió algo más inquieto de lo habitual, debido a las informaciones que hablaban de tanques del Ejército Rojo patrullando por las calles de la capital dividida. Movimientos tanto más inquietantes cuanto que coincidían con el anuncio oficial de la reanudación de los ensayos nucleares suspendidos unos meses antes por la URSS.

—Es la respuesta de Kruschev —nos explicó a los miembros de mi familia, agrupados en torno a la mesa— a la declaración previa del presidente estadounidense, quien afirmó recientemente en una entrevista que si finalmente estalla la guerra lo habrá hecho en Moscú y no en Berlín.

—¿Y estallará? —inquirí yo, asustada.

—No. Estos dimes y diretes forman parte de la escenificación necesaria para dar satisfacción a sus respectivas «claques». Luego ellos tienen sus vías de comunicación alternativas, que utilizan para evitar que la sangre llegue al río. Estate tranquila, sólo tratan de quedar bien ante sus públicos.

Esa noche celebramos la cena con la que siempre despedimos el verano, en una sidrería de la parte vieja. En lugar de aprovechar para cantar a coro o contar chistes, siguiendo el plan habitual de la cuadrilla, nos pasamos toda la velada hablando de política. Bueno, más bien escuchando hablar a Fernando, que era, como de costumbre, el más enterado de lo que estaba pasando y uno de los pocos dispuestos a expresarse en voz alta.

Cuando sales al extranjero te das cuenta del miedo que inspira en España salirse del guión establecido y afrontar posibles represalias. Para la mayoría de los españoles, la política es sinónimo de problemas, y la gente no quiere meterse en problemas ni correr riesgos; por eso la evitan. Es la manera de vivir tranquilo. Los asuntos internacionales están más abiertos al debate, aunque son pocos los que tienen conocimientos suficientes para opinar.

Lo de Berlín, no obstante, era caso aparte. La situación parecía tan grave que algunos rompieron la regla sagrada de no entrar en cuestiones espinosas y preguntaron a Fernando. Él estuvo encantado de dar una lección magistral.

Al final, cuando ya nos levantábamos para marcharnos, le oí concluir:

—Kennedy está obligado a aguantar el tipo. Si cede ahora estará cediendo siempre ante la amenaza soviética. Aprendió la lección de Churchill, cuando éste reprochó a su predecesor, Chamberlain, y al francés Daladier, su modo cobarde de ceder ante Hitler en Munich: «Queríais paz a cambio de dignidad, ahora tenéis indignidad y guerra». Someterse a la intimidación no puede ser la solución al problema. A Kennedy le costaría no sólo la reelección, sino probablemente la paz.

Regresamos a Estocolmo con Mercedes y Lucía, después de dejar a Miguel e Ignacio internos en el colegio Encinar de

Robledo, uno de los mejores de Madrid. ¿Quién iba a pensar que sufriríamos esta escalada mortal? Antes al contrario, a lo largo del otoño las aguas se fueron calmando, hasta el punto de que parecieron recuperar la normalidad.

Y ahora, esto.

Vuelvo la vista atrás y comprendo, demasiado tarde, la gravedad que revestía lo que estaba aconteciendo mientras yo pasaba las horas en la Concha con los niños, despreocupada, gozando cada minuto de pisar la arena de mi infancia y construir con ella barcos que se llevaría la marea. Fui feliz en mi ceguera, sí, y no me arrepiento. Estábamos todos juntos. Berlín parecía tan lejos...

Paola y yo habíamos quedado a la una en un restaurante típico, muy agradable, que ocupa toda una edificación de madera de planta baja situada no muy lejos de casa, en la isla de Bromma, a una media hora del centro de Estocolmo en coche. Ella conduce y yo no, por lo que generalmente se acerca hasta aquí. El maître del local ya nos conoce y suele darnos una discreta mesa al fondo del segundo comedor, junto a un ventanal que da a un parque frondoso. En primavera y verano resulta menos triste que ahora.

Aquí se almuerza temprano, generalmente un sándwich, por lo que al mediodía el restaurante suele estar bastante vacío. Aun así, cuando Paola ha aparecido por fin, media hora tarde, cosa habitual en ella, y exhibiendo una sonrisa deslumbrante, los escasos parroquianos que había en el local se han vuelto para mirarla. Yo no he podido evitar reírme. Lo último que habría imaginado es que fuera a lanzarme una bomba como la que traía.

—María, tengo que contarte una cosa. Es demasiado gorda

para callármela, pero sólo puedo confiártela si me das tu palabra de honor de guardar el secreto.

—¿Te ocurre algo? —he respondido alarmada.

—Primero prométeme que lo que digamos hoy aquí se quedará entre nosotras. Ya comprenderás, cuando te lo cuente, por qué debo ponerte esta condición.

—Está bien. —Había conseguido que me picara la curiosidad—. Tienes mi palabra. Espero que sea algo bueno.

—Me temo que no. *Waiter!* —ha llamado al camarero con gesto coqueto de mujer de mundo, levantando la mano derecha e inclinando ligeramente la cabeza hacia atrás—. *Two martinis rosso, please.* Porque tú querrás un vermut, ¿verdad?

—Sí, estaba a punto de pedir uno cuando has llegado, aunque, con mis nulas nociones de inglés, yo habría tenido que hacerlo mediante gestos. ¡No sabes la envidia que me das!

—Bueno, soy mayor que tú y, a diferencia de ti, no sé tocar el piano. Tú tienes tus habilidades y yo las mías.

—¿Qué es eso tan importante que querías contarme? —he inquirido, mientras el camarero nos servía los martinis en unos vasos llenos de hielo, con una aceituna en cada uno, midiendo la cantidad exacta de licor en esa especie de dedal que utilizan los suecos para asegurarse de que no se exceden en la ración—. Me tienes en ascuas.

—Agárrate a la silla —ha dicho ella, misteriosa, fiel a su papel de prima donna casada con un noble siciliano que parece salido de un libreto de Verdi—. Estamos a las puertas de una guerra atómica.

—¡¿Qué?! —La exclamación ha sonado tan alta que los dos caballeros sentados a la mesa de al lado se han vuelto a mirarme. Inmediatamente después he reaccionado, dando por hecho que se trataría de una exageración típica del afán de notoriedad de Paola, y le he pedido que se explicara—: ¿A qué te refieres exactamente con «a las puertas»?

—Me refiero, *cara mia*, a que cualquier día de estos saltará la noticia a la luz pública. Las cosas están mucho peor de lo que nos cuentan. Kennedy lleva seis días reunido con su gabinete de crisis, valorando la posibilidad de atacar a los rusos en Cuba, donde ellos han desplegado misiles nucleares capaces de alcanzar y devastar varias ciudades de la costa Este de Estados Unidos, empezando por Miami. La tensión es máxima. Parece que esta vez no hay vuelta atrás.

—¿Y tú cómo lo sabes? —he cuestionado, mitad intrigada mitad incrédula, con ese punto de genio vascón que me lleva a fruncir el ceño cuando algo no me gusta nada—. ¿Te lo ha dicho tu marido? Lo pregunto porque si las cosas estuviesen tan negras como tú las pintas yo también habría oído algo, supongo.

—No, no lo sé por Guido. Y ahora es cuando tienes que volver a prometer que no dirás una palabra de lo que te estoy contando.

De pronto me ha mirado fijamente a la cara, con un brillo de súplica en la retina totalmente ajeno a su forma de ser. No es frecuente ver a Paola ponerse seria, por lo que su cambio de actitud ha empezado a preocuparme de verdad. Hasta entonces no había dado excesiva importancia a lo que me relataba, ya que la conozco desde hace años y soy consciente de su tendencia a la fantasía. Mi madre, que en paz descanse, la habría calificado de «novelera», atributo que, por cierto, otorga a Paola un encanto especial.

Escucharla mientras desgrana una historia cualquiera, ya sea verdadera o falsa, constituye todo un disfrute. Nunca me he encontrado a alguien con más energía ni alegría de vivir. Tiene una fuerza arrolladora, contenida en un cuerpo tan menudo como perfecto. Es una muñeca de porcelana, subida siempre a tacones de aguja, así haya nieve o hielo en las calles, y maquillada como si fuera a ser recibida en el Palacio Real. Luce con descaro un cabello rubio Marilyn, cortado a lo *garçon*, que empezó a llevar antes que nadie, cuando ni las más atrevidas habrían augurado que se pondría de moda. Sus rasgos son simplemente perfectos. En caso contrario, no podría resultar elegante con ese corte de pelo.

Hoy iba embutida en unos pantalones de color verde mar ajustados a los tobillos, de cintura alta, a juego con una camisa de seda blanca escotada y un cinturón ancho del mismo cuero que los zapatos. El Chanel N.º 5, que manda traer por valija desde París, había acompañado sus pasos entre las mesas del local, dejando un rastro tan seductor como sus andares, tendentes al contoneo.

Su atuendo era tan llamativo que yo me he sentido incómoda con el discreto traje de chaqueta beige que llevaba, de media manga sencilla, cuello abierto, botonadura alta y falda demasiado larga para la moda de este año. ¡Qué le vamos a hacer! El presupuesto no me da para renovar constantemente mi vestuario como hace ella. Yo tengo cuatro hijos; ella sólo dos. Su marido es embajador; el mío, ministro consejero.

Paola es única. Por mucho que ella se empeñe en decir que es a mí a quien miran los hombres, no pasar inadvertida a su lado es un empeño vano, lo mismo en Estocolmo que en Lima, donde coincidimos la primera vez. A su lado me siento invisible aunque le saque la cabeza. Ella es fuego, yo Cantábrico. Por sus venas corre lava, como la del Etna que ruge en la isla donde conoció a su marido. Por las mías, sensatez. Tal vez sea ésa la razón por la cual nos llevamos tan bien: que no nos parecemos en nada.

—Tengo un amante —me ha espetado a bocajarro, mientras se encendía un Muratti con su mechero Dupont de plata, lacado en negro, a juego con la cajetilla—. Un americano que trabaja como tercer secretario de su embajada, adjunto al agregado cultural, aunque en realidad es el enlace de la CIA aquí.

—Me estás tomando el pelo —he replicado, aliviada—. ¡Vaya susto me habías dado!

—En absoluto. Te estoy diciendo la verdad. Hace varios meses que le veo, cada vez con mayor frecuencia. Ahora mismo vengo de pasar la mañana con él, en un pequeño apartamento que tiene alquilado como piso franco al final de la calle Karlavägen. Un nidito al que nosotros damos otra utilidad más grata. ¿No me notas el cutis especialmente terso y la mirada encendida? —me ha susurrado al oído, guiñando un ojo, mientras daba una calada al cigarrillo emulando a Rita Hayworth en *Gilda*.

—¿Y te cuenta secretos de Estado así como así? —la he desafiado casi con rabia, no sabría decir si realmente escandalizada o reacia a creerme semejante cuento.

Ella, por el contrario, ha mantenido su actitud altiva, sin alterarse lo más mínimo. Con voz firme y tono sereno, me ha respondido:

—Te podría decir, *bambina mia*, que George es un hombre terriblemente solo y necesitado del cariño que encuentra en mis brazos. Que por su trabajo está condenado a desconfiar de todo el mundo y vivir una existencia gris, de la cual escapa momentáneamente durante el tiempo que compartimos. Incluso me atrevería a afirmar que se ha enamorado de mí como un adolescente. No faltaría a la verdad. Pero la realidad, querida María, la auténtica razón por la que me cuenta todas esas cosas, es que se acuesta conmigo.

Nunca me acostumbraré a esa faceta de Paola. Sabe de sobra lo mucho que me disgustan esos comentarios soeces, y aun así se empeña en sacarme los colores. Ni ella tiene un pelo de tonta ni yo he tratado de disimular mi incomodidad, por lo que se ha dado perfecta cuenta de lo molesta que estaba. Pese a ello, ha seguido hablando como si tal cosa.

—Tienes el cuerpo de una diosa y el rostro de una valquiria, pero no te haces una idea del formidable poder que proporciona el sexo, *mia giovane amica*. Sólo tres cosas mueven y han movido siempre el mundo: la fe, el anhelo de poder y el deseo sexual. En nuestros días diría que la primera de ellas ha perdido fuerza en beneficio de las otras dos...

—No metas a la religión en esto —le he rogado, a punto de enfadarme en serio.

—*Va bene*. —Me ha sonreído, disfrutando de estar escandalizándome—. Volvamos entonces al sexo y al poder absoluto que encierra. Aunque tú no lo hayas descubierto todavía, créeme si te digo que cuando acabas de satisfacer las fantasías más íntimas de un hombre, esas que jamás confesaría a su mujer, lo normal es que se le suelte la lengua, y no sólo para lamer cada rincón de tu cuerpo.

—Pero ¿tú no tienes pudor? —he saltado, volviendo a levantar la voz, para disgusto de nuestros vecinos suecos, a quienes horroriza la gente ruidosa.

—Con Guido lo aparento. Él no entendería que la madre de sus hijos sintiera placer jugando a ciertos juegos vedados para nosotras. *Mi capisci?* —Le ha salido la vena italiana, fingiendo no comprender el sentido de mi reproche—. Pero mientras estoy con George... ¡Ah, querida, no sabes cómo es ese hombre!

Habría debido cortarla y no seguir escuchando. Me habría levantado de la mesa en ese mismo momento, si no me llega a vencer la curiosidad. ¿Quién se habría resistido? Estaba confesándome una aventura nada menos que con un espía de verdad, que al parecer, por añadidura, ha compartido con ella noticias de la máxima gravedad. No he podido evitar quedarme y oír el resto de la historia.

—Para empezar —se la veía exultante de orgullo femenino—, es bastante más joven que yo, y no digamos que mi marido, lo cual no me negarás que constituye un gran aliciente.

—Si tú lo dices…

—Lo afirmo, María, y cuando llegues a mi edad comprenderás por qué. Claro que mi *ambasciatore* no se parece nada, para mi desgracia, a tu Fernando. Si Guido fuese la mitad de atractivo que él, creo que no necesitaría un amante para perder la vergüenza.

—¿Podemos volver a George? —he replicado, roja como un tomate.

—¡Claro! —Se ha echado a reír—. ¡Cómo me gusta provocarte, querida! Parece mentira que con tanto mundo como tienes recorrido sigas siendo tan pacata. ¡Si ni siquiera te atreves a ponerte pantalones, en un clima tan endiabladamente frío como éste! ¿Qué clase de educación recibiste? *Madonna mia, poveretta!*

—La suficiente para saber que una mujer decente no engaña a su esposo con otro. —Le he devuelto el golpe, huraña.

—Está bien. Digamos entonces que yo no soy una mujer decente, lo cual, por otra parte, no debería sorprenderte. Soy una mujer a secas. Y George me da todo lo que Guido dejó de darme hace años: emoción, interés, atención, placer, conversación, pasión, sexo… *Cosa vuoi?* Soy una *femmina debbole*, frágil. Él me sonríe y yo me derrito. Me acaricia y pierdo el control. No sé si es amor o capricho, pero sea lo que sea no quiero dejarlo.

—¿Está casado? —Me parecía una cuestión de suma importancia a la que ella no se había referido todavía.

—Divorciado un par de veces —ha respondido Paola, lo que me ha llevado a pensar, aliviada, que al menos él no estaba haciendo daño a nadie—. Normal, con la vida que lleva, de aquí para allá, trabajando en la Compañía, como él llama a la CIA, parece inevitable. No es precisamente un buen candidato a padre, pero sí un hombre fascinante; el amante perfecto.

—¿Es como los espías que salen en las películas? —Me imaginaba a George con la cara de Clark Gable o Cary Grant.

—Guapo a rabiar. —Ella tenía ganas de presumir—. Alto, musculoso, lo suficientemente enigmático como para que tengas ganas de bucear en él, dotado, entre otras bendiciones, de un sentido del humor inteligente a la vez que ácido, socarrón, gentil en aquello que precisa gentileza, galante a su manera varonil… Un morenazo texano del que podría enamorarme hasta la locura si no pongo el máximo cuidado en mantener bien alta la guardia.

—¿Le amas? —Nada más formular la pregunta me he sentido ridícula por mostrarme tan cándida.

—Todavía no, aunque te confieso que me gusta más de lo que quisiera. Cuando estamos juntos el tiempo vuela y en cuanto se marcha le extraño. Hablamos horas y horas de nada y de todo, en la cama, entre sábanas revueltas, con mi pecho sobre su torso desnudo y su mano, siempre hambrienta, buscando impaciente la forma de volver a encenderme.

Por un instante, apenas un destello, he envidiado esa intimidad que describía Paola, dando a sus palabras un toque de sensualidad tan natural en ella como ajena a mi forma de ser, a lo que aprendí en mi casa y no digamos a mi experiencia. Estaba a punto de preguntarle qué sentía en esos momentos, cómo vencía el pudor propio de nuestra naturaleza femenina para dar rienda suelta al instinto, cuando la conversación se ha visto interrumpida por el camarero.

¡Mejor así!

Era un chico joven, altísimo, prácticamente albino, con cara de niño como les ocurre a casi todos los suecos. Se ha acercado a la mesa enfundado en un delantal blanco que le llegaba hasta más abajo de las rodillas, trayendo un plato de cangrejos de río cocidos con mucha sal y aderezados al eneldo. Una delicia de la gastronomía local que nos encanta y habíamos pedido de manera automática, sin caer en la cuenta de que requiere demasiado trabajo en el pelar y mordisquear como para saborearla adecuadamente en medio de una charla tan intensa.

—¿Qué te ha dicho exactamente tu agente secreto de esa guerra que está a punto de estallar? —he preguntado apenas nos hemos quedado solas, todavía incrédula aunque impaciente por dejar atrás los detalles de una relación extramatrimonial que preferiría no conocer.

—Ahora te lo cuento con detalle. Pero antes, y perdona mi insistencia, has de volver a jurar que tus labios están sellados. Fernando es amigo de Guido y no dudaría en revelarle mi infidelidad si llegara a enterarse. Los hombres son así de solidarios entre sí, tanto para ayudarse a ocultar sus propias aventuras como para alertarse los unos a los otros de las nuestras.

—Si yo le pido que no diga nada… —he intentado argumentar, pero me ha cortado en seco.

—Sé que se trata de tu marido, y que te resulta difícil esconderle algo así. No obstante, debo pedirte que guardes silencio sobre lo que voy a decirte, porque nadie lo sabe todavía, ni siquiera el gobierno de España o el de Italia, y podrías meternos a todos en un lío monumental. ¿Puedo confiar en ti?

—Puedes. —Me he rendido.

—La única razón de que yo esté al corriente de lo que voy a compartir contigo es que el hombre con el que me acuesto es, en estos momentos, uno de los mejor informados a este lado del Telón de Acero.

—¿Y por qué motivo, si puede saberse? —he replicado en tono agrio, incómoda por su empeño en hacerme cómplice de un comportamiento que no puedo aprobar.

—Porque tiene una fuente inmejorable: un alto funcionario de la embajada soviética, miembro del KGB, que quiere desertar a Occidente y está haciendo méritos para conseguir un billete a Estados Unidos.

—¿Dónde ha encontrado esa joya tan oportuna y tan voluble? —He insistido, empeñada en desmontar una historia que no quería dar por buena.

—Tienes razón. —Ha levantado el dedo índice de la mano derecha, como para indicar que yo acababa de señalar un punto importante—. Tengo que preguntarle cómo ha conseguido «reclutarle», que es el término con el que George se refiere siempre a su fichaje. Nunca hemos hablado de esa cuestión. Pero sí sé que lo conoció en una recepción de la embajada noruega. Tal vez Fernando y tú hayáis coincidido en alguna ocasión con él. Se llama Moshé Doliévich.

—No me suena, no.

—Es de origen judío, circunstancia que nunca ha ayudado precisamente a medrar en Rusia, ni antes ni después de los comunistas. Dice George que jamás había manejado a un agente semejante, en este momento una auténtica mina de oro cuyo altísimo valor estratégico le ha abierto una línea directa con el jefe del Servicio de Contrainteligencia en el cuartel general de la CIA en Langley. El segundo detrás del director general, McCone.

—Me cuesta mucho creer que un miembro de la CIA te cuente secretos de Estado así como así, la verdad. —He vuelto a la carga.

—A mí me pasa lo mismo, te lo aseguro —ha convenido Paola—. Pensará, supongo, que voy a mantener la boca cerrada por mi propio interés. Es evidente que mi matrimonio no sobreviviría al escándalo de una traición así. Sin embargo, sospecho que ésa no es la única razón por la cual me hace partícipe de sus secretos.

—¿A qué se debe entonces, a tu juicio, esa sorprendente locuacidad?

—Al principio creí que sólo trataba de impresionarme. Ahora he llegado a la conclusión de que sencillamente necesita compartir con alguien una carga tan pesada, del mismo modo que yo la estoy compartiendo contigo.

—¿Carga? —He mostrado mi sorpresa—. Se supone que la información es poder, especialmente cuando alguien se dedica al espionaje, ¿no?

—*Non mi vuoi capire* —se impacientaba Paola—. No quieres entenderme. La ignorancia, ya lo irás descubriendo, constituye casi siempre una bendición en esta vida, mientras que hay informaciones cuyo conocimiento pesa como una piedra de moler al cuello. Informaciones que abrasan el alma y pueden llevarte a perder la fe en los hombres, e incluso en Dios.

—Y yo que pensaba que los espías eran hombres curtidos capaces de soportar cualquier cosa...

—Él, por extraño que parezca, es una buena persona abrumada por el peso de lo que sabe. Cree en lo que hace. Sufre con ello y está poniendo todo su empeño en evitar esta guerra devastadora. Como comprenderás, rara vez se relaja, aunque yo consigo que lo haga...

—¡No quiero saber cómo!

—Ni yo te confiaría mis artes más secretas. —Me ha sonreído, con aire de misterio—. Pero cuando encuentra a mi lado unos minutos de paz deja que trasluzca una personalidad noble. Me recuerda un poco a esos caballeros medievales que empeñaban su espada y su honor en servir a su dama. Su causa es otra, evidentemente, aunque consigue hacerme sentir como debían de sentirse esas damas. Y te aseguro que es delicioso.

Por segunda vez en el transcurso de la conversación he sentido cierta envidia ante lo que describía, porque hace ya bastante tiempo que yo no puedo decir lo mismo. No es que haya olvidado la sensación a la que se refería Paola, no; ésa no se olvida. Es sencillamente que la extraño.

Ella ha debido de interpretar mal mi gesto de fingida indiferencia, confundiéndolo con incredulidad, porque ha añadido, un tanto irritada:

—En todo caso, tú cree lo que quieras, o no creas nada; yo te digo la verdad. Sólo prométeme que no revelarás a nadie mis confidencias.

—Está bien, puedes estar tranquila. He jurado no traicionar tu confianza y no lo haré —he reiterado, sabiendo de antemano que me arrepentiría.

—Seguro que serás más fiel a tu promesa que yo a la mía —se ha reído ella, consciente de que nunca prometo lo que no voy a cumplir—. Eso mismo le dije yo a George hace un rato y ya me ves ahora, repitiéndote palabra por palabra lo que únicamente él, algunos capitostes de la CIA y la Casa Blanca y yo conocemos a estas horas. Es tan tremendo que ni siquiera los aliados de Estados Unidos han sido informados aún, con el fin de evitar filtraciones susceptibles de producir un movimiento de pánico entre la población americana. ¿Te imaginas? Podríamos estar viviendo las últimas horas del mundo tal como lo hemos conocido.

—No puedes estar hablando en serio —he protestado, sintiendo cómo la ansiedad iba avanzando en mi interior.

39

—¿Sabes lo que dice Krushev? Que, si llegamos a la guerra nuclear, la mitad de la población mundial será aniquilada, lo que significará que el imperialismo habrá sucumbido definitivamente ante el socialismo triunfante en todo el mundo, que será el que aportará la mitad superviviente. Bueno, eso decía antes de que esa posibilidad fuese tan real como lo es ahora. En este momento la cosa tal vez no le haga la misma gracia.

Yo acababa de cumplir diez años cuando se produjo el Alzamiento que llevó a la Guerra Civil. Era verano. Mi padre estaba en esos días en Francia, por sus negocios, con mi hermano mayor. En San Sebastián, durante las primeras semanas que siguieron a la sublevación de los militares africanos, mi madre no dejaba de dar gracias a Dios por esa circunstancia, pues estaba convencida de que si los milicianos que vinieron a buscarle en repetidas ocasiones le hubieran encontrado en casa, le habrían dado el paseo y no habríamos vuelto a verle. Nunca supe muy bien por qué, aunque supongo que se debería a su condición de fundador y propietario de una pequeña empresa de maquinaria auxiliar de la industria papelera que empezaba a florecer entonces en Guipúzcoa y hoy da de comer a mucha gente.

De aquellos días recuerdo las misteriosas idas y venidas de mi tío José Mari, que tenía muchos amigos entre los *arrantzales* de la zona por su afición a la pesca y anduvo buscando entre ellos hasta que encontró uno dispuesto a hacer lo que le pedía, a cambio de una modesta recompensa. Tampoco he olvidado la solemnidad con la que mamá nos anunció una tarde a mi hermana Luisa y a mí que nos marchábamos esa misma noche y que debíamos hacerlo en secreto, sin decir nada a nadie.

40

—Vamos a reunirnos muy pronto con papá y con Pachi, pero antes tenéis que ser muy valientes. El tío nos llevará en su automóvil hasta Guetaria, y desde allí seguiremos en barco.

—¿Puedo llevarme los zapatos nuevos en la maleta? —preguntó Luisa, cuya afición a los trapos prevalece aún hoy sobre cualquier otra preocupación, por grave que sea la circunstancia.

—Ni zapatos ni ropa ni maleta —respondió mamá, en un tono que no admitía discusión—. Una muda, un pijama y algo de abrigo. Debemos ir ligeras de equipaje. Tú, María, llévate si quieres a tu Mariquita Pérez —me dijo a mí, haciéndome una caricia en la mejilla—. Nos hará compañía. Ahora daos prisa. En cuanto oscurezca nos vamos.

Recuerdo claramente también las lágrimas del ama Rosario, que nos había criado a los tres hermanos y a quien yo quería tanto como a mi madre. Hay que ver lo que lloraba la mujer mientras nos despedía en la puerta del piso, entre suspiros, exclamaciones en vascuence y encomiendas a todos los santos para que velaran por nosotros y nos trajeran de vuelta sanos y salvos. Ese día me regaló un escapulario de la Virgen de Aránzazu, que todavía conservo y suelo llevar prendido a la combinación.

Todavía puedo percibir, con la misma intensidad que entonces, el miedo agarrado a la garganta en el asiento trasero del Citroën color negro que conducía mi tío de camino al puerto de Guetaria, y sobre todo en la pequeña embarcación a remos que nos llevó desde allí a Francia, en plena oscuridad, burlando los controles establecidos en la frontera para huir de una persecución que en mi mente infantil no tenía rasgos definidos, aunque sí aterradores. Esas emociones no se olvidan.

Se me ha quedado grabada la sensación de desamparo que me atenazaba el alma durante esa travesía interminable, mientras el marino que se jugó la vida para ponernos a salvo bogaba con la fuerza de una tripulación de trainera. En esa noche sin estrellas, únicamente se oía el chasquido acompasado de los remos al chocar contra el agua y el murmullo quedo de mi madre al rezar.

¿Se sentirán así mis hijos ahora? ¿Llorarán sin lágrimas, cuando nadie los vea, la ausencia de su padre y la mía? ¿Cómo hacerles saber que les quiero con todo mi corazón, si ni siquiera soy capaz de poner una conferencia para que oigan mi voz al otro lado del hilo telefónico?

En cuanto consiga calmarme, les escribo una carta contándoles tonterías, para que se rían un rato, y meto en el sobre un billete de cinco pesetas, a escondidas de Fernando, diciéndoles que se compren caramelos y tebeos del Capitán Trueno, que son los que más les gustan. Ya sé que a su padre no le agrada que lo haga, pero voy a mimarles un poco. Ellos y yo lo necesitamos.

Quién iba a imaginarse, en aquel horrible verano del 36, que hoy estaríamos viviendo una pesadilla parecida, con la misma sensación de impotencia que me abrumaba aquella noche y distanciada, al igual que entonces, de las personas a las que más quiero, aunque en este caso por una amenaza mucho más fría y tenebrosa que cualquier océano.

La familia era en esos días algo tan importante, tan sagrado como para arriesgarlo todo por mantenerla unida. Han pasado veintiséis años, pero a mi modo de ver así siguen siendo las cosas hoy, o así deberían ser. Padres e hijos no tendrían que separarse. Claro que el azar suele encargarse de frustrar nuestros propósitos a fin de que Dios escriba derecho con renglones torcidos.

Él sabrá por qué lo hace.

En cuanto a mí, si algo he aprendido a lo largo de esta vida errante, primero a causa de la Guerra Civil y después junto a

Fernando, es que el miedo nos paraliza e impide ver con claridad, al contrario que el amor, cuyo poder nos hace fuertes al proporcionarnos cimientos sólidos sobre los cuales construir nuestra existencia.

Por eso abogué ante mi marido para que los chicos se quedaran al menos otro año con nosotros y con sus hermanas, aunque la educación que iban a recibir aquí no fuera tan buena como la que les proporciona el colegio en el que estudian en España. Por eso insistí y supliqué. Claro que, como suele suceder cada vez que discuto con Fernando, fue una batalla perdida de antemano. Su criterio siempre prevalece porque sí, sus argumentos pueden más que los míos, su carrera, nuestro pan, es lo primero. Y tampoco he tenido yo nunca el coraje de enfrentarme a él. ¿Para qué?

Cuando pienso en esa mancha de rímel, en esas ausencias injustificadas, en la irritación que le produce el hecho de que le pregunte o le hable de cualquier cosa, cuando lo que le apetece es leer... Mejor no seguir por ahí. Y menos ahora. Lo que se cierne sobre nosotros es de una magnitud infinitamente más grave.

Sólo quien ha vivido una guerra es capaz de calibrar el alcance de esa palabra. Y eso que en mi caso pasó de lejos, sin apenas rozarnos. Papá tenía buenas relaciones en el País Vasco francés, que nos permitieron vivir confortablemente en un hotel de San Juan de Luz hasta que el 13 de septiembre de ese mismo año de 1936 las tropas navarras entraron en San Sebastián y pudimos regresar a nuestro hogar, que Rosario había mantenido milagrosamente a salvo de percances.

Mi hermano Pachi se alistó como voluntario con los nacionales en la columna del comandante Sagardía, al igual que hicieron la mayoría de sus amigos, y marchó al frente de Santander, del que por fortuna regresó ileso.

El negocio familiar siguió funcionando durante toda la contienda, en gran parte gracias al crédito que concedían los bancos locales. Todavía hoy nos proporciona unas buenas rentas, gestionado por Pachi con la misma entrega y dedicación que aprendió de nuestro padre, ya viudo, quien no ha dejado de acudir a la oficina una sola mañana, con puntualidad británica, aunque ya no le permitan hacer gran cosa. El día que sienta que está de más se morirá. No sabe vivir sin trabajar, pobre papá, nadie le enseñó cómo hacerlo.

En casa nunca pasamos hambre, ésa es la verdad. Fuimos la excepción a una regla cruel que marcó la pauta de los años siguientes en toda España. Ahora que pienso en Miguel e Ignacio, solos en ese colegio elitista en el que al menos comerán bien, veo el rostro que tenía Fernando cuando yo le conocí, recién aprobada la oposición, en 1950. Parecía uno de esos desgraciados que rescataron las tropas norteamericanas de los campos de concentración alemanes. Estaba tan escuálido y demacrado que la ropa le colgaba de los hombros como si tuviera una percha por espalda. Y eso que iba siempre vestido de galán de cine, con ese porte señorial que me conquistó a primera vista y cautivó de igual modo a mis padres, mi hermana y mis amigas. Él sí sabía lo que es pasar noches en blanco, con el estómago vacío rugiendo en vano su protesta. Había llegado a entablar con el hambre una enemistad íntima.

Fernando sufrió la guerra y la posguerra con dureza, aunque tampoco suele hablar de esa tragedia que le arrebató de cuajo a uno de sus abuelos, a su padre y a varios tíos, asesinados por los del bando republicano nada más empezar, y le privó después del 39 de su otro abuelo, el materno, cirujano de ideas republicanas preso en distintos penales por haber escondido a perseguidos políticos en su clínica de Oviedo. Yo no llegué a conocerle. Murió al poco de ser liberado, convertido, según Fernando, en un auténtico despojo humano a causa de las durísimas condiciones padecidas durante su cautiverio. Destruido física y moralmente.

En su Asturias natal la guerra había empezado en realidad en el 34, con esa revolución, provocada por la desesperación y la miseria, que llevó a unos y a otros a cometer incontables brutalidades. Fernando luchó desde los quince años, durante los tres de la guerra, y después cumplió otros tantos de servicio militar, antes de poder terminar el instituto y trasladarse a Madrid a preparar su ingreso en la Escuela Diplomática, viviendo en una pensión barata, comiendo pan negro y garbanzos duros, estudiando a la luz de una única bombilla de veinticinco vatios y dejándose los ojos y la risa en un temario que tenía que aprenderse de memoria.

Es un hombre difícil. Ya lo creo que lo es. Tiene un carácter endiablado, un genio del demonio, una prepotencia que puede llegar a resultar insoportable. Ésa es la cruz de su tenacidad, su inteligencia y su voluntad de hierro. Si no fuera como es nunca habría logrado llegar hasta donde está.

Sabía alemán e inglés por haberlos aprendido durante los veranos de su infancia en Baviera y Cambridge, gracias al tesón de su padre, empeñado en que se formara adecuadamente para sacar el máximo partido a la mina de carbón propiedad de la familia. Lo que Fernando ansiaba por encima de cualquier otra cosa era viajar, mucho más que continuar con esa explotación que tanto dolor había causado en su entorno. Por eso dio la espalda al pasado y puso todo su afán en conseguir, a costa de un enorme esfuerzo, el pasaporte de color rojo que le permitiría cumplir su sueño, pese a ser hijo de una España arruinada y aislada del resto del mundo.

Cuántas veces le habré oído decir, antes y después de casarnos:

—España es, y acaso nunca deje de ser, como ese cuadro de Goya en el que dos gigantes aparecen enterrados hasta las rodillas, propinándose garrotazos. Una nación dividida, enferma de odio.

Cuántas veces me habrá repetido:

—Leer y viajar, María. Como decía don Miguel de Unamuno, el nacionalismo de vía estrecha y vuelos cortos, el rencor, la ignorancia y la envidia se curan leyendo y viajando. Hay que ampliar el horizonte de nuestras vidas.

¡Y vaya si hemos viajado! La Habana, Lima, México, Madrid, Estocolmo... Nuestras vidas de amplios horizontes, junto a las de nuestros hijos, han ido de aquí para allá metidas en baúles de color azul y cajas de embalaje. Mi piano, con el que aprendí a tocar casi antes que a leer en el colegio Notre Dame, y más tarde en el conservatorio, hasta conseguir el título de profesora, acumula polvo en el cuarto de estar de la casa de mis padres, en San Sebastián, esperando a que mis dedos terminen de oxidarse por falta de práctica.

Mis dos varones, Ignacio y Miguel, están internos en España, a una distancia infinita de aquí, mientras Kennedy y Kruschev se muestran los colmillos, cuentan sus respectivos misiles, miden fuerzas, se lanzan mutuamente atronadoras amenazas, bailan en la cuerda floja y nos arrastran a todos en su danza macabra, con la esperanza enloquecida de destruir al enemigo antes de ser destruido por él.

Paola tiene razón. Deben de haber perdido el juicio.

Apenas hemos tocado los cangrejos. El camarero se ha lleva la fuente prácticamente intacta, preocupado por si el plato no había sido de nuestro agrado. Los suecos son así: exquisitamente educados, limpios, metódicos, solícitos, honrados a carta cabal, un tanto fríos para mi gusto, aunque soy consciente de que mi valoración es injusta. En realidad, para bien y para mal, son exactamente lo opuesto de los españoles; de ahí mis prejuicios.

Paola ha respondido con amabilidad que el problema no era el plato sino nuestro apetito, después de lo cual ha preguntado si podíamos anular el salmón al horno que habíamos pedido de segundo y pasar directamente al postre. No era posible, de modo que sobre la mesa ha quedado el pescado, sin tocar, para disgusto del cocinero. Junto a la fuente descansaban dos cajetillas de tabaco casi vacías, una de Muratti y otra de Kent, que nos hemos fumado en vez de comer.

—Según lo que me cuenta George —ha proseguido Paola, una vez zanjado el asunto de la credibilidad de su espía—, el problema principal estriba en que tanto el líder ruso como su presidente, Kennedy, están aterrados ante la posibilidad de que el otro golpee primero. Ambos tienen informes de sus respectivos servicios de inteligencia que les advierten de ese peligro y andan calibrando la oportunidad de lanzar un primer ataque por sorpresa que destruya los arsenales enemigos.

—¿Así, sin mediar provocación? ¡Eso es una locura!

—Efectivamente. A la constante acumulación de armamento que ha llevado a esta situación la llaman «disuasión» o «destrucción mutua asegurada». En inglés, Mutual Assured Destruction, o MAD, por sus siglas. Una palabra que significa «loco». ¡Qué sabio es el lenguaje! ¿No te parece?

—Me parece aterrador.

—Pues eso no es todo. —Era evidente que hoy se había propuesto abrumarme—. Los rusos son conscientes de ser inferiores a los americanos en lo que a armas nucleares se refiere, en una proporción de cuatro a uno, lo que los asusta sobremanera. Kruschev ha decidido instalar bases en Cuba precisamente por eso, con el propósito de compensar ese desequilibrio y, de paso, quitarse la espina de Berlín, que pese a todos sus esfuerzos no ha logrado conquistar. Ese hombre actúa movido más por las vísceras que por el cerebro, aunque dicen que es inteligente. Esperemos que lo demuestre.

—¿Qué opina de todo ello tu espía? —he inquirido, un tanto mareada por esa avalancha de datos y explicaciones que, vistas a través de mi lógica, resultan completamente absurdas.

—George opina que un juego tan peligroso no puede terminar bien. Teme, con razón, que a un militar ruso o estadounidense se le vaya la mano en cualquier momento y que el menor gesto, considerado hostil por la otra parte, prenda la chispa que desencadene el incendio.

Si tal catástrofe tiene que acabar produciéndose, no es posible que sea en Cuba. No lo es. Me niego a aceptar que la isla en la que pasé los años más felices de mi vida, recién casada, bebiéndonos Fernando y yo la vida a chorros, se haya convertido de pronto en una especie de Sodoma escogida por Dios para destruir el mundo. Tres de mis cuatro hijos nacieron allí. Cuba es, en mi fuero interno, sinónimo de luz, calor, sensualidad, alegría. Por eso he vuelto a insistir:

—¿Y qué tiene que ver Cuba con todo eso que me cuentas?

—Tú recuerdas lo de Bahía de Cochinos, ¿verdad? Ese intento de invasión patrocinado y financiado secretamente por el gobierno norteamericano, aunque protagonizado por un millar de exiliados cubanos, que acabó en un sonado fiasco. En Moscú están convencidos de que Estados Unidos no ha digerido ese fracaso y va a tratar de impedir por todos los medios que la isla caiga definitivamente en la órbita soviética. Kruschev, por su parte, está decidido a defenderla a cualquier precio.

—¿Con bombas atómicas?

—Eso parece, por increíble que suene. Toda la historia es digna de una película, o de una novela de Graham Greene, de esas que nos gusta leer a ti y a mí. Hasta tiene nombre literario: Anádyr. Así fue bautizada la operación puesta en marcha hace meses para trasladar secretamente de Rusia a Cuba ese armamento nuclear, así como los más de cincuenta mil hombres necesarios para hacerlo operativo, en buques que zarparon de Siberia.

Paola debe de haber hablado largo y tendido con su amante de este asunto, porque respondía a todas mis preguntas con total soltura. Tanta, que a esas alturas de la conversación yo ya no albergaba ni la menor duda sobre la veracidad de cuanto me estaba contando.

—¡O sea que todo estaba meticulosamente planeado! ¿Qué hacían tu espía y sus colegas mientras tanto?

—McCone, el jefe de la CIA —ha salido en defensa de los espías como impulsada por un resorte—, advirtió antes del verano al presidente de que se estaba cocinando algo gordo. Kennedy no le escuchó. El asunto no interesaba. Ni siquiera le dieron permiso, hasta hace un par de semanas, para enviar aviones espía a sobrevolar toda la isla. ¡Imagínate su indignación ahora! El papel de Casandra que augura catástrofes siempre resulta desagradable, aunque lo peor debe de ser constatar que uno estaba en lo cierto y de nada sirvió que lo anunciara. En todo caso, lo que está haciendo George en este momento es esencial. Si algo puede salvarnos de la tragedia será la información, el conocimiento real de lo que ocurre en el otro bando.

—Continúa —le he rogado, cautivada por los detalles que daban a su historia una verosimilitud tan innegable como aterradora.

—Desde mediados de agosto los aviones y los barcos de la OTAN, lógicamente alertados por tanto movimiento inusual, han estado siguiendo de cerca a esa impresionante flotilla, que presuntamente transportaba coches y madera siberiana.

—¿Sin que nadie los interceptara? ¿De qué ha servido entonces la vigilancia?

—*Chi lo sa?* Supongo que no tendrían la información de la que disponen ahora gracias al agente soviético que controla George. Sólo sé que los U2 estadounidenses, unos aviones provistos de sofisticados equipos de vigilancia aérea, han terminado por descubrir en Cuba todo el equipamiento necesario para desencadenar un ataque devastador contra Estados Unidos. La duda que se plantea en este momento en la Casa Blanca es si Kennedy debe quedarse de brazos cruzado, sabiéndose vulnerable a un golpe potencialmente definitivo, o ha de jugarse el todo por el todo atacando primero, como le aconsejan hacer sus asesores militares.

—¿Y bien? —No me quitaba de la cabeza a Miguel e Ignacio, internos en Madrid.

—Las espadas están en alto, María. —Acababa de encenderse el enésimo cigarrillo, prueba de que, por mucho que disimulase, ella también contemplaba esta horrible situación con nerviosismo—. Los últimos datos indican que ya hay desplegados en Cuba artilugios infernales con un poder de destrucción inimaginable. No me he quedado con los nombres técnicos, pero sí con lo importante. Sólo en uno de los buques, que *purtroppo* ya ha alcanzado la costa, viajaban bombas con una potencia explosiva equivalente a veinte veces lo que lanzaron los Aliados sobre Alemania durante toda la Segunda Guerra Mundial. ¡Veinte veces! ¿Te haces una idea de lo que eso supone?

—La verdad es que no. Ni quiero.

—Entretanto, más de ciento cincuenta mil reservistas han sido movilizados en Estados Unidos. A principios de mes el fiscal general, Bob Kennedy, defendió ardientemente la opción de minar los puertos cubanos con el fin de impedir la llegada de nuevos buques soviéticos, pero su hermano el presidente se opuso, con el respaldo del jefe de la CIA, por la alta probabilidad de causar bajas civiles inocentes y perder así el respaldo de la comunidad internacional, y en especial de los países iberoamericanos. En esas estamos. *Rien ne va plus!*

Paola desgranaba su relato con una mezcla de precisión y derrotismo que resultaba fascinante, y a la vez helaba la sangre. Era como si se hubiera rendido de antemano a la evidencia de un desenlace fatal, que era preciso asumir con resignación. Yo estaba tan anonadada por lo que escuchaba que apenas podía reaccionar. Para entonces nos habíamos pedido algo más fuerte que un martini: ginebra con tónica ella, whisky con hielo yo, insensibles ambas a las miradas de súplica del camarero, que ansiaba vernos marchar de una vez, como había hecho hacía rato el resto de los comensales.

No eran horas de estar allí, prolongando la sobremesa, mucho tiempo después del establecido para el cierre, aunque el muchacho no se atrevía a echarnos ni nosotras queríamos irnos. Al fin y al cabo somos latinas y, por consiguiente, reacias a respetar las normas.

—Creí que Kennedy había pedido perdón públicamente por lo de Bahía de Cochinos y asegurado que una cosa así no se volvería a repetir —he comentado, empeñada en encontrar una salida hacia la esperanza.

—«Así», como lo ocurrido en Bahía de Cochinos, no, en efecto. La CIA piensa que el pueblo cubano es apático por naturaleza y no se levantará contra el dictador, por muchas facilidades que se le den. Sus analistas tampoco confían en los exiliados cubanos. Esa opción ha sido descartada. McCone siempre estuvo convencido de que sin la intervención de los marines y de la aviación estadounidense no sería viable una operación exitosa para derrocar a Castro. La equivocación de Kennedy consistió en ignorar sus consejos y perder un tiempo precioso. Ahora, salvo que se produzca un milagro, ese error de apreciación ya no tiene arreglo.

—¿Estás absolutamente segura? No puedo creer que hayan decidido destruirnos y destruirse por un pedazo de tierra en medio del Caribe donde ni siquiera hay petróleo, oro o diamantes.

—Lo mismo que tú piensa Kruschev, mira por dónde. Doliévich, la fuente que informa a George, le ha pasado el texto exacto de lo que dijo a finales de mayo al Presídium del Comité Central del Partido Comunista, que viene a ser el gobierno de la URSS. Va exactamente en esa dirección.

—¿Eso es bueno?

—George me ha dejado leer ese documento, traducido al inglés, y la verdad es que no sé qué pensar. Kruschev asegura que el único modo de salvar Cuba es colocar allí misiles provistos de cabezas nucleares, se refiere también a unos cohetes americanos desplegados en Turquía, cuya existencia yo ignoraba, y se muestra persuadido de que, ante su política de hechos consumados, Kennedy tendrá que tragarse las armas rusas instaladas en Cuba, igual que hacen ellos con los misiles americanos de Turquía, en el bien entendido de que ninguno de los dos los usará. Concluye afirmando que Kennedy es «un chico inteligente» y no desencadenará una guerra termonuclear por un pedazo de tierra sin valor, pero captará el mensaje de que debe dejar en paz a Fidel Castro. Kruschev está convencido de que cualquier idiota puede empezar una guerra, sabiendo de antemano, eso sí, que esta guerra, ésta en concreto, nadie puede ganarla.

—¿Y no está en lo cierto? —he preguntado, asumiendo

muy a mi pesar que el razonamiento del líder soviético resultaba irrefutable—. Lo que cuentas es disparatado. ¿Cómo va a lanzarse Kennedy a una guerra sin mediar un ataque? Todo se basa en suposiciones, amenazas veladas, equívocos, miedo, desconfianza... ¿No sería más útil que ambos pisaran el freno y se sentaran a hablar?

—Pues parece ser que no, ya que a esta hora Kennedy está reunido con todo su gabinete de guerra, decidiendo si aprieta o no el célebre botón rojo. Y lo mismo debe de estar ocurriendo en Moscú. *Ti rendi conto?* ¡Qué terriblemente *affascinante!* Si yo hubiese nacido hombre habría sido *giornalista*. Corresponsal de guerra tal vez, o agente secreto, como George. *Chi lo sa?* ¡Me encanta la intriga!

—Bueno, el hecho es que has nacido mujer —me he revuelto contra su frivolidad—. ¿Qué más sabes?

Lo que Paola sabía no ha hecho más que acrecentar mi preocupación. Desde el pasado día 14, Kennedy se reúne mañana, tarde y noche con un consejo de guerra al que denominan ExCom, compuesto por una quincena de personas entre las que destacan su hermano Robert, los miembros más cercanos de su gabinete, sus jefes de Estado Mayor y el jefe de la CIA, McCone.

En ese consejo, siempre según el espía, existe división de opiniones. Los militares se inclinan por dar el primer golpe cuanto antes, bombardeando las rampas de misiles. Bob Kennedy se opone y sostiene que su hermano no se convertirá en un nuevo Tojo, en alusión al general japonés que ordenó el ataque a Pearl Harbour y forzó la entrada de Estados Unidos en la última guerra mundial. En cuanto al presidente, prefiere de momento barajar otras posibilidades, consciente de que un error de cálculo o una precipitación conducirían inevitablemente a una conflagración atómica y a la aniquilación de millones de vidas. Los secretarios de Estado y de Defensa, Rusk y McNamara, abogan por la diplomacia combinada con la política de *wait and see*, «esperar a ver», confiando en que el tiempo enfríe las cosas.

Cuanto más oía, más me costaba creer que las mentes más brillantes del planeta, los gobernantes más poderosos y los más influyentes de sus asesores no tuviesen alguna idea mejor para salvarnos de la catástrofe que la que estaba exponiendo mi amiga.

—¿Esperan que las cosas se arreglen por sí solas? —he inquirido, atónita—. ¿Qué clase de política es ésa?

—La política es en buena medida eso, querida. —Sus ojos profundos, perfectamente maquillados, mostraban una combinación de ternura y compasión ante mi ignorancia que me ha hecho sentir estúpida—. Lo que ocurre es que tu país no es una democracia, por lo que vuestro Duce, Franco, hace y deshace a su antojo sin tener que dar explicaciones ni rendir cuentas. Si no me equivoco, él mismo presume de «no meterse nunca en política». A Kruschev le sucede lo mismo, aunque en su caso ha de lidiar con un Partido Comunista en el que abundan los cuchillos afilados. Kennedy lo tiene más complicado.

—¿Qué dice el hombre de la KGB? ¿Está dispuesto Kruschev a sacrificarnos a todos para ganar su juego diabólico?

—Ésta es la mejor parte. La única buena, en realidad. Según Doliévich, el líder del Kremlin tratará de evitar una guerra hasta donde le sea posible, ya que su órdago fue lanzado dando por supuesto que no sería aceptado, que los norteamericanos se tragarían sin más los misiles instalados en Cuba y que no se llegaría a las armas.

Como dice la loca de mi amiga, no está en nuestras manos cambiar las decisiones de los amos del mundo. Sólo podemos vivir con ellas y aprovechar esta vida mientras dure. Ella me ha contado que se aferra a esa certeza mientras hace el amor con George y me ha invitado a hacer lo propio con Fernando. Luego, sin saber el daño que me producían sus palabras al hurgar en una herida abierta, me ha preguntado, coqueta, si soy consciente de lo apuesto que es mi marido.

¡¿Que si soy consciente?!

No hay más que ver cómo le miran las señoras.

Ya era guapo cuando le conocí y con el paso de los años ha ido ganando atractivo, empaque, señorío. Lo malo es que no sólo es apuesto sino también un seductor. Y disfruta siéndolo.

He tenido que armarme de valor cada día de nuestra vida en común para combatir al fantasma de los celos que me asaltan en cada cena, en cada cóctel, en cada fiesta en que aprovecha para desplegar sus encantos ante cualquier dama dispuesta a dejarse conquistar por sus aires de perfecto caballero español. ¡Y sabe Dios que no son pocas!

Aquí en Estocolmo lo habitual es que sean nuestros compatriotas los que se vean deslumbrados por la belleza de las mujeres locales, aunque en su caso es más bien él quien las atrae con su porte latino, moreno, alto, esbelto… Luego se pone a hablar y termina de encandilarlas.

No hace mucho contó, en una cena, que cuando estamos en Madrid vamos a misa los domingos yo con traje de sevillana y él, vestido de torero. Lo decía en broma, por supuesto, aunque no creo que los anfitriones y el resto de los invitados, todos suecos, captaran su sentido del humor. Más de uno se mostró sinceramente impresionado por lo típico de los atuendos y el colorido que debían de dar a la iglesia. Las damas se deshacían en exclamaciones de admiración. Él no les sacó de su error ni yo tampoco.

¿Cómo no va a hacerles gracia si deben de ver en él a un híbrido entre David Niven y Luis Miguel Dominguín?

Yo estoy condenada a vivir con ello.

Trato de no darle importancia. La mayor parte de las veces me río. Otras, querría matarle. Ahora mismo, sin ir más lejos, vuelve a mi mente ese pañuelo manchado de rímel y me asalta la duda, por mucho que me duela esa sospecha. Ojalá no me diese motivos por los cuales dudar de él. Ojalá tuviese ojos únicamente para mí.

En todo caso es así y así me enamoré de él. Ante el altar de la catedral de San Sebastián prometí amarle hasta que la muerte nos separe, y no necesito esforzarme en cumplir esa promesa; es un sentimiento espontáneo. Pero debería odiarle. Quisiera odiarle y no puedo, incluso cuando me muerdo los labios aparentando indiferencia en vez de ponerme a coquetear con el primero que pasa.

Escuchando a Paola hablar de su amante me he preguntado por un instante si no debería aprender de ella, tratar de perder la vergüenza, soltarme la melena. Tal vez si yo me mostrase más atrevida en la intimidad él no miraría tanto a las otras. Claro que… ¡No! Sería indigno. ¿Qué pensaría de mí? Una esposa es una esposa. Soy la madre de sus hijos. Nos debemos respeto ante todo y jamás me verá mirar a un hombre con descaro, ni siquiera a él.

¿Qué estoy escribiendo? Menos mal que nadie leerá nunca estas líneas, porque esta locura de la guerra me está llevando a desvariar. Todos tenemos secretos; secretos inconfesables que han de morir con nosotros.

Tal vez tengan razón Paola y Fernando cuando coinciden en tildarme de ingenua y me reprochan no querer ver la realidad, pero yo me aferro a la creencia de que la mayoría de las personas no son como esas de las que me ha estado hablando ella. Las gentes de a pie poseen principios, valores, corazón.

Me niego a aceptar que la humanidad esté podrida.

—¿De verdad es todo tan sucio como lo pintas? —he preguntado, asqueada, cuando estábamos a punto de marcharnos.

—Esto es sólo la punta del iceberg, *cara mia*. No me extraña que George llegue a la cama con los nervios a flor de piel, tan necesitado de desahogo…

—No estoy para detalles íntimos, Paola. Tengo a dos de mis hijos en España y, si lo que me cuentas es cierto, podríamos quedar aislados de ellos por esta guerra, quién sabe durante cuánto tiempo.

—Eso les hará fuertes, no te preocupes. *Chi non muore si rivede*, decimos en Italia, que viene a significar algo así como «si no mueres, les volverás a ver».

—¡No digas eso ni en broma! Estás hablando de dos chicos de nueve y siete años internos en un colegio, alejados de sus padres. ¿Tú no viviste la guerra?

—¡Y tanto que la viví! —Me ha fulminado con una mirada de hielo—. En Roma, donde los nazis cometieron brutalidades inimaginables. ¿Quieres detalles? Nunca olvidaré el sonido de los camiones que transportaban a detenidos de todas las cárceles de la ciudad, en el silencio de un alba de marzo del 44, hasta las fosas Ardeatinas. Más de trescientos inocentes murieron aquel día, sacrificados de un tiro en la nuca, en grupos de cinco, como corderos llevados al matadero por orden del capitán de la Gestapo Erich Priebke. Los Aliados no llegaron a juzgar a ese malnacido, que debe de haber escapado a Chile o Argentina, donde estará dándose la vida padre.

Sus ojos perdidos, su tono sombrío me han indicado claramente que esas escenas permanecen absolutamente vivas en su recuerdo, ahuyentando la suficiencia de la que suele hacer gala. Al evocarlas, le ha salido de las entrañas un improperio pronunciado con rabia en su lengua materna:

—*Figlio di una mignota!*

Luego, ha seguido recordando:

—Fue la represalia de las SS por el asesinato de veintiocho policías en un atentado llevado a cabo por la Resistencia. Muchos romanos, entre ellos yo, fuimos obligados a contemplar el escarmiento, ejecutado con una meticulosidad implacable. Seguramente por eso no siento la misma lástima que tú cuando pienso en los alemanes de ahora. No me dan pena, lo siento mucho. Fueron cómplices de esas bestias. Consintieron sin alzar la voz.

—¿Y qué iban a hacer?

—¡Rebelarse! —Paola lo habría hecho, estoy segura—. Mi familia tenía buenos amigos judíos que fueron enviados a los campos de exterminio de los que nunca regresaron. Mi padre había sido oficial del ejército, aunque estaba retirado; era un monárquico convencido que detestaba a Mussolini. Mi madre, una buena cristiana ajena a la política, no resistió los rigores de la guerra y murió en el invierno del 43. Mi hermano mayor abrazó el fascismo, siguió al Duce con una lealtad fanática, se convirtió en su asistente personal, y cayó poco antes que él, en las afueras de Milán, abatido por los partisanos. Te ahorro los detalles de lo que los vencedores nos hicieron pasar a los supervivientes de su misma sangre.

—Nunca me habías hablado de esa etapa de tu juventud…

—¿Por qué crees que me casé con Guido, que tiene veinte años más que yo? No fue por amor, te lo aseguro. Yo tenía algo que él deseaba y él algo que necesitaba yo. Él ha cumplido su papel y yo el mío. Nos llevamos bien, desde la conciencia que ambos tenemos de lo que representa el otro. Yo diría que nos apreciamos. No sabe que le engaño, por supuesto, ni puede enterarse, aunque tampoco creo que se haga ilusiones respecto de mis sentimientos.

—Me dejas de piedra, la verdad.

—He tratado de olvidar esa parte de mi vida. Detesto la política y detesto el poder, por mucho que me diviertan las intrigas palaciegas —ha vuelto a ser su personaje—. No te preocupes por tus chicos, si salimos de ésta, la experiencia les habrá fortalecido. Y si no…

—El dolor o el miedo no nos hacen fuertes, Paola. Lo que nos construye y da fortaleza es el amor. El dolor nos hace duros, cínicos, insensibles, fríos. Yo no quiero que mis hijos tengan un corazón de piedra, quiero que lo tengan dulce. Me aterra que pierdan la inocencia demasiado pronto.

—Conociéndoles, creo que no deberías preocuparte en exceso. Me gustan tus pequeños sinvergüenzas. Son valientes, resistentes. Y además, por mucho que quieras hacerlo, tú no puedes protegerles siempre. Debes dejarles crecer. En este mundo sólo los más duros sobreviven. Eso me ha enseñado la experiencia.

Son casi las cinco y ya es noche cerrada. He encendido una lámpara para alumbrar la mesita de bridge que me sirve de escritorio improvisado. A través del cristal empañado apenas percibo los contornos del parque situado frente a nuestra casa, al otro lado del jardín, iluminado por las luces del porche. Frente a los columpios y el tobogán, está la explanada ligeramente hundida en la tierra que pronto llenarán de agua los vecinos con el propósito de que se congele y sirva de pista de patinaje a los críos del barrio.

¡Lo que disfrutan con eso los chicos!

Estoy viendo a Lucía el año pasado, de la mano de sus hermanos, embutida en su traje de nieve y calzada con sus patines de dos cuchillas, deslizarse por el hielo como si no hubiese hecho otra cosa en su vida. ¿Tantos acontecimientos decisivos han podido producirse desde entonces, sin que ni siquiera sospecháramos lo que estaba fraguándose? ¿Tan locos se han vuelto los mandatarios del mundo como para poner en peligro la supervivencia de nuestra especie?

En la oscuridad de este invierno prematuro diviso, a lo lejos, las velas o bombillas de imitación que nuestros vecinos suecos colocan en los alféizares de sus ventanas, por la parte de dentro, a guisa de estrellas domésticas abiertas al disfrute colectivo. En Estocolmo, ya lo he dicho, las casas no disponen de persianas ni cortinas; están hambrientas de claridad. Seguramente por eso esta gente ama tanto las velas y trata de alegrar sus calles compartiendo de este modo ancestral la luz amarillenta que desprenden, su calor. Las velas son, imagino, un pálido sucedáneo del sol que ansían y les falta. El sol que tanto extraño yo.

¿Qué estarán haciendo en Madrid Miguel e Ignacio, aparte de disfrutar del aire libre? ¿Jugarán al fútbol? ¿Me echarán de menos?

¿Y dónde andará mi marido?

Hace un rato me he acercado a la cocina para hablar de la cena con Jacinta, pero no estaba. Oliva me ha comunicado que había salido a hacer un recado a la tienda de la abuela, llevándose de la mano a la pequeña de la casa. Ella estaba muy acalorada, planchando una camisa de popelín de Fernando, mientras otras dos se remojaban en azulete. Esa tela es sencillamente endiablada y él no soporta una arruga. ¡Bueno es!

No sé qué haría yo sin Jacinta y sin Oliva. Bien es verdad

que aquí tenemos friegaplatos y el *frigidaire* que trajimos de México, para envidia de mis amigas españolas, aunque tengo que darle la razón a mi hermana Luisa cuando dice que el mejor electrodoméstico es el timbre. Vivir sin servicio, como la mayoría de las suecas, a mí me resultaría imposible.

Enseguida llegará Mercedes del colegio. Vendrá sola, utilizando el tranvía y el metro de superficie. Pese a tener únicamente ocho años ya se conoce muy bien las estaciones y entiende el sueco lo suficiente como para preguntar si se despista. Es una niña muy segura de sí misma, acaso porque nunca ha ido con una llave colgada del cuello, como tantos chiquillos de por aquí. ¡Qué lástima me dan! Ha de ser muy triste que tu madre trabaje fuera, en lugar de cuidar de ti. Tiene que doler llegar cada tarde a un piso vacío donde nadie te prepare la merienda ni te pregunte qué tal te ha ido en la escuela ni te ayude a hacer los deberes.

Mis hijos jamás abrirán la puerta de un hogar solitario, de eso estoy muy segura. Tal vez no me encuentren a mí, pero en mi ausencia estará Jacinta, la cocinera que ejerce también de Tata y es el equivalente para ellos de mi Rosario. No les faltará un beso ni una taza de leche con bizcocho o un bocadillo de chorizo. ¡Ojalá nunca lleguemos a conocer una situación así en España! No, qué cosas digo, es imposible que en España lleguemos a estar un día así. Allí las mujeres sabemos cuál es nuestra primera obligación y los hombres también son conscientes de que su responsabilidad es ganar dinero. Algunas cosas, afortunadamente, no cambian.

Cuando pienso en el futuro que tendrán los chicos, si es que hay futuro, me pregunto si seremos capaces de aprender todo lo bueno que tienen países como Suecia sin caer en sus errores. Esta gente es pacífica, «civilizada», como dice siempre Fernando. Han sabido construir un Estado del bienestar que proporciona a todo el mundo educación, cuidados médicos, trabajo y medios para vivir dignamente, aunque hay que ver el precio tan elevado que pagan por ello. Tantos matrimonios rotos en ausencia de una esposa que se ocupe de su hogar, tantos divorcios, tantos niños privados del calor de una familia... Si esto es ser un país rico, casi prefiero la suciedad de Madrid, con sus farolas de gasógeno y las huellas aún visibles de la guerra.

¿Dónde echarán raíces mis hijos? ¡Cuántas veces me lo he planteado, dada esta vida de nómadas que llevamos las familias de los diplomáticos! Ahora mismo me conformo con que no pasen hambre, ni miedo, ni necesidad. Espero que entiendan que si los hemos dejado internos en Madrid es por su bien, aunque les cueste trabajo aceptarlo.

Tampoco las niñas lo tendrán fácil. Ahora son pequeñas, pero ¿qué ocurrirá cuando crezcan? ¿Dónde estaremos nosotros? No quiero ni puedo pensarlo. Falta mucho para eso. Sólo pido que la misericordia de Dios nos libre de esta catástrofe y la guerra pase de largo.

Ojalá estuviésemos todos juntos aquí... o allí.

¡Caminar por Estocolmo es tan diferente a recorrer Madrid! Aquí los parques están limpios y cuidados; las fachadas de los palacios y edificios del centro se mantienen impolutas; en los muelles atracan barcos de impresionantes arboladuras sin que el hielo haga mella en ellos. Aunque nieve, y mira que nieva aquí en invierno, las aceras permanecen despejadas y las calzadas transitables. Puedes olvidarte la cartera en un banco y estar seguro de que al día siguiente seguirá donde la dejaste, porque nadie la habrá tocado. En Madrid, en cambio, lo único que abunda es la mugre. Y, pese a ello, pienso en nuestro piso de la calle Ferraz, interior, con poca luz y ninguna pretensión, y me invade la nostalgia.

Sí, aunque parezca mentira, echo de menos Madrid, su cielo azul, su bullicio, los comercios de la Puerta del Sol, la Cibeles, ennegrecida por el humo de los coches, las salas de fiesta, las zarzuelas, las terrazas del paseo de Rosales donde sirven horchata y cerveza mientras los barquilleros invitan a los parroquianos a probar suerte en sus ruletas, el sereno, con su chuzo y su manojo de llaves…

No dejo de pensar en la conversación que he mantenido con Paola. Para ella todo resultaba natural. Yo creía estar viviendo una pesadilla. Hasta el mismo momento en que nos hemos despedido desgranando su relato de manera apasionada y al mismo tiempo distante, como si estuviese contando una historia de ficción. Me ha dejado estupefacta al implicar a personajes de tanto relieve como el filósofo Jean Paul Sartre, el escritor Ilyá Ehrenburg y el músico Dmitri Shostakóvich en la batalla propagandística, perfectamente orquestada por el KGB, que ya ha empezado a librar el Kremlin con el fin de atraerse el favor de la opinión pública internacional.

¿Será posible?

Especial sorpresa y disgusto me ha causado lo de Shostakóvich, a quien considero un compositor genial. ¿Por qué se presta a semejante manipulación? Le he dicho a Paola que no lo entendía, y ella ha vuelto a reprocharme lo que llama mi «candor», para añadir que en la URSS los artistas hacen lo que se les ordena o acaban deportados a Siberia. Tiene que ser cierto, si el creador de piezas tan hermosas como su *Segundo Vals* se deja utilizar de este modo. Cierto y una auténtica pena.

Es evidente que las primeras escaramuzas de esta guerra mundial se suceden ya en la sombra, aunque la mayoría no nos hayamos enterado.

Mi amiga ha prometido mantenerme al corriente de lo que

le vaya diciendo George y hemos quedado en volver a vernos mañana. Menos mal que ellos dos buscan la forma de pasar tiempo juntos prácticamente todos los días, porque no tendré mejor fuente de información. Aquí la televisión y la radio permanecen casi siempre apagadas. El idioma constituye una barrera infranqueable para mí. A ver si Fernando trae el *ABC* de la Embajada, aunque sea de la semana pasada, y encuentro en sus páginas alguna pista que me dé una mayor perspectiva.

Claro que cuanto más sé, menos quisiera saber. Sería mucho más feliz.

El año antepasado, por Navidad, mi marido me regaló un gramófono.

—Tal vez así te olvides del piano —me dijo con naturalidad, como si tal cosa fuese posible—. Aquí puedes escuchar tus sinfonías enlatadas e interpretadas por los mejores maestros.

—Lo haré cuando tú no estés —contesté, sabedora de que prefiere el flamenco o los boleros a los conciertos de Rachmaninov.

—¿Qué tal si lo estrenamos escuchando villancicos?

Y así pasamos la primera Nochebuena sueca, los seis juntos, cantando «pero mira cómo beben los peces en el río» a voz en cuello, al compás del coro grabado en un disco que había mandado traer de España. Fuera todo estaba blanco, cubierto de nieve. El termómetro marcaba veinte grados bajo cero.

Este reproductor de música es un artilugio magnífico. Un tocadiscos de la marca Philips, provisto de dos altavoces y aguja de diamante, que amplifica el sonido con una pureza impensable en los aparatos antiguos. Ahora mismo está sonando el *Nocturno número 20* de Chopin, interpretado por Arthur Rubinstein. Pura armonía.

Las notas de esa pieza, tan familiares para mí que sabría transcribirlas de memoria, siempre me han parecido tristes. Destilan una melancolía lánguida, como de otoño, especialmente hoy. Evocan en mi mente la imagen de las ardillas y los pájaros que vienen a comer alpiste, pipas o avellanas a la caseta que instalamos al llegar el invierno en un árbol del jardín, siguiendo el ejemplo de los suecos. Esas notas son livianas, delicadas, semejantes a las pisadas diminutas que marcan las criaturas del parque en la nieve al caminar. Huellas similares a las que deja Chopin, esta tarde, en mi corazón helado.

¡Cómo me gustaría tener aquí mi piano! Me perdería en su música hasta olvidarme del mundo.

Con el paso de los años he ido acostumbrándome a su ausencia, aunque no ha cesado de dolerme el vacío que encuentran mis manos cuando buscan, inconscientemente, el refugio de sus teclas. Mi piano era voz, era cómplice. En ocasiones, compañero de alegrías. Otras, cauce para el llanto. Siempre cercano, paciente, atento a mis emociones. Era un amigo fiel que me ha sido arrebatado, igual que mis hijos, por otro amor más exigente en sus demandas, más egoísta.

Hoy mi piano es silencio por él, por Fernando, sus gustos, nuestros constantes traslados. Hoy mi piano calla, como hago yo, porque con frecuencia se quiere mejor callando.

¿Cómo voy a sonsacar a Fernando sin delatar a Paola? ¿Qué le digo, y más ahora, con lo poco locuaz que está últimamente?

Algo se me ocurrirá. Algo tiene que ocurrírseme y más vale que sea pronto, porque parece que ha llegado a casa. Hay jaleo en las escaleras de entrada, aunque no he oído abrirse la puerta del garaje.

¡Lo que faltaba! Es Jacinta gritando que algo le ha ocurrido a Lucía…

2

Madrid, octubre de 2011

L e habían contado esa anécdota tantas veces que fue como si su madre regresara de un pasado brumoso, transformado por la fuerza del relato en leyenda, para descorrer los cerrojos del tiempo y devolverla de golpe a su infancia.

Lucía se vio a sí misma con tres años, en la pequeña tienda de comestibles situada al final de su calle, tomando de manos de la propietaria la manzana que siempre le daba la mujer. Casi pudo oírse agradecer educadamente en sueco el regalo, tal como le habían enseñado a hacerlo: «*Tack så mycket*». Volvió a sentir el placer de morder la fruta jugosa, sentada en un cajón de lechugas, observando cómo su Tata señalaba con el dedo los productos que necesitaba. Percibió el aroma de los arándanos, fresas, frambuesas y demás delicias otoñales, expuestas en cestos de mimbre forrados de tela. Se tocó instintivamente la garganta al recordar ese maldito trozo de piel atravesado que casi la ahoga; que la habría asfixiado, de hecho, si la sangre fría de Jacinta no le hubiera salvado la vida.

—Te pusiste tan roja como la manzana —solía repetirle Tata, ya mayor, cuando la edad la llevaba a desgranar las mismas viejas historias una y otra vez, mientras amasaba rosquillas o limpiaba vainas junto a la ventana de la cocina—. Luego empezaste a ponerte morada…

—Vaya susto, ¿no? —respondía ella, fingiendo ignorar el desenlace de la aventura.

—¡Y que lo digas! Si llega a pasarte algo los señores me habrían matado.

—Te habrías muerto tú sola —le contestaba Lucía, que siempre había encontrado en esa navarra maciza, de ojos claros, mejillas encendidas y genio endiablado, un cariño tan profundo como el que le daban sus padres.

—La que se habría muerto eres tú si no te llego a poner boca abajo y te sacudo como a una alfombra. No me lo pensé dos veces. Te agarré por la cintura, te di la vuelta y empecé a golpearte la espalda hasta que escupiste la piel que te atragantaba. La pobre propietaria de la tienda estaba horrorizada y pretendía llamar a una ambulancia, según me pareció entender por sus gestos. Tú ni siquiera lloraste. Nunca llorabas. Tosiste un par de veces y echaste mano de nuevo a la manzana como si tal cosa.

Tata, tan menuda como valerosa, tan inteligente como ayuna de instrucción, al haber tenido que ponerse a trabajar antes de cumplir los trece años, era una de las raíces móviles (paradojas de su vida nómada) que habían sostenido a Lucía. Madre de sustitución cuando la suya atendía alguno de sus muchos compromisos sociales, educadora implacable y de zapatilla fácil, cocinera *cordon bleu* probada en los fogones de tres continentes, enfermera solícita, servidora devota, Tata era sin lugar a dudas un miembro central del clan dentro del cual se había desarrollado su peculiar existencia itinerante.

La que fuera «su niña» (así la llamaba Jacinta, que la había visto nacer, para diferenciarla de sus hermanos mayores) recordaba perfectamente a esa brava mujer regateando el precio de una pierna de cordero en el mercado de El Cairo, explicando lo que eran los chipirones en su tinta a un actor americano invitado en el consulado en Los Ángeles o relatando a su padre, muy azorada, cómo un carnicero suizo se había negado a prepararle un solomillo para el horno hasta que no le mostró, billetes en mano, que disponía de dinero suficiente para pagarle. Gajes de hablar español en tiempos en los que la xenofobia castigaba duramente en Europa a un pueblo de emigrantes pobres. Claro que ella nunca se había arredrado. ¡Buena era su Tata! La mera evocación de su caminar resuelto por las calles de cualquier ciudad, arrastrando un carro de la compra casi tan grande como ella, bastaba para que Lucía se sintiera obligada a luchar contra cualquier tentación melancólica.

Tata, que llevaba con orgullo ese título, había sido, hasta el final, uno de los pilares más sólidos de la familia Hevia-Soto Lurmendi.

Jacinta, todos lo sabían, siempre estuvo enamorada platónicamente del señor de la casa, quien le tributaba sonoros homenajes públicos en reconocimiento de sus hazañas gastronómicas.

—¡Un triple hurra por la cocinera! —pedía con frecuencia a sus invitados, tras requerir la presencia de Jacinta en el comedor.

Ella acudía, vergonzosa, tratando de esconder las manos en el delantal que acababa de cambiarse para que deslumbrara de puro blanco, y los invitados, estupefactos ante lo infrecuente de la iniciativa, estallaban en aplausos y carcajadas.

Luego, cuando María desapareció prematuramente de esa forma horrible, cuidó a su patrón en la enfermedad, le acompañó en su soledad y trató de alegrar su tristeza con guisos y natillas de caramelo, insuficientes para endulzar la amargura que había invadido el alma de un hombre antaño tan arrollador.

Tata daba sentido y contenido a la palabra «lealtad». Como buena filóloga doctorada por la Universidad Complutense de Madrid, Lucía era plenamente consciente del significado de ese término, extraordinariamente exigente, encarnado en la persona de Jacinta.

Lucía se obligó a regresar al presente y constató, con fatalismo, que a medida que pasaban los años su memoria iba convirtiéndose en una galería de fantasmas. Tata, su madre, su padre… de todos ellos se había despedido ya. Con su padre se había ido, apenas dos meses atrás, el último eslabón que la mantenía unida a la niñez. En sus ojos acuosos, velados por los muchos años y el dolor, ella había visto por última vez el brillo del amor incondicional que no precisa de motivo alguno ni pide reciprocidad. Esa luz capaz de alumbrar los momentos más sombríos, de encender sonrisas en pleno naufragio, de mantener la esperanza en medio del fracaso. Ese sentimiento infinitamente generoso, absolutamente puro, incomparablemente cálido, que sólo reconocía cuando veía su propia mirada reflejada en la de su hija Laura.

—Para no llorar nunca —se dijo a sí misma en voz alta, volviendo al episodio de la manzana—, hay que ver el espectáculo que estoy dando últimamente, Tata. ¡No paro de moquear! Menos mal que no estás aquí para verme, te avergonzarías de mí.

Miró el reloj: las cinco menos cuarto.

—¡Voy a llegar tarde otra vez!

Recientemente había faltado a más de una cita importante. El fallecimiento de su padre, acaecido tras una lenta agonía, la estancia temporal en Madrid de sus hermanos, dispersos por varios países del mundo, y la crisis por la que estaba atravesando su relación de pareja, la tenían tan abducida que el trabajo en la editorial había pasado a un segundo plano. No es que hubiera dejado de interesarle, sino que de forma espontánea, sin que lo hubiera planificado, sus prioridades se habían reordenado por sí solas. De modo y manera que, como habría dicho el poeta, el corazón había tomado la delantera a los asuntos.

Su vida entera parecía haber saltado por los aires al mismo tiempo, dejándola sin asideros a los que agarrarse. Claro que nada, ni siquiera la muerte de su padre, para la que tuvo tiempo de prepararse emocionalmente, la había turbado tanto como el hallazgo de ese diario escrito cuarenta y nueve años atrás en Estocolmo. Ahí podía estar la respuesta a un sinfín de preguntas que asediaban su mente con el afán de atormentarla.

Ese mediodía había prescindido de la comida para ir a ventilar un poco el viejo piso de la calle Ferraz y de paso echar un vistazo al sótano, donde en un cuartucho húmedo, junto a la antigua caldera de carbón inutilizada a finales de los ochenta, se guardaban los mil bártulos amontonados al cabo de medio siglo de ir y venir por el mundo: muebles, maletas, cajas precintadas con el sello de diversas empresas internacionales de mudanzas, lámparas, cuadros, algún que otro electrodoméstico averiado y el arcón de plomo en cuyo interior descansaba el uniforme diplomático que había vestido su padre para llevarla al altar. Un atuendo elegante, marcial, de paño azul oscuro y puños rojos, con botonadura dorada y discretos bordados de cordón en el cuello de la chaqueta, cortada en forma de levita. Un uniforme diseñado a la medida de un caballero español como don Fernando Hevia-Soto.

Se suponía que la visita al trastero no iba a durar más del tiempo indispensable para echar una ojeada y calcular el tamaño de la furgoneta que tendría que alquilar si quería llevarse algunos de esos objetos de allí. Cuando se vio inmersa en la atmósfera impregnada de historia que reinaba en aquel lugar, no obstante, una cosa llevó a la otra hasta dejarla atrapada en la telaraña del pasado. Algo que le sucedía con frecuencia.

Al ver ese cofre gris inconfundible, abollado en el transcurso tantos traslados, no pudo evitar emocionarse rememorando el día de su boda y en especial el momento solemne de su entrada en la iglesia de los Jerónimos, bajo los acordes del órgano, del brazo de ese padre apuesto, vestido de gala, que tan orgullosa la había hecho sentirse siempre.

Hacía una eternidad de aquello.

Su boda había acabado en divorcio, después de una travesía tortuosa, y ahora el golpe de la orfandad hacía brotar nueva sangre de una herida mal curada.

Se obligó a apartar de su mente una imagen repleta de espinas, a fin de regresar cuanto antes a la tarea que se traía entre manos. La de calcular metros cúbicos con vistas a la contratación de la furgoneta.

¿Qué la indujo a distraerse abriendo precisamente ese baúl, el de más difícil acceso, colocado en un rincón del trastero bajo una pila de bultos?

—Las cosas siempre suceden por algo —se oyó decir en voz alta—. Tienen que ocurrir por algo. Todo ha de tener un sentido, aunque a veces se nos escape.

El interior del cofre olía todavía a naftalina. Su madre había sido una experta en poner a buen recaudo las prendas delicadas (recordó Lucía, evocando la imagen de María haciendo y deshaciendo equipajes sin desaprovechar un solo hueco ni provocar una arruga innecesaria), y parecía evidente que las que había almacenado allí tenían para ella un valor considerable. Eran sus conjuntos de fiesta de los años cincuenta y sesenta: vestidos largos de raso y seda en tonos estampados de vivos colores, seguramente adquiridos para Hispanoamérica, blusas de gasa bordadas a mano, faldas interminables como las piernas de la mujer que las había lucido, modelos de cóctel más sobrios, casi todos en tonos oscuros, un mantón de manila auténtico, chales, guantes largos blancos y negros de cabritilla y espuma, guantes cortos de día, mantillas, un par de peinetas de carey, sombreros, trajes de chaqueta... Todo un guardarropa de lujo, representativo del glamour que había presidido la intensa vida social de sus padres.

Más de un diseño exclusivo estaba firmado por Chany, el modisto amigo de Elio Berhanyer, que había vestido a la señora de Hevia-Soto y también a la entonces princesa Sofía, entre otras clientas de alcurnia. Una colección tan variada y completa de prendas habría constituido un tesoro para cualquier museo de la moda, aunque lo que Lucía veía ante sí eran objetos familiares impregnados de nostalgia. Vestigios de un pasado que se resistía a morir.

Una a una fue sacando las piezas de su lugar de descanso, con el mismo cuidado que habría puesto de haber tratado con seres vivos. Esas ropas habían vestido a la mujer que, de manera paradójica, habitaba en muchos de los sueños de su hija, pese a ser en cierto sentido una extraña. Algunas acaso conservaran aún su olor, esa mezcla de tabaco rubio y perfume que pervivía en el recuerdo de Lucía con más intensidad incluso que su imagen. De ahí que tocarlas, sentirlas, recorrerlas hasta el último pliegue se convirtiese en una especie de ritual un tanto perverso, que no hacía sino acrecentar el dolor de la pérdida; una pena honda, seguramente incurable, que se había apoderado de su corazón en el mismo momento en que su madre la había abandonado, justo cuando empezaba a conocerla de verdad.

Utilizó la sábana de lino amarillento que cubría los conjuntos para aislarlos de la suciedad del suelo y, suavemente, rozando apenas los delicados tejidos, fue ordenándolos por categorías: día, noche, gala etc., cada uno en su sitio; hasta que al levantar el último se fijó en algo que llamó su atención: un libro de tapas grises y lomo de cinta negra, de aproximadamente un centímetro de grosor, algo mayor que un folio. Al abrirlo vio que se trataba de un cuaderno de música, con pentagramas en lugar de renglones. Doce en cada página exactamente. En la parte interior de la cubierta, una etiqueta escrita en tinta negra rezaba:

María Lurmendi
Calle Andía, 14 – 3.º, izq.
San Sebastián

A continuación, en el espacio que habrían debido ocupar las notas, aparecía la caligrafía inconfundible de su madre, de letra clara, redonda, ligeramente inclinada hacia la derecha, perfectamente trazada con el fin de facilitar la lectura. Una caligrafía de colegio de monjas y cartas escritas despacio, ajena a las prisas y abreviaturas de los apuntes de facultad. Una caligrafía que llevaba espontáneamente a la mente de Lucía la imagen de tarjetas de Navidad llenas de ángeles infantiles y notas de cumpleaños rebosantes de alegría.

Porque así era la madre que ella recordaba: alegre, ocurrente, segura de sí misma, risueña, incansable y sumamente divertida, pero también severa, estricta con los horarios y desde luego poco dada a conversaciones íntimas. Una madre similar a todas las de la época en la que les tocó lidiar a ambas con esa etapa endiablada que corresponde a la adolescencia.

Ese diario en cambio era o parecía ser, a juzgar por lo que permitía atisbar la lectura de sus primeras páginas, la voz de la madre a la que no tuvo ocasión de descubrir: la de la mujer indefensa ante la soledad, la amiga cómplice, la esposa atormentada por los celos.

Siempre había visto a su madre como la perfecta propietaria del baúl hallado en el trastero: una dama elegante, sociable, capaz de relacionarse con cualquiera, excelente anfitriona, mejor bailarina… Jamás se la habría imaginado tan vulnerable como la persona que confesaba su angustia a un papel, a falta de confidente con quien compartir esas cuitas.

¿Quién había sido en realidad María Lurmendi?

El viejo cuaderno de música le dibujaba el retrato de una madre desconocida, añorada con desesperación y en ocasiones hasta con rabia. Le contaba igualmente, de manera pormenorizada, la historia de unos días que parecían muy lejanos y sin embargo estaban ahí, a la vuelta de su niñez. Días en los que el mundo había estado a punto de sucumbir a la locura nuclear de la que ya nadie hablaba, una vez desaparecida la Unión Soviética y, con ella, el enemigo que aterraba al Occidente del siglo xx. Un enemigo vencido y olvidado de inmediato, según la costumbre actual, rapidísimamente arraigada, de sobrevolar a toda prisa la superficie de los acontecimientos sin extraer de ellos ninguna lección.

La lectura de ese relato la había atrapado hasta hacerle perder la noción del tiempo, pero no podía entretenerse más. A las cinco tenía citado en su despacho a un coronel de la

Guardia Civil jubilado que quería plantear una propuesta «delicada», según la advertencia formulada por su jefa, directora del área de no ficción del sello en el que ella ejercía funciones de editora.

—Trátamelo con cariño que nos lo envía una buena amiga —le había recordado esa misma mañana.

O sea, la clase de recomendado con el que es preciso quedar bien, había deducido Lucía.

«¡Paca me va a asesinar!», se dijo a sí misma, pensando que aún debía recogerlo todo, cerrar la casa, llegar hasta el coche, atravesar medio Madrid, sorteando el atasco de rigor en los bulevares, hasta el paseo de Recoletos, aparcar en la tercera planta del garaje y subir al segundo piso del edificio señorial que albergaba la Editorial Universal.

«No llego ni loca antes de las seis. Hoy me echa Paca a la calle, y con razón.»

El reloj de la recepción marcaba las 18.05 cuando cruzó el vestíbulo, como una exhalación, hasta alcanzar los ascensores.

Su despacho, pequeño aunque luminoso y con vistas al Palacio del Marqués de Salamanca, estaba al fondo de un pasillo largo que atravesó a la carrera, quitándose la gabardina por el camino con el fin de ganar tiempo.

Hacía calor.

Sofocada, sin apenas aliento, sintiendo cómo el sudor le resbalaba por la espalda y avergonzada por semejante retraso, tendió la mano al hombre que la esperaba desde hacía más de una hora, sentado en una de las dos butacas situadas junto a la pared, frente a su mesa de trabajo.

—Le ruego que me perdone. Soy Lucía Hevia-Soto. He tenido un problema con el coche y...

—No se preocupe —respondió él, poniéndose inmediatamente en pie y devolviendo el saludo con un apretón enérgico—. No tengo prisa. Además, su secretaria ha tenido la amabilidad de invitarme a un café durante este rato. Yo soy Antonio Hernández, coronel de la Guardia Civil retirado, para servirla.

Era de estatura mediana, corpulento, con aspecto de disfrutar más de un buen cocido o un lechal asado que de un plato de sushi. Su porte marcial, muy erguido, con la espalda recta y los brazos pegados al cuerpo, delataba su condición de militar veterano habituado a adoptar espontáneamente la posición de firmes. Como buen guardia civil, de los de toda la vida, lucía un bigote canoso, bien recortado, que le cubría el labio superior dando a su rostro de formas redondeadas un aire que a Lucía le resultó particularmente simpático. Sus ojos limpios, acerados, de un color cercano al negro, taladraban con la mirada. Llevaba el cráneo rasurado. No era ni guapo ni feo ni vulgar. Más bien un hombre interesante, con un extraño poder de atracción magnética, a quien no querrías tener por enemigo sometiéndote a interrogatorio. Un digno representante del benemérito cuerpo.

Aunque vestía de paisano, con pantalón gris, camisa azul y americana a cuadros, Lucía trató de imaginárselo enfundado en el uniforme y tocado con el tricornio, a fin de predisponerse mentalmente para la conversación que estaba a punto de mantener. Le iba a costar concentrarse y escuchar, estando como estaba bajo el hechizo de lo que acababa de leer, pero sabía que debía hacerlo y lo haría. Cumplir con su deber, con lo que se esperaba de ella, era algo que siempre se le había dado bien. Exactamente para eso había sido educada.

—Me han dicho que tiene algo que proponernos —rompió el hielo, tomando asiento frente a él, en la otra butaca, con la intención deliberada de acortar distancias—. Estoy deseando oír su historia.

—Es una historia larga —respondió el coronel, algo incómodo, acaso porque el asiento era estrecho para su corpulencia o porque no le resultaba fácil abrirse a una desconocida—. Son cuarenta y cinco años de servicio a España, quince de ellos en el País Vasco y otros veinte yendo y viniendo de allí.

—Muchos años, ya lo creo.

—Desde el 78 hasta el 2003 —precisó él, con un deje de orgullo sano—. Los años de plomo del terrorismo etarra, cuando prácticamente cada día caía asesinado un compañero, a traición, siempre por la espalda o mediante una bomba lapa, de la manera más cobarde.

—¿Ha escrito usted sus memorias? —inquirió ella en tono profesionalmente aséptico, apartando de su cabeza cualquier paisaje o asociación de ideas que pudiera traerle reminiscencias familiares en ese momento.

—Me gustaría hacerlo. Conservo notas de todas las operaciones en las que he participado, incluyendo alguna no muy confesable y otras tan importantes como la de Sokoa, que fue probablemente el peor golpe asestado a esa banda de malnacidos. Creo que podría contar cosas muy interesantes, inéditas hasta ahora.

Movida por la curiosidad, Lucía se alejó un instante del guión estándar de la entrevista para hacer una incursión en la actualidad que llenaba esos días las portadas de los periódicos.

—Estará usted contento con los rumores que apuntan a un inminente cese definitivo de la violencia por parte de los terroristas, ¿no? —En realidad la forma en que lo dijo indicaba que daba por afirmativa la respuesta—. Parece que por fin llega la paz a esa tierra…

—¿La paz? —replicó Antonio en tono gélido, inclinando el cuerpo hacia delante como para fulminar a su interlocutora desde más cerca—. ¿Qué es eso de la paz? ¿Cuándo ha habido una guerra en el País Vasco?

—Tiene razón, no he empleado la palabra correcta. Me refería a que por fin parece que van a dejar de matar los de ETA de una vez por todas, o al menos eso dicen los medios de comunicación. Por eso le pregunto a usted, que debe de conocerles mejor que nadie. ¿Será esta tregua la definitiva?

—Ya veremos. Nos han engañado muchas veces. Sea como fuere, no hemos llegado hasta aquí por iniciativa de esos asesinos ni de sus cómplices, ni tampoco de ciertos políticos que se han sentado a hablar con ellos, exactamente igual que estamos haciendo usted y yo, como si fuese gente decente con la que se puede tratar de tú a tú en busca de un acuerdo. Si anuncian que entregarán las armas, cosa que todavía no han hecho, es porque los hemos derrotado, a costa de mucha sangre.

—¿Se refiere a la Guardia Civil? —Lucía ponía de nuevo la pregunta y la intención en el proyecto de libro que se traían entre manos Antonio y ella.

—Me refiero a la Guardia Civil, la Policía y todas las personas y colectivos que les hemos plantado cara. No ha sido una tarea fácil, créame. Tampoco ha resultado ser siempre tan limpia como habríamos querido, aunque dadas las circunstancias pocos lo habrían hecho mejor. Se han quedado más de ochocientas vidas por el camino, heridos, mutilados, viudas, huérfanos… Es imposible que usted entienda el dolor de los supervivientes, su rabia, su impotencia, la pregunta que se hacen todos: «¿Por qué me ha tocado a mí?».

Lucía se levantó de la butaca, despacio. Sin decir palabra, con paso lento, fue hasta su mesa de trabajo a por un cuaderno Moleskine y una pluma Montblanc, regalo de fin de carrera, que solía utilizar para apuntar lo que consideraba importante. Sobre el escritorio, una fotografía de su hija tomada el día de su graduación, que la mostraba radiante de felicidad, tocada con su birrete universitario de la Politécnica, compartía espacio con un montón de libros y manuscritos apilados sin orden aparente. Papeles sueltos, el iPad, un calendario, lápices de colores y un par de tazas de café sucias completaban el desorden casi caótico en el que se desarrollaba su labor cotidiana.

En la editorial tenía fama de juzgar con severidad y no andarse con paños calientes cuando había que decir «no», lo que hacía de ella una colaboradora valiosa para su jefa, encargada de expurgar las decenas de manuscritos que llegaban diariamente a su mesa o a su correo electrónico. Paca debía ir en contra de su propia naturaleza para frustrar las ilusiones ajenas. A Lucía, por el contrario, no le dolían prendas si se veía obligada a ser implacablemente sincera.

En el caso de ese coronel, no obstante, el instinto le indicaba que no tendría necesidad de mostrarse desagradable. Antonio le caía bien y, lo que resultaba mucho más importante, atesoraba una experiencia cuyo valor era innegable.

Se tomó su tiempo.

No quería que ese hombre, más perspicaz que la mayoría, leyera su rostro en ese preciso instante, mientras la memoria de un pasado que no lograba enterrar asaltaba con violencia las defensas de su mente. Ella no era dueña de lo que podía olvidar y lo que no, pero sí estaba en su mano establecer compartimentos estancos que aislasen su vida personal de su responsabilidad laboral. Por eso se entretuvo fingiendo revisar varios cajones, como si no supiera dónde hallar lo que había ido a buscar.

Aquel encuentro iba a resultar más difícil de lo previsto.

Recurriendo a todo el autocontrol aprendido a lo largo de los años, se esforzó por acallar cualquier pensamiento ajeno al ámbito de lo que la ocupaba en esos momentos y centrarse en el coronel jubilado que la observaba de reojo desde el otro lado de la estancia, con gesto pensativo. Cuando logró recomponer el gesto educadamente indiferente que le permitiría enfrentarse al resto de la entrevista, Lucía regresó a su butaca.

—¿Qué es exactamente lo que tiene pensado? —inquirió finalmente, preparada para oficializar la reunión con las correspondientes anotaciones—. ¿Ha hecho un esquema de su libro, ha escrito algo a lo que podamos echar un vistazo?

Antonio le lanzó una mirada de esas que desnudan el alma, tragándose las ganas de preguntar qué era lo que la había turbado de ese modo; a qué era debida la palidez repentina de su rostro. Lustros en el Servicio de Información de la Benemérita le habían convertido en un psicólogo más sagaz que la mayoría de los profesionales titulados. No se le había escapado el cambio súbito de humor sufrido por su interlocutora, pero se abstuvo de comentarlo y fue directo a la cuestión que la editora le acababa de plantear.

—Tengo muy buena memoria y varias carpetas llenas de nombres, operaciones, comandos, interrogatorios y, por supuesto, fotografías de compañeros sacados del País Vasco en ataúdes cubiertos con la bandera de España, casi siempre por una puerta trasera, de manera prácticamente clandestina, hacia sus pueblos de origen.

—¿De dónde es usted? —La curiosidad era en este caso personal.

—Nací en Soria, pero mi padre era hijo del cuerpo, como yo, de modo que íbamos de aquí para allá. Estudié en la Academia Militar de Zaragoza y llegué a la Comandancia de San Sebastián siendo teniente, en 1978. Recuerdo que llevaba a cuestas mi baúl camarote reglamentario, de color azul oscuro, valorado en novecientas ochenta y ocho pesetas. Me parece estar viéndolo… Un maletón lleno de calzoncillos, calcetines y camisas de uniforme; las botas de gala y los borceguíes de equitación, pañuelos, pijamas, guantes, toallas, el sable de oficial y hasta un bañador. Todo eso y más, por un importe total de diecisiete mil cuatrocientas sesenta y cuatro pesetas con noventa y dos céntimos. ¡Fíjese si tengo buena memoria!

»Por aquel entonces —prosiguió el guardia civil, animado por su propio relato— ni siquiera existía una unidad antiterrorista en el cuerpo, pese a que los etarras ya habían asesinado a decenas de guardias civiles. Claro que lo peor estaba por llegar…

Lucía había dejado de atender. La mención de ese baúl azul había roto por completo su precaria concentración para devolverla súbitamente al trastero de casa de sus padres, la nostalgia, los vestidos, el abandono, la guerra que nunca estalló, aunque estuvo más cerca de lo que les habían contado a los de su generación, y sobre todo el diario… ¿Hallaría por fin en el cuaderno de música de su madre las claves de un pasado que le habían robado a mano armada?

La voz de Antonio, como un trueno, la sacó de sus ensoñaciones.

—¿Me está escuchando?

—Sí, desde luego —mintió ella—. Debió de ser muy duro.

—¡«Duro» se queda corto! Recuerdo el caso de un cabo que se llamaba igual que yo: Antonio, apellidado De Frutos. Era de Segovia, destinado en Legazpia. Lo enviaron una mañana de mayo a retirar del monte una ikurriña, que por aquel entonces era ilegal y se consideraba una «bandera separatista». A falta de vehículo oficial, fue hasta allí en el Seat 850 de un compañero, sin chaleco ni blindaje ni nada que se le pareciera.

Bajo la bandera había seis kilos de dinamita que fueron accionados a distancia en cuanto él se acercó lo suficiente. Su cuerpo, con el cráneo destrozado, apareció a cincuenta metros del lugar de la deflagración.

—¡Qué horror! —Lucía estaba estremecida.

Antonio continuó con su relato de esos días aciagos.

—Por compasión, con mucho esfuerzo, conseguimos que su viuda no viera el cadáver. Le quedaron catorce mil pesetas de pensión, unos ochenta y cinco euros de ahora. El cien por cien del sueldo base que cobraba su marido. Las tres hijas que tenía el matrimonio, tres niñas de corta edad, se enteraron de lo sucedido viendo las noticias del telediario y luego tuvieron que ingresar internas en el Colegio de Huérfanos de la Guardia Civil, porque su madre no tenía para darles de comer.

—Cuesta imaginarlo...

Ni ella sabía bien qué decir ni él quería oír palabras huecas; sólo ansiaba ser escuchado.

—Entonces no había indemnizaciones. No había nada. Ni siquiera llegamos a saber quién había matado a ese pobre cabo, ni mucho menos a detener al autor o autores del asesinato. La mayoría de los atentados de ETA de esa época están sin resolver, señora Hevia-Soto. Más de trescientos crímenes impunes. Millares de víctimas a quienes no se ha hecho justicia.

Esas palabras impactaron de forma dolorosa en el corazón de Lucía. Él lo supo, percibió el leve movimiento de sus cejas, el rictus de su boca, el modo compulsivo en que juntó las manos sobre las rodillas hasta clavarse sus propias uñas. Él se dio perfecta cuenta, aunque siguió hablando como si tantos signos de tortura interior le hubieran pasado desapercibidos.

—La mayoría de los más de doscientos guardias civiles asesinados por ETA cayó en aquellos años en los que te daban tierra y a otra cosa. Ir al País Vasco te reportaba diez mil pesetas de plus de peligrosidad, que luego no computaban en la pensión, por supuesto. Se suponía que morir asesinado por los terroristas iba incluido en el sueldo, y además resultaba ser algo vergonzante; algo tan vergonzante que casi todos los huérfanos y las viudas decían que sus padres y maridos habían muerto en accidentes. Por eso me gustaría revelar la verdad de lo que pasó, lo que pasamos, lo que deberían conocer los chicos jóvenes ahora que tanto se habla de la «paz» y el «conflicto». Allí no hubo una guerra, se lo aseguro, pero sí mucha sangre y mucho sufrimiento. Es hora de que se conozca también nuestra versión de los hechos, la que nunca se ha contado.

—Tengo que consultar con mis jefes —dijo ella, sinceramente conmovida, esbozando una sonrisa—. Ésta no es una decisión que pueda tomar yo sola, pero si me autorizan le ayudaré con mucho gusto, Antonio. Creo que merece la pena.

El despacho se había quedado prácticamente en sombras. Lucía fue a encender la luz a fin de poder ver lo que escribía, enteramente cautivada ya por el relato descarnado que iba desgranando Antonio con mayor soltura a medida que avanzaba la conversación. Él siguió volcando sus recuerdos, animado por su propia evocación, como si necesitara liberar un sentimiento que anidaba desde hacía largo tiempo en sus entrañas.

—Mientras estuvimos en San Sebastián, mi mujer y mi chico apenas podían salir del acuartelamiento. —Su gesto reflejaba el sufrimiento que todavía le producía esa injusticia pasada—. En las contadas ocasiones en que lo hacían, porque no hubiera otro remedio, debían mentir sobre mi trabajo. Cada vez que yo marchaba a cumplir una misión ellos se quedaban esperando a que regresara, con el miedo metido en el cuerpo. Cada abrazo podía ser el último. Cada despedida, la definitiva. Ellos y yo teníamos muy claro lo que es el servicio en la Guardia Civil y por ello jamás me hicieron un reproche, aunque le confieso que en más de una ocasión me he sentido peor que mal por someterles a semejante vida y perderme la infancia de mi chaval.

—¿Cuánto tiempo pasaron allí?

—Creo habérselo dicho ya. Quince años, desde 1978 hasta 1993. Cuando llegamos no había manuales de instrucciones ni ficheros, únicamente «viejas glorias» impacientes por jubilarse. Nadie sabía lo que era un zulo, un buzón, un comando legal, un *laguntzaile* o un *mugalari*.

—Bueno, tampoco yo sé lo que significan algunos de esos términos, y eso que soy filóloga.

—Pero usted no necesita saberlo. Un guardia civil destinado a la lucha contra el terrorismo, sí. En mi libro lo explicaría, con ejemplos muy concretos.

—Continúe, ha logrado captar toda mi atención...

—Una vez que estuvimos de vuelta en Madrid, tras unos años horribles, yo pasaba más de la mitad del tiempo fuera de casa. Más de doscientos días ausente. Un mes allí «arriba» y otro de aquí para allá, desplazándome en coches incómodos, con cinco guardias, más el equipo, apretados dentro del vehículo, sin medios de protección ni dietas que cubrieran más que una pensión barata y un bocadillo en todo el día.

—Estoy pensando, y no me viene a la cabeza ningún libro que se haya referido a este asunto, si no es para hablar de los GAL. En los últimos años se han publicado memorias de víctimas, ensayos sobre la banda terrorista y sus vinculaciones políticas, pero nada sobre la Guardia Civil o la Policía.

—Es que nosotros no presumimos de lo que hacemos —repuso el coronel con un orgullo entreverado de reproche—; lo hacemos lo mejor que sabemos. Y habremos cometido errores, como cualquier ser humano, aunque menores que los aciertos, se lo aseguro. Quienes deberían presumir de nuestro trabajo son los políticos, pero suelen estar demasiado ocupados poniéndose medallas para acordarse de los hombres y mujeres que arriesgamos el pellejo en la tarea de frustrar un asesinato o detener a un comando.

—También ha matado ETA a unos cuantos políticos...

Parte del trabajo de la editora consistía en asumir el papel de abogado del diablo hablando con un autor.

—Es verdad —convino Antonio—. Liquidó literalmente a la UCD en el País Vasco a finales de los setenta y volvió a por los del PSOE y el PP a mediados de los noventa. No desprecio a esas víctimas, entiéndame bien. Lo que ocurre es que por cada político asesinado ETA ha abatido a decenas de guardias civiles y policías, pese a lo cual existen múltiples fundaciones que llevan los nombres de esos políticos y reciben generosas subvenciones públicas para que conserven su legado, pero ni una sola que recuerde a la Guardia Civil o la Policía. Lo que yo pretendo con este libro es únicamente recuperar la memoria de ese trabajo y la dignidad con la que lo hicimos.

—Me parece justo. Desde el punto de vista comercial, no obstante, la obra debería contener algún gancho, algún episodio inédito, alguna historia memorable susceptible de atraer la atención del público. ¿Me explico?

—Ya lo había pensado —respondió al punto Antonio, mientras rebuscaba en un maletín de cuero marrón que había dejado en el suelo. Enseguida extrajo un sobre de considerable tamaño que entregó a su interlocutora—. Por eso le he traído estos papeles, que recogen la primera operación de infiltración en la banda que logramos llevar a cabo gracias al heroísmo de un guardia destinado en Irún, la historia de una confidente cuyo nombre en clave era La Dama Blanca, de la que tal vez haya oído hablar, y la verdad del episodio de Sokoa, el mayor golpe jamás sufrido por los etarras, sobre el que se han escrito muchas falsedades y tonterías.

Lucía consultó la hora. Pasaban de las ocho y media y la mayoría de los despachos de la planta llevaban ya un buen rato vacíos. Ella estaba impaciente por marcharse a casa a continuar con la lectura del diario de su madre, aunque sintió que le debía al hombre sentado en la butaca de enfrente unos minutos más. Él se los había ganado a pulso durante cada día y cada hora de esos cuarenta y cinco años que le quemaban en la memoria pugnando por salir a la luz. Por eso se levantó a dejar encima de su mesa el sobre que acababa de entregarle, le ofreció un refresco, fue a la máquina del pasillo a por dos Coca-Colas en lata y volvió a acomodarse en su asiento, sin mostrar la menor prisa.

—Leeré esos papeles con suma atención, pero adelánteme lo que considere más interesante a fin de que pueda vendérselo yo a mi jefa mañana mismo.

—Si le parece, empezaré con una operación que comenzó bien y acabó mal debido a eso que le decía antes del afán de algunos jefes por adjudicarse medallas.

—Soy toda oídos…

Serían cerca de las once de la noche cuando Lucía llegó por fin a su casa, con esa sensación ya tatuada en el alma de que la vida no le daba de sí para hacer todo lo que debía, y menos aún lo que deseaba

Había seguido escuchando al coronel de la Guardia Civil hasta que a ninguno de los dos les quedaba ya fuelle, momento en el cual se habían despedido con la promesa de permanecer en contacto. Una vez enterada, a grandes rasgos, de la historia que él deseaba compartir, estaba convencida de que valdría la pena publicarla. Decididamente sería un placer para ella editar con él ese libro de memorias, por duro que le resultara hacerlo.

Todo lo relacionado con el terrorismo era duro, especialmente para personas como ella. Precisamente por eso había que enfrentarse al miedo mirándolo de frente y a los ojos, en vez de darle la espalda.

«Mañana se lo vendo a Paca —pensó, mientras pasaba el cerrojo de la puerta—. Tengo faena garantizada para unas cuantas semanas.»

La mayoría de sus conocidos consideraban su trabajo un privilegio, y así lo veía también ella, aunque en un país tan poco dado a la lectura como España no faltaban quienes la compadecían sinceramente por dedicarse a esa labor, persuadidos de que debía de aburrirse muchísimo. Los que opinaban tal cosa le producían un profundo sentimiento de lástima.

Buena parte de su tarea consistía en leer lo que escribían otros, juzgar si merecía la pena o no, bucear en las palabras en busca de historias dignas de ser publicadas y orientar a los autores para que ordenaran sus ideas, a menudo dispersas, hasta construir con ellas un relato. La suya era, por tanto, una actividad solitaria. Claro que para Lucía los libros siempre habían sido amigos y compañeros tan reales como los de carne y hueso. Amigos y compañeros leales que, a diferencia de los de carne y hueso, una podía llevarse consigo de un sitio a otro, en una maleta, cuando llegaba la hora de hacer el petate y cambiar de casa.

Iba ya para más de veinte años su vinculación laboral con Universal, dedicándose exactamente a lo que le gustaba. Gran parte de lo que caía en sus manos carecía de valor literario e incluso del interés coyuntural que debe tener un ensayo político, pero una sola de las joyas con las que se había encontrado a lo largo de su carrera hacía que todo lo demás valiera la pena. Y hasta la fecha, tras largos períodos de sequía, siempre había acudido al rescate de su fe en la creatividad del ser humano algún proyecto apasionante que llevarse al ordenador y al rotulador de color rojo utilizado en las correcciones. Eso era lo que la animaba a seguir enamorada de un trabajo cuyas únicas variaciones habían consistido en pasar del departamento de ficción al de no ficción y vuelta al primero, al ritmo de sus cambios de humor.

El piso que ocupaba junto a su única hija, situado en un antiguo edificio de la calle Carranza, no muy lejos de la editorial, estaba a oscuras. Laura dormía esa noche en casa de su novio, y Santiago, su pareja en los últimos siete años, llevaba semanas haciéndolo en el apartamento de un amigo, del que regresaba de cuando en cuando en busca de ropa limpia. Ambos tenían pendiente una conversación para ver si daban tierra a una relación rota o trataban de recomponerla por enésima vez, aunque no terminaban de hallar el momento adecuado para hacerlo.

¿Existe algún momento adecuado para una despedida? A Lucía le costaba encontrarlo, porque cada nuevo adiós sacaba inevitablemente a la luz todos los anteriores, y se acumulaban ya demasiados. En ocasiones tenía la sensación de ser un buque a la deriva condenado a vagar de un puerto a otro desprovisto de ancla o amarras. Un barco fantasma en constante movimiento, arrastrado por corrientes cambiantes.

Claro que ella no era una persona de esas que se recrean chapoteando en sus miserias. Cuando la asaltaban ideas sombrías, se apresuraba a combatirlas pensando en los muchos faros de luz que iluminaban su vida: el amor alegre de su hija Laura, el que habían sembrado en su corazón sus padres, cuya huella inmortal la acompañaba desde niña, el apoyo de sus hermanos, la lealtad de sus amigos, la fortuna de un trabajo apasionante... Quejarse de tanta riqueza habría sido escupir al cielo, de modo que se prohibía a sí misma lamentos de cualquier clase. Le gustaba el dicho castizo de «aquí se viene llorado», y trataba de seguirlo día a día a rajatabla.

Hacía frío. Entre imprecaciones a la comunidad de propietarios por no encender la calefacción central, pese a que las noches ya refrescaban, se acercó a su dormitorio a por una vieja chaqueta de punto y unas zapatillas. Al abrir el armario y no ver la ropa de él, perfectamente ordenada en las perchas y las baldas, dijo en voz alta, hablando sola:

—No hay mal que por bien no venga... Al menos en breve tendré más sitio para colgar mis camisas.

Sabía que era un modo pueril de intentar consolarse, pero no se lo reprochó a sí misma. Casi constituía ya un reflejo condicionado en ella esa actitud sarcástica ante lo inevitable. Había aprendido a golpes que, cuando se trata de sobrevivir a una pérdida, la ironía y el humor siempre son preferibles al victimismo, como lo es la rabia a la tristeza. Lucía acumulaba experiencia suficiente en la materia para considerarse una superviviente aventajada. Había obtenido su doctorado cum laude en la Universidad de la Vida.

¿Le contaría a Santiago lo de su fin de semana loco? Sus labios dibujaron una sonrisa perversa. Sería impagable ver la cara que ponía él al enterarse de lo sucedido... Claro que, por otra parte, ella tendría que desnudarse para confesar una actuación que todavía no sabía bien cómo catalogar en términos morales. ¿Tendría el valor de largárselo tal cual, mirándole a la cara?

Una punzada de hambre la sacó de esas ensoñaciones, recordándole de manera dolorosa que estaba en ayunas desde primera hora de la mañana. Al mediodía no había probado bocado, lo que explicaba las ruidosas quejas de su estómago, sometido todo el día a una dieta estricta de café y Coca-Cola.

«¡Quién pillara ahora unas croquetas de Tata o, mejor aún, un trozo de quiche lorraine bien calentita...!»

La boca se le hizo agua sólo de pensarlo.

Tal vez quedaran algunas sobras de la víspera en la nevera (en el *frigidaire*, como había oído llamar de niña a ese electrodoméstico entonces todavía novedoso en España), aunque lo más seguro era que tuviese que conformarse con algo de fiambre y queso, cosa frecuente dada su nula predisposición a ejercer de ama de casa con un mínimo de competencia.

Sin necesidad de pensar mucho, decidió que se las arreglaría con el queso y el fiambre. Lo único que deseaba era engañar el hambre con cualquier cosa, servirse un vaso de leche, sentarse en su butacón con orejeras, acurrucarse bajo su manta escocesa y sumergirse en la lectura de ese diario que la atraía con un poder sorprendente.

Lo sacó del bolso cuidadosamente, como quien toma en sus manos una reliquia sagrada. Antes de abrirlo, acarició sus tapas y lo olió, tratando de empaparse a fondo de cualquier esencia del pasado que hubiese podido conservar ese cuaderno, en la certeza de que así sería.

Estaba segura de que los objetos atesoran una parte del espíritu que ha habitado en sus propietarios. Tan segura que jamás se desprendía de nada que le trajera buenos recuerdos relacionados con sus seres queridos. No profesaba esa creencia de una manera completamente consciente, pero sí con la suficiente convicción como para otorgar a las cosas un valor simbólico infinitamente superior al material. De ahí que su casa fuese una especie de bazar en el que convivían muebles familiares de varias generaciones, adornos inverosímiles, souvenirs de los incontables viajes realizados a lo largo de los años por trabajo o de vacaciones con su hija, fotografías, cachivaches y cuadros objetivamente feos, sin un estilo decorativo definido ni otra armonía que la que proporcionaba a su espíritu el estar rodeada de «sus cacharros».

Volvió a leer despacio lo que estaba escrito en esa etiqueta ribeteada de negro, a semejanza de una esquela, que permanecía intacta en su sitio casi un siglo después de haber sido pegada en la cubierta del cuaderno de música.

> María Lurmendi
> Calle Andía, 14 – 3.º, izq.
> San Sebastián

¡Cuántos momentos felices asociaba con esa dirección! El piso de sus abuelos, Andía esquina Garibay, tan gigantesco que podías andar en triciclo por el pasillo e incluso hacer carreras con los primos cuando coincidían allí contigo. La mesa camilla, con sus faldas de cretona floreada y su brasero eléctrico para el invierno; la vieja fresquera de la cocina, ya en desuso, los colchones de lana amarillenta que se vareaban cada año en cuanto dejaba de llover, los tíos, los amigos de la familia y su madre al piano.

Su madre, erguida sobre un taburete forrado de terciopelo ajado, interpretando «Pour Élise» mientras sus hermanos y ella escuchaban en silencio, sentados en el suelo de viejo parquet, embobados, como si quien tocara aquella música fuese el mismísimo flautista de Hamelín.

Andía esquina Garibay eran los veranos interminables de pequeña, desde mediados de junio hasta finales de agosto o principios de septiembre: mañanas de playa, con sol o con nubes, tardes de chocolatada en el monte Ulía o el Urgull, o de excursión a Zarauz, Orio o Guetaria, cuando alguno de los mayores les llevaba en coche, o bien de paseo al puerto a comprar, con la paga que les daba el abuelo, cucuruchos de cangrejos y «carraquelas», como llamaban ellos a los caracoles de mar. Tardes de cine, impuestas por la lluvia, en el Casino, el Novedades o el Principal, llenándolo todo de cáscaras de pipas y protestando a gritos cada vez que la cinta se interrumpía por algún corte. La visita obligada a Igeldo, con su aterradora montaña rusa y sus manzanas de caramelo. La brisca, el chinchón y el mus.

Andía esquina Garibay eran los años de la adolescencia, la pandilla, los bares de la parte vieja, con esos pinchos que nadie podría igualar jamás; los ligues del Club de Tenis, las guitarras al atardecer, en Zurriola, mientras los amigos hacían surf, cantando temas de Bob Dylan y de Joan Manuel Serrat; el alquiler de botes para ir remando hasta la isla, cada oveja con su pareja, aprovechando para hacer «manitas»…

Sus raíces.

Lo más parecido a unas raíces que había conocido su existencia nómada, previa a la invención de internet y de los vuelos baratos: seis países, cinco idiomas, siete colegios, otras tantas mudanzas, un espíritu adaptable a todo, cero amigas de la infancia.

Hacía años que no evocaba esos recuerdos ni pisaba la tierra de su madre, asolada por la lacra terrorista. Y de pronto, en un mismo día, todos los espectros del pasado se conjuraban para atacarla desde distintos frentes, sometiendo su memoria a esa especie de ducha escocesa de lo mejor y lo peor representado en un mismo nombre: San Sebastián.

La sangre.

Pasó cuidadosamente las páginas ya leídas hasta llegar al punto alcanzado en el trastero del piso de sus padres, donde el relato se interrumpía bruscamente por el incidente de la piel de manzana. Estaba impaciente por avanzar en la lectura, cuando el timbre del teléfono, situado justo a su lado, sonó como un campanazo en sus oídos. Lo habría colgado sin más, pero por el número supo que quien llamaba era su hermana Mercedes, empleada de Naciones Unidas en Nueva York, y a ella no podía ignorarla. Era carne de su carne. Un miembro del clan familiar. Los otros dos que aún lo integraban, sus hermanos Miguel e Ignacio, paraban actualmente en Londres y Madrid respectivamente. Aunque se veían poco, los lazos que les unían eran sólidos. Se habían acostumbrado desde chicos a quererse en la distancia.

—¡Sí! —respondió con la brusquedad involuntaria que solían reprocharle sus amigos.

—Lucía —dijo su hermana desde el otro lado del Atlántico—. ¿Eres tú?

—¡Claro! ¿Quién quieres que sea?

—¿Te pasa algo?

—No, sólo que estoy cansada. Aquí son casi las doce...

—Bueno, tú nunca te acuestas temprano, ¿no?

—No, es verdad, pero he tenido un día muy largo.

—¿Has pasado por el piso de Ferraz, como pensabas hacer?

—Sí, he ventilado un poco y revisado el trastero. Habrá que sacar unas cuantas cosas de allí antes de ponerlo en venta. Luego, a esperar con paciencia. No es éste precisamente un momento muy boyante en España para el negocio inmobiliario...

¿Por qué no mencionó siquiera la existencia del diario?

Era la pequeña de la casa, la que menos tiempo había disfrutado de su madre, de las Navidades en familia, de las tarjetas de cumpleaños. Siempre la había rondado la sensación de que los demás tuvieron algo que ella se perdió; una percepción seguramente absurda e injustificada, pero intensa. De ahí que se sintiera con derecho a empaparse de ese hallazgo en primicia, antes de compartirlo con los demás. De momento, pensaba guardar el secreto de su descubrimiento y gozarse despacio, relamiéndose de gusto, como si saboreara un brazo de gitano relleno de chocolate y recubierto de azúcar glas, elaborado por Jacinta.

—¿Qué tal lo llevas? —inquirió Mercedes, confundiendo la impaciencia con pesadumbre.

—Tirando —contestó Lucía, escueta. Solía apreciar mucho las charlas con su hermana, ya fueran por teléfono o viéndose las caras en Skype, pero esa noche, precisamente, tenía algo mejor que hacer—. Ya sabes, poco a poco.

—¿Has hablado con Santiago?

—Todavía no. Lo haremos cualquier día de éstos.

—¿Y tienes claro lo que le vas a decir?

—Sé lo que debería decirle siendo honesta conmigo misma y con él. Espero encontrar el valor de hacerlo, llegado el momento.

—¿No tiene arreglo la cosa? Tú sabrás lo que te dicta el corazón, pero una segunda ruptura… ¿Lo has pensado bien?

—¡Pues claro que lo he pensado, Mercedes! —Había levantado la voz, irritada por el reproche que llevaba implícita la pregunta de su hermana—. Las cosas empiezan y terminan. ¿Crees que no soy la primera en lamentar otro fracaso? De todas formas no hay nada decidido todavía. Tal vez acabemos arreglándolo, no sería la primera vez. Ya te iré diciendo.

—No digas eso… No vivas como un fracaso lo que no depende de ti. Nadie gobierna sus sentimientos y mucho menos los de otra persona. ¿Qué dice Laura?

—Ya sabes cómo es mi hija, siempre incondicional. Lo que yo decida le parecerá bien. Además, ha aceptado un empleo en Panamá. Pensaba llamarte mañana para contártelo. Se va dentro de unos días. Tiene ya todo prácticamente listo y el billete sacado.

—¿Panamá? ¿Tan lejos? ¿Para hacer qué? ¡Estarás hecha polvo!

Lucía hizo acopio de entereza para responder a su hermana sin dramatismos ajenos a su forma de ser. Ambas sabían bien lo que representaba su hija para ella. Laura era pura luz. Había alumbrado con su risa los momentos más oscuros de su madre y superado con creces sus expectativas más elevadas. Laura era la hija que cualquiera habría encargado a la medida si tal cosa hubiese resultado posible. Era buena en el sentido machadiano del término, preciosa por fuera y por dentro, inteligente, perseverante, sólida, noble, alegre; un premio gordo de la vida que su madre nunca había creído merecer.

Precisamente porque la amaba, Lucía se habría amputado la mano antes de mover un dedo por cortarle las alas poderosas que empezaba a desplegar sin miedo. De ahí que contestara a Mercedes, enérgica:

—Un proyecto para un gran hotel. Con las obras del Canal, ese país está creciendo a un ritmo envidiable hasta el punto de rondar el pleno empleo. Aquí los arquitectos están condenados al paro, pese al esfuerzo que han puesto en estudiar una carrera tan compleja. Allí le han hecho una oferta interesante y el banco en el que trabaja su novio acaba de abrir una sucursal, de modo que puede solicitar el traslado e irse con ella. Este país está moribundo o muerto, hermana. ¡Claro que voy a echarla de menos! Pero es lo mejor para ella. Los hijos vuelan, es ley de vida.

—Te veo muy negativa…

—Es el cansancio, no me hagas caso, ya te he dicho que he tenido un día intenso. Y además, es la verdad.

—No será para tanto. ¿De verdad no ha encontrado nada en España con semejante carrera?

—Ni ella ni tantos otros, Mercedes. Cuando nosotras nos incorporamos al mercado laboral hablar varios idiomas era una garantía infalible de colocación. Hoy hay más competencia en ese terreno y ni siquiera con un currículum brillante como el de Laura se encuentra algo que merezca la pena, esté razonablemente pagado y no conlleve un horario infernal incompatible con la familia. Por mucho que vayan a faltarme sus abrazos, creo que hace bien en irse. El futuro pertenece a los valientes. Es lo que siempre me ha oído decir y por lo tanto no puedo quejarme. Eso lo ha aprendido de mí.

—¿Por qué no te vienes tú a Nueva York? Aquí siempre habrá trabajo para una buena traductora como tú.

—Ya hablaremos —zanjó Lucía, que no había dibujado a su hermana el cuadro completo de la situación ni pensaba hacerlo todavía—. Me voy a la cama. Te llamo un día de éstos con más calma.

—Si me necesitas, aquí estaré, lo sabes, ¿verdad?

—Lo sé. Dale un beso a Peter de mi parte y achucha a los chicos aunque se resistan. Diles que su tía de Madrid les quiere.

—¡Descansa!

Lucía estaba agotada, pero no pensaba seguir el consejo de Mercedes. Descansaría cuando tuviese las respuestas que buscaba, no antes.

El sonido característico del iPad la avisó de que había recibido un correo electrónico y, de forma casi automática, interiorizada a base de repetir mil veces el gesto, lo abrió. Era de

Julián. Estaba firmado en Santiago de Chile. Decía escuetamente: «Acabo de aterrizar y ya te extraño. ¿Qué me has hecho? ¿Me embrujaste? TQ».

Su primera reacción consistió en sonreír de oreja a oreja, entre halagada e incrédula. Lo suyo con él había sido una aventura pasajera, poco más que un fin de semana de locura, sabiendo que Julián estaba de paso y pronto regresaría a su país. ¿Qué hacía escribiéndole nada más llegar y diciéndole que la quería? ¿Estaría tomándole el pelo?

Ese músico de voz risueña debía de ser un hombre peligroso, se dijo a sí misma. Un soñador como el de la canción de Kenny Rogers, de esos que te enamoran pero no te dejan amarlos. O peor aún, un romántico enamorado del amor e incapaz de amar a una mujer de verdad. En cualquiera de los casos, un boleto con premio seguro en la tómbola del sufrimiento. O sea, lo último que necesitaba ella en ese momento de su vida.

¿Qué diría de Julián su madre? Seguramente algo parecido a lo que escribía en su diario sobre George, el amante de su amiga Paola. Al igual que éste, Julián era más joven que ella y además Lucía tenía oficialmente una pareja, por más que no fuese su marido y que se tratara de una relación acabada.

¿Qué habría pensado María de su hija?

¡Lo peor!

Por un instante tuvo el impulso de ponerse a contestar el correo, pero se contuvo. Ya lo haría con tranquilidad, después de meditar detenidamente lo que quería decirle.

Recordó las cartas de amor escritas a mano de su adolescencia, cuando no existía otra forma de comunicarse con el novio de turno, que se había quedado en España mientras ella regresaba a París o a Los Ángeles después de las vacaciones. Entonces no se soñaba con algo parecido a Skype o al correo electrónico, y el teléfono costaba una fortuna. Los vuelos *low cost* se ocultaban todavía en un futuro por escribir, al igual que los trenes de alta velocidad. Las cartas tardaban siglos en llegar, si es que no se perdían en Correos. El mundo era un lugar prácticamente inabarcable.

—Se acabó por hoy —murmuró, a la vez que apagaba la tableta y conectaba el teléfono móvil a los altavoces que convertían el iPhone en un formidable reproductor de música.

Lucía había heredado de su madre la melomanía y de su padre la afición al baile. La primera acompañaba sus estados de ánimo, el segundo sustituía a la gimnasia y la ayudaba a mantenerse en forma.

Esa noche no tuvo dudas al pinchar a Eric Clapton, interpretando *Tears in Heaven*. Aparte de ser su canción favorita, sonaba con la melodía exacta que habría puesto ella a su emoción. Y la letra no podía ser más oportuna...

> *Would you know my name*
> *If I saw you in heaven?*
> *Would it be the same*
> *If I saw you in heaven?*
>
> *I must be strong*
> *And carry on,*
> *Cause I know I don't belong*
> *Here in heaven.**

---

* ¿Sabrías mi nombre / si te viera en el cielo? / ¿Sería lo mismo / si te viera en el cielo? / Debo ser fuerte / y continuar, / porque sé que no puedo estar / aquí, en el cielo.

Clapton había condensado en esa canción toda la amargura de la pérdida, en su caso de un hijo pequeño, y a la vez la esperanza irrenunciable del reencuentro…

Beyond the door,
There's peace I'm sure,
And I know there'll be no more
*Tears in heaven.**

¿Se reconocerían su madre y ella si se encontraran en el cielo? Lucía no tenía modo de saberlo, aunque se prometió que lo descubriría. Algo imposible de nombrar le decía que hallaría la respuesta en ese viejo cuaderno de música, de modo que se puso a leer.

* Detrás de la puerta / hay paz, estoy seguro, / y sé que no habrá más / lágrimas en el cielo.

3

L^o de Lucía al final no era nada, gracias a Dios.

En lo demás seguimos igual... o peor.

Ayer estuve hablando con Fernando después de cenar y me acosté con el alma encogida. No saqué a relucir la cuestión de la mancha en el pañuelo, no me atreví. Me limité a decirle que estaba muy inquieta por los chicos ante los rumores de una posible guerra y quería traerlos con nosotros a Estocolmo. Él se cerró en banda a la posibilidad de sacarlos del colegio, aunque me ofreció ir unos días a verlos cuando se acerque la Navidad y así volver los tres juntos a pasar aquí las fiestas. No entendía mi nerviosismo ni yo podía explicarle su porqué.

Generalmente soy yo la que pone templanza en cualquier

situación y él quien tiene dificultades para domeñar un carácter explosivo. Yo me pliego a su voluntad o la rodeo con habilidad. Él ejerce la autoridad sin esperar discusión. Ayer olvidé mi papel o fui incapaz de representarlo.

—¿Se puede saber qué te pasa? —me preguntó la tercera vez que le insistí en que reconsiderara su negativa. Le desconcertaba mi obstinación y me miraba con una mezcla de reproche, incomprensión y condescendencia—. Esto ya estaba hablado y decidido.

—Decidido por ti.

—Tú estabas de acuerdo.

—Yo nunca te desautorizaría ante ellos, ya lo sabes, pero las cosas han cambiado.

—¿A qué te refieres? Las cosas siguen estando como estaban. Tienen que sacar el curso, punto.

—No me refiero a ellos sino a la situación internacional. Se dice que algo grave está pasando en Cuba, y me preocupa que pueda ir a peor.

—Hace tiempo que los norteamericanos andan preocupados por los movimientos de armas e instructores militares soviéticos que detectan en Cuba —me explicó, como si se dirigiera a un chiquillo torpe, pugnando por contener la impaciencia—. Desde lo de Bahía de Cochinos se ha mantenido allí una tensión latente. Nada que deba alarmarte más de la cuenta. Washington ya ha evitado el enfrentamiento con Moscú en Corea, Alemania, Hungría y Egipto.

—Ya lo sé, pero nunca hasta ahora se había hablado tan abiertamente de la posibilidad de una guerra.

—La Guerra Fría es preferible a la guerra sin más. Ellos lo saben mejor que nadie. En el transcurso de la última, el propio Kennedy resultó gravemente herido en el Pacífico y perdió a su hermano mayor en Europa.

—Entonces todavía no se habían extendido las armas nucleares como ahora.

—Razón de más. Desde entonces las dos superpotencias se han rozado en varios conflictos sin llegar a chocar. Saben hasta dónde pueden forzar el pulso y cuáles son las que De Gaulle denomina sus respectivas «zonas de hegemonía». No te angusties sin motivo y deja que me ocupe yo de estas cosas.

Estábamos en el salón, frente a frente, Fernando enfundado en su bata de seda, fumando de esa manera elegante que tiene de hacerlo, sujetando el cigarrillo entre el pulgar, el índice y el corazón, para llevárselo lentamente a la boca, mientras yo hacía punto. Mercedes, que había cenado en la mesa con nosotros, se acababa de ir a la cama. Lucía llevaba tiempo durmiendo, después de contarme con su media lengua lo que le había sucedido al morder una manzana en la tienda de la abuela, dice ella, a la que suele ir con Jacinta.

Debían de ser poco más de las diez, pero reinaba una calma propia de la madrugada.

No deja de sorprenderme que la paz pueda pender de un hilo cuando todo parece tan normal, tan cotidiano. ¿Sucedería lo mismo en vísperas de los muchos conflictos que ha conocido nuestro siglo? Es muy probable que sí. Sólo de pensarlo siento escalofríos.

De haber sabido que estaba larvándose una guerra civil inminente, mi padre no nos habría dejado solas en San Sebastián, estoy segura. Y si Fernando estuviera tan convencido como yo de que en cualquier momento chocarán sin remedio Kruschev y Kennedy, actuaría de otro modo. No me cabe la menor duda.

Ayer por la noche escuchó mis ruegos con más calma de la que suele manifestar cuando se le lleva la contraria, e incluso se mostró especialmente cariñoso conmigo. Supongo que le conmovería el disgusto que tenía yo, o tal vez fuese una forma de paliar su mala conciencia, si es que la tiene. Lo ignoro. En todo caso, percibí que no se tomaba en serio mi preocupación ni le daba excesiva importancia.

En un momento dado, apagado ya el pitillo, se inclinó hacia el sofá en el que estaba sentada yo, para hacerme una caricia en la mejilla como las que se hacen a los bebés, pellizcándome la mejilla, y medio en serio medio en broma trató de animarme.

—¡Vamos, mami! ¿Dónde está mi vasca recia? ¿Te vas a arredrar ahora tú, que me has seguido por medio mundo sin una vacilación?

Cuando se comporta de ese modo me derrota, a la vez que disipa mis temores. Con esos gestos desarma hasta la última defensa. ¿Cómo no voy a rendirme ante él? Pasa de la cólera a la ternura sin transición y pone en ambas la misma pasión que en el baile, la polémica o el amor. De él cabe esperar cualquier actitud salvo la indiferencia. Es un hombre a quien sólo se puede odiar o amar profundamente, no hay término medio que valga. Y a mí el corazón me lleva espontáneamente a idolatrarle.

En ese instante estuve a punto de confesarle toda mi conversación con Paola. Me faltó un suspiro. Sólo me contuve por lealtad a la única amiga digna de ese nombre que tengo aquí, aunque ya he decidido hablar a tumba abierta esta noche, si las cosas no revientan antes, advirtiéndole previamente a ella de lo que voy a hacer. Callaré, por supuesto, la parte referida a su infidelidad, pero le revelaré el resto a mi marido.

Que sea lo que Dios quiera. No soporto más esta tensión.

Fernando debió de achacar mi estado emocional a la pena que me da estar separada de mis hijos, y trató de quitar hierro al asunto, incapaz de comprender. ¿Cómo iba a imaginar que sé lo que sé? La política es lo suyo. No en vano estudió para ser diplomático y sigue devorando todo lo que se publica sobre relaciones internacionales e historia del siglo xx. Lo mío es la casa, los menús, las cenas, las sonrisas.

Con todo, en vez de ponerse a leer, que es lo que suele hacer cuando por milagro no salimos o recibimos invitados, se tomó su tiempo para intentar convencerme con argumentos de que mis temores son infundados. También es verdad que no le costó mucho esfuerzo esa tarea, porque disfruta exhibiendo sus conocimientos sobre aquello que le apasiona y da sentido a su vida. En condiciones normales no suelen ser asuntos que a mí me quiten el sueño, pero ayer, dadas las circunstancias, puse toda mi atención en escucharle, mientras mis manos seguían tejiendo, ajenas a mi voluntad, guiadas por el automatismo de una costumbre arraigada.

—La Alianza Atlántica y la Comunidad Económica Europea son los mejores garantes de la paz, créeme. Los Tratados de Roma han sentado las bases de una cooperación cuyos beneficios no han hecho más que empezar. El mundo nunca agradecerá lo suficiente a De Gasperi, Adenauer y De Gaulle su contribución al progreso y la estabilidad. Lástima que España haya perdido también ese tren y se mantenga al margen de la evolución del continente, aislada en su burbuja reaccionaria, como tantas otras veces en los últimos tres siglos.

Conociéndole como le conozco, temí que fuese a lanzarse a una enumeración exhaustiva de las razones que, según él, han llevado a nuestro país a faltar a esa cita con la Historia, y traté de centrar la conversación.

—Esta vez no parece que el peligro esté en Europa sino más bien en cualquier otro punto que pueda enfrentar a Estados Unidos con la URSS, ¿no?

—Bueno, en parte tienes razón y en parte no. —Recogió el guante, probablemente extrañado por el hecho de que fuese yo quien entrara en esas profundidades—. Ahí está el Pacto de Varsovia, que agrupa a todo el bloque comunista en una única máquina de guerra comandada por la URSS, nacido como respuesta fulminante a la creación de la Alianza Atlántica. Aun así, deberías estar tranquila. Kruschev no es Stalin, afortunadamente.

—¿Se puede confiar en él?

—Eso sería ir muy lejos. Pero es innegable que tuvo el valor de denunciar las barbaridades de su predecesor ante sus propios compañeros del Partido Comunista, y ahora está tratando de abrir poco a poco puertas y ventanas en la Unión Soviética, empezando por liberar a la mayoría de los prisioneros políticos que sobrevivieron a los campos de concentración siberianos donde los recluyó ese fanático sanguinario de Stalin. Se habla de decenas de millones de muertos como consecuencia de las sucesivas purgas desatadas por él, y no creo que la cifra sea exagerada.

—No deben de pensar lo mismo que tú los pobres húngaros —apunté, recordando las imágenes de los tanques soviéticos en las calles de Budapest, pasando literalmente por encima de los manifestantes anticomunistas, hace apenas seis años.

—Ellos no querrán mucho a Kruschev, supongo.

—El caso de Hungría demuestra precisamente que no estamos en manos de locos sino de líderes prudentes, María —me rebatió, con ese tono vagamente despectivo que le sale a veces sin querer—. Es un hecho insoslayable que Occidente permaneció impasible ante el aplastamiento de las esperanzas democráticas de los húngaros, dejó tirado a su líder, Imre Nagy, y permitió que las tropas soviéticas ahogaran en sangre su incipiente primavera, pero no lo es menos que, de haber actuado de un modo distinto, seguramente habría estallado otra guerra mundial.

Fernando estaba tan tranquilo que no podía saber lo que se está cocinando en la sombra, lo que a mí me ha contado Paola. En caso contrario yo habría notado su inquietud. Si algo no ha sido capaz de hacer nunca él es ocultar sus emociones. Antes al contrario, es de los que no tienen reparo alguno en dejar que se desborden.

Como es lógico, yo no iba a citar a mi fuente, aunque trasladé mentalmente los sucesos de Budapest al escenario de Cuba y recordé que, según ese espía de la CIA que es el amante de Paola, Kennedy ha decidido poner pie en pared y declarar la guerra a Moscú si no son retirados los misiles nucleares rusos de la isla. De ahí que preguntara:

—¿Quieres decir que los occidentales hicieron bien en dejar las manos libres a los soviéticos? ¿Deberían hacer hoy lo mismo en una situación parecida?

—Quiero decir que los estudiantes y obreros húngaros, encabezados por el bueno de Nagy, confundieron apertura con libertad. Se les dio un dedo y quisieron tomarse el brazo entero. Por eso cuestionaron la autoridad soviética anunciando una democratización de la vida pública que Kruschev no podía aceptar en modo alguno, so pena de ver tambalearse todo el edificio levantado por sus ejércitos a su lado del Telón de Acero.

—¡Si esa pobre gente no había hecho nada más que salir a la calle!

—Esa gente había desafiado a los soviéticos. De ahí que éstos tacharan aquel movimiento de «contrarrevolucionario» y lo sometieran con sus blindados, matando a millares de inocentes. Cualquier apoyo armado a su causa habría sido considerado por Moscú como un casus belli de libro.

—Fidel Castro ha implantado un régimen comunista en Cuba, a dos pasos de Estados Unidos, y Washington no le ha declarado la guerra —aduje, apelando a la lógica.

—No le han faltado ganas, te lo aseguro. Pero ellos se rigen por normas democráticas que impiden el tipo de actuaciones protagonizadas por el Ejército Rojo en Budapest. Es lo que diferencia la civilización de la barbarie totalitaria.

Volví a callar lo que sabía por Paola sobre los planes e intenciones de la CIA y la Casa Blanca respecto de Fidel Castro. Que a raíz del fiasco de Bahía de Cochinos, los hermanos Kennedy habían encomendado a la CIA nada menos que el asesinato del líder cubano. Su eliminación física pura y dura, de manera discreta, limpia e imposible de relacionar con su Administración. O sea, que en este juego endiablado nadie es en realidad quien pretende ser. Fernando regresó al tema de Hungría.

—La cuestión es que, en aras de mantener la paz y el equilibrio entre los bloques, todo el Occidente democrático tuvo que contemplar de brazos cruzados cómo eran torturados y ejecutados Nagy y varios millares más de patriotas húngaros, traicionados por un sujeto llamado János Kádár, que algún día arderá en el infierno si es que existe ese lugar y hay justicia divina.

—Existe, Fernando, no lo pongas en duda. Igual que existe Su infinita bondad.

Él nunca discute conmigo asuntos relacionados con la religión o la fe. Sabe perfectamente cuánto me duele su tibieza, por no decir descreimiento, y evita hurgar en esa herida. Por eso ayer hizo caso omiso a mis palabras y siguió con su relato como si no me hubiese oído.

—La vileza de Kádár alcanzó tal extremo que vendió a los soviéticos a su amigo de la infancia, al hombre cuya esposa le había salvado la vida durante la guerra, Laszlo Rajk, con el fin de acumular méritos para alcanzar el poder. Obedeciendo a sus amos de Moscú, prometió a Rajk un salvoconducto a Crimea si se declaraba culpable de crímenes imaginarios y aquel desgraciado, que cometió el error de creer en su palabra, acabó ahorcado, como muchos otros, mientras Kádár era aupado al gobierno sobre la sangre de sus compatriotas.

—No resulta muy tranquilizador lo que cuentas...

—Pues lo es. Porque si los americanos no actuaron para impedir esa infamia fue porque aceptan, de facto, que no pueden meter sus narices en casa de los soviéticos, del mismo modo que éstos no meterán las suyas en el patio trasero de los estadounidenses.

—¿Te refieres a Cuba?

—A Cuba, al continente americano, Europa occidental, la parte del mundo en la que vivimos o, si lo prefieres, el bando al que pertenecemos en esta Guerra Fría que dura ya más de una década.

¿Podía estar Fernando equivocado hasta ese punto? Me costaba tanto aceptar esa idea que pregunté directamente:

—¿Y qué pasaría si Kruschev decidiera saltarse todo eso que dices y apoyar militarmente a Fidel Castro de forma abierta?

—En tal caso, Kennedy se sentiría legitimado para defender su territorio y haría bien. Pero no creo que el líder ruso esté dispuesto a correr ese riesgo. Hoy por hoy el arsenal nuclear norteamericano supera con creces al soviético.

—¿Llegarían a utilizarlo? —Ésa era la pregunta del millón.

—Esperemos que no. No hay motivos para pensar otra cosa. Hoy han llegado a la Embajada varios *ABC* de la semana pasada y no dicen nada nuevo, ya lo verás tú misma. Tampoco he leído nada especialmente preocupante en *Le Monde* ni en el *Times*, más allá de las tensiones habituales en Berlín, que se encuentra justo en la frontera entre los dos imperios. Además, Kennedy acaba de enviar quince mil soldados norteamericanos a Vietnam, para ayudar al gobierno de Saigón a combatir a la guerrilla comunista. Bastante tiene con ese avispero del que tuvieron que salir corriendo los franceses. No creo que vaya a meterse en otro conflicto.

Ni yo quise insistir más ni él tenía ganas de seguir hablando de trabajo, por mucho que el trabajo sea al mismo tiempo afición. Era ya casi hora de acostarse. Tiempo de zanjar la cuestión y pensar en otra cosa.

—Olvídate de este asunto —se recostó en su sillón, cruzando la pierna izquierda sobre la derecha con el pie a la altura de la rodilla— y cuéntame qué le ha pasado al Juguete —así llama él a Lucía— en esa tienda de fruta.

Ése también es mi marido.

Esta mañana, por fin, he podido hablar con Miguel y con Ignacio.

Cuando Fernando se ha levantado, a eso de las nueve, yo llevaba ya un buen rato despierta, de manera que no he esperado a que Oliva me trajera el desayuno a la cama y he bajado a tomarme el chocolate a la vez que él se bebía su café.

Hoy tengo muchas cosas que hacer. Necesito que me cunda el día.

Antes de bañarme he probado suerte con la conferencia y, gracias a Dios, me ha respondido una operadora que hablaba francés. Enseguida me ha telefoneado de vuelta con el esperado:

—*Madrid à l'appareil.*

El encargado de la centralita del colegio no se ha mostrado

sorprendido por mi llamada, aunque sí un tanto nervioso. Ha ido a buscarlos a clase como si fuese lo más natural del mundo, lo que me ha parecido bastante extraño.

¿Qué más da? Lo importante es que mis chicos parecían estar muy contentos. Miguel avanza rápidamente en matemáticas, además de ser el primero de su clase en gimnasia. A Ignacio le cuesta un poco más acostumbrarse a la comida del colegio, pero ha hecho ya muchos amigos.

Su alegría me ha dado un rato de paz.

He vuelto a quedar con Paola a la hora de comer. Vamos a ir al parque de Skansen, una especie de híbrido entre el zoológico y el Retiro, con Lucía y Beatrice, su hija pequeña, que tienen casi la misma edad. Allí las niñas se divertirán, viendo a los animales y disfrutando de las demás atracciones del recinto, mientras nosotras charlamos.

Estoy impaciente por escuchar qué nueva información le ha dado su espía, por más que me incomode el modo en el que la consigue. Al fin y al cabo, es su vida.

Para hacer tiempo, he estado hojeando los *ABC* que trajo ayer Fernando a casa, sin encontrar una palabra sobre esta situación terrible que atravesamos. Habían llegado en la valija, con el vuelo de SAS que hace escala en Copenhague, y eran del sábado 20 y el domingo 21, porque el lunes no hay periódico. Los he revisado de arriba abajo y nada. ¿Cómo puede ser? ¿Tan bien guardado está el secreto que ni diplomáticos ni periodistas se enteran de que estamos a un paso del desastre? ¿Me estará engañando mi amiga contándome una película? ¿O acaso sea ella la víctima de un sinvergüenza que la ha embaucado con estas historias?

El ejemplar del sábado dedicaba la portada al Día de la Prensa. En páginas de Internacional se hablaba de la entrevista celebrada entre el presidente Kennedy y el ministro de Asuntos Exteriores soviético, Andréi Gromyko, aunque únicamente se mencionaba el asunto de Berlín, en el que, dice el corresponsal, no hay avances: «Las cosas siguen en tablas y la ciudad de Berlín partida por el muro de la infamia».

¿Y qué pasa con Cuba? ¿No habrán hablado de eso los dos mandatarios? ¡Es imposible!

Me ha llamado la atención una noticia publicada en la misma sección, referida a un agente soviético condenado a ocho años de trabajos forzados en Alemania por asesinar a dos disidentes ucranianos refugiados del comunismo en Munich. Los mató, decía la crónica, con una pistola de gas cianuro, siguiendo órdenes de las autoridades soviéticas, y luego se arrepintió y se entregó en Berlín Occidental por miedo a lo que podrían hacerle sus compatriotas.

Inmediatamente me he acordado de ese ruso del que hablamos ayer, el tal Doliévich que informa a George. ¿Qué le pasaría si le capturan? Supongo que iría a parar a un campo de concentración en la taiga o bien directo al paredón, después de ser torturado. Si enviaron a un agente hasta Alemania para ejecutar a un escritor y un activista que habían huido de la dictadura, ¿qué no le harían a un renegado culpable de pasar información de ese calibre? Espero por su bien que no le cojan.

Y eso era todo. Algunos artículos sobre los trabajos del Concilio, el tiempo, veinte grados de máxima en Madrid cuando aquí estamos a siete, y el premio Nobel de Medicina, que se entregará como cada año en una solemne ceremonia celebrada en la Academia, a la que seguramente asistamos Fernando y yo.

También se publicaba en huecograbado una foto del marqués de Santacruz, nuestro embajador en Londres, recibiendo de manos del presidente de la Sociedad Anglo-Española un cheque de catorce mil libras esterlinas (más de dos millones de pesetas) recaudadas a beneficio de las víctimas de las recientes inundaciones en Cataluña. Me he fijado en ella porque le conozco, me lo presentó Fernando hace unos años en San Sebastián.

En el ejemplar del domingo tampoco he encontrado lo que buscaba. Había un suelto sobre las restricciones al comercio con Cuba, que no desvelaba nada nuevo, y más información sobre Alemania y los planes de Bonn para dejar de enviar productos de primera necesidad a Berlín Oriental, «como represalia por las medidas comunistas contra Berlín».

Hay que ver cómo han cambiado las cosas en tan poco tiempo. Hace poco más de una década fueron los occidentales los que estuvieron a punto de sucumbir a la inanición o rendirse a los soviéticos y dejar que su ciudad pasase a sus manos. Entonces también nos acercamos peligrosamente a la guerra. Claro que ni los norteamericanos ni los británicos cedieron a la presión, y aguantaron a pie firme los trescientos días que se mantuvo el bloqueo impuesto por los soviéticos.

¿Cómo olvidar aquellos meses? Nos tuvieron con el alma en vilo, igual que ahora. Seiscientas toneladas de suministros fueron embarcados cada jornada, en todos los aviones disponibles, con el fin de abastecer a los berlineses que necesitaban de todo: desde mantequilla hasta zapatos, pasando por clavos, harina y sobre todo carbón para encender sus calefacciones. Casi doscientos mil vuelos estadounidenses hubo en esos meses, entre 1948 y 1949, que se sumaron a los más de ochenta mil británicos.

Fernando y yo éramos entonces novios y yo seguí el desarrollo de la crisis casi con tanto interés como él. Al final, los soviéticos tuvieron que ceder y reabrir las carreteras. Es de suponer que Kennedy nunca abandonará a los alemanes. Ni tampoco a los cubanos. La cuestión es hasta dónde estará dispuesto a llegar por defenderlos del comunismo y a dónde nos arrastrarán a los demás entre unos y otros.

Vuelvo al periódico del domingo, porque todavía tengo que entretenerme en algo mientras Oliva termina de vestir a Lucía para que me la lleve al parque. Siguiendo la costumbre, he empezado por mirar las esquelas, sin encontrar a nadie conocido. Luego he recortado los crucigramas, que guardo para cuando tenga la mente más despejada. En cuanto a las noticias, nada que me saque de dudas.

Como nos adelantó el padre Bartolomé, el Vaticano ha hecho un nuevo llamamiento en favor de la paz mundial, exhortando a la fraternidad y la justicia social. ¡Bendito sea este Papa! ¿Tendrá alguna idea de lo que está fraguándose en los despachos del Kremlin y la Casa Blanca? Lo dudo mucho. Y aunque lo supiera, ¿qué podría hacer? Rezar, como cualquiera de nosotros.

Yo le he prometido a Dios que si nos salva de esta guerra estaré un año sin fumar. No se me ocurre sacrificio mayor que esté a mi alcance y no implique a mi marido o a mis hijos. Esto es algo entre Él y yo y aquí queda, negro sobre blanco, mi promesa.

Son las seis de la tarde.

¡Vaya día!

Ya es público y notorio. Aunque yo haya sido la última en enterarme, debido al maldito idioma, el mundo está desde esta mañana al tanto del peligro al que nos enfrentamos. El peor que ha conocido hasta ahora la humanidad.

De madrugada, el presidente Kennedy ha hecho público un comunicado en el que da cuenta de la presencia de bases de misiles nucleares soviéticos en Cuba y lanza un ultimátum a Moscú para que las desmantele. En caso contrario... Por el momento ha decretado un bloqueo naval de la isla y puesto a las Fuerzas Armadas estadounidenses en estado de alerta máxima ante la magnitud de la amenaza que nos acecha.

Las espadas están en alto. Paola no se equivocaba.

Vayamos por partes. Necesito ordenar todo este caos y no veo mejor manera de hacerlo que recogerlo en este cuaderno tal y como ha ido sucediendo.

Hoy he sido yo quien ha llegado tarde a nuestra cita. Es un trayecto largo el que hay que recorrer desde Bromma hasta Skansen, primero en tranvía y metro para llegar al centro y después en ferry, atravesando uno de los muchos brazos de mar que se adentran en la ciudad de Estocolmo, hasta la isla de Djurgården, donde se encuentra ese lugar lleno de ardillas que es el favorito de mi hija.

Al acercarnos al muelle de atraque hemos podido contemplar de cerca el *Vasa*, un antiguo barco de guerra que se hundió en el año 1628 en su primera travesía, nada más salir del puerto, y que los ingenieros sacaron del fondo de la bahía la primavera del año pasado, prácticamente intacto. Ahora permanece amarrado a tierra, para disfrute de los viandantes, en espera de que las autoridades suecas decidan qué hacer con él.

Su laborioso rescate fue noticia de portada en todos los diarios locales durante semanas. Según explicaron los expertos, las bajas temperaturas del agua en la que permaneció sumergido más de cuatrocientos años han mantenido la madera en perfecto estado, por lo que el buque parece recién salido del astillero. Es impresionante, todo de madera, con esculturas preciosas talladas en el castillo de popa y mástiles gigantescos. Yo no sé nada de barcos, pero éste me recuerda a los galeones de la Armada Invencible pintados en los cuadros del

Museo del Prado. Nunca pensé que vería uno de verdad tan de cerca.

Lucía, que todo lo pregunta, me ha sometido a un interrogatorio implacable de porqués referidos al naufragio y al navío en sí. He contestado lo mejor que he sabido, aconsejándole que pregunte esta noche a su padre, mucho más versado en estas cosas. Así aprovecharé yo también para aprender algo sobre la historia de esos pobres tripulantes ahogados y congelados a dos pasos de sus hogares. Dicen que dentro del buque aparecieron sus ropas, pertenencias, utensilios de cocina, alimentos, armas… Todo lo necesario para vivir a bordo durante meses, preservado del paso del tiempo en un inmenso *frigidaire*.

A ver qué nos cuenta Fernando.

Hacía un tiempo sorprendentemente bueno a pesar del frío. Una luz amarillenta, otoñal, de sol nórdico, caía horizontalmente desde el cielo pálido, suavizando los perfiles y acentuando los colores ocres de las hojas que alfombraban el suelo. El aire estaba impregnado de olor a leña quemada. De pronto me ha invadido una sensación profunda de bienestar, contagiada seguramente de la alegría con la que Lucía tiraba de mi mano, impaciente, para obligarme a ir más deprisa.

Nada más pagar la entrada, atravesar la cancela y subir las escaleras que conducen al recinto propiamente dicho, nos ha recibido un anciano vestido con el traje típico rural sueco, pantalones de cuero, jersey de lana basta y botas, además del zurrón de corteza de árbol que antaño solían llevar aquí los campesinos. Pese a no entender sus palabras de bienvenida, sus gestos eran inequívocos y me han parecido un buen augurio.

Soy optimista por naturaleza.

Había quedado con Paola en el café de una plazoleta situada casi al fondo del parque, más allá del pequeño zoológico que acoge a un puñado de animales capaces de aguantar estas temperaturas polares. Entre ellos, osos y renos que parecían saludarnos con tristeza desde sus jaulas. Hemos atravesado un bosquecillo de castaños y abedules cuyas ramas, casi desnudas, no tardarán en cubrirse de nieve. A Lucía le han llamado la atención, a pesar de conocerlos de sobra, un molino de viento centenario, pintado de rojo, traído pieza a pieza de una aldea en el campo, así como una impresionante torre vikinga esculpida en un tronco enorme que se alza entre la vegetación.

Esta ciudad de Estocolmo es el paraíso para un crío. Parece diseñada a su medida.

Debía de ser yo la única madre del parque, repleto de abuelas y abuelos de paseo con sus nietos de corta edad, demasiado pequeños para estar en la escuela. Supongo que las suecas estarán trabajando, siendo hoy un día laborable entre semana. Al constatar esa ausencia he sentido lástima por ellas, que se van a perder los años más bonitos de sus hijos, y me he dado cuenta de lo afortunada que soy yo por poder disfrutar de este rato con mi hija. Creo que ella sentía lo mismo. Es muy niña todavía, aunque espero que algún día, quién sabe dónde, recuerde estos momentos pasados en lugares tan alejados de España y sonría pensando en lo lejos que la llevamos su padre y yo.

Lucía era fácilmente reconocible entre todos los demás chiquillos porque resultaba ser la única ataviada con una falda, escocesa para más señas, leotardos de lana y un grueso chaquetón de punto. Los otros, niños y niñas, vestían pantalones y anoraks. Verla corretear por allí feliz, sabiendo que la llevaba a montar en poni junto a su amiga Beatrice, me ha dado mucho más calor que la piel de nutria que me cubría a mí.

La felicidad es contagiosa y abriga.

¿Existe algo más luminoso que la risa de un niño? Estoy convencida de que no. Acaso el amor de un esposo fiel, entregado, lleno de sorpresas y previsible al mismo tiempo. Dulce y brillante. Cariñoso e inteligente. Tal vez. Seguramente, aunque no tengo modo de saberlo. Fernando sólo reúne algunos de esos atributos y no sé si existirá un marido que los atesore todos. Lucía es en todo caso para mí una mañana de sol. Fernando, el cielo embrujado que abraza la bahía de San Sebastián cuando amenaza galerna. Ella es paz. Él, tormenta.

No hemos tardado mucho en llegar hasta el café autoservicio en el que íbamos a almorzar, donde Paola había ocupado ya una mesa, situada junto a la puerta, que nos permitiría charlar tranquilamente sin perder de vista a las pequeñas mientras montan en los ponis y los columpios.

Para entonces debía de ser cerca de la una.

Lo dicho, he sido la última en enterarme.

—Ya es oficial —me ha recibido Paola, vestida de punta en blanco—. Kennedy se ha dado por enterado de lo que sabe hace días y ha enviado un mensaje muy claro a Kruschev y al mundo entero.

—¿Qué dices?

—Lo que oyes. ¿No has escuchado la radio?

—No.

—Pues esta madrugada el presidente ha hecho una declaración institucional ante las cámaras de la televisión, que yo he oído íntegramente reproducida en la BBC. No ha dicho nada que no supiéramos ya, aunque el hecho de que lo haga público supone seguramente una escalada adicional en el conflicto. El tono que ha empleado al hablar ha sido interpretado unánimemente como el anuncio de que una declaración de guerra es una posibilidad muy real.

Todo el bienestar que había experimentado hasta entonces, todo el placer de compartir con Lucía unas horas de asueto en el parque, se han desvanecido de golpe.

He mirado instintivamente hacia el camino de arena que recorren al paso las diminutas monturas a cuya grupa van las niñas, a fin de comprobar que ella siguiera allí. Y allí seguía, con el chaquetón de lana roja que terminé de tejerle este verano, agarrada con fuerza a las crines del poni. Allí estaba, completamente feliz, dibujando con su alegría lo mejor de este mundo amenazado. Demostrando, por el mero hecho de existir, lo irracional que resultaría ser el estallido de una posible guerra.

Mi amiga, entre tanto, continuaba hablando de los misiles con la fría objetividad del reportero que le habría gustado ser, si hubiese nacido varón.

—Resumiendo, Kennedy lanza un mensaje al mundo y tres a los soviéticos. Al primero le dice que la década de los treinta nos enseñó que si permanecemos indiferentes ante una conducta agresiva ésta crecerá hasta conducir a la guerra. Por eso anuncia que la política de paciencia y contención mantenida hasta ahora por los norteamericanos con respecto a la URSS ha llegado a su fin.

—¿Y a los soviéticos?

—A los soviéticos les informa de que los aviones estadounidenses han confirmado la presencia en la isla de misiles nucleares de carácter ofensivo, cuya amenaza no piensa tolerar, y les reprocha el hecho de haberle mentido una y otra vez al negar sistemáticamente su existencia. Los acusa igualmente de haber roto el statu quo vigente, para añadir que aunque Estados Unidos no quiere ir a una guerra nuclear prematura…

—¿Guerra nuclear? —la he interrumpido—. ¿Ha dicho expresamente guerra nuclear?

—Eso es exactamente lo que ha dicho. Que aunque Estados Unidos no quiere una guerra nuclear, tampoco renuncia a los riesgos que tengan que afrontar sus ciudadanos con el fin de impedir el uso de armas atómicas en el hemisferio occidental.

—¡Dios!

—Por último, advierte a Moscú de que tanto Washington como sus aliados han puesto a sus Fuerzas Armadas en estado de máxima alerta, precisando que cualquier lanzamiento de un proyectil desde Cuba será considerado un ataque directo a Estados Unidos y recibirá una respuesta adecuada contra la Unión Soviética, que dará comienzo a la guerra nuclear.

—Otra vez…

—*Infatti, cara*, otra vez. Todo lo demás es parafernalia sobre la convocatoria del Consejo de Seguridad de la ONU, el llamamiento a Kruschev para que regrese a la senda del diálogo, bla, bla, bla.

Me he quedado de piedra. Una parte de mí se negaba a aceptar la realidad, como si aferrándome a la idea de que todo es una pesadilla pudiera conjurar el peligro. La otra me impulsaba irracionalmente a coger a Lucía de la mano y regresar corriendo a casa. Se ha impuesto el autocontrol y he acertado a decir:

—¿No hay esperanza entonces?

—Sí, sí que la hay. O al menos eso dice George, aunque no me ha dado muchos datos. Esta mañana le he visto apenas una hora y me temo que en los próximos días vamos a tener que prescindir el uno del otro.

—¿Y eso? —Sin él, Paola y yo perdíamos una fuente preciosa.

—Está esperando la llegada, esta misma tarde, de un equipo que viene de Langley, el cuartel general de la CIA, con la misión de interrogar al ruso.

—¿Sus superiores no se fían de George?

—Supongo que querrán asegurarse, ante un asunto de esta envergadura, de que Doliévich no les toma el pelo ni trata de venderles información falsa. Es, al parecer, el procedimiento habitual: envían a un equipo completo de la contrainteligencia, que incluye a un experto encargado de tender trampas al soviético a fin de detectar cualquier mentira y comprobar su buena fe, comunicaciones especiales, una línea encriptada con Estados Unidos y ese tipo de cosas.

Mira que me gustan las novelas de misterio, empezando por las de Georges Simenon o Graham Greene, y sin embargo nada de lo que oía decir a Paola me causaba otra cosa que estupor. Las historias de espías son fascinantes mientras permanecen en el terreno de la ficción. Cuando se trata de la realidad, y esa realidad lleva implícita la amenaza de una guerra que llevaría a la destrucción de todo lo que conocemos, suelen resultar mucho más sucias. Además, es imposible adivinar cómo acabarán.

—¿Por qué está traicionando Doliévich a su país? Me cuesta creer que lo haga únicamente por dinero. ¿No se tratará de una estratagema, como temen los de la CIA?

—Lo dudo. Fue él quien se acercó a George. Hoy me lo ha contado. Ambos sabían quién era el otro y a qué se dedicaba, porque los dos habían competido por sobornar a un ingeniero sueco para obtener secretos de la industria militar de este país. Se trata de un sector sumamente pujante, como seguramente sabes, y por ende de una competencia inquietante para las dos superpotencias.

—¿A un sueco? ¡No me lo creo!

—He dicho que lo intentaron, no sé si lo consiguieron. En todo caso así fue como supieron el uno del otro, al margen de que se conocieran formalmente en una recepción; eso ya te lo expliqué ayer. El ruso es un tipo muy importante, que se mueve al máximo nivel en el Politburó. Hace poco más de un mes citó a George en un café de Odengatan para tantearlo. Un lugar lleno de oficinistas en el que su encuentro pasaría desapercibido a cualquier mirada indiscreta. Le dio a entender que tenía algo en su poder que tal vez pudiera interesarle. George se mostró, por supuesto, receptivo, aunque no sacó más de esa conversación.

—Decididamente la realidad supera a la ficción...

—A la mejor novela, no tengas duda. Escuchar a George contar esas historias me gusta tanto como hacer el amor con él. Bueno, tanto no, pero casi. Resulta... *come si dice affascinante?*

—Continúa, por favor.

¡No habría soportado una segunda sesión de confesiones de cama!

Paola me ha relatado que su amante y el ruso se vieron otras dos veces más, hablaron de la Guerra Fría en términos similares, con preocupación, y George le dijo la verdad; que él considera su trabajo un modo de contribuir a evitar esa catástrofe. Entonces Doliévich se ofreció a ayudarle en la tarea y le reveló que acababa de regresar precisamente de Moscú, donde había tenido conocimiento de hechos sumamente relevantes. También le confesó que no tenía familia, había dejado de creer en el comunismo y deseaba desertar a Occidente.

Así empezó todo.

Según parece, a esta misma hora debe de estar siendo sometido al primer interrogatorio propiamente dicho. Si supera la prueba, en los próximos días lo sacarán del país y le proporcionarán una nueva identidad en Estados Unidos. George le ha dado su palabra y va a tratar de protegerle, pero sus propios compañeros de la CIA no le han garantizado que vayan a respetarla. Confío en que el ruso sepa lo que se hace y se haya guardado la suficiente información como para llegar sano y salvo a América, porque a juzgar por lo sucedido con los ucranianos de los que hablaba el *ABC*, no puedo ni imaginar lo que le harían los suyos a este desgraciado si lo atraparan.

Paola juega esta partida con ventaja. Ella sabe de antemano lo que me va a decir y yo en cambio tengo que ir sacándoselo con tenazas, por su afición a perderse en digresiones sin fin. Su afirmación de que todavía hay esperanza me había tranquilizado algo, pero me urgía llegar al fondo de la cuestión.

Fuera, Lucía y Beatrice habían pasado de los ponis a los caballitos mecánicos, completamente ajenas a los enredos de dos presidentes todopoderosos mucho más preocupados por salvar sus caras que por preservar nuestras vidas. La luz empezaba a teñirse de naranja y la temperatura debía de haber caído, aunque ellas no parecían notarlo. Los niños, al menos los míos, rara vez tienen miedo y jamás se quejan del frío. Con la vida que llevamos, siempre de un lado para otro, no podrían permitirse ni una cosa ni la otra.

—Volvamos a los misiles, si no te importa. ¿Cuál es la buena noticia?

—La buena noticia es que, por el momento, la decisión que ha tomado Kennedy es someter Cuba a un bloqueo naval en vez de bombardear la isla.

—¡Gracias a Dios! Se ve que es un hombre razonable.

—Y sobre todo prudente. Parece ser que la CIA ha elaborado un informe muy bien documentado cuya conclusión es que los misiles instalados en Cuba ya son operativos y podrían ser lanzados contra Estados Unidos antes de ser neutralizados. Kennedy no quiere correr ese riesgo si no se ve absolutamente obligado a ello.

—Es lo que haría cualquiera.

—No creas. George está convencido de que su decisión habrá molestado sobremanera a los militares y también a ciertos senadores del Comité de las Fuerzas Armadas, hombres duros que consideran a Kennedy un niñato sin agallas. Claro que quien manda en la Casa Blanca es el presidente, o al menos eso espero yo. Ojalá conserve el control hasta el final, porque van a someterlo a un pulso terrible por partida doble, de eso no hay duda.

La clave ahora radica en saber si los rusos se mostrarán igual de sensatos. Lo último que supo Doliévich de su fuente en el Politburó, me ha informado Paola, es que Kruschev no pretendía ir a una guerra sino mostrar las garras a Kennedy y establecer en Cuba una base con armamento suficiente para disuadir cualquier ataque americano contra la isla o contra la URSS. También, que había tomado medidas destinadas a garantizarse personalmente el control del armamento nuclear e impedir que un accidente o la iniciativa de un loco pudieran desencadenar una ofensiva soviética al margen de su decisión.

—¿Tú juegas al póquer? —me ha preguntado, de sopetón.

—No, pero sí al mus, que es parecido. Te refieres a que los dos presidentes están midiéndose a fin de ver cuál de los dos va más de farol. ¿No es así?

—Así es. —Las mujeres solemos entendernos a la primera, por mucho que discrepemos—. Lo malo es que han llegado muy lejos y los dos llevan cartas muy altas. Confiemos en que controlen a sus propios exaltados y encuentren el modo de recular con dignidad.

—¿Me estás diciendo que hay gente deseosa de que estalle una guerra? No puedo creerlo.

—Pues deberías, *cara mia*. Al parecer Kruschev se aferra a la idea de que si los norteamericanos han instalado misiles con cabezas nucleares capaces de alcanzar territorio soviético en Italia, Inglaterra y Turquía, él tiene perfecto derecho a desplegar los suyos en Cuba. Y eso es exactamente, además, lo que le están aconsejando hacer sus generales. En cuanto a la parte occidental, no te haces una idea de los intereses económicos en juego. ¿Sabes el dinero que mueve la industria armamentística norteamericana?

—No hay dinero que pague una vida humana.

He debido de parecerle idiota con semejante comentario, aunque, para mi sorpresa, me ha dado la razón, justo antes de añadir:

—Eso no impide a los fabricantes organizarse entre sí y hacer todo lo que está en su mano para vender sus productos. Es el lobby más poderoso de Washington. George me ha hablado de los millones de dólares destinados a comprar voluntades que viajan de un sitio a otro, a veces en ataúdes o incluso escondidos dentro de cadáveres. Él es texano, como el vicepresidente, Lyndon Johnson, y es consciente de la batalla a muerte que libran los Kennedy contra él.

—¡Pero si es el número dos del presidente y su sustituto en caso de que le ocurra algo!

—Precisamente ésa es la cuestión. —Ha arqueado las cejas como para dar a entender que yo acababa de poner el dedo en la llaga—. El poder y sus amigos. En política nada es nunca lo que parece, María, ya te irás dando cuenta del hedor que tapan los mejores perfumes.

—Esperemos que Kennedy no se deje convencer por esa gentuza…

—Esperemos, aunque tengo mis dudas. Esta misma mañana me decía mi *bellissimo* amante que si la guerra contra los rusos no termina con los hermanos Kennedy, lo hará la que los enfrenta a Johnson y su clan texano. Una guerra mucho más soterrada y sucia, en la que el vicepresidente cuenta con aliados poderosos como el jefe del FBI, que conoce todos los líos de faldas del presidente y trata de chantajearle con ellos.

Todo lo que estaba diciendo mi amiga era tan contrario a lo que se lee en los periódicos y lo que se escucha en las recepciones diplomáticas, tan grave, que cada vez me resultaba más difícil dar crédito a su visión de los acontecimientos. No me tengo por una persona tan bien informada como ella, pero de ahí a considerarme completamente estúpida dista un trecho. Por eso, en lugar de seguir preguntando, he afirmado:

—Me cuesta creer que el jefe del FBI no trabaje a favor de su presidente sino contra él. Sería el colmo de la deslealtad. Y en un país tan serio como los Estados Unidos de América... ¿Te das cuenta de lo que estás diciendo y las implicaciones que tiene?

—Siempre serás una ingenua, María. Hoover, el *padrone* del FBI, es homosexual y aficionado a las apuestas, lo que brinda a los amigos ricos de Johnson la posibilidad de controlarle financiando sus caballos, sus jovencitos mexicanos, la pornografía que devora, pese a ser ilegal en Estados Unidos, y sus restantes caprichos inconfesables. Ya te dije ayer que el anhelo de sexo y poder es lo que mueve el mundo. Aquí tienes un ejemplo claro. Uno entre muchos.

He terminado mi copa, asqueada ante lo que estaba oyendo. Todavía quedaba un rato de luz y había algo que debía decir a Paola, de manera que nos hemos pedido un té con el fin de alargar la charla. Había llegado para mí el momento más difícil.

—Sé que te di mi palabra, pero tengo que compartir con Fernando lo que me has contado.

—*Non puoi!* ¡No puedes hacerme eso! —Se ha puesto hecha una furia.

—Es la única forma de que me deje traer a mis hijos aquí —me he defendido—. No le diré que George es tu amante, por supuesto. Sólo que has tenido acceso a esa información.

—¿Y tú tomas a tu marido por un *deficente*? ¿Crees que es tonto y no sumará dos y dos? No me traiciones, María, no lo hagas.

Se la veía tan desesperada que ha hecho vacilar mi determinación. Su reacción no era simplemente de enfado, había más; algo más hondo que me ha llevado a decirle:

—Estás enamorada, ¿verdad? Pues deja a Guido y apuesta por George si tu conciencia te lo permite. En caso contrario, olvida al espía.

Me ha lanzado una mirada torva inmediatamente seguida de otra suplicante. Es evidente que libra una batalla interior en la cual no quiere que yo interfiera. Sin darse por enterada del consejo que acababa de darle, ha insistido en su ruego:

—María, júrame que no dirás nada. Ya no es necesario, además. Habla con Fernando. La crisis es oficial, tendrá instrucciones del embajador, del Ministerio de Exteriores español. Sabrá lo que hay en el horizonte inmediato y seguro que recapacita. En caso de que la tensión siga escalando, te enviarán a España con tus hijas y es probable que a él también. Eso acabará con tu angustia.

—¿Tú puedes mirarte al espejo por las mañanas? —he disparado a bocajarro, incapaz de seguir callando la censura que en mi opinión merece su conducta.

—No es asunto tuyo.

—De acuerdo. Mantendré mi promesa y callaré, porque

tienes razón en lo que acabas de decir. Pero te confieso que me cuesta un gran esfuerzo ocultar a mi marido una cosa así, y no puedo entender cómo soportas tú esta situación. ¿No te sientes culpable? ¿No temes que Guido lea en tus ojos la verdad?

—Ésa sí es una buena pregunta. —Por vez primera he percibido la sombra del cinismo en su mirada—. La culpa es un lastre para la felicidad del que prácticamente he conseguido desprenderme después de toda una vida de lucha. Es un equipaje muy pesado que cargamos siempre las mujeres. Te aconsejo que te libres de él lo antes posible. En cuanto a la verdad... es como el culo, cada cual tiene la suya.

Me ha sorprendido esa agresividad vulgar, que jamás había visto en ella. Por eso le he respondido en el mismo tono ácido:

—No es cierto. La verdad es una. Es sencillamente la ausencia de mentiras. Es hacer lo correcto, no engañar a tu marido, no traicionar tus votos ante Dios. Es vivir con arreglo a lo que se cree y se dice, ser coherente, cumplir lo prometido o al menos ir de frente y reconocer que no se cumplirá, como acabo de hacer yo. La verdad es siempre el camino más corto.

—¿Y qué pasa cuando ese camino lleva únicamente a herir a otra persona sin necesidad? —Me estaba desafiando—. La vida no se desarrolla en blanco y negro como la televisión, María. Tiene colores, está llena de matices. Fíjate en Kennedy, sin ir más lejos. No es un santo. Para empezar, su pobre esposa, Jacqueline, sabe que la traiciona con todo lo que lleve faldas. Por si no fuese suficiente, ha ordenado a la CIA liquidar a Castro. Y, simultáneamente, parece realmente empeñado en evitar una guerra. ¿En qué le convierte eso, en un hombre bueno o malo, según tu visión simplista de la vida?

Ese golpe me ha dolido, ya que es el que utiliza Fernando cuando pretende hacer daño. A menudo me ha acusado de ser simplista y «panglossiana», dice él; de ver las cosas de color de rosa empeñándome en huir de la realidad. Y tiene razón. Siempre que puedo lo hago, especialmente en lo que le concierne a él, porque en caso contrario habría llegado a un callejón sin salida. Prefiero fijarme en su lado bueno e ignorar lo que me disgusta. Rehúyo el enfrentamiento. No me gusta la pelea. Si eso me convierte en simplista, tendré que aceptarme como soy.

Tampoco con Paola tenía hoy ganas de disputa. Supongo que trata de salvarse, como todo el mundo. Busca justificaciones para lo que hace, sabiendo que está mal. Allá ella. Yo veo las cosas de manera muy distinta.

—La infidelidad de un hombre es más comprensible que la de una mujer y por tanto más perdonable —he rebatido su argumento—. Ellos están hechos de otra pasta, tienen más deseos y necesidades que nosotras, instintos diferentes.

—¿De verdad piensas eso? —Me ha mirado incrédula—. ¡*Mamma mia*, las mujeres españolas estáis en la Edad Media! ¿Tú no deseas, no disfrutas, no padeces? No me vengas con ese cuento, por favor. Los instintos son idénticos. Lo que varía es la educación. Y yo me niego a sentirme peor por hacer el amor con George de lo que se sentirá Kennedy cuando se acuesta con una de sus incontables amantes.

—No serán tantas. —He salido en su defensa sin saber por qué—. La gente habla a menudo de lo que ignora, por puro afán de chismorreo.

—A ver… —Ha levantado la mano derecha, frunciendo a la vez los labios, y hecho el gesto de contar con los dedos, empezando por el pulgar, mientras desgranaba nombres—. Así, de memoria, una tal Judith, que le presentó Frank Sinatra; una jovencita becaria de su campaña electoral, cuyo nombre se me ha olvidado, y por supuesto Marilyn Monroe, la que le cantó este año el célebre «Happy birthday, Mr. President»; una verdadera humillación para Jackie por lo público y notorio del romance. Algunos rumores apuntan incluso a que tuvo un encuentro fugaz con Marlene Dietrich en la Casa Blanca, cuando ésta contaba ya sesenta y una primaveras. ¡Es un auténtico Casanova nuestro héroe!

No he querido discutir, aunque sigo pensando que hombres y mujeres somos distintos en ese aspecto como en tantos otros. Para ellos, el sexo es poco más que un juego. Para nosotras, la fuente sagrada de la vida. Así al menos lo veo yo y espero enseñárselo a mis hijas, si es que alcanzan la edad en la que vayan a casarse y tengamos que hablar de esto.

Está sonando, mientras escribo, el *Réquiem* de Mozart, interpretado por la Filarmónica de Berlín bajo la dirección de Herbert von Karajan. Un disco de la Deutsche Grammophon que compré hace unos días en los almacenes Enko, donde se encuentra todo lo que una pueda imaginar. Algo parecido a Galerías Preciados, pero mejor surtido. El vinilo suena casi tan bien como una orquesta tocando en vivo.

Es sublime.

La voz de la solista cantando las *Vísperas*, un extra añadido a la que para mí es la composición más hermosa jamás escrita, me recuerda a la de un ángel. Así ha de ser la música que suena en el cielo, porque esta belleza ha tenido que inspirarla Dios en su infinita grandeza.

No debe ser destruido un mundo que produce talentos como el de Mozart. No sería justo. Tiene que haber un modo de salir de este atolladero, y Kennedy o Kruschev acabarán por encontrarlo. Si no es así, si todo se derrumba y estamos condenados a morir, espero que el final sea rápido y nuestras almas caminen hacia la eternidad bajo los acordes de la música que canta en este mismo instante el coro.

El *Réquiem* me ha hecho llorar, aun sabiendo que no puedo permitírmelo. Ni Jacinta ni Oliva deben verme flaquear, y mucho menos mis hijas. Mi obligación es aguantar, y eso es lo que voy a hacer. Sería más fácil si estuvieran aquí mis hermanos o no digamos mi padre, pero estoy sola. Nadie me obligó a elegir esta vida, y ya sabía en lo que me embarcaba cuando me casé con Fernando. Ahora es el momento de dar el do de pecho.

He hablado con él por teléfono hace un rato. Estaba muy ocupado, pero me ha dicho que intentaría llegar pronto para explicarme la situación, que no me preocupe.

¡Como si eso fuera posible!

Estoy impaciente por saber cómo ve las cosas el gobierno español, que mantiene relaciones diplomáticas con Cuba a pesar de Castro y a pesar de Franco. Esta noche cenaremos en la Embajada, de relleno o de apoyo, según se mire, con los representantes de Japón y de Francia, que dispondrán de buena información, supongo.

Suecia es un país pequeño pero importante en el tablero de esta partida de ajedrez que se juega entre el universo soviético y el occidental, por encontrarse en la frontera entre ambos, con una abrumadora mayoría de ciudadanos que vota al partido socialista en las elecciones. Es un buen observatorio.

Hoy no hablaremos de cuestiones intrascendentes, como de costumbre. Confío en que a ninguna de las señoras se le ocurra proponer una partida de bridge o alguna otra forma de alejarnos de los caballeros. Si es así, espero que María Luisa, la embajadora, se oponga con la habilidad que demuestra siempre para sortear situaciones incómodas. Contará con todo mi apoyo.

¡Virgen de la Caridad, se me ha ido el santo al cielo!

Todavía tengo que arreglarme, son ya cerca de las siete, la cena es a las ocho y Fernando no ha llegado.

Le noto tan ausente últimamente... Me digo a mí misma que son imaginaciones mías, que es el trabajo lo que le tiene más ocupado de lo habitual, que los años no pasan en balde... En fin, hago lo posible por no torturarme con sospechas inútiles, aunque sólo lo consigo a veces.

Hoy quisiera estar guapa para él. Radiante. Deslumbrar, como hace Paola, y lograr que los hombres me admiren para que pueda sentirse orgulloso de su mujer.

Hoy trataré de brillar a su lado. No pienso rendirme así como así.

¡Este maldito diario hay que ver lo que entretiene!

De aquí a media hora salimos y todavía no sé lo que voy a ponerme.

4

Madrid,
miércoles, 19 de octubre de 2011

Lucía imaginó a su madre, ya arreglada para salir, plantada ante el espejo
de cuerpo entero que tenía en su dormitorio. Hacía un gesto
muy suyo, entre tímido y coqueto, consistente en echar un
pie hacia atrás, ponerse de lado y mirarse de perfil, a fin de
comprobar el resultado final de la compleja operación que
acababa de llevar a cabo.

Era una estampa tan profundamente grabada en su memoria, que no tuvo que esforzarse en evocarla.

La vio tal como era, mucho más alta de lo habitual en una
mujer de su época, estilizada, rubia, poderosa, con unos ojos
azules cuyo brillo desprendía luz, rasgos marcados, propios
de su origen vasco, piel clara, sonrisa tierna, gusto por lo discreto, elegancia natural.

Cuántas noches, siendo niña, la había contemplado, embe-
lesada, mientras se maquillaba despacio, aplicándose primero

crema Airam-Asiul, «para un cutis más terso y fresco», luego unos polvos anaranjados que a Lucía la hacían estornudar, después sombra en los párpados de un color similar al de sus pupilas y, por último, carmín de labios. Cuántas horas había pasado observando cómo se ponía las medias de seda fina, despacio, cuidando de no rasgarlas con sus afiladas uñas pintadas de rojo; cómo accionaba hábilmente los cierres del liguero que la pequeña observadora era incapaz de abrir; cómo, ya en combinación, seleccionaba varias prendas en su armario y se probaba un vestido tras otro, hasta escoger el más adecuado para la ocasión, combinándolo con los correspondientes zapatos.

Lucía adoraba los zapatos. También eso lo había aprendido de María. De chica solía calzarse sus tacones y trataba de copiar su forma de caminar, lo que algunas veces le valía palabras de reproche («¡te vas a caer y además me vas a destrozar las hormas!») aunque las más, provocaba carcajadas en la imitada.

Su madre, entre tanto, terminaba de completar su atuendo con unos toques de esencia Dior en el cuello, el escote y las muñecas. Sólo entonces elegía las joyas que luciría: el collar de perlas a juego con los pendientes o la sortija de diamantes de las grandes ocasiones; el reloj Omega de oro, cuya diminuta esfera apenas permitía ver la hora, o la pulsera de piedras semipreciosas comprada en una tienda de Cuzco.

Fuera lo que fuese, siempre sería la más guapa.

Los recuerdos fluían en catarata. ¿Era posible que hubiesen transcurrido tantos años desde entonces? ¿Realmente había consumido ya, sin darse cuenta, más de la mitad del tiempo que le sería dado? A Lucía le costaba aceptarlo. Su niñez estaba tan presente, tan viva siempre en la memoria, que casi podía tocarla, olerla, saborearla. Pocas personas estaban en condiciones de comprender tan bien como ella la célebre cita de Rainer Maria Rilke, rebosante de sabiduría, que había hecho suya en el mismo instante de leerla, a los diecisiete años: «La verdadera patria del hombre es la infancia». En su caso, de la mujer.

Cuando había invitados a cenar, cosa habitual, sus hermanos y ella solían esconderse cerca de la puerta de entrada, ya fuese bajo la escalera en Estocolmo o atisbando desde el office en París, con el fin de diseccionar a las parejas que iban llegando. Los caballeros no eran muy originales. Todos iban enfundados en trajes oscuros o esmóquines, sin otro elemento distintivo que la corbata, generalmente aburrida. Las damas, por el contrario, competían entre sí en belleza, aunque, en opinión de esos árbitros de la elegancia que eran los niños de la casa, escondidos para mirar sin ser vistos, ninguna de ellas se acercaba a la altura inalcanzable de su madre.

Luego, en la cocina, comentaban los modelos con la doncella, Oliva, y también con Jacinta, quien, pese a estar metida en sus fogones, se las había arreglado de algún modo para echar un vistazo a la concurrencia desde algún rincón oculto.

—A mí me ha gustado especialmente cómo iba arreglada fulanita —diría su hermana mayor, Mercedes, siempre atenta a los detalles—. El encaje del vestido negro palabra de honor me ha parecido precioso. Y el vuelo de la falda era perfecto, le estilizaba la cintura y la hacía parecer más alta.

—Era mucho más fino el modelo sin mangas, con torera, de la señora de mengano —sentenciaría Jacinta, categórica—. El escote de fulanita resultaba demasiado atrevido. ¡Y además no llevaba guantes! Estas suecas —o estas francesas, diría, según donde vivieran entonces— son unas frescas.

Y así, hasta pasar lista, una por una, a todas las mujeres sentadas a la mesa.

Los chicos, entre tanto, se fijaban en aspectos más prosaicos.

Nadie en la familia olvidaría jamás aquella ocasión en que Miguel, arrogándose la representación de los cuatro hermanos, había rechazado una caja de dulces traída como regalo por un amigo de sus padres.

—No nos gustan los caramelos, señor —dijo muy serio, con los brazos cruzados en la espalda—. Sólo comemos bombones.

Ese arranque de sinceridad le costó una buena zurra.

Decididamente sus padres hacían buena pareja, pensó Lucía, recordándolos a los dos cogidos del brazo, perfumada de Dior ella y de Roger & Gallet él, a punto de marcharse a una de sus frecuentes salidas nocturnas.

Lástima no haber heredado un poco más del glamour que derrochaban ellos.

Incluso con ese peinado atroz, cardado en forma de casco, que la moda de la época imponía a las mujeres decentes, su madre había sido una señora espectacular. Un auténtico monumento. ¿Por qué extraño motivo se había sentido ella tan poco atractiva al compararse con Paola? Cuando Lucía lo había leído en el diario no podía dar crédito. Resultaba absurdo e inexplicable.

María había sido una de esas personas que captan, sin proponérselo, la atención de cuantos las rodean. A su lado Lucía se veía insignificante. No poseía ni sus ojos ni su misterio ni su alegría ni su vestuario. Nunca había cultivado la clase que emanaba espontáneamente de su madre. No le gustaba mirarse al espejo.

El día se presentaba cargado de tareas. Quería reunirse temprano con su jefa para hablarle del proyecto de Antonio

Hernández, el coronel de la Guardia Civil, antes de ponerse a leer un manuscrito que le llevaría toda la mañana. A primera hora de la tarde tenía hora con su psicólogo, pieza esencial de su precario equilibrio emocional, a quien pagaba una fortuna a fin de conseguir lo que María había logrado sin coste alguno escribiendo en su cuaderno de música: desahogarse.

Y necesitaba tiempo para contestar a Julián.

Por una vez llegó puntual a la editorial, lo que le permitió repasar mentalmente los argumentos que iba a esgrimir en su conversación con Paca antes de enfrentarse a ella. Dejó el bolso y la gabardina en el despacho, sacó un café de la máquina y se instaló cómodamente en la que su superiora jerárquica, y sobre todo amiga, denominaba, con razón, «la guarida». Una habitación amplia y luminosa, de techo alto, literalmente repleta de libros. Había libros en las baldas de las paredes, sobre las mesitas auxiliares, encima de la principal… Centenares de ejemplares variopintos sin otro nexo común que haber sido editados por Universal.

—Algún día me pondré a ordenar —respondía Paca, perezosa, a todo el que comentaba que tanto papel serviría de barrera inexpugnable ante un ataque nuclear.

Claro que el día en cuestión no terminaba de llegar.

La responsable de obras de no ficción de la editorial era una mujer grande en todos los sentidos. Gastaba una talla XXL no sólo en la ropa, sino en un corazón generoso que derrochaba nobleza. Su presencia en cualquier lugar solía ser garantía de diversión, porque parecía haber nacido con el propósito y el don de alegrar la vida a los demás, empezando por sus más estrechos colaboradores. La risa escandalosa que brotaba con facilidad de su garganta era audible desde la distancia. Lucía la consideraba una colega antes que una jefa, por más que fuese consciente de la relación jerárquica existente entre ellas y aceptara sin problemas su autoridad.

—Buenos días nos dé Dios —la saludó Paca con su bonhomía habitual, al encontrarla en su despacho. Luego, mientras se quitaba el abrigo y recomponía esa melena rubia, ondulada, que constituía su principal fuente de coquetería, añadió—: Mucho has madrugado hoy.

Lucía sonrió de buen grado, como hacía siempre ante la visión de ese rostro rubicundo, expresivo, viva imagen del buen humor.

—Es que me urgía contarte mi conversación de ayer con Antonio Hernández, el guardia civil que me recomendaste.

—¿Qué tal te fue? Dentro de un minuto tendré a la amiga que me lo envió llamándome por teléfono en busca de noticias.

—Me pareció un hombre encantador y muy interesante. Yo aceptaría su propuesta ahora mismo y me pondría a la faena.

—¿Qué es exactamente lo que tiene en mente?

—Quiere publicar sus memorias, escritas con nombres y hechos reales, centradas en toda una vida de lucha contra el terrorismo etarra.

De manera casi imperceptible, el gesto de Paca se oscureció por un instante. El tono de su voz cambió, pasando de la curiosidad a la preocupación. Miró a Lucía de frente y le preguntó:

—¿Quieres que ponga a otro editor a ocuparse de este asunto?

—No hace falta —respondió Lucía, plenamente consciente del porqué de esa oferta—. Te agradezco el gesto, pero de verdad que no es necesario. Me apetece trabajar con ese coronel. Es un tipo fascinante, con muchas cosas que contar y una historia ejemplar a las espaldas.

—Voy a tener que consultarlo con la superioridad. —Paca había perdido todo su entusiasmo inicial—. Como comprenderás, se trata de una materia sumamente delicada y no sé si estamos en el mejor momento para remover el fango, ahora que ETA y el gobierno andan metidos en conversaciones de paz.

—Bueno, según Antonio no está claro que ese diálogo vaya a llegar a buen puerto —repuso Lucía, dispuesta a defender la causa de su patrocinado con todo el ardor del que era capaz—. Y en todo caso, aunque así fuese, precisamente éste sería el momento de reconocer el trabajo de quienes han hecho posible esa paz. ¿No te parece? Las operaciones de las que me habló son realmente dignas de ser contadas.

—Lucía, sabes tan bien como yo que desde hace ya dos o tres años los libros sobre ETA no venden. A la gente no le interesa ese tema.

—Bueno, eso depende de a qué gente nos estemos refiriendo.

—A la mayoría. Ahí están las cifras de ventas, el Nielsen. Asúmelo e intenta no personalizar la cuestión. La banda terrorista ha dejado de formar parte de las preocupaciones ciudadanas; ésa es la realidad. Y además, no sé si resulta prudente, ni mucho menos conveniente, resucitar viejas historias, ahora que el gobierno está negociando, con el aval del Congreso.

—O sea, resumiendo, lo mismo de siempre: «El muerto al hoyo y el vivo al bollo». No me esperaba esto de ti.

—No te pases —la frenó en seco su jefa, ejerciendo por una vez de tal—. No te estoy diciendo que no vaya a dar vía libre al proyecto. Sólo que debo pedir autorización más arriba. ¿Te suena la palabra «presión»?

—Me suena, sí. Hace mucho que conozco su significado.

Pero dime, ¿tú qué piensas? —La mirada de Lucía era tan inquisitiva que bordeaba el desafío—. Me interesa mucho tu opinión.

—Sinceramente, no tengo una opinión clara. Por una parte entiendo lo que quieres decir. ¿Cómo no voy a entenderlo, y más siendo tú quien me lo dice? Por otra, creo que ciertas cosas es mejor no menearlas. Si el olvido es la condición necesaria para pasar página, olvidemos. En el empeño de conseguir cualquier cosa es necesario entregar algo a cambio. Lo importante es que nunca más se vuelvan a producir atentados en los que mueran personas inocentes.

Lucía conocía lo suficiente a Paca como para saber que la suya no era una postura cínica sino franca. Estaba expresando en voz alta lo que una mayoría de los españoles pensaba, aunque no se atreviera a decirlo. Que el pragmatismo posibilista es preferible a la exigencia ética; más cómodo, más liviano, menos abrumador para la conciencia. En otras palabras, que suscribía, con mayor sutileza y desde la solidaridad sincera con las víctimas de esa lacra, el mensaje sintetizado de manera descarnada en el refrán que ella misma acababa de emplear.

Era evidente que apelando al deber moral no lograría convencer a su jefa, de modo que optó por otro camino.

—Te sorprenderían las operaciones que llegó a contarme Antonio. Y eso que lo mejor se lo guardó para el libro. ¿Tú sabías, por ejemplo, que el célebre misil de Sokoa, el que pretendían utilizar los etarras del Comando Madrid para asesinar al Rey, se conserva y puede verse en el Museo de Armas de la Guardia Civil, abierto al público en la calle Guzmán el Bueno?

—Ni siquiera conocía su existencia ni tampoco la del museo —contestó Paca, aliviada porque la conversación hubiese tomado otro derrotero.

—Pues es una historia increíble que involucra a un gángster contrabandista llamado Francisco Paesa, a la CIA, a las Fuerzas Armadas estadounidenses y por supuesto a la Guardia Civil. El relato del gigantesco engaño que orquestaron entre todos con el fin de llegar hasta el nido de la serpiente terrorista y cogerla desprevenida, con las vergüenzas al aire. ¿Tú has visto la película *El golpe*? Pues algo parecido sólo que real.

—Tal como lo pintas, suena bien —se animó el instinto comercial de Paca.

La editora aprovechó el terreno ganado para subir a la red a rematar la jugada. Pintó la propuesta del guardia civil con tintes de novela de espías y aseguró a su jefa que poseía todos los ingredientes de un best seller, con el atractivo añadido de ser absolutamente fiel a la realidad: el interrogatorio de un etarra, la confesión del terrorista reconociendo su propósito de asesinar al Rey en su helicóptero, la petición de ayuda del gobierno español a los servicios secretos norteamericanos, a fin de que proporcionasen dos misiles previamente inutilizados y provistos de un mecanismo de seguimiento, la intervención de un individuo de vida oscura, que se encargó de vender los misiles a la mafia marsellesa con la intención de que ésta se los hiciera llegar a ETA... Toda la rocambolesca historia escuchada la víspera de labios de Antonio Hernández.

Lucía puso todo su empeño en contagiar a Paca el entusiasmo que había mostrado el coronel retirado al relatar que, para que ETA se tragara el anzuelo, resultaba indispensable llegar hasta sus jefes por un camino del cual ellos se fiaran, léase, sus proveedores habituales de armas. Estaba explicando que era imprescindible construir una leyenda creíble sobre el origen de los misiles, a los que hubo que atribuir una procedencia angoleña y una larga travesía hasta España vía Portugal, cuando su interlocutora la cortó en seco.

—¡Un momento! ¿Ese Paesa es quien me imagino? Si no recuerdo mal, en los noventa estuvo involucrado en toda clase de asuntos turbios. ¿Y ahora resulta que es un héroe y un patriota? No sé si creérmelo…

—Nadie ha dicho que actuara por patriotismo —repuso Lucía, rememorando palabra por palabra la conversación mantenida la víspera con el alto mando de la Guardia Civil—. Más bien se movió por dinero. Según la versión de Antonio, por las trescientas mil pesetas que le pagaron los etarras a cambio de los dos Stinger trucados. Él mismo se encargó de entregárselos a los compradores en la cuesta de Aldapeta, en San Sebastián, escondidos entre muebles viejos dentro de una furgoneta. Te digo que es el guión de una película.

—Visto así…

De nuevo la editora cambió su papel por el de abogado defensor del coronel, trasladando su compromiso de incluir en el libro la parte jamás contada de esa historia. La referida a cómo estuvo perdido uno de esos peligrosos artilugios durante varios días y cómo finalmente lograron localizarlo y llegar, a través de él, hasta el almacén de Sokoa, en el sur de Francia, donde Txomin Iturbe Abasolo, también conocido como «señor Otxia», tenía instalado su cuartel general y guardaba toda la documentación de la banda.

—Él insiste mucho en que fue un golpe decisivo, no sólo por todos los papeles incautados y la detención de los cabecillas, sino porque allí se encontraba el mayor arsenal que jamás han tenido en su poder los terroristas.

—Está bien —concedió finalmente Paca, con un elocuente gesto consistente en levantar ambos brazos mostrando las palmas de las manos a la vez que ladeaba la cabeza—. Me rindo. Prometo hacer lo que pueda para convencer a los jefes, aunque no te garantizo nada. ¿Cuándo has quedado en contestarle?

—Lo antes posible.

—Pues a eso nos atendremos. Ahora olvídate un rato del trabajo y vayamos a lo importante. ¿Estás mejor? ¿Vas superando lo de tu padre?

Paca había abandonado el papel de jefa y recuperado el de amiga, que le resultaba más grato.

—Hace tanto que no hablamos de estas cosas, que no sé por dónde empezar.

—Lo mejor es hacerlo siempre por el principio… o por el final, como prefieras ¿Por dónde empiezas tú a leer el periódico?

—Por los Deportes —siguió la broma Lucía, que jamás había sentido el menor interés por ojear siquiera esa sección—. Ahora en serio, tengo dos cosas importantes que contarte.

—¡¿Y te las has callado hasta ahora?! ¡Desembucha!

—He encontrado un diario de mi madre escrito en octubre de 1962 en Estocolmo. Si no llega a ser porque quería hablarte de lo de Antonio, hoy no hubiera venido a trabajar. Su lectura me tiene completamente atrapada.

—¡No me extraña! —El tono denotaba auténtica complicidad—. ¿Has descubierto algo que no supieras?

—Todo. Estoy encontrándome a una mujer desconocida en un contexto al que jamás había dado importancia. El de la crisis de los misiles de Cuba. Cuando el mundo estuvo a punto de llegar a la guerra nuclear. Estuvo cerca, te lo aseguro, mucho más de lo que yo había creído o de lo que se recuerda ahora en los manuales de Historia de los colegios. ¿Te sitúas?

—Vagamente, sí, aunque resulta muy lejano. Éramos unas crías.

—Prácticamente ha pasado ya medio siglo, pero tienes razón. Si alguien le hubiese dicho entonces a mi madre que no sería precisamente aquella guerra la que...

Lucía se quedó en silencio. Todavía se le quebraba la voz cuando hablaba de la muerte de su madre, acaecida casi veintitrés años atrás en circunstancias dramáticas. Sus amigos eran conscientes de la angustia que le atenazaba el alma al abordar esa pérdida, cuando el dolor le impedía pronunciar una palabra, y estaban acostumbrados a salir al quite.

—Niña, tranquila —la confortó Paca, acercándose a darle un abrazo cargado de humanidad—. Ya me lo contarás en otro momento. Lo importante es poner en su sitio hasta la última pieza del puzle que has recuperado, para que así puedas reconstruir el retrato en tu mente y en tu corazón. Empápate de ese diario y llora todo lo que tengas que llorar. Algún día dejará de dolerte tanto, estoy segura; entonces el recuerdo fluirá con suavidad en vez de arañarte el alma.

—En ello estoy —respondió Lucía, algo más serena—. Es un viaje en toda regla para el que no se precisa equipaje.

Volvió a callar, bajando la mirada con el fin de esconder la vergüenza que le producía su propia conducta. Le habían enseñado a ser fuerte, a sobreponerse a las circunstancias por adversas que fueran, a tragarse las lágrimas. Perder los papeles de ese modo la hacía sentir sumamente incómoda.

Recobrar la compostura le llevó unos minutos, durante los cuales su jefa aprovechó para encenderse un cigarrillo clandestino y fumárselo junto a la ventana abierta, a escondidas. Fumar ya no era una costumbre chic como en tiempos de su madre, constató Lucía, liberada de ese vicio a costa de mucho empeño, sino una actividad prácticamente delictiva. Ésa era una de las muchas cosas que María habría encontrado irreconocibles, y desde luego enojosas, en ese nuevo milenio que no había llegado a ver.

—Y hablando de viajes… —Lucía retomó el hilo de la conversación, con aire enigmático—. El fin de semana pasado estuve en Asturias con un hombre.

—¡Haber empezado por ahí! —contestó Paca, de regreso en su asiento después de cerrar la ventana una vez borradas las huellas de su crimen por el procedimiento de expulsar, con la ayuda de un folio empleado a guisa de abanico, todo el humo que hubiera podido colarse en el despacho—. ¿Te has reconciliado con Santiago?

—No fui con él sino con alguien que acababa de conocer. Un músico llamado Julián.

—¿Tú? No es posible. ¡Si eres la persona más fiel que he conocido en mi vida!

—Pues sí, yo, ya ves. —Confesar lo acontecido parecía aligerar la carga de culpa que arrastraba desde entonces—. Supongo que no quiero morirme sin saber lo que se siente transgrediendo todo lo aprendido. Y, de todas formas, hace tiempo que Santiago y yo estamos separados. Ya lo estábamos, en la práctica, mucho antes de que se marchara de casa. Sólo nos falta firmar el certificado de defunción. Y entre tanto ha aparecido él.

—¿Y quién es el afortunado caballero de tus aventuras amorosas, si puede saberse?

—Un completo desconocido con quien he cometido una locura. Ni yo misma doy crédito a lo sucedido. Supongo que algún día tenía que ocurrir y ha ocurrido. Nos topamos el uno con el otro en una convención de libreros en la que él tocaba la guitarra, yo le llevé una copa de vino, charlamos, una cosa llevó a la otra…

—¿Y acabasteis en Asturias? ¡Eso sí que es amor a primera

vista! ¿Por qué no estaba yo en esa convención? Así al menos le pondría cara a tu amado.

—¡No corras tanto! Es un hombre muy atractivo, te lo aseguro, pero de ahí a pasar a mayores dista un trecho que no sé si quiero recorrer. De hecho, creo que no quiero y desde luego no debo.

—Quiero una descripción detallada. ¡Y es una orden!

—A ver… —Lucía fingió tener que hacer memoria—. Es guapo, o a mí me lo parece, divertido, detallista. El acento de su tierra chilena resulta tremendamente seductor: es como si cantara al hablar o hablara cantando. Y sabe escuchar, algo sumamente raro en un hombre. Pero eso es todo. De momento no hay otra cosa que un fin de semana mágico. De hecho él ya está en Chile. Tiene que grabar un disco, según me dijo antes de marcharse. Ayer, nada más llegar, me mandó un correo electrónico.

Lucía prefirió guardarse para sí ese «te quiero» incluido en el correo que tanto la desconcertaba, pese a lo cual Paca sentenció, rotunda:

—¡Eso es que le interesas! ¿Qué le contestaste?

—Por ahora, nada. Lo estoy pensando.

La consulta del doctor Raúl Cabezas quedaba lejos de todo, en Majadahonda, pese a lo cual Lucía regresaba allí cada vez que la cuesta arriba del día a día le resultaba excesivamente empinada. Su amiga Elena, una compañera de trabajo, del área comercial, a la que le unían lazos que iban mucho más allá de lo laboral, le había recomendado a ese psicólogo en pleno naufragio de su matrimonio, cuando la humillación pugnaba con la culpa por ver cuál de las dos golpeaba más fuerte sus precarias defensas. Él la había ayudado a sobrellevar el trance, enseñándole el modo de perdonarse a sí misma, y desde entonces ella confiaba en ese hombre. Había sido sus muletas tras la muerte de su madre y durante la adolescencia de Laura. Era un excelente sanador de almas que rezumaba empatía.

Elena… ¡Cuántas cosas tenía que agradecer a esa mujer, puro nervio, con la que tanto había compartido a lo largo de las dos últimas décadas! Cada vez que se cruzaban por un pasillo o coincidían en algún evento de la editorial se decían la una a la otra que tenían una cena pendiente, aunque pocas veces lograban concretar la cita. Cuando lo hacían, hurtándole tiempo al sueño, solían darles las tantas poniéndose al día de sus respectivas vidas y despellejando alguna ajena. La suya era una amistad blindada contra la maledicencia y la envidia, tan malévolamente arraigadas en su gremio.

«Mañana mismo la llamo y le cuento», se propuso Lucía, anticipando el placer que iba a proporcionarle esa conversación.

De camino hacia la clínica, al volante de su Seat León, se fijó en lo distinta que aparecía ante sus ojos la ciudad de Madrid con respecto a la que ella había conocido años atrás, mientras residía en el extranjero. Años en los cuales la capital de España parecía más propia del Tercer Mundo que de un país europeo.

El Madrid actual era una urbe poblada de edificios señoriales rescatados de la ruina o la mugre a costa de inversiones multimillonarias, recorrida por vehículos de alta gama y comunicada a través de modernas arterias de circunvalación que a Lucía le recordaban a Los Ángeles. Era sin duda una metrópoli próspera. Un escaparate digno de verse.

Cuánto habían cambiado las cosas, pensó, desde los tiempos en que España era tratada como una apestada por la comunidad de naciones democráticas, que la consideraban un país marginal, separado del viejo continente por una barrera mucho más infranqueable que la Cordillera Pirenaica. Una patria, madre o más bien madrastra, que sus padres y también Tata, a su manera, le habían enseñado a respetar y querer pese a todo, apelando a su historia, su cultura, empezando por la gastronómica, su lengua o su arte.

En el Paseo del Prado, a la altura del museo, evocó la emoción con la que había descubierto sus tesoros, poniendo forma y color a las obras de los grandes maestros: Velázquez, Goya, Zurbarán, El Greco. Siendo española y estudiando en un liceo francés allá por mediados de los setenta, en muy raras ocasiones disfrutaba de algún comentario elogioso referido a su tierra. De ahí que cualquier motivo de orgullo, como la innegable universalidad de esos pintores, fuese recibido con alivio e interiorizado al detalle.

Goya, por encima de cualquier otro, la había conquistado desde el primer cuadro. Él había retratado como nadie esa guerra de la Independencia que su padre le narraba de una manera completamente distinta al relato que hacían de ella en la escuela, presentando a los protagonistas del 2 de mayo como un cúmulo de bárbaros sedientos de sangre ilustrada. Goya había sido un auténtico deslumbramiento. A su modo de ver adolescente, era a la historia del arte lo que la tortilla de patatas a la alta cocina, una aportación tan decisiva como insuficientemente reconocida.

España centraba en aquellos años sesenta y setenta el blanco de todas las críticas, no sólo por su régimen político y la represión a la que sometía al pueblo español, que también, sino por el desprecio que inspiraban en buena parte de la rica Comunidad Económica Europea los inmigrantes llegados desde tierras hispanas, mal vestidos, peor calzados, sin conocer el idioma de su lugar de destino, agarrados a sus maletas de cartón y aferrados a la férrea voluntad de salir de la miseria a base de trabajo.

Esos compatriotas, hombres y mujeres, eran lo suficientemente distintos de sus nuevos vecinos, física y culturalmente, como para causar, de entrada, su rechazo. Lucía lo sabía de primera mano. Había oído los comentarios que hacían sus compañeros de clase o sus profesores. En numerosas ocasiones había porfiado con ellos por esa consideración que a ella le parecía profundamente injusta. Los españoles, desde su punto de vista, eran ruidosos, aficionados a la fiesta, trasnochadores e indisciplinados, sí, pero también alegres, incansables, solidarios, generosos, increíblemente bien dotados para la improvisación y adaptables a las peores circunstancias en el empeño de ganarse honradamente el pan de sus familias, ahorrar todo lo que pudieran y regresar algún día a España. Los méritos, puestos en la balanza, pesaban a su juicio mucho más que los defectos.

Esa gente valerosa constituía el grueso de la colonia española que atendía Fernando Hevia-Soto en su calidad de cónsul en París, en un tiempo de estrecheces y sacrificios algo mejor, empero, que el de la década precedente, cuando los recién llegados se hacinaban en buhardillas sin calefacción ni agua corriente ni baño. Poco a poco, a base de tenacidad y esfuerzo, los inmigrantes españoles habían ido abriéndose camino en la sociedad francesa.

Claro que Lucía apenas había conocido el París de la inmigración, salvo a través de las historias que rebatía con fiereza en el colegio, las que se contaban en la mesa a la hora de comer o las que le relataba Jacinta los domingos por la noche, frente a un tazón de café con leche y sopas de pan, cuando volvía del baile semanal celebrado en el centro español.

Lucía debía considerarse una privilegiada, tal como le recordaban sus padres siempre que tenían ocasión. Su atalaya de observación había sido infinitamente más confortable que la de la inmensa mayoría de los españoles que transitaban en aquellos tiempos por las calles de la capital francesa. Ésa era sin duda la razón por la cual guardaba una memoria de esos años tan brillante y clara, al menos, como la mismísima Ciudad de la Luz.

¿Existe un lugar en el mundo que pueda competir con París? Tal vez porque tuvo la suerte de ver principalmente su cara más luminosa, Lucía siempre estuvo convencida de que no.

París había sido para ella el Lycée Pasteur, un edificio señorial con majestuosas rejas de forja negra, tejados picudos, aulas impregnadas de misterio, que habrían podido inspirar a J. K. Rowling el Colegio Hogwarts de Magia y Hechicería, y un gigantesco patio central, que Lucía alcanzaba desde casa en tres minutos cronometrados. Tres minutos andando tranquila, dos si cruzaba a la carrera el boulevard d'Inkermann, en cuyo número 28, cuarta planta, se encontraba el confortable piso rodeado de balcones que albergaba a la sazón su domicilio, casi tan espacioso como el de los abuelos en San Sebastián.

París fueron los chicos, cada vez más descarados; los *minipulls* a juego con pantalones acampanados de cintura baja, negociados centímetro a centímetro con su madre hasta llegar a un acuerdo aceptable por ambas partes, combinando moda y decencia; el Velosolex amarillo para circular por Neuilly, con prohibición expresa de traspasar sus confines; las concentraciones escolares contra la guerra del Vietnam, precedidas de encendidas arengas a cargo de los mayores, y por supuesto monsieur Castaing, ese profesor de historia y geografía que se convirtió, sin sospecharlo siquiera, en su primer amor.

París significó el despertar de la conciencia crítica. El espíritu rebelde a flor de piel. La palabra «libertad» siempre en la boca.

París acogió las primeras salidas en grupo a beber cerveza y comer *raclette* en la rue Mouffetard, con límite estricto de regreso a las diez de la noche, así como las visitas de tarde al café Les Deux Magots, en Saint-Germain, donde Sartre, Simone de Beauvoir y el más auténtico de los tres, Albert Camus, habían pergeñado las bases del existencialismo que enseñaba mademoiselle Pépin en clase de filosofía. Allí, bajo las impresionantes tallas policromadas de dos chinos, presidentes honorarios de la tienda de tejidos de seda que había ocupado antiguamente el local, Lucía y sus amigos debatieron durante horas sobre lo que simbolizaba el doctor Rieux, protagonista de *La Peste* y encarnación de la nobleza humana, en opinión de la joven lectora que subrayaba las palabras de ese personaje con la fascinación de la neófita que acaba de abrazar una corriente de pensamiento.

En París, y más concretamente en los desvencijados asientos de su café más impregnado de bohemia, empezó a nutrir Lucía una pasión por la literatura que, con los años, la llevaría a estudiar filología y ganarse la vida leyendo manuscritos y ayudando a los autores a ordenar sus ideas. En torno a esas mesas de mármol, pulidas con sueños y sabiduría, recibió su bautismo de fuego en una fe de la que nunca pensaba abjurar: la que predica que el conocimiento eleva a la persona por encima de cualquier origen mientras que la ignorancia la envilece y adocena.

El nombre de París evocaba en su mente el Teatro de la Ópera, que la dejó sin aliento cuando sus padres la llevaron a ver *Aida*, estrenando un vestido nuevo, como premio por terminar el curso con buenas notas. La escalinata versallesca que hubo de recorrer hasta alcanzar su palco, temiendo a cada paso tropezar a causa de la emoción. Las lámparas de araña de dimensiones colosales que alumbraban el recinto, colgadas del techo como si de auténticas estrellas se tratara. El vestuario, la orquesta, los coros y hasta su aburrimiento ante lo interminable de la representación, que no se atrevió a confesar a sus padres por temor a frustrar la ilusión con la que especialmente su madre le había hecho ese regalo musical.

Lucía se había prometido a sí misma esa noche que algún día, cuando fuese mayor, les pediría que la llevaran a una cena en el Lido, «el cabaret más célebre del mundo», según rezaba su publicidad, que ellos frecuentaban a menudo en compañía de otros diplomáticos. Siempre que veía sobre el mueble del recibidor la inconfundible funda de cartulina con el logo del cabaret y el dibujo de una bailarina de cancán, que guardaba en su interior la típica fotografía de grupo, sacada a los comensales junto a un par de botellas de Moët & Chandon, se moría de envidia y curiosidad. Aquello le parecía entonces la quintaesencia de la diversión...

«Y a estas alturas de mi vida nunca he puesto los pies en el Lido», pensó, un tanto nostálgica, mientras conducía por la A-6 en dirección a La Coruña.

París era, en 1974, la rue de Lévis, a dos pasos del Parc Monceau, estación de metro Villiers, donde estaba la tienda de Martín, un andaluz que vendía aceite de oliva, chorizo, jamón y demás ingredientes esenciales para la elaboración de numerosos platos que figuraban en el recetario de Jacinta. Allí la enviaba Tata de cuando en cuando en busca de provisiones, sabiendo que Lucía disfrutaría del recado empapándose de los aromas que impregnaban ese lugar único, parecido a un bazar mediterráneo, salpicado de pequeños negocios abiertos a la calle: queso, verduras, pescado, especias.

A juicio de la adolescente, y también de la prestigiosa editora en la que se había convertido con el correr de los años, la rue de Lévis era mucho más parisina que los Campos Elíseos, la plaza del Trocadero o incluso las Tullerías, por más que en ella apenas se topara una con turistas. O precisamente por esa causa. De ahí que regresara a empaparse de su esencia cada vez que volvía a la capital francesa. Aquélla era el alma del París que ella amaba, «su» París, el que rezumaba autenticidad por los cuatro costados.

Entre tanta estampa de colores, apenas se distinguía el blanco y negro de otros recuerdos menos gratos, como el de su padre levantándose de madrugada para ir a sacar de la comisaría a algún inmigrante español detenido en una trifulca, estuviera o no implicado en ella, por el grave delito de no saber explicarse en francés.

«Decididamente —se dijo Lucía, volviendo a la realidad—, todo es más fácil ahora.»

¿Por qué añoraba entonces tanto aquellos tiempos?

No tuvo que esperar mucho a ser recibida por su psicólogo. Una de las cosas buenas del doctor Cabezas era su puntualidad. La otra, su habilidad para transformarse en espejo mágico frente al viejo sillón de cuero inglés en el que sentaba a sus pacientes. Un espejo capaz de reflejarles una imagen de sí mismos pasada por el mejor Photoshop y proporcionarles además, por añadidura, el tratamiento cosmético-emocional más adecuado para el objetivo de seguir embelleciéndola.

—¡Lucía! —la saludó él afable, desplegando una sonrisa cálida—. ¿Qué fantasma te trae por aquí después de tanto tiempo? ¡Estás guapísima!

—Lo de siempre, Raúl. ¡Necesito ánimos! —respondió

ella, tratando de imitar el gesto. Después, como para quitar hierro a la situación, añadió medio en broma—: Y ya has empezado a dármelos con ese piropo. ¡Eres un zalamero!

—¿Zalamero? Creí que ya habíamos superado esa etapa. —En la voz del terapeuta había un toque de reproche—. La última vez que te vi tenías firmemente sujetas las riendas de tu vida y te mirabas a ti misma con cordura, no como pareces volver a hacer ahora. Es más, han pasado unos cuantos años, pero creo recordarte diciendo que con valor, convicción y voluntad cualquier meta es alcanzable. ¿A qué se debe esta recaída?

—Ha llovido mucho desde entonces y la historia de aquel divorcio se ha repetido de forma casi milimétrica: la misma ilusión, los mismos proyectos, parecida traición, idénticas mentiras, semejante decepción. A veces me pregunto si tendré alguna incapacidad congénita para aprender de mis errores o si pesará sobre mí alguna maldición gitana que me aboque a perpetuar, en lo sentimental, la vida nómada que marcó mi infancia.

—Si quieres saber mi opinión… —se arrancó Raúl dando a su voz un tono ligeramente más grave que el inicial, con el fin de subrayar el carácter profesional de lo que estaba a punto de decir.

—… Para eso he venido y te pago ciento cincuenta euros la hora —le interrumpió Lucía, innecesariamente agresiva.

— Bien. Pues en ese caso el médico recomienda que te fijes menos en el retrovisor y concentres tu atención en el parabrisas.

—¿Es decir?

—Que dejes atrás el pasado y pienses en el futuro. Emplea los mismos recursos que te sacaron del bache después de tu divorcio. Están en ti. Lo que hagas con tu vida depende exclusivamente de tu voluntad, al igual que la forma en la que decidas contemplarte. Ya va siendo hora de que lo asumas y dejes de tropezar en la misma piedra. Es muy sencillo.

—Eso no es del todo cierto, doctor. Sabes tan bien como yo que la forma en la que nos miran las personas que nos importan acaba influyendo decisivamente en la imagen que tenemos de nosotros mismos. O sea, que todos, en mayor o menor medida, nos vemos como nos ven.

—Da la vuelta a esa afirmación y entenderás lo que intento explicarte.

—No comprendo.

—Invierte los términos de lo que acabas de decir. Tú sostienes que uno se ve como le ven. Yo te aseguro que es al revés. Los demás ven lo que nosotros proyectamos. En la medida en que te sientas segura de ti misma proyectarás seguridad. Aplica el mismo razonamiento a la belleza, la alegría, la fortaleza o cualquier otro rasgo de la personalidad, ya sea físico o interior, y serás consciente de hasta qué punto está en tus manos eso que algunos llaman destino. Dicho de otro modo, sonríe a la vida y ella te sonreirá.

—¡Si las cosas fuesen tan fáciles como las pintáis los psicólogos, os quedaríais sin clientela! —En la boca de Lucía se dibujó una mueca amarga.

Siguió un debate circular, tedioso, en torno a una cuestión que habían tratado mil veces antes sin llegar a ponerse de acuerdo. La enfermera, Ana, entró a ofrecerles una taza de té que ambos declinaron. Su salida provocó un silencio un tanto tenso, que acabó rompiendo Raúl al poner el dedo en la llaga.

—¿Qué es lo que quieres exactamente de mí, Lucía? ¿Que te diga que haces bien en aferrarte al pasado y buscar en él justificaciones para tus fracasos? ¿Que te refuerce en tus temores absurdos? ¿Que te recomiende cautela o inmovilidad ante los fantasmas que te paralizan? ¿Que te aconseje que te protejas? No lo voy a hacer. No te estaría ayudando.

—Quiero que me ayudes a tomar una decisión.

—¿Qué clase de decisión?

—Si rompo definitivamente o no con mi actual pareja. —Por fin escupía el hueso—. Llevo semanas dándoles vueltas a los pros y contras de hacer una cosa o la otra, y voy a volverme loca. Pensé que tú podrías iluminarme, como hiciste cuando me divorcié.

—Temo que me sobrevaloras —respondió él, impostando más humildad de la real—. Eso sólo puedes decidirlo tú, aunque el mero hecho de que me hagas la pregunta ya debería servirte de respuesta.

Seguramente, pensó Lucía, eso era exactamente lo que necesitaba oír; a alguien dispuesto a confirmarle, aunque fuese de esa manera indirecta, lo que en su fuero interno sabía que debía hacer desde el mismo instante en que había pedido a Santiago que se marchara temporalmente de su casa. Ella no era mujer de medias tintas. Cuando cerraba una puerta resultaba prácticamente imposible que volviera a abrirla. Y aun así...

—¿Por qué nos duelen tanto las rupturas? —preguntó en voz alta, sin dirigirse expresamente al hombre sentado frente a ella—. ¿Por amor o por orgullo?

—Eso depende de las rupturas y de las personalidades. En tu caso yo diría que por miedo.

—¿Tú crees que soy miedosa? ¡Esta sí que es buena, considerando las experiencias a las que he tenido que enfrentarme y que tú conoces mejor que nadie!

—Lo eres sin lugar a dudas —repuso Raúl con firmeza, evitando morder el anzuelo cebado de victimismo que ella le lanzaba descaradamente—. En caso contrario no estarías aquí planteándome este dilema. Ahora no estamos hablando de tu madre ni de su muerte, sino de tu vida sentimental. Y sí, en ese campo siento decirte que eres bastante cobarde. No confías ni en ti ni en los demás, lo que constituye un signo inequívoco de debilidad.

—Ayer encontré un diario escrito por ella en Estocolmo, ¿sabes? —Abrió un paréntesis Lucía, cerrando los oídos a lo que no deseaba oír—. La pobre también debió de pasar lo suyo...

—¿Quieres que volvamos a hablar de tu madre? —inquirió el psicólogo, sorprendido—. ¿O sigues empeñada en darme pena? Porque no vas a conseguirlo. No estoy aquí para caer en tus trampas sino para ayudarte a salir de las cavernas en las que te metes tú sola.

—Ni una cosa ni la otra —contestó ella mirando el reloj. Faltaban algo más de veinte minutos para que dieran las seis, lo que significaba que no le quedaba mucho tiempo de consulta—. Con mi madre estoy hablando yo, o mejor dicho escuchando lo que nunca tuvo la oportunidad de decirme. Fíjate que, cuando yo era muy pequeña, ella me consideraba «una mañana de sol». Son palabras suyas textuales. Una mañana de sol en Estocolmo. ¿Te das cuenta de lo que significa?

Raúl dirigió a su paciente una mirada de aprobación y diluyó la aspereza de su afirmación anterior con un toque de ternura.

—No me sorprende lo más mínimo. ¿Acaso no representa algo parecido tu hija para ti?

—Sí, pero yo se lo digo.

—Bueno, tu madre te lo acaba de decir a ti, a su manera. Eso te permitirá reconciliarte con su recuerdo y colocarlo donde debería estar: en la alacena de los dulces y no junto a los cuchillos.

—Ya lo está haciendo, sí, eso creo… En todo caso no era ése el asunto que necesitaba tratar hoy contigo. Pedí hora a tu enfermera hace dos semanas porque quería hablarte de Santiago. Supongo que necesito una perspectiva masculina de la situación y no tengo muchos amigos varones. Aunque aquí los minutos vuelan. Me voy a marchar igual que he venido.

El doctor Cabezas abrió la tapa de su portátil y tecleó con agilidad, buscando en la pantalla algo que Lucía no podía ver ni mucho menos imaginar. Al cabo de unos segundos brotaron del ordenador unos acordes de guitarra acompañados del redoble de un tambor y de una nota repetida machaconamente al piano.

—¿Conoces esta canción de Mercedes Sosa? —preguntó Raúl.

—Creo que no —respondió Lucía, desconcertada ante lo inusual de semejante comentario. Le costaba más de dos euros el minuto de conversación, y no los pagaba para compartir los gustos musicales de su terapeuta.

—¡Escucha con atención! —ordenó él, a la vez que se llevaba el dedo índice a los labios con el firme propósito de hacerla callar.

La voz cristalina de Rafael Amor comenzó a recitar:

Te han sitiado, corazón, y esperan tu renuncia,
los únicos vencidos, corazón, son los que no luchan.
No te entregues, corazón libre, no te entregues,
no te entregues, corazón libre, no te entregues.
No los dejes, corazón, que maten la alegría,
remienda con un sueño, corazón, tus alas malheridas.

Como si le hubiese leído el pensamiento a Lucía, el doctor Cabezas aprovechó ese momento para explicarse.

—A menudo la música tiene más poder curativo que cualquier discurso, porque no penetra en el alma a través de la razón sino del corazón, que es el camino más directo y por ello el más eficaz. Sigue escuchando, Lucía; siente, no pienses. Quienes cantan ahora son ella, la autora de esta poesía, y Alberto Cortez, un auténtico juglar contemporáneo.

Recuerda, corazón, la infancia sin fronteras,
el tacto de la vida, corazón, carne de primaveras.
Se equivocan, corazón, con frágiles cadenas,
más viento que raíces, corazón, destrózalas y vuela.
Adelante, corazón, sin miedo a la derrota,
durar, no es estar vivo, corazón, vivir es otra cosa.

El estribillo se repetía una y otra vez al compás de la percusión, hasta convertirse en una plegaria desesperada elevada a la divinidad. Una letanía, un mantra o acaso en un grito de guerra: «No te entregues, corazón libre, no te entregues».

—Ojala fuese tan libre mi corazón como el de Mercedes Sosa —apuntó Lucía con cierta amargura, levantándose para marcharse ante la mirada inquisitiva de Raúl, que anhelaba saber si su particular terapia había producido el efecto deseado—. Ojalá se encarnara en primaveras y no tuviese miedo a la derrota.

—Ya venciste ese miedo en una ocasión —replicó él, ayudándola a ponerse la gabardina—. La segunda vez siempre es más fácil. Y la tercera más que la segunda. Lo único importante es no rendirse ni conformarse con sucedáneos mediocres. Nada de lo que realmente merece la pena se consigue sin luchar.

—¿Y qué ocurre cuando los sueños son incompatibles entre sí? —inquirió ella, dando por supuesto que el psicólogo adivinaba la naturaleza del dilema que la atormentaba.

—En tal caso hay que elegir aquel que nos hará más felices. La libertad, por ejemplo, se paga siempre con soledad, al igual que el éxito tan ansiado y perseguido por la mayoría de la gente. Ambos tributan en la misma moneda y cuantías similares. El amor sale caro en términos de renuncia personal. Todo tiene un precio en esta vida.

—¡Y que lo digas!

—Dicho lo cual, existen millones de combinaciones que facilitan adaptar ese importe a lo que queremos o podemos permitirnos. Hay muy pocos sueños incompatibles entre sí, Lucía, salvo que uno se empeñe en soñar o anhelar algo simplemente porque está fuera de su alcance. Esa conducta es claramente patológica, aunque no creo que tú caigas fácilmente en ella. ¿Lo haces?

—No, en la medida en que puedo evitarlo. Prefiero los sueños cumplidos, aunque en algún momento se resquebrajen. Siempre es mejor perder que no haber conocido. Creo que eso me lo enseñaste tú. A soñar había aprendido en casa. Y a luchar por alcanzar mis sueños, también.

—¿Cuándo quieres que volvamos a vernos?

—Llamaré a tu secretaria.

Luego, con un toque de humor sarcástico que últimamente brotaba espontáneamente de sus entrañas sin mediar provocación, Lucía añadió, guiñando un ojo:

—Tal vez decida cambiarte por una suscripción a Spotify. Me saldría mucho más barata.

Como la mayoría de sus compañeros en la editorial, Lucía solía llevarse trabajo a casa. Penetrar la superficie de un manuscrito, descubrir en él personajes o situaciones no suficientemente desarrollados por el autor, leer lo que aún estaba por escribirse, eran tareas que precisaban de una tranquilidad prácticamente imposible de encontrar en la oficina. Ella, además, había elevado esa necesidad de sosiego a la condición de costumbre, convirtiendo su quehacer profesional en una forma de alienarse de sus propias preocupaciones. Lucía había llegado hasta el punto de utilizar su actividad laboral a modo de droga. Lo sabía, era plenamente consciente de ello, pero no lograba evitarlo.

Claro que esa noche haría una excepción.

Laura estaba a punto de llegar. Iba a cenar con ella y tenía muchas cosas que preguntarle con vistas a su inminente viaje a Panamá, según le había informado por teléfono. Lo primero era lo primero. Esa noche se la dedicaría a su hija, que iba a enfrentarse a su primera despedida a una edad a la cual ella, Lucía, ya tenía hecho un máster en la materia. Esa noche hablarían de pérdidas y también de lazos irrompibles, de amistad, amor, coraje, supervivencia. Esa noche planificarían el modo de hacer sitio para todo el guardarropa en la maleta, después de lo cual se abrazarían, prometiéndose dedicar unos minutos sagrados cada día a verse las caras en Skype.

Lucía miró en la nevera para comprobar que la asistenta hubiese dejado algo cocinado y vio, con satisfacción, una tortilla poco cuajada, tal como les gustaba a las dos. Con eso y una ensalada de tomate tendrían de sobra. El tiempo de los dos platos y postre, servidos por la doncella en la mesa, había quedado sepultado en el pasado. Parecía milagroso que María y Fernando hubieran sido capaces de mantenerse esbeltos con tantas facilidades como se les daban para abandonarse a la gula. Debían de poseer una genética privilegiada que con los años había ido degenerando, porque ella necesitaba prestar más atención a lo que comía si no quería ganar rápidamente peso.

¿O sería que bailaba poco?

Encendió el ordenador, pensando que tenía que contestar a Julián. Esa idea había estado rondándole la cabeza a lo largo de todo el día, aunque no terminaba de decidirse con respecto a la respuesta. Algo tenía que decirle, sí, pero ¿qué?

«Ese hombre es tóxico, Lucía —le advirtió una voz interior—. Aléjate de él, sal corriendo.»

«Será todo lo tóxico que quieras —repuso su otro yo con idéntica firmeza— pero te gusta y sientes algo especial por él. Díselo. O al menos no te cierres en banda.»

¿Piel o cerebro? ¿Corazón o razón? Los tambores de Mercedes Sosa retumbaron en el interior de su cabeza con reminiscencias bélicas.

Su sentido del deber y de la responsabilidad solía proclamarse vencedor de esas batallas, por mucho que el deseo pugnase por imponerse. En contra de la estadística jugaba en este caso, empero, el hecho de que ya hubiera cometido una imprudencia gigantesca yéndose con él a pasar un fin de semana muy difícil de olvidar. La emoción había ganado a la sensatez en la primera escaramuza. ¿Cuál de los dos contendientes se alzaría con la victoria definitiva en la guerra?

Toda la educación recibida, la experiencia y la cautela natural la empujaban a borrar el correo del chileno y, con él, su recuerdo. Un extraño cosquilleo en la boca del estómago la inducía, en cambio, a correr el riesgo de estrellarse otra vez.

La voz de la tentación le habló de nuevo:

—Haz lo que quieras hacer, no lo que se espera que hagas. Sé fiel a ti misma, a tu esencia, y déjate de miedos.

El instinto de conservación insistió:

—Nadie merece la pena más que uno mismo. No te expongas a pasar por la enésima pérdida, seguramente más dolorosa que la precedente. Protégete. Corta por lo sano ahora que puedes.

—Querer es poder —se oyó decir a sí misma— aunque no es reír ni jugar ni vivir. El camino del deber es solitario y amargo, por seguro que resulte. Hay momentos en los que apetece tomar un atajo, aun a riesgo de despeñarse.

Con la pericia que da la práctica, abrió el correo que le había enviado el músico, buscó la opción «responder» y tecleó:

> Querido Julián:
> ¿Existen los hechizos de amor? ¡Dime dónde se compran, necesito uno poderoso!
> Ese fin de semana se me hizo corto, aunque dejó huella.
> Te extraño,
>
> LUCÍA

Pulsó inmediatamente «enviar», antes de incurrir en la deformación profesional de empezar a releer lo escrito, cambiando palabras y comas, hasta acabar borrándolo todo.

—*Alea jacta est* —dijo en voz alta—. Los sueños han ganado la partida a la cordura.

Sobre el escritorio, junto a su butaca, estaba el diario de su madre, marcado por un abrecartas de marfil en la página donde lo había dejado la víspera. Parecía estar llamándola. Laura no había llegado aún. El trabajo esperaría al día siguiente.

5

Estocolmo,
miércoles, 24 de octubre de 1962

He pasado una de las peores noches de mi vida. Como si no tuviera suficiente con la amenaza de guerra y la preocupación por los chicos, ahora estoy prácticamente segura de que Fernando tiene una aventura. O tal vez sea yo la que esté histérica y vea fantasmas donde no los hay, influida por las confesiones de Paola. Sea como fuere, no he pegado ojo. Espero poder echarme una siesta después de comer, porque esta noche volvemos a salir y él no debe notar nada.

La cena de ayer no contribuyó precisamente a tranquilizarme. Lo que contó el diplomático japonés sobre los efectos del arma atómica me dejó sobrecogida. Y las apreciaciones de Alain Crouzier, el representante francés, tampoco ayudaron a serenar los ánimos.

Menos mal que el embajador, Pedro, y su esposa María Luisa son dos magníficos anfitriones, porque en caso contrario la velada habría resultado un desastre. Ella salvó la situación cuando la tensión iba a traspasar la línea de lo tolerable, y al final, una vez que nos quedamos solos los españoles, hasta nos puso a bailar boleros.

Quién iba a imaginarse que después...

Tal como había temido, llegamos con casi media hora de retraso. Fuimos los últimos, no a causa del tráfico, sino porque nos entretuvimos con las niñas, que tardaron más de lo acostumbrado en dar su visto bueno a nuestros respectivos atuendos. Fernando estaba de buen humor y se puso a jugar con ellas, hasta que me enfadé y amenacé con llamar a un taxi.

Sólo entonces accedió a sacar el coche del garaje. Había tintes de reproche en su voz cuando me dijo:

—Deberías aprender a conducir. Así no tendrías que esperarme ni depender de mí para que te lleve puntualmente a los sitios.

—¿Y convertirme en el chófer de la familia? No, gracias. Además, aunque quisiera, no creo que Estocolmo sea el lugar más adecuado para hacerlo. ¿Cómo iba a entenderme con el profesor?

La cosa había empezado regular, hasta el punto de que apenas cruzamos palabra durante el trayecto desde Bromma a Djurgården.

Nuestra Embajada en Estocolmo ocupa un palacio que fue levantado por un escultor sueco en esa isla de nombre impronunciable, a mediados del siglo pasado, cuando toda ella era el coto de caza privado de la familia real sueca.

El paraje, salpicado de colinas, es tan idílico como el pabellón que adquirió el mismísimo Alfonso XIII, en 1928, con el fin de convertirlo en legación española. Desde entonces acoge la cancillería y la residencia privada del embajador, emplazadas en dependencias anejas y rodeadas de bosques frondosos cuyos árboles componen en otoño una auténtica paleta de colores.

Es un lugar realmente hermoso a pesar de estar bañado por una luz tan triste. La víspera había pasado muy cerca de allí con Lucía y había aprovechado para mostrarle nuestra bandera, que ondea en lo alto del tejado y es claramente visible desde el parque de Skansen. La niña no entendió muy bien lo que era, aunque le pareció bonita.

La Embajada no pasa desapercibida. Si de día llama poderosamente la atención la mole compacta del edificio, pintada de amarillo, rematada por un pretencioso torreón y abierta a una terraza de estilo versallesco, el aspecto que ofrece de noche, iluminada, resulta incluso más impactante. Claro que lo mejor está sin duda en el interior, porque se trata de un palacete con alma.

La primera vez que lo visité, recién aterrizada en esta gélida ciudad, no me conmovieron tanto sus tesoros artísticos, que los tiene, como las palabras grabadas en varios cristales de la planta baja por su último propietario sueco, un noble de sangre real obligado a venderla para hacer frente a sus deudas. Eran auténticos mensajes de náufrago escritos por el príncipe Carlos, hermano del rey Gustavo V, utilizando un anillo de diamantes.

Según la traducción que me hizo las esposa del embajador, el primero de ellos decía: «Que aquellos que desde ahora vengan a vivir a nuestra amada casa sean tan felices en ella como nosotros lo hemos sido». El segundo, más desgarrado y escueto, rezaba: «Nos vamos de aquí, adiós, Carlos. Octubre, 1923».

—Desde entonces —me explicó María Luisa, convertida

en entusiasta guía turística de su propio hogar— las palabras de Carlos, apodado cariñosamente por sus compatriotas Príncipe Azul, y de su esposa, Ingeborg, han dado la bienvenida a todos los embajadores de España.

Yo me puse en la piel de los desahuciados y sentí su misma nostalgia. Dejar atrás una casa en la que se ha sido feliz es algo sumamente doloroso. Lo sé por experiencia.

Aunque ayer no tuviera yo el ánimo proclive a la sensibilidad estética, me quedé mirando las columnas de mármol de Carrara que adornan el amplio vestíbulo del palacete, así como las pinturas al fresco y los bajorrelieves que completan la decoración, con una mezcla de admiración y rechazo ante el exceso. ¡Creo que nunca me acostumbraré a la ostentación!

Esas molduras, esculpidas con motivos de inspiración griega, habrían podido competir con los frisos que los ingleses se llevaron del Partenón al Museo Británico como botín de guerra. Es evidente que el hombre de cuya mente y cincel surgió ese recibidor ansiaba con todas sus fuerzas dejar impresionados a sus huéspedes. Y en lo que a mí respecta, lo consiguió.

Mientras José, el criado que hace las veces de mayordomo, recogía nuestros abrigos, ataviado con guantes inmaculados y chaquetilla blanca recién planchada, observé, fascinada, la escalinata que conduce a la planta privada, asomada a los salones a través de una galería iluminada por un gigantesco tragaluz. Me pareció paradójico que, al menos hasta donde yo conozco, únicamente la residencia del embajador en La Habana pueda competir con ésta en esplendor. La Habana y Estocolmo. Dos países completamente distintos y alejados entre sí en todos los sentidos. Dos modos totalmente diferentes de relacionarse con España. Dos escaparates grandiosos.

—Caprichos de reyes —habría dicho mi padre, republicano de corazón y comerciante de vocación, acostumbrado a hacer las cuentas en reales y perras chicas.

—Reflejos de una gran nación protagonista de la Historia Universal —le habría respondido Fernando.

Para cuando hicimos nuestra entrada, los otros invitados llevaban ya un buen rato tomando un aperitivo en el salón principal, en forma de rotonda, que exhibe una notable colección de muebles de época y cuadros traídos desde el Museo del Prado.

Lo primero que atrajo mi mirada fue un piano de cola reluciente, situado a la izquierda de la puerta, cuyo teclado, descubierto, parecía estar llamándome a gritos. Claro que por nada del mundo me habría atrevido a tocar delante de esas personas. Bastante vergüenza estaba pasando ya por ser mi marido y yo los últimos en llegar, pese a ocupar, con diferencia, el peldaño más bajo en el escalafón diplomático.

Sabía que era mi deber asumir la responsabilidad de semejante ofensa al protocolo, así que eso fue lo que hice.

Los caballeros se pusieron en pie en cuanto crucé el umbral. Las damas sonrieron educadamente. Yo me deshice en disculpas.

—No tengo perdón, María Luisa. —Me acerqué a saludar a la anfitriona primero, antes de dar un abrazo al embajador—. Lucía ha estado devolviendo esta tarde —mentí— y hasta última hora no me he decidido a dejarla al cuidado de Jacinta.

—Tranquila —me siguió ella el juego—, acaban de servirnos una copa de jerez. ¿Se encuentra ya mejor la niña?

—Eso parece —respondí, incómoda, deseando pasar cuanto antes esa página.

Fernando estaba cumplimentando con su habitual soltura a los embajadores de Francia y Japón, que nos acompañarían en la mesa. La señora de la casa, que me había estado hablando en español, pasó a la lengua de la diplomacia, el francés, para preguntarme:

—¿Conoces a Madame Crouzier y a la señora de Nemura?

Las conocía vagamente, de haberlas visto en alguna recepción, aunque no tenía amistad con ellas. Ambas eran mayores que yo y, a primera vista, distantes. Si hubieran llevado corsé no habrían mantenido una postura más rígida, sentadas en el mismo borde de la butaca, con la copa de jerez en una mano y una servilletita de hilo en la otra. Seguramente se limitaran a representar el papel que se esperaba de ellas, sin manifestar un entusiasmo que estaban lejos de sentir. Aquélla no iba a ser una cena divertida, todos éramos conscientes de la situación por la que atravesaba nuestro planeta.

Naturalmente, me fijé en cómo iban arregladas las esposas de tres embajadores. No hay mejor forma de aprender.

María Luisa, que es menuda, llevaba un vestido color malva, de corte sencillo. Un precioso broche de oro y lapislázuli prendido en su pecho atestiguaba su gusto por lo bello y hacía además juego con sus ojos. La francesa, que con el correr de las horas acabó cayéndome mejor de lo que había previsto, lucía un collar de perlas de tres vueltas y vestía un modelo clásico de Chanel, compuesto de chaqueta corta con cuello a caja y falda por debajo de la rodilla, en dos tonos de azul. Con una buena faja reforzada en la parte delantera le habría sentado mejor, aunque el traje era realmente elegante. La japonesa no debía de medir más de metro cincuenta y pesaría a lo sumo cuarenta kilos. Iba de negro, sin joyas. Creo que no abrió la boca en toda la velada, salvo para decirme, con un acento peor incluso que el mío:

—Encantada de conocerla.

Eso fue todo.

Terminadas las presentaciones, los caballeros retomaron la conversación que había sido interrumpida por nuestra llegada a destiempo. Versaba, cómo no, sobre la crisis de los misiles.

Fue el embajador quien rompió el fuego:

—Estaba diciendo a estos colegas, Fernando, que hoy hemos recibido noticias inquietantes de Cuba. Radio La Habana ha informado de que trescientos cincuenta mil hombres han sido movilizados en pocas horas y trasladados a sus respectivas unidades de combate, que ya se encuentran oficialmente en estado de guerra. Y es que Castro ha declarado esta misma tarde que quien quiera inspeccionar la isla tendrá que llegar allí en formación de combate.

—Muy propio de su lenguaje habitual —apuntó Fernando, que conoce bien al ex alumno de los jesuitas del Colegio de Belén, en el que estudiaban las élites de la sociedad cubana hasta la revolución.

Los años en los que estuvimos destinados en La Habana, entre 1952 y 1956, fueron precisamente aquellos en los que Fidel Castro empezó a hacerse fuerte al frente de ese Movimiento, creado con la ayuda de su hermano Raúl, cuyos guerrilleros protagonizaron el frustrado asalto al cuartel Moncada, en julio del 53.

La derrota aplastante de esa intentona condujo, especialmente en la provincia de Oriente, a una oleada de represión por parte del régimen de Batista que dio lugar a centenares de personas torturadas y ejecutadas de forma sumarísima. La mayoría de nuestros amigos íntimos criticaba esa reacción por excesiva, aunque otros la justificaban alegando que la victoria de los insurgentes tendría consecuencias desastrosas para el país. Fuera cual fuese su postura, todo el mundo estaba muy preocupado. Eso lo recuerdo bien.

El propio Fidel, organizador del ataque, tuvo más suerte que muchos de sus compañeros y salió del trance mejor parado que la mayoría. Lo detuvieron, juzgaron y condenaron a quince años de cárcel, que empezó a cumplir desde el principio en la enfermería del Presidio Modelo, un penal bastante confortable de Isla de Pinos. Año y medio después ya estaba en la calle, beneficiado por una amnistía con la que Batista pretendía atraerse el favor de los votantes, con vistas a las elecciones.

Fernando y yo habíamos oído hablar en todos los salones de La Habana de ese hombre barbudo, carismático, culto, brillante, locuaz, atractivo, mujeriego y terriblemente megalómano, que se consideraba una especie de reencarnación del héroe José Martí.

Despertaba curiosidad, fascinación y miedo a partes iguales, aunque Batista lo subestimó hasta el extremo de ponerle en libertad y facilitar el que se fuera a la Sierra Maestra a encabezar la revolución que acabó derrocándole.

Sí, conocíamos al personaje, aunque debo confesar que, en lo que a mí concierne, nunca le presté demasiada atención mientras disfrutaba de uno de los destinos más felices de cuantos he compartido con mi marido. El que vio nacer a mis tres hijos mayores, uno tras otro, entre el mar Caribe y los flamboyanes.

Fernando, en cambio, siguió muy de cerca la trayectoria de Castro incluso después de marcharnos de Cuba con destino a Perú. De ahí que ayer hablara con autoridad cuando se refería a él.

—Me parece estar oyéndole en el juicio que siguió al episodio del Moncada. Tendrían que haber visto ustedes la vehemencia con la que declamó, desde el banquillo de los acusados, ese interminable alegato defensivo, ampulosamente titulado «La Historia me absolverá», convertido en un texto de obligada lectura en la Cuba actual.

—Con ese mismo estilo tan suyo —retomó su informe Pedro, evitando deliberadamente emplear un calificativo susceptible de causarle problemas—, hoy ha tildado el discurso de Kennedy de «declaración pirata», a la vez que alababa la reacción serena, firme y ejemplar de la Unión Soviética.

—Doy por hecho que esto tendrá consecuencias en España —apuntó el representante francés—. No me malinterprete, señor embajador, pero me sorprende que el régimen de Franco mantenga relaciones diplomáticas con un comunista declarado como Castro.

A los diplomáticos de carrera, como es el caso de nuestro embajador en Estocolmo, no suele gustarles meterse en camisa política de once varas; ellos sirven a España, al margen de quién la gobierne. Ni siquiera Fernando, que es un apasionado de la materia, se lanza a expresar abiertamente sus opiniones, salvo que esté entre personas de mucha confianza. De ahí que nuestro anfitrión eludiera hábilmente la cuestión con una evasiva.

—De momento la compañía Iberia ha anunciado que suspende los dos vuelos mensuales que mantenía con la isla. El personal civil de la base norteamericana de Guantánamo ha sido evacuado y, al parecer, varias legaciones europeas en La Habana están haciendo lo propio con los familiares de sus empleados, ante la posibilidad de que Washington decida lanzar un ataque a gran escala sobre Cuba, empezando por bombardear su capital.

Monsieur Crouzier debió de captar que Pedro no deseaba

responder a su pregunta, porque se limitó a señalar, con formalidad un tanto envarada:

—Estoy en condiciones de confirmar su información.

—Si el presidente americano se ve obligado a responder militarmente a esta amenaza —terció Fernando en un francés perfecto—, me temo que estaremos ante un conflicto que trascenderá los límites de la isla para convertirse en una guerra a gran escala entre las dos superpotencias.

—¡Por Dios, no digas eso!

Era María Luisa quien había irrumpido en la conversación con la voz llena de angustia. Yo pensaba exactamente lo mismo, aunque permanecí callada. No habría estado bien visto que una mujer interviniera en semejante debate sin ser invitada a hacerlo, aunque pensaba utilizar esas palabras contra mi marido y a favor de mi causa en cuanto llegáramos a casa. Si iba a estallar una guerra como la que él mismo describía, los chicos debían estar con nosotros y con nadie más. ¿Cómo era posible que no lo viera él claramente?

—Fernando tiene razón —le respaldó Pedro, desautorizando así a su esposa—. Ello no obstante, esperemos que las cosas no alcancen ese punto de no retorno. Mañana, a primera hora de la tarde aquí, entrará en vigor el bloqueo decretado por Washington, que facultará a las naves de la Segunda Flota norteamericana para abordar e inspeccionar cualquier barco que trate de acercarse a la isla, o a hundirlo en caso de que se niegue a permitir el registro. Confiemos en que sea suficiente para disuadir a los soviéticos de seguir adelante con esta locura.

Recordé, y mantengo muy vivo en la memoria, lo que me había contado Paola esa mañana sobre Kruschev, quien, a decir del agente soviético que informa a George, no desea iniciar una contienda nuclear. Si eso es cierto, ordenará a sus capitanes dar media vuelta y regresar a la URSS. En caso contrario, mantendrá el desafío hasta provocar el ataque y conseguir un pretexto para desatar el conflicto.

No tardaremos en averiguar qué clase de persona es Kruschev y si controla o no los mandos de la Unión Soviética.

Encendí un nuevo cigarrillo. En los dos últimos días una cajetilla se me queda corta. Se ve que el nerviosismo que alimenta mi necesidad de nicotina afecta igualmente a los demás, porque el aire estaba cargado de humo y la doncella había pasado ya un par de veces por el salón a vaciar los ceniceros, repletos de colillas, en un práctico recogedor de cenizas de alpaca.

Creo que algunos de los presentes, incluyéndome a mí, habríamos agradecido en ese momento algo más fuerte que un jerez, por buenos que fuesen los caldos de las bodegas Valdespino.

Las señoras escuchábamos hablar a los caballeros, con admiración, dando pequeños sorbos al vino y comiendo aceitunas rellenas traídas desde España para hacer las delicias de los extranjeros. En otras circunstancias seguramente hubiésemos iniciado una conversación más frívola entre nosotras, sobre hijos o compras, aunque ayer, dada la gravedad de la situación que se comentaba, ninguna tomó la iniciativa de proponerla. Estábamos todas demasiado interesadas en lo que se decía.

Jackie Kennedy se ha hecho famosa por desterrar de la Casa Blanca la vieja costumbre de dejar solos a los señores para que charlen de «sus cosas», aunque no es la única anfitriona que se comporta de ese modo. Al igual que ella, e incluso antes de que ella tomara esa iniciativa en Washington, la mayoría de las mujeres de diplomáticos que he conocido en los distintos países por los que hemos pasado abandonó hace mucho esa práctica anticuada.

¡Los tiempos cambian!

Pero volvamos a la cena.

El representante japonés, con una expresión impenetrable, parecía concentrado en descifrar una lengua más difícil de entender para él que para cualquiera de los demás. Monsieur Crouzier, en cambio, hizo honor a la reputación que precede a sus compatriotas y aprovechó la primera ocasión que se le brindó para subrayar la importancia de su país, revelando que había sido merecedor de un trato preferente por parte de la Administración estadounidense.

Bajando ligeramente el tono de voz, a fin de subrayar el carácter confidencial de lo que estaba a punto de desvelarnos, dijo en referencia al bloqueo:

—El presidente de la República recibió ayer en el Elíseo al ex secretario de Estado, Dean Acheson, enviado por Kennedy con la misión de informarle personalmente a él antes que al Consejo de la OTAN. Me lo ha contado hoy un viejo amigo de la Escuela Nacional de Administración que trabaja en su gabinete. De Gaulle se mostró un tanto molesto ante el americano y preguntó si había ido a consultarle o simplemente a comunicarle una decisión ya tomada, aunque una vez recibidas las oportunas explicaciones acabó por reconocer que el líder de la Casa Blanca no tenía elección y ha hecho lo correcto. «Puede usted transmitir a su presidente que Francia le apoyará», fueron sus palabras literales. Luego pidió ver las célebres fotos que llevaba consigo Acheson.

—¿Qué fotos? —preguntó María Luisa con ingenuidad.

—Las que tomaron los aviones espía norteamericanos de

las bases de misiles instaladas en Cuba —respondió el francés—. Me dicen que el presidente estuvo un buen rato examinándolas con la ayuda de una lupa y, al saber que habían sido obtenidas desde una altura de veintidós mil metros, exclamó: «¡Es formidable!».

Con el empeño evidente de no quedarse atrás ni dejar a España en peor lugar que Francia, nuestro embajador se vio obligado a subrayar que también el gobierno español había sido puntualmente informado de las intenciones norteamericanas.

—El subsecretario de Estado, George Ball, ha citado esta tarde al embajador Antonio Garrigues y le ha puesto al corriente de los últimos acontecimientos —subrayó la palabra «últimos» con un énfasis especial—. La actividad en el Ministerio de Asuntos Exteriores ha sido frenética a lo largo de todo el día. Ni sé la cantidad de telegramas cifrados que hemos recibido. Huelga decir que el presidente Kennedy tiene el pleno respaldo de la Jefatura del Estado en esta hora decisiva, cuando se enfrenta al mayor y más grave desafío planteado por el comunismo desde la crisis de Berlín.

—Yo mismo he descifrado más de uno de esos telegramas —añadió Fernando—. Me impactó especialmente el que daba cuenta del teletipo emitido por la agencia oficial soviética, TASS, en respuesta al discurso de Kennedy.

Al oírle decir aquello miré a mi marido enfadada. Sin palabras, con los ojos y las cejas, le reproché no haber compartido esa información conmigo. ¿Por qué en casa se había puesto a jugar con las niñas sin hacerme partícipe de lo que sabe, a pesar de ver lo preocupada que estoy con este asunto? ¿Para no incrementar esa zozobra? ¿Por descuido? ¿Por desprecio?

Ayer no me paré a pensar que fueran otros los motivos

que le llevaron a callar, aunque ahora me pregunto seriamente si no preferirá abrir su corazón a otra mujer. Llevo varios días aterrada a causa de la guerra que se cierne sobre nosotros, e inquieta por la sombra de una sospecha inconcreta. Desde anoche estoy consumida por los celos.

A menudo tengo la sensación de no acercarme siquiera a la altura intelectual del hombre con el que comparto la vida. Hace años le veía tan loco por mí, tan enamorado y apasionado que apenas si daba importancia a esa diferencia. Con el paso del tiempo he notado que esa distancia se acentúa, que nos alejamos más y más en ese aspecto. ¡Y ojalá fuese solamente en ése!

Yo ya no tengo veinte años y cuatro hijos pesan mucho en todos los sentidos, empezando por el cuerpo, que va perdiendo su forma a ojos vista. Tal vez ya no sea capaz de darle lo que necesita y eso le empuje a buscarlo fuera casa, teniendo en cuenta, por añadidura, que él se acerca a los cuarenta, con todo lo que ello implica… Es una edad muy difícil para un hombre. Dicen que el miedo a perder la juventud les lleva a cometer toda clase de locuras en un intento desesperado de recuperar un tiempo que no volverá.

¿Será eso lo que nos está pasando o acaso sea yo la que esté perdiendo la cordura?

No sé qué hacer. Aquí en Estocolmo estoy sola, sola con estos fantasmas, sin familia ni apenas amigas. ¿Con quién voy a hablar de estas cosas? ¿A quién puedo pedir consejo? Únicamente se me ocurre Paola, aunque no sé si quiero confiarle mis temores precisamente a ella. ¿Qué va a decirme Paola que pueda servirme de algo, comportándose como se comporta con su marido?

Prefiero desahogarme en este diario que nadie, aparte de mí, leerá nunca.

Ajeno a mis cavilaciones sobre el porqué de su hermetismo conmigo, Fernando siguió desgranando el contenido de ese cable de agencia que había descifrado por la tarde, con la precisión milimétrica que le proporciona su memoria de opositor.

—El gobierno soviético, decía su portavoz oficial, rechaza de manera resuelta las pretensiones del gobierno de Estados Unidos y le advierte de la grave responsabilidad que asume respecto del destino del mundo con las medidas anunciadas por el presidente Kennedy.

—O sea, que no piensan ceder —me atreví finalmente a intervenir, venciendo el miedo a decir una tontería.

—El lenguaje diplomático siempre es ambiguo y en este caso deliberadamente dramático —respondió el embajador, tratando de tranquilizarme.

—Ya veremos —añadió Fernando—. De momento se atienen al guión de la política, que les impone una respuesta pública tan dura al menos como el discurso de su enemigo. Siguen insistiendo en que las armas desplegadas en Cuba tienen un carácter meramente defensivo y subrayan que ningún Estado que se diga independiente, en alusión a Cuba, puede plegarse a la pretensión norteamericana de que el material necesario para su defensa sea evacuado de su territorio.

—Pero si no lo sacan de allí los americanos atacarán, ¿no es así? —inquirió María Luisa, tan alarmada como yo.

—Deberían ser más optimistas, queridas —terció la señora de Crouzier, dibujando una sonrisa franca en su rostro de hermosas facciones—. No minusvaloren el poder de la diplomacia. Todos los aquí presentes conocemos los milagros que puede llegar a obrar.

Fernando tiene un don especial para tratar con las señoras dejándolas encantadas. Lejos de mostrar desdén ante el hecho de que una mujer se permitiera hacer un comentario semejante, aprovechó para hacerle un cumplido.

—Todos, señora Crouzier, y en particular ustedes, los franceses, que dominan como nadie el arte que bordó el cardenal Richelieu. Sin embargo, María Luisa dice la verdad. Ésa es exactamente la amenaza americana planteada en este momento: atacar si no son retirados de Cuba los misiles nucleares que amenazan su territorio.

—¿Y los rusos? —insistió María Luisa.

—Los rusos se remiten al Consejo de Seguridad de la ONU y acusan a Washington de poner en peligro la paz. El teletipo que he descifrado terminaba con estas palabras: «Si un agresor comienza una guerra, la Unión Soviética llevará a cabo un poderoso golpe de respuesta».

Monsieur Crouzier había perdido temporalmente el protagonismo y daba buena cuenta de un delicioso canapé, elaborado a base de sardinas en aceite de oliva, aprovechando que quien hablaba era Fernando. No debía de gustarle, empero, permanecer en un segundo plano, porque en cuanto se limpió las migas del bigote y apuró su tercera copa de fino, se apresuró a recuperarlo para hacernos partícipes de su pesimismo ante lo que le habían confiado sus contactos.

El francés nos relató que su colega de Washington, con quien había mantenido una larga conversación telefónica, le había contado las disposiciones tomadas en la Embajada soviética, después de que Bob Kennedy visitara ayer tarde al embajador Dobrynin y le reiterara, con enorme enfado, que su hermano y él se sienten engañados por Kruschev. De acuerdo con sus informes, la cara del ruso que mostraron las televisiones era un poema. Debía de haber dado plena credibilidad al fiscal general cuando éste le anunció que la Casa Blanca está decidida a emplear todos los medios necesarios, incluidos los cañones de su flota, para detener a los veinticinco barcos soviéticos que navegan a estas horas rumbo a Cuba.

—Se detendrán —afirmó rotunda su esposa, esta vez con gesto grave—. ¡No les queda otra opción!

—¿Quién sabe? —contestó él—. No olvidemos que Kruschev es un ucraniano empecinado y audaz. No sólo dirigió la defensa de Stalingrado ante la brutal ofensiva alemana del 42, sino que, una vez en el poder, se atrevió a denunciar los crímenes de su predecesor, considerado por buena parte de los rusos como algo parecido a un semidiós. No estamos hablando de un hombre cualquiera.

—Tampoco de un irresponsable —rebatió Pedro.

—Por si acaso —continuó Crouzier—, la Embajada soviética en Estados Unidos está destruyendo toda su documentación sensible y preparándose para lo peor. Corre el rumor en Washington de que el KGB hizo instalar hace tiempo un generador eléctrico capaz de proporcionar energía al edificio en caso de que desde el exterior le corten la corriente, así como bombonas de oxígeno y filtros de aire para garantizar la supervivencia de sus moradores si sufren un ataque con armas químicas.

—Pero ¿estamos todos locos? —terció de nuevo la anfitriona.

—Son medidas de seguridad muy razonables, dadas las circunstancias —dijo el francés, con cierta suficiencia—. Mi colega me confirmaba hace un rato que los funcionarios de la legación habían recibido órdenes expresas de evitar salir a cines, centros comerciales y demás lugares concurridos, lo que significa que a estas horas Moscú no descarta en absoluto una escalada bélica de consecuencias imprevisibles.

—Imprevisibles no —irrumpió de pronto en la conversación el embajador nipón—. Para nuestra desgracia, los japoneses conocemos de sobra los efectos de las armas nucleares. Los llevamos tatuados en la piel. Y no hablo en sentido metafórico, señores. Yo mismo he tenido ocasión de ver cadáveres de mujeres en Hiroshima con el estampado de sus quimonos grabado literalmente a fuego en el cuerpo.

Nemura no había probado el vino andaluz ni las aceitunas. Desde nuestra llegada le había visto beber agua, observar a unos y otros con suma atención y mantenerse muy erguido en su butaca, con las manos cruzadas apoyadas sobre las piernas. Era de complexión menuda, rostro alargado, pelo oscurísimo peinado hacia atrás con gomina y rostro lampiño. Podría tener treinta y cinco años o sesenta. Nunca he sabido calcular la edad de los orientales.

Sus palabras cayeron en el salón como la bomba de la que hablaba. No era cuestión de recordarle que había sido su país el primero en atacar a los estadounidenses en Pearl Harbour ni de insistir en la negativa obstinada de su emperador a rendirse cuando lo hicieron los alemanes, a pesar de tener la guerra perdida. Cualquiera de esas apreciaciones habría resultado ser casi tan inoportuna en una cena diplomática como su comentario extemporáneo.

Claro que la de ayer no era una cena al uso. La tensión se cortaba con cuchillo.

—Hiroshima constituye ciertamente un hito sombrío en la historia de la humanidad —salió al quite Pedro, tratando de romper el hielo creado en el ambiente por la mención de ese lugar maldito.

—Se queda usted corto, embajador —repuso el nipón—. Hiroshima es sinónimo de infierno. Aquel 6 de agosto de 1945 la especie humana derribó la última muralla que la separaba de su propia destrucción. Una sola bomba mató instantáneamente a cien mil personas y redujo a cenizas una ciudad entera, que estuvo días ardiendo. Muchos de los que sobrevivieron a la primera deflagración murieron calcinados entre los escombros o asados vivos en los sótanos que les servían de refugio, convertidos en hornos crematorios.

Componer un discurso tan largo en una lengua que, al fin y al cabo, no era la suya propia estaba costando a Nemura un esfuerzo ímprobo, que se reflejaba en sus facciones tensas como cuerdas de violín. Hizo una breve pausa, cerró momentáneamente los ojos y luego los abrió de nuevo para seguir desgranando, sombrío, el relato de lo acontecido en esa fecha marcada con tintes de infamia en el calendario de la Historia.

Nos contó que muchos más habitantes de esa pobre ciudad mártir perecieron en las semanas siguientes, después de atroces agonías, a causa de las quemaduras y la radiación. Que todavía hoy nacen niños con terribles deformidades como consecuencia del veneno invisible que permaneció suspendido en la atmósfera. Su tono era lúgubre al concluir:

—Conocemos perfectamente los efectos que produciría una confrontación nuclear a gran escala, señores. Lisa y llanamente, sería el fin de nuestra especie.

—Precisamente por eso, mi apreciado Nemura —opinó el francés, en tono condescendiente—, los arsenales atómicos constituyen el mejor argumento pacifista jamás empleado por el hombre.

—Señor Crouzier —rebatió el nipón, sin elevar el tono aunque evidentemente molesto—, en Hiroshima había niños, mujeres, ancianos indefensos que nada podían hacer por alterar el curso de la guerra. El objetivo de la bomba eran las fábricas, o eso dijeron los vencedores, pero lo cierto es que la gran mayoría de las víctimas fueron civiles inocentes.

—Repito que no hay mayor factor de disuasión ante la tentación de ir a la guerra que la certeza de la destrucción mutua asegurada. Por eso Francia no renuncia a tener su propia fuerza de choque, al margen del paraguas de la OTAN. Ya lo dijo el gran estratega romano Vegecio: «*Si vis pacem, para bellum*».

—Y yo le digo que la experiencia de la última guerra mundial invalida su argumento.

Como si no hubiera oído al japonés, Crouzier siguió adelante con su alarde de erudición militar.

—También lo explica Kennedy en su libro *La estrategia de la paz*, cuando afirma que Estados Unidos no puede seguir limitándose a reaccionar ante cada movimiento de sus adversarios, sino que debe poder anticiparse a ellos. Con esa determinación ha puesto en marcha un programa de rearme nuclear que pretende dotar a su país en pocos años de ingenios suficientes para garantizar la aniquilación de cualquiera que se atreva a desafiarlo.

El representante nipón permanecía inmóvil y aparentemente impertérrito, pero acusó el golpe.

—¿No le parece, señor embajador, que con los dos mil bombarderos del Mando Aéreo Estratégico y los misiles de medio alcance instalados en Inglaterra, Italia y Turquía, Estados Unidos tiene material más que suficiente para asegurar su defensa?

El francés siguió atacando:

—Lo importante no es lo que piense yo sino lo que determinen los analistas de la Casa Blanca en su empeño de garantizar que nadie vuelva a pillar desprevenido a su país, como ocurrió en diciembre del 41. Ellos deben de considerar esas armas insuficientes, probablemente obsoletas y extremadamente vulnerables ante la bomba de hidrógeno desarrollada por los soviéticos, que se suma a los misiles intercontinentales desplegados en Asia Central, con capacidad para alcanzar Estados Unidos.

Crouzier había contestado de un modo un tanto ácido, aludiendo al ataque japonés sobre la isla hawaiana aunque sin mencionarlo expresamente, por mor de su impecable formación diplomática. Pedro, visiblemente incómodo, trató de mediar en el duelo de floretes que enfrentaba al hijo del Imperio del Sol, incapaz de entonar una autocrítica, con el entusiasta gaullista empeñado en derrotarle también en el campo de la dialéctica.

—Volviendo a Cuba…

—… Para que todos nos hagamos una idea —le interrumpió el francés, sintiéndose cada vez más a gusto en un terreno que dominaba—, la bomba que fue detonada sobre Hiroshima tenía una potencia equivalente a catorce mil toneladas de TNT o catorce kilotones. Ahora mismo se calcula que en Cuba, sólo en Cuba, puede haber medio centenar de misiles SS4 de un megatón cada uno, o un millón de toneladas de TNT, con un alcance de mil cien millas náuticas, además de un número indeterminado de misiles tácticos Luna provistos de cabezas de dos kilotones. Hagan ustedes sus cálculos. Y eso es sólo la punta del iceberg, el objeto de la actual discordia.

El embajador Crouzier parecía tan bien informado que volví a vencer mis reparos y le pregunté:

—¿Qué ocurriría si, deliberadamente o de manera accidental, uno de esos proyectiles fuese finalmente lanzado contra Estados Unidos?

—¡Qué cosas tienes, María! —me llamó la atención María Luisa.

—¡Al contrario! Es una magnífica pregunta —la corrigió

él, dirigiéndome una sonrisa que intuí cargada de intenciones seductoras.

No era la primera vez que me prodigaba una atención semejante. El presumido representante francés había lanzado varias ojeadas descaradas a mis piernas, sin que yo quisiera darme por enterada ni mucho menos alimentar sus esperanzas. Por eso había estado rehuyendo su mirada durante toda la velada.

Una cosa es gustar, tal como me había propuesto al arreglarme con esmero, y otra muy distinta provocar. Esto nunca me ha gustado hacerlo. Y de pronto, inmediatamente después de formular mi pregunta, caí en la cuenta de que nada enardece tanto a un hombre vanidoso como el halago intelectual de una mujer joven. Mucho más incluso que sus piernas, sus ojos, sus pechos o su boca.

¡Si lo sabré yo, que estoy casada con uno que encaja en esa definición como un guante!

Cuando ya era demasiado tarde para dar marcha atrás, comprendí que tal vez hubiese interpretado mi curiosidad erróneamente, tomándola por interés hacia su persona. Si eso era así, pensaría que yo estaba coqueteando con él y que tenía alguna posibilidad conmigo, lo que le llevaría a conclusiones absolutamente equivocadas.

¡Peor para él!

Lo cierto es que Alain Crouzier es un tipo atractivo, no sólo por su elegancia y su galantería, sino por su vasta cultura. Para mi gusto, sin embargo, está excesivamente pagado de sí mismo y, sobre todo, casado, igual que yo. ¿Qué hacía ayer flirteando con ese desparpajo ante las narices de su esposa y de mi marido?

Fernando, si lo advirtió, no pareció ofenderse. O ya ha dejado de verme con ojos de hombre o no me considera capaz de engañarle. Nunca ha sido celoso ni yo le he dado motivos. Ella, por su parte, debe de estar acostumbrada a esas actuaciones de su esposo, como lo estoy yo... o como espero estarlo cuando llevemos casados tanto tiempo como ellos.

Sea como fuere, yo ya le había brindado a Crouzier la oportunidad de lucirse, y él la capturó al vuelo, desplegando, una a una, sus plumas de pavo real.

—Si uno de esos misiles es disparado, señora mía, lo más probable es que la respuesta norteamericana sea implacable. La experiencia de Hiroshima nos enseñó que el arma atómica es el medio más rápido y eficaz para terminar una guerra, ya que hasta el más obstinado enemigo se rinde cuando son destruidas por completo dos de sus ciudades más importantes.

—*C'est à dire, mon chéri?* —le urgió a ir al grano su mujer, como si acabara de leerme el pensamiento.

—Por esta regla de tres —continuó él—, si uno de los cohetes desplegados en Cuba alcanzase Miami, Filadelfia o Nueva York, la reacción de Washington consistiría en golpear con idéntica violencia Kiev, Leningrado o Moscú. A partir de ahí, sería muy complicado, por no decir imposible, controlar la escalada.

Iba yo a preguntar si España, y concretamente Madrid, estarían en el punto de mira de los soviéticos por las bases norteamericanas instaladas en Torrejón, cuando María Luisa puso un punto y aparte en una conversación que estaba alcanzando tintes francamente desagradables, invitándonos a movernos.

—¿Qué les parece si pasamos a la mesa, señores?

Eran ya cerca de las nueve y media, una hora inconcebible para cenar en Suecia, debida, seguramente, a que la cocinera se había encontrado con algún problema de difícil solución. María Luisa se adelantó por ello a su criado en el acostumbrado anuncio de «la cena está servida», en un intento desesperado de abandonar el salón y, con él, ese espinoso asunto que había centrado la conversación desde hacía demasiado rato.

Según nos explicó más tarde a Fernando y a mí, pensó que de ese modo lograría forzar que nos sirvieran y demostró tener razón. Un buen servicio, como el de su casa o la mía, siempre logra improvisar sobre la marcha, dejando bien alto el pabellón culinario. Ni a su Roberta ni a mi Jacinta les faltan recursos para conseguirlo.

Yo agradecí el cambio de tercio, porque empezaba a sentirme enferma ante los detalles macabros que habían sido expuestos por Nemura de forma tan descarnada. Todos hemos oído hablar de la devastación de Hiroshima, pero nunca hasta ayer había escuchado el relato de lo sucedido allí, narrado por alguien que lo hubiese visto con sus propios ojos. Y no había más que fijarse en su expresión para darse cuenta de que los horrores que había contemplado en esa ciudad lo acompañarían hasta el fin de sus días.

¡Dios nos libre de ese infierno!

Mientras íbamos al comedor, situado en la estancia contigua, observé a Fernando sin que él lo notara. Parecía repentinamente absorto en sus pensamientos. Se atusaba de forma inconsciente el bigote con la mano izquierda, como suele hacer cuando se detiene en plena lectura para reflexionar sobre algo que le ha llamado la atención, y tendía al mismo tiempo la mano derecha a María Luisa con el fin de ayudarla a levantarse. Me fascinó su capacidad para reproducir a la perfección los gestos de cortesía interiorizados a lo largo de su carrera sin necesidad de pensarlos.

¡Lo que habría dado yo por saber dónde estaba él en ese momento y sobre todo con quién! Lo que daría por conocer en qué lugar y en qué compañía se encuentra ahora, qué es lo que hace en este preciso instante, y en quién piensa…

—Tu marido es todo un caballero —me dijo María Luisa en un fugaz aparte, con cierta envidia, antes de indicarme el lugar en el que debía sentarme.

—El tuyo también —le contesté yo sin faltar a la verdad.

Tendría que haber aprovechado para añadir algún otro comentario adulador, de los que nunca están de más si quieres contribuir a la hoja de servicios de tu esposo, pero nunca se me ha dado bien regalar los oídos de nadie ni tampoco me pareció el momento más adecuado.

La mesa de caoba, vestida con un mantel de hilo de color rosa palo, estaba dispuesta para ocho comensales. Los platos de porcelana de Limoges y filo de oro lucían en su centro el escudo español. La cubertería era de plata, al igual que los platillos de pan, y mostraba las iniciales de los anfitriones, SC, grabadas pulcramente a mano en el mango de cada cubierto. Cuatro copas de cristal de bohemia, perfectamente alineadas por tamaños, esperaban ser llenadas de agua, vino tinto, vino blanco y champán.

De acuerdo con el protocolo, la señora de Crouzier se sentó a la derecha del embajador de España y la de Nemura a su izquierda. Junto a ella, y a la diestra del representante francés, tomé asiento yo. Él me ayudó con la silla renovando su interés en este caso por mi escote, lo que me provocó, tengo que confesarlo, una combinación agridulce de incomodidad y placer. Frente a mí, en pie, aguardaba Fernando, que se cercioró de que todas las señoras estuviéramos acomodadas antes de ocupar su sitio.

Los invitados extranjeros comentaron la suntuosidad de las columnas labradas que enmarcaban los amplios ventanales, así como la belleza de dos tapices de la Real Fábrica que cubrían prácticamente todo el ancho de las paredes a ambos lados de la mesa. Dos piezas maestras de gran tamaño y mayor calidad, en tonos verdes, realzadas por la luz que proyectaba la gran lámpara superviviente del mobiliario original de la casa: una auténtica catarata de cristal engarzado en metal dorado.

La señor Crouzier ponderó con educado entusiasmo la calidad del bordado que exhibía la mantelería, cosida a mano en Pamplona, según le explicó María Luisa, por las hermanas del convento de las carmelitas descalzas de San José. La japonesa parecía más interesada por el juego inglés de té, de plata maciza, que adornaba el aparador situado a sus espaldas. Claro que, fiel a su actitud discreta, o tal vez a su desconocimiento del idioma, siguió sin decir una palabra.

El mayordomo, que se había mantenido rígido junto a la puerta del office mientras cada cual ocupaba su lugar, se acercó a la señora sentada a la derecha del anfitrión y empezó a llenar su copa de un ribeiro seco, helado, perfecto para acompañar el pastel de merluza y gambas que pasaba en ese momento la doncella, impecablemente uniformada de negro, con guantes blancos, cofia y delantal del mismo color muy bien almidonados.

El anfitrión tomó entonces la palabra, dirigiéndose a su colega galo:

—Parece ser, señor embajador, que algunos periodistas norteamericanos apuntan a la posibilidad de una salida pactada, por más que Berlín no parezca negociable.

—Respecto de ese punto hay a esta hora opiniones contradictorias —contestó el interpelado, que acababa de dar su aprobación al vino recién catado con un gesto elocuente de su mostacho—. En la redacción del *New York Times* se habla de plantear a Moscú un posible intercambio de los misiles cubanos por los Júpiter desplegados en Turquía o incluso por la evacuación de Guantánamo, aunque ninguna de esas opciones parece agradar a Kennedy, y menos estando como está en pleno pulso público con Kruschev.

—El presidente norteamericano es un hombre imprevisible —argumentó Pedro, que es diplomático veterano y, como tal, observador sagaz—. El debate televisado que mantuvo con Richard Nixon antes de las elecciones demostró que ha nacido para la interpretación y que sabe cómo encandilar al público. Su discurso de ayer ante las cámaras volvió a demostrarlo. En esta crisis tiene que desempeñar el papel de mandatario duro, determinado a salvaguardar el honor de Estados Unidos, aunque es de suponer que estará buscando fórmulas que le permitan preservar al mismo tiempo su seguridad y la nuestra.

—O sea, salvar la cara sin jugarse el tipo —remató Fernando con un hábil juego de palabras.

Recordé la conversación mantenida la víspera con Paola y lo que me había revelado sobre las infidelidades del presidente y los intereses espurios que se movían en su entorno. Aquello encajaba con lo que decía Pedro y pintaba el retrato de un hombre un tanto escurridizo, de los que no son lo que parecen ni resultan por ende previsibles. Algo sumamente peligroso en una situación tan volátil como la que estamos viviendo.

Me guardé esa información y seguí escuchando, con la esperanza de oír algún argumento en el que fundamentar un optimismo que suele ser espontáneo en mí y que sin embargo no logro siquiera atisbar, ahora que tanta falta me hace.

Crouzier estaba contestando a Pedro:

—Kennedy estará buscando vías de negociación, de eso no hay duda, pero hace muy bien en mantenerse firme y no ceder a un chantaje en el que tendría todas las de perder. Por algo dijo Kruschev aquello de «Berlín son los testículos de Occidente; cada vez que quiero que Occidente chille doy un apretón a Berlín».

—Y vaya si lo ha hecho —comentó el embajador.

—Desde entonces ha estado apretando y apretando sin descanso, aunque afortunadamente se ha dado de bruces con la determinación norteamericana a no dejar caer ese símbolo de la resistencia democrática. Esperemos que en esta ocasión, con mayor motivo, la Casa Blanca se mantenga inamovible. Este apretón es mucho más fuerte, lo que significa que la respuesta que reciba desde Washington ha de ser también más elevada —concluyó Crouzier.

El representante nipón se había sumido en el silencio mientras daba cuenta de la exigua ración de pescado que se había servido. Fernando, que siempre ha contemplado a Kennedy con auténtica fascinación, apuntó:

—Tengo para mí que el líder soviético menosprecia el valor y la consistencia de su homólogo americano, acaso engañado por el error de principiante que cometió éste en Bahía de Cochinos.

—También lo hizo durante cierto tiempo De Gaulle —convino el francés—, aunque creo que cambió de opinión a raíz de la entrevista personal mantenida con él en París el año pasado en verano, cuando el presidente Kennedy viajó a Europa para asistir a la Cumbre de Viena. No fue irrelevante a esos efectos el papel desempeñado por su esposa, Jackie, quien deslumbró a mis compatriotas con su elegante ingenio. Es bien sabido que ningún francés escapa a los encantos de una bella mujer.

Hizo una breve pausa para dedicar un gesto galante a las señoras sentadas a la mesa, consistente en esbozar un brindis en nuestro honor, e inmediatamente retomó la palabra.

—En todo caso ésta es la prueba de fuego en la que nuestro flamante inquilino de la Casa Blanca tendrá que demostrar de qué material está hecho. Él mismo salió pesaroso de esa cumbre con su homólogo soviético, convencido de haber perdido el combate a los puntos al no conseguir que Kruschev lo percibiera como un rival digno de ser temido. Se lo confesó a varios periodistas, a quienes aseguró, no obstante, que tarde o temprano el ruso tomaría conciencia de su error. Ahora ha llegado la hora de la verdad.

—Esperemos vivir para contarlo —terció el japonés con fatalismo—. Yo confieso no compartir la confianza de mi apreciado colega Crouzier en el poder disuasorio de las armas, acaso porque en mis muchos años de vida nunca he visto que un gobernante engrosara el arsenal de su país con el fin de acabar destruyéndolo. Antes al contrario, lo que he podido comprobar, a un precio altísimo, es que a mayor acumulación de armamento, mayor devastación en la guerra subsiguiente. A las pruebas me remito.

—Quiero llamar nuevamente su atención —le fulminó con la mirada Crouzier— sobre el hecho de que una guerra nuclear sería definitiva, terminal para la humanidad.

—Por mi parte —prosiguió Nemura sin achantarse—, tengo más fe en la influencia benéfica del progreso compartido y los lazos comerciales que en la estrategia del miedo.

—Ésa es también la visión y la política del gobierno sueco —apuntó el embajador español, en funciones de árbitro.

—La neutralidad no es una opción viable para una gran nación como Estados Unidos o Francia —replicó el representante galo, subrayando con el tono de su voz que estaba diciendo algo a su juicio obvio—. Puede ser una postura comprensible en un país pequeño y vulnerable como éste, que se ha mantenido al margen de las dos guerras mundiales y tiene una ya larga tradición pacifista, pero en ningún caso marcar la pauta de las potencias que rigen los destinos del mundo.

José rellenó las copas de tinto, Vega Sicilia del 59, mientras la doncella empezaba a servir un pavo trufado, adornado con gelatina y huevo hilado, cuya compleja elaboración justificaba el considerable retraso sufrido por la cena.

La señora de Crouzier alabó la presentación del plato, como había hecho con la mantelería, subrayando lo afortunada que era María Luisa al disponer de una cocinera capaz de componer esa obra maestra. Ella contestó ponderando las virtudes de Roberta, la autora de la maravilla culinaria. Fernando encontró pie para echar una flor a Jacinta y subrayar la alta calidad de la gastronomía española, con la intención, estoy segura, de mortificar al francés, dado que la rivalidad entre ellos dos se hacía más patente cada minuto que pasaba. En cuanto a mí, cambié las tornas con mi marido y aproveché la mención de Suecia y su política pacifista para plantear una cuestión que me ronda por la cabeza desde que empezó esta pesadilla.

—Si se cumplieran los peores pronósticos y estallara la guerra, ¿estaríamos más seguros aquí que en Francia o en España?

No había dirigido mi pregunta a nadie en particular, pero monsieur Crouzier se dio por aludido y se apresuró a responder con una lección magistral sobre la política exterior del país en el que estamos. Nada que me pillara de nuevas, considerando el tiempo que llevamos ya aquí, aunque sí un resumen bien expuesto de la postura de Estocolmo ante el fantasma de la guerra que se cierne sobre nosotros.

Desde el comienzo de la Guerra Fría los sucesivos gobiernos suecos han mostrado mucho interés en subrayar su independencia con respecto a cualquiera de los dos bloques, hasta el punto de rechazar categóricamente incorporarse a la Alianza Atlántica. Ellos prefieren apostar por la cooperación internacional como herramienta para la paz, ya que los suecos creen sincera y mayoritariamente que esta política de neutralidad refleja el carácter idealista y humanitario de su pueblo.

Dicho esto, en opinión de Crouzier, compartida por la mayoría de los comensales, en caso de que estallara un conflicto de proporciones apocalípticas no habría lugar para la ambigüedad ni las equidistancias. El ejército soviético avanzaría sobre esta nación prácticamente desguarnecida y aplastaría en cuestión de horas sus endebles defensas.

—Yo no menospreciaría de forma tan categórica el valor de la cooperación económica —matizó el japonés—. Mi país se vio obligado a entrar en guerra con Estados Unidos en gran medida porque desde Washington se le cerraron las vías de suministro de materias primas esenciales, como el petróleo, y se impusieron aranceles abusivos a los productos con los que comerciaba.

—Pretextos —musitó el francés.

—Japón necesitaba un imperio al que vender su creciente producción industrial —prosiguió Nemura, sin darse por enterado—, exactamente igual que las potencias occidentales. El hambre empuja a los hombres a la violencia tanto como los intercambios comerciales y culturales les llevan a cimentar la paz.

—Me temo, señor embajador, que la Historia no se explica de manera tan sencilla —arguyó Fernando—. Y estoy de acuerdo con nuestro amigo francés. Suecia fue neutral, aunque ligeramente pro-germana, mientras Alemania iba ganando la guerra, del mismo modo que ahora es neutral, aunque ligeramente pro-soviética, habida cuenta de su proximidad con la URSS. Se trata de sobrevivir.

—La economía no lo es todo —le apoyó Pedro—. La fe, los principios, las ideologías mueven montañas. Y los países débiles no siempre son tan libres ni tan soberanos como quisieran o aparentan ser —añadió con cierta ambigüedad.

—En todo caso —retomó su discurso Crouzier—, respondiendo a la pregunta de María, yo diría que probablemente aquí no exista un riesgo elevado de sufrir ataques con misiles, ya sean soviéticos o norteamericanos.

Iba a respirar aliviada, cuando mi marido se encargó de aguar la fiesta.

—Suecia ha invertido ingentes cantidades de fondos en programas humanitarios y de cooperación al desarrollo, además de financiar generosamente las Naciones Unidas, pese a lo cual no estaría libre de peligro. Nadie lo estaría, me temo. Si ocurre lo peor no habrá país en el que esconderse.

—Pero si no —adujo Nemura—, el tiempo demostrará que la intuición sueca es correcta y que la ayuda a los más desfavorecidos, unida a planes de desarrollo que abran nuevos mercados, contribuye a la seguridad colectiva con una eficacia muy superior a la de cualquier arma.

El representante galo iba a decir algo seguramente desagradable para el nipón, cuando su mujer se le adelantó adoptando un tono conciliador.

—Ojalá esté usted en lo cierto, señor embajador. Todos saldríamos ganando.

Habíamos dado buena cuenta del postre, una deliciosa tarta capuchina acompañada de diminutos merengues, y llegaba la hora del brindis. De haber seguido estrictamente la costumbre sueca, no habríamos debido probar licor alguno antes de proceder a esa formalidad. Ellos son extremadamente puntillosos con el protocolo de la bebida, tal vez porque aquí constituye, por su elevado precio, un bien de lujo. Técnicamente, sin embargo, estábamos en territorio español, lo que llevó al embajador a unir las tradiciones de ambos países al brindar.

Puesto en pie, como manda el ceremonial local, miró a los ojos de su señora, sentada frente a él, después bajó la copa a la altura del tercer botón de su esmoquin, y finalmente la alzó de nuevo, al estilo de España, antes de exclamar:

—¡Por la paz!

—¡Por la paz! —respondimos al unísono.

Nadie la anhela más que yo.

Eran ya cerca de las doce cuando los dos matrimonios extranjeros se despidieron, visiblemente cansados. En Estocolmo a esas horas todo el mundo llevaba mucho tiempo durmiendo, excepto nosotros, hijos de un pueblo aficionado a disfrutar de la noche. De ahí que Pedro nos ofreciera tomar un último trago más tranquilo, de whisky, y que Fernando aceptara la invitación sin vacilar.

—Una cena interesante, embajador —comentó, confortablemente instalado en un sofá del salón, mientras saboreaba el Johnnie Walker con hielo que José acababa de servirle.

—¡No, no, no! —le paró los pies María Luisa—. Nada de seguir hablando de política. Me niego. ¿No habéis tenido suficiente?

—Propón tú entonces otro tema de conversación —la retó su marido.

—Muy bien. Allá va. No me digáis que no habéis oído el caso de ese compañero vuestro, destinado en una embajada hispanoamericana, que hace unos días sufrió un accidente de coche cuando viajaba con su amante. Me han telefoneado por conferencia dos amigas para contármelo. ¡No se habla de otra cosa en Madrid!

—Algún rumor me ha llegado, sí —asintió Fernando—. Al parecer acabaron los dos heridos, en el hospital, donde fueron registrados como marido y mujer hasta que el papeleo de rigor aclaró el equívoco.

—La mujer, la legítima quiero decir, está destrozada. —María Luisa disfrutaba desmenuzando el cotilleo—. ¡Imaginaos! Te llaman de un hospital a trescientos kilómetros para decirte que tu marido está ingresado, llegas lo más rápido que puedes preguntándote qué haría él en esa ciudad, cuando se suponía que estaba en una reunión muy lejos de allí, y te lo encuentras compartiendo habitación con otra mujer. ¡Como para caerse muerta!

—Bueno, ni es el primer caso ni será el último —apuntó Pedro, pragmático—. La fatalidad es ese accidente, que ha convertido el asunto en un escándalo público. Menos mal que tal como están las cosas, con una amenaza de guerra pendiendo sobre nuestras cabezas, este incidente pasará prácticamente desapercibido en el ministerio. Nuestro imprudente compañero ha tenido suerte en lo profesional, aunque parece que físicamente ha quedado bastante mal parado.

La habría tenido en cualquier caso, pensé yo para mis adentros. En un trance semejante, lo sabe cualquier esposa, la más perjudicada es la mujer. Ellos siempre se las arreglan para salir airosos.

Hubiera querido despedirme, llegar a casa y plantearle a Fernando el asunto de los chicos, pero en lugar de decirlo abiertamente, di un sorbo a mi whisky aguado y comenté:

—Dicen que la pobre se ha ido a Madrid con sus hijos, ¿no? ¡Qué vergüenza! No se atreverá ni a pisar la calle sabiendo que todo el mundo sabe...

—Así es —convino María Luisa—. Pero supongo que su alejamiento será sólo temporal, hasta que se olvide lo ocurrido. ¿Qué va a hacer ella sola con sus hijos en España? Hay algo mucho peor que ser una esposa engañada y es ser una mujer separada. Ésa sí que sería una vergüenza, y más perteneciendo a una familia conocida de Bilbao, de las de toda la vida. Su lugar está junto a su marido. Ya harán las paces.

—Pues claro que las harán —concluyó Pedro.

Animado por alcohol, el embajador nos propuso tomar otro whisky y pidió a su mujer que pusiera algo de música. Añadió que estaba seguro de que el espíritu del príncipe Carlos, que seguía habitando el que fuera su palacio, ansiaba tanto como él escuchar unos boleros…

El mayordomo sirvió otra ronda. Fernando aplaudió la sugerencia festiva y María Luisa sacó un tocadiscos de un mueble situado junto al bar y me pidió consejo. A esas alturas todos estábamos ya algo más animados de la cuenta. Pedro había hablado de boleros, pero vi un disco que me vuelve loca y se me ocurrió decir:

—Embajador, ¿me permites dedicarle antes una canción a Fernando?

—¡Pero qué suerte tienes, condenado! —exclamó nuestro anfitrión, dirigiendo un guiño cómplice a su ministro consejero—. Tu mujer es tan guapa al menos como la más guapa de las suecas, divertida, animada, siempre dispuesta a seguirte y madre de tus cuatro hijos. Había que ver cómo la miraba el francés… Y para colmo, esto. ¿Cómo lo haces, bandido?

Me puse roja como un tomate.

Fernando se hinchó de orgullo.

Sonaron los primeros compases de un vals peruano, interpretado a la guitarra por Los Panchos, y sentí cómo el salón se llenaba de jazmines.

La voz de María Dolores Pradera me transportó de golpe a Cuzco.

Vamos amarraditos los dos
espumas y terciopelo,
yo con un recrujir de almidón
y tú serio y altanero.
La gente nos mira
con envidia por la calle,
murmuran los vecinos,
los amigos y el alcalde...

Fernando y yo bailábamos esa danza amarraditos, con el donaire que nos dan tantos años gozando el uno del otro y aprendiendo juntos a ordenar los pasos. Él zapateaba al compás de la música, elegantemente erguido, agitando, como manda el vals peruano, el pañuelo que había extraído del bolsillo superior de su chaqueta. Yo me contoneaba coqueta a su alrededor, las manos en las caderas, interpretando un ritual de seducción tan armonioso como alegre. Por un embrujo de mi imaginación ya no estábamos en Estocolmo sino en Cuzco, la ciudad mágica que recorrimos, mano a mano, en julio de 1957.

Dicen que no se estila ya más
ni mi peinetón ni mi pasador,
dicen que no se estila no no
ni mi medallón ni tu cinturón.
Yo sé que se estilan
tus ojazos y mi orgullo,
cuando voy de tu brazo
por el sol y sin apuro.

Del brazo habíamos paseado Cuzco, recién resurgida de sus cenizas, tras un viaje agotador que nos hizo recorrer los más de mil kilómetros que separan la capital peruana de la antigua urbe de oro construida por los incas, a bordo del Plymouth descapotable, color azul claro, adquirido en Cuba y embarcado desde allí hasta Lima a bordo de un carguero panameño.

¡Qué odisea! Cuando miro hacia atrás y lo pienso todavía me estremezco ante lo que habría podido ocurrir.

Siete años antes, en 1950, el país, y en particular esa región andina, habían sido sacudidos por un terremoto devastador que causó gravísimos daños en la ciudad que eleva, a más de cuatro mil metros de altura sobre el nivel del mar, sus hermosos edificios coloniales construidos sobre sillares de piedra negra pulcramente tallados por el pueblo de Atahualpa. Un desastre cuya magnitud sólo podía vislumbrar quien hubiera conocido previamente la belleza destruida por la sacudida.

España, a través de la misión de ayuda para la reconstrucción de Cuzco, se convirtió entonces en uno de los principales donantes de fondos destinados a reparar los edificios dañados por el seísmo, empresa a la que asignó cuantiosos recursos a pesar de no andar precisamente sobrada de divisas. Únicamente la rica Argentina igualó entonces la contribución española a las labores de rehabilitación, dirigidas por la Unesco. La «Madre Patria» no daba la espalda a la que había sido en el pasado la más lucrativa de sus colonias, pero, lógicamente, el gobierno de Madrid quería saber si el esfuerzo realizado había merecido la pena.

A principios de julio, el equivalente austral del mes de enero en el hemisferio norte, el embajador ordenó a Fernando que se trasladara a Cuzco con el fin de elaborar un informe detallado sobre el empleo dado in situ a la ayuda de nuestro país. Él aceptó entusiasmado, porque siempre le ha interesado

la Historia tanto como los viajes, y la misión que se le enco-
mendaba aunaba ambas pasiones en una.

—Vente conmigo —me pidió esa tarde, al regresar a casa,
después de contarme por encima lo que se traía entre manos.

—¿A Cuzco? ¡Qué disparate! Si ni siquiera hay carreteras
dignas de ese nombre que lleguen hasta allí. Además, están los
niños…

—Los niños pueden quedarse con sus niñeras. Ignacio ya
tiene dos años, no te necesita las veinticuatro horas. Pepita
puede hacerse cargo de los tres perfectamente con la ayuda de
los criados locales. Tenemos cuatro, además de ella, que nos
trajimos de Navarra precisamente por lo resuelta y eficaz que
es. No creo que pase nada porque faltes unos días de casa.
Ambos nos merecemos unas vacaciones.

—¿Y si ocurre cualquier accidente?

Mi preocupación era sincera. Perú dista mucho de ser Suecia, no dispone de los mismos recursos. Tres criaturas de dos,
tres y cuatro años me parecían tremendamente vulnerables
ante cualquier imprevisto y nunca me había separado de ellos.
Me cuesta un triunfo hacerlo hoy, que ya se valen en buena
medida por sí mismos, ni que decir tiene lo que me parecía la
mera posibilidad de dejarlos en manos de extraños, a las eda-
des que tenían entonces. Fernando, sin embargo, no parecía
dispuesto a renunciar a su idea y siguió insistiendo:

—Si sucede algo malo los embajadores estarán a la altura
de las circunstancias y resolverán al menos tan bien como lo
haríamos nosotros, te lo aseguro. ¡Venga, María, anímate!
Será la luna de miel que no tuvimos en su momento porque
debía incorporarme urgentemente a mi puesto en La Habana.
Tú y yo solos. Lo pasaremos fenomenal, te lo prometo…

Me dejé convencer. ¿Qué otra cosa podía hacer? Lo deseaba con toda mi alma.

El día de nuestra partida estuve a punto de echarme atrás. Me sentía terriblemente culpable por alejarme de mis hijos, que me miraban fijamente, sobre todo Miguel, con ojos tan llenos de incredulidad como acusadores. Tampoco veía con claridad la viabilidad de un viaje repleto de riesgo, que transcurriría a menudo por pistas de tierra plagadas de obstáculos imprevisibles. Mi marido, en cambio, no parecía albergar el menor temor.

—El coche es americano; un auténtico tanque a prueba de baches. Yo soy un gran conductor. Llevamos dos neumáticos de recambio, una correa de ventilador, un bidón de gasolina y un mapa detallado de las estaciones de servicio que hay entre Lima y Cuzco. ¿Qué más necesitamos?

Pese a la fanfarronería inherente a su naturaleza, él estaba en lo cierto y mis temores, a la postre, demostraron ser infundados. Aquélla fue una auténtica aventura que no olvidaré, que no podría olvidar, que me hizo amarle aún más, si es que tal cosa era posible.

Salimos de casa al amanecer de un día brumoso, como son la inmensa mayoría de los días en esa gran urbe enemiga del cielo azul, fundada por los españoles con el fin de disponer de un puerto seguro en el virreinato más próspero de las Américas. Atravesamos el centro señorial de la ciudad en dirección este, cruzando la plaza José San Martín y pasando frente al gran hotel Bolívar, donde nos habíamos alojado a nuestra llegada mientras buscábamos una vivienda. Apenas encontramos tráfico. Pocos minutos después estábamos metidos en una carretera infernal, que serpenteaba a lo largo de cientos de kilómetros, entre cerros cubiertos de vegetación rala y barrancos profundos, trazando unas curvas endemoniadas.

Al cabo de dos horas ya estaba yo mareada, aunque me cuidé mucho de decírselo a Fernando. Nunca me ha gustado quejarme, de modo que me tragué las náuseas. Al menos habíamos dejado atrás la boina de nubes que cubre Lima y disfrutábamos de una luz hermosa, que pintaba de colores vivos el paisaje, aumentando de intensidad a medida que ascendíamos por las faldas de una cordillera que iba haciéndose, kilómetro a kilómetro, más y más impresionante en su grandiosidad.

Durante el día el sol abrasaba la piel y cegaba con su resplandor, aunque a la caída de la tarde la temperatura descendió bruscamente, forzándonos a poner la calefacción del coche al máximo. En cada parada que hicimos con el fin de estirar las piernas nos vimos obligados a vestir una nueva prenda de abrigo para combatir el frío creciente de la sierra. No podíamos imaginar que el clima pudiera sufrir semejante variación en una distancia relativamente tan corta.

La primera noche, agotados aunque felices, dormimos en una posada situada cerca de Ayacucho, que nos había recomendado nuestro chófer, Francisco, pariente del propietario. Nos dieron de cenar un sabroso ají de gallina con arroz y nos instalaron en la mejor habitación, que por supuesto no disponía de agua corriente ni de baño. Tuvimos que arreglarnos, para el aseo, con una jofaina que nos permitió lavarnos y la letrina del patio destinada al alivio de otras necesidades. La amabilidad de aquellas gentes logró, no obstante, que apenas notáramos la incomodidad. Se desvivieron por atendernos ofreciéndonos todo lo que tenían, mostrando una generosidad realmente conmovedora.

Partimos nuevamente al alba de un martes helado, sabiendo que aún nos quedaba más de la mitad del camino por recorrer y con la mejor disposición para gozarlo al máximo.

Eran días de luz y sonrisas.

A medida que nos adentrábamos en el corazón de los Andes el paisaje se fue haciendo más abrupto y empezamos a notar los síntomas del mal de altura, en cierta dificultad para respirar sumada a un dolor de cabeza persistente, que Fernando acusó más que yo. Una leve molestia ampliamente compensada por la belleza de las tierras que nos rodeaban y desde luego nada que una aspirina no fuera capaz de aliviar, una vez rechazada, con educación, la infusión de hojas de coca y muña, una hierba parecida a la menta, que nos ofreció amablemente el indio que atendía el chamizo en el que paramos a tomar un bocado, aprovechando que repostábamos gasolina. Preferí no preguntar qué clase de carne llevaba la brocheta que nos dio, porque sospecho que era corazón, no sé si de alpaca o de res. Lo cierto es que estaba buena.

Fernando ponía toda su atención en la conducción, que las condiciones de la carretera hacían muy difícil. En ese entorno de escarpaduras extremas, vueltas y revueltas, barrancos, riscos y angosturas, no era de extrañar que los incas nunca hubieran utilizado la rueda y ni siquiera la conocieran. ¿Para qué les habría servido? Les resultaría más sencillo transitar a pie, por estrechas calzadas construidas entre muros de piedra prácticamente verticales y precipicios insondables. Calzadas, vagamente parecidas a las romanas, que en algunos casos seguían siendo utilizadas como vía principal de comunicación, una vez ampliados sus márgenes con el fin de dar cabida a vehículos motorizados.

Por fortuna apenas circulaban coches, aunque en más de una ocasión tuvimos que dar marcha atrás durante varios cientos de metros hasta encontrar un trozo de arcén lo suficientemente amplio para aparcar unos momentos nuestro Plymouth y así permitir el paso de un camión, cargado hasta los topes de mineral, que ocupaba todo el ancho de la vía.

Entre maniobra y maniobra, eso sí, Fernando se las arreglaba para contarme, con tanto conocimiento como fascinación, episodios de la rapidísima conquista protagonizada por un puñado de españoles al mando de Francisco Pizarro, cuyos restos descansan en una sencilla capilla, situada a la entrada de la catedral de Lima, que visitamos a los pocos días de llegar allí.

Se le veía gozar tanto recorriendo los mismos escenarios que el conquistador extremeño, y rememorando sus hazañas, que lo dejé hablar sin interrumpirlo una sola vez. No recuerdo bien los detalles de esa historia, aunque se me quedaron grabadas las cifras: ciento ochenta soldados y treinta caballos, contra toda la fuerza del imperio inca aliado a una naturaleza implacable. Fernando acertaba al calificarlos de superhombres.

—Iban vestidos de hierro con el abrelatas en la mano —decía cada dos por tres, riéndose, no tanto de su propia ocurrencia como de haber tenido que explicarme a qué se refería con esa imagen.

La capital de Perú no es ni mucho menos Madrid o La Habana, pero comparada con los pueblos dispersos que veíamos a través de las ventanillas parecía una inmensa urbe. Una urbe que ni él ni yo extrañábamos en absoluto. En medio de ese páramo, perdidos en la inmensidad del altiplano helado, entre terrazas arrancadas a la montaña con el fin de plantar cultivos, rocas negras y picos nevados que parecían besar el cielo intensamente azul, fuimos felices.

Ninguna guerra amenazaba a nuestros hijos, el futuro resplandecía tanto como la luz andina y a Fernando le bastaba con mirarme a mí.

En el transcurso de aquel viaje aprendí algunas lecciones magistrales sobre la naturaleza humana, cuyas contradicciones nunca dejarán de sorprenderme. La pobreza de aquellas gentes resultaba desoladora, pese a lo cual casi todos sonreían y derrochaban generosidad, como si la Fortuna les hubiera compensado con un alma alegre la desgracia de nacer en un entorno despiadado. ¿De qué otro modo podría soportarse una suerte tan adversa?

Frente a sus casuchas de adobe, las mujeres, ataviadas con sus trajes típicos de vivos colores, que me recordaron mucho a los de ciertas regiones de España, cargaban a sus hijos a las espaldas, envueltos en chales de lana, mientras secaban patatas con el propósito de conservarlas igual que hacían sus bisabuelas indias: dejándolas helarse durante la noche, exponiéndolas al sol para descongelarlas, escurriendo el agua de su interior, y reiniciando el proceso a lo largo de varios días, hasta obtener una especie de polvo de tubérculo deshidratado, que alimentaría a la comunidad en tiempos de escasez.

Las patatas, igual que el maíz, habían sustentando a sus antepasados desde tiempos inmemoriales y su inagotable variedad constituía un motivo de orgullo para esas gentes, que las consideraban algo casi sagrado. Fernando me explicó que también libraron del hambre a muchas generaciones de europeos, una vez que fueron traídas al viejo mundo por los españoles. Nunca me había parado a pensarlo. Para nosotros, patatas y maíz son productos corrientes. En Perú no es que sean apreciados, es que son venerados como alimentos de los dioses cuyas técnicas de cultivo alcanzan el rango de patrimonio nacional.

Si moraban criollos por aquellos pagos estarían en sus estancias del campo o en sus mansiones de Cuzco. Todo lo que vimos nosotros fueron indios y mestizos, que se nos quedaban mirando, sorprendidos, como si jamás hubiesen visto personas tan blancas. Mi cabello rubio y mis ojos azules llamaban especialmente su atención, hasta el punto de que algunas niñas se acercaron a tocarme, tímidamente, entre risas.

Una de esas chiquillas fue la que nos vendió unas pieles de vicuña increíblemente suave de las que me encapriché, pensando en mandar confeccionar algo con ellas. Fernando me hizo ese regalo y pagó, sin regatear, una cantidad que me pareció ridículamente barata, por más que a la pequeña se le iluminaran los ojos al ver dos billetes de cincuenta soles.

Cada vez que me voy a la cama y retiro la colcha que todavía hoy la cubre recuerdo a esa niña de ojos rasgados y mejillas cruelmente cuarteadas por el frío y el sol inmisericorde de los Andes. La veo ante mí, ofreciéndonos sus pieles en lengua quechua, con una dignidad y una alegría tan genuinas como ajenas al contexto de miseria en el que vivía.

Todo el oro de Perú, me dije en más de una ocasión a lo largo del camino, toda la plata de Potosí, debían de haber ido a parar a España, o bien a Lima o Cuzco. Por donde pasamos no vimos ni rastro de esa riqueza mítica. Sólo picos de nieves perpetuas, hierba rala, sembrados incrustados en las rocas y gentes laboriosas empeñadas en sobrevivir en esa tierra negra tan hermosa como hostil.

A medida que nos aproximábamos a nuestro punto de destino, bajando del altiplano a valles más abiertos, recorridos por ríos caudalosos a pesar de ser el invierno la estación seca, los campos fueron reverdeciendo y empezamos a ver árboles. Estábamos sucios, agotados y desesperados por descansar en una cama, pero habíamos llegado sanos y salvos, sin más incidentes que un reventón resuelto rápidamente con un cambio de neumático.

Fernando, que no peca precisamente de humilde, dice la verdad cuando se define como un gran conductor. Lo cierto es que siempre lo ha sido. De ahí que yo no haya necesitado nunca imponerme la tarea de aprender. ¿Para qué, si él se basta y se sobra?

Cuzco apareció ante nosotros por sorpresa, a la vuelta de un recodo, como si se hubiera propuesto dejarnos sin aliento.

Lo consiguió.

Detuvimos el coche unos minutos en lo alto de una colina, a fin de contemplar el espectáculo que se desplegaba a nuestros pies, y descubrimos un conjunto armonioso de edificios techados de teja roja, perfectamente ordenados siguiendo el trazado típico de las ciudades fundadas por los españoles en el continente americano. Aquello superaba nuestras expectativas, máxime considerando que temíamos llegar a una urbe devastada por un terremoto.

No hay seísmo capaz de destruir tanta belleza.

Dicen las crónicas de Garcilaso de la Vega, seguramente adornadas de leyenda, que en tiempos de los incas buena parte de las construcciones de su capital estaban recubiertas de paneles de oro, plata y piedras preciosas. Oro, plata y piedras preciosas que fueron arrancados de templos y altares sagrados con el fin de pagar el oneroso rescate exigido por Pizarro a cambio de la vida del rey inca Atahualpa.

Si realmente era así, sería una ciudad hermosa, aunque no mucho más hermosa de la Cuzco que descubrimos Fernando y yo aquel 16 de julio de 1957, a primera hora de la tarde, bajando despacio por sus calles estrechas de camino al hotel en el que nos alojamos. Un establecimiento muy digno, situado a dos pasos de la catedral, que alzaba su imponente figura exhibiendo con orgullo lo mejor de nuestra arquitectura colonial.

Para entonces las obras de reconstrucción estaban prácticamente terminadas, con resultados notables a juzgar por lo que saltaba a la vista.

La Plaza de Armas, epicentro de la villa duramente golpeada por el terremoto, me dejó literalmente con la boca abierta. Me esperaba poco más que un cúmulo de ruinas y en su lugar me encontré una preciosa plaza porticada, que habría dado cabida a dos o tres Puertas del Sol. Un espacio abierto, soleado, rodeado de mansiones señoriales, muchas de ellas levantadas sobre los imponentes cimientos de piedra negra tallada por los incas para edificar sus templos, pulcramente encaladas y presididas por balcones labrados con esmero en madera de cedro.

Viniendo de La Habana y habiendo visitado Santiago de Cuba y Trinidad, era difícil dejarse impresionar por el paisaje urbano. Aun así, confieso que me sobrecogió.

Cuzco no desmerecía en absoluto cualquier ciudad de la Perla del Caribe y había sido objeto de una esmerada labor de reconstrucción. España, era evidente, podía jactarse de no haber desaprovechado sus recursos ni entonces ni a lo largo de los siglos pasados. Su huella era claramente visible en cada callejuela angosta, en cada portalón de acceso a una modesta vivienda, un palacete colonial o un convento. Su legado vivía en cada una de las casi treinta iglesias locales que daban testimonio del arraigo de la fe católica traída por los frailes que acompañaron a los conquistadores. Su lengua era la que hablaban los cuzqueños.

Dediqué el resto de esa tarde a deshacer el poco equipaje que llevábamos y darme un baño interminable en una bañera con patas que una muchacha de servicio rellenaba de cuando en cuando de agua calentada en la cocina. Fernando, mientras tanto, hacía una primera inspección ocular, armado de papel y pluma, después de haberse aseado y cambiado de ropa. Tenía prisa por cumplir con su deber y poder disfrutar de algunas horas de asueto antes de emprender el largo viaje de regreso.

El hotel, situado en una antigua casona de la época hispana, construida, como todas, alrededor de un amplio patio ajardinado, era el más lujoso de los que habían sobrevivido intactos al seísmo. Nos dieron una habitación exterior, con una cama de matrimonio provista de dosel, que se abría a la plaza a través de uno de esos balcones, prodigio de ebanistería, tan característicos de la ciudad. Éramos los clientes más ilustres del establecimiento y como tales nos trataron, con enorme amabilidad totalmente exenta de servilismo.

Nunca he conocido a un peruano servil, lo cual agradezco en el alma. Tampoco a un cubano. Son pueblos orgullosos, como lo es el español. La pobreza no está reñida con la dignidad, que no precisa de adornos para hacerse notar. Si algo bueno hemos legado los españoles a nuestros hermanos de América es ese sentido del honor irrenunciable que nace de las entrañas. Esa honra.

Tras su periplo de reconocimiento, Fernando regresó a la hora de cenar entusiasmado.

—¡Mañana tienes que venir conmigo! —Se le veía feliz y excitado—. Todo lo que te cuente se queda corto. A primera hora iré a ver al alcalde y luego nos recibirá la abadesa del convento de Santa Catalina, que reabrió sus puertas hace poco más de un año. Está muy satisfecha con el trabajo que se ha realizado allí y quiere enseñárnoslo.

—¿Después podremos dar una vuelta tú y yo tranquilos? —pregunté, sin muchas esperanzas de conseguirlo.

—Toda la tarde para nosotros. Te lo prometo. —Me besó, caballeroso, la mano.

Cenamos, frente a una chimenea encendida, sopa de verduras, trucha a la plancha con ensalada de aguacate, que ellos llaman palta, y pastel de boniato, acompañados de cerveza él y agua yo. Nunca me ha gustado la cerveza y ellos no tenían vino.

Nos sirvieron un licor dulzón, cuyo nombre no recuerdo, que sorbimos lentamente viendo bailar las llamas. Fernando me habló de sus sueños, que por aquel entonces no conocían límites. Se mostró agradecido porque le hubiera acompañado y feliz de disfrutar de unos días de intimidad conmigo, lejos de los niños.

—En los últimos cinco años te he visto embarazada o criando. —Su tono era jovial, aunque creí percibir la sombra de un reproche en sus palabras. Sin darme tiempo a reaccionar, añadió—: ¡Cuánto echaba de menos a la preciosa mujer con la que me casé!

Esa noche concebimos a Lucía, sin prisas ni temores, entre sábanas de hilo almidonadas de pasión. Todavía hoy me estremezco con sólo recordar esas caricias sabias explorando territorios prohibidos, el sonido de su voz susurrándome al oído galanterías subidas de tono, los contornos de su cuerpo encendido por el deseo, el ardor de sus embestidas. Fuego en la piel.

Hacía tanto tiempo que no me sentía libre...

Fernando había puesto el dedo en la llaga. Desde que me quedé embarazada de Miguel, al poco de casarnos, había encadenado una preñez con otra, sin más intervalo que el tiempo destinado a la crianza. Esa circunstancia no me impidió exprimir todo el zumo de la vida social que ofrecía La Habana, a la que no estaba dispuesta a renunciar, pero casi acaba conmigo. Por mucha ayuda que tuviera, por más que una niñera me llevara a los niños al dormitorio a la hora de amamantarlos, dejándome dormir entre toma y toma, tres hijos me habían dejado exhausta.

Cuando le dije a mi marido que había llegado la hora de poner cuidado en lo que hacíamos y seguir el método Ogino, se mostró de acuerdo. Claro que en el momento de aplicarlo, más de una noche y más de dos tuve que enfadarme con él y detener sus avances amorosos. En aquel hotel de Cuzco no encontré la fuerza de hacerlo. No supe y no quise esconderme tras el velo del pudor. Me olvidé de la prudencia y hasta del pecado. Dejé que la sensualidad del lugar se apoderara de mi cuerpo y lo poseyera. Sabía a lo que me arriesgaba y lo acepté.

Nunca me he arrepentido.

La mañana siguiente madrugó para acudir a su cita en el ayuntamiento. Yo me reuní con él a eso de las once y dimos un corto paseo hasta el convento de Santa Catalina, edificado sobre los cimientos de la que fuera, en tiempos incaicos, la Casa de las Escogidas; es decir, el lugar al que eran conducidas las doncellas traídas de todos los rincones del imperio para ser sacrificadas a los dioses.

Por el camino, Fernando me contó cómo eran seleccionadas esas vírgenes, de entre las más hermosas del vasto territorio dominado por los incas, y cómo transcurría su infancia en esa jaula dorada, colmadas de caprichos, antes de ver cumplido su siniestro destino al llegar a la pubertad. El relato me dejó horrorizada.

¿Sacrificios humanos en pleno siglo xv?

—Cada pueblo tiene su contexto cultural y su circunstancia. —Fernando trataba de explicar lo que desde mi punto de vista resultaba inexplicable.

—Ningún dios digno de ese nombre puede querer ver derramada la sangre de seres humanos.

—Te recuerdo que el dios de Abraham le pidió que sacrificara a su hijo Isaac en un altar de piedra. —Se había levantado, como de costumbre, con ánimo polemista.

—¡No empecemos! Sabes mejor que yo cómo acaba ese episodio… y no tengo ganas de discutir.

—Yo tampoco. —Me dio un beso en la mejilla.

Fuimos cogidos del brazo, mi mano izquierda en su derecha, hasta el portón de cedro labrado que cerraba la clausura de las hermanas dominicas de Santa Catalina. Aquí y allá, se veían cuadrillas de hombres trabajando en obras de reparación, sin otra maquinaria que sus manos. Ni grúas, ni excavadoras: fuerza y tesón, hasta límites de extenuación, a semejanza de sus antepasados.

Claro que en ese momento yo iba más pendiente de nosotros dos que de lo que nos rodeaba. Fernando llevaba un príncipe de gales hecho a medida en Cardenal, la célebre sastrería bilbaína de cuya sucursal en el madrileño paseo de Pintor Rosales es cliente asiduo. Se lo habían planchado en el hotel esa misma mañana, a fin de que el pantalón tuviera la raya marcada como a él le gusta. Haciendo juego con el traje lucía una corbata de seda oscura, zapatos bicolor tipo *spectator*, perfectamente lustrados, y un elegante sombrero de jipijapa panameño destinado a protegerle del sol, peligroso en esa latitud ecuatorial. Yo me había puesto un sencillo conjunto de chaqueta azul marino, falda recta por debajo de la rodilla y manga corta, combinado con un abrigo de lana fría. Los zapatos eran de tacón bajo, aptos para caminar por aquellas calles empedradas.

Creo que hacíamos realidad el verso de María Dolores Pradera: «La gente nos mira con envidia por la calle...».

Llamábamos la atención, no cabía duda.

Nos recibió la abadesa, madre María de la Concepción, en el amplio vestíbulo del convento, presidido por una arcada central de cinco vanos y columnas dobles de piedra oscura. El suelo era de losetas de barro cocido y el techo mostraba un artesonado de madera bellamente tallado, que milagrosamente había sobrevivido al terremoto casi intacto.

Tendría unos treinta años. Era mestiza, como la mayoría

de sus hermanas, de pequeña estatura y rostro chato de color cobrizo. Iba ataviada con el hábito blanco de su orden, confeccionado en lana basta, rematado por una toca negra ceñida con un alfiler de plata. Nos ofreció un mate de coca, que rechazamos, aceptando en su lugar un vaso de chicha de maíz: un zumo espeso y dulzón que bebimos más por educación que por gusto.

Aunque las dominicas de Cuzco son monjas de clausura, sor María hizo una excepción por tratarse de dos españoles enviados por la Embajada. Nuestro gobierno había donado los fondos necesarios para devolver a la vida su hogar y ella mostraba su agradecimiento enseñándonos, con una mezcla de azoramiento y orgullo, la que desde hacía muchos años era su casa.

A mano izquierda, frente a la sala de labores en la que las hermanas dedicaban sus horas a coser, bordar o estudiar las sagradas escrituras, siguiendo el ejemplo de santa Catalina de Siena, se abría una escalera que conducía al piso superior, donde se encontraban el dormitorio de novicias y el refectorio.

—Estamos muy contentas —nos informó nuestra anfitriona en un español vacilante que, a juzgar por su acento, no había sido la lengua de su infancia—. Este año hemos recibido a siete nuevas hermanas que preparan el noviciado.

Justo en ese momento las chicas en cuestión estaban en el claustro, al que no tuvimos acceso, aunque sí pudimos ver sus diminutos cubículos, separados entre sí por una cortina de tela o un mamparo de madera, y provistos únicamente del correspondiente camastro acompañado de un sencillo arcón.

El refectorio, situado en una estancia adjunta, de techo abovedado recién pintado de blanco y vigas ennegrecidas por el humo de las velas, era igualmente austero: una mesa larga en forma de U, sin vestiduras, frente a la cual se alzaba un crucifijo de tamaño real del que colgaba un Cristo ensangrentado, exhibiendo sin pudor sus innumerables llagas, según el gusto un tanto macabro de la iconografía local.

Pasamos de largo hasta la sala contigua, adornada con imágenes más gratas.

—¿A quién representa ese cuadro? —pregunté, ya en la sala capitular que acogía sus reuniones, señalando una pintura de notable calidad que ocupaba toda la pared frontal de la habitación.

—Son Catalina de Siena, nuestra patrona, y santa Rosa de Lima, la primera santa de las Américas —respondió la abadesa sonriente—. Tratamos de imitar su ejemplo e inspirar nuestras vidas en las suyas.

Viéndola tan pequeñita, tan cohibida por la presencia de Fernando, tan humilde a pesar de su posición y responsabilidad, la monja me pareció una niña necesitada de protección. Tuve ganas de abrazarla, pero me contuve, sabiendo que el gesto la habría incomodado sobremanera.

Reanudamos la visita, entre explicaciones por su parte y gestos de aprobación de mi marido, hasta que regresamos al vestíbulo en el que habíamos empezado el recorrido.

A modo de despedida nos regaló una caja de pastas elaboradas por la repostera del convento, cuya reputación estaba sobradamente acreditada en la ciudad.

Me llevé el sabor de esos dulces grabado para siempre en el recuerdo.

Todavía no era la hora de almorzar, de modo que aprovechamos para deambular sin rumbo por esa Cuzco mágica salpicada de plazas porticadas, fuentes, jardines, coquetas ventanas provistas de celosías, balcones a cual más suntuoso y mansiones señoriales dignas del virrey de Perú.

En una calle en cuesta, que trepaba paralela a un muro de losas gigantescas levantado por el pueblo que construyó Machu Picchu sin conocer la rueda o la polea, se me fueron los ojos tras una pulsera expuesta en la estera colocada a ras de suelo que hacía las veces de escaparate.

Juraría que la oí pronunciar mi nombre. Fue un flechazo a primera vista.

Era una joya muy sencilla, de piedras semipreciosas talladas de manera rústica, engarzadas con hilo de oro. No sabría explicar qué fue lo que tanto me gustó, más allá de su colorido: azul, verde, rojo… Tengo las muñecas anchas y ese brazalete parecía fabricado expresamente para mí.

Me agaché para mirarlo más de cerca. La mujer que atendía el negocio, con su bebé a las espaldas, me animó a probármelo, lo que acabó de convencerme. No era tan barato como las pieles de vicuña, aunque tampoco resultaba especialmente caro al cambio. Se acercaba mi cumpleaños y sabía que Fernando estaba de un humor excelente.

—¿Me la regalas?

Ojalá dispusiera de mi propio dinero para no tener que pedirle a él todo lo que se me antoja. Es generoso y rara vez me niega algo, pero me gustaría, una vez en la vida, poder hacer un gasto cualquiera sin tener que contar con su aprobación.

—¿Cuánto vale? —preguntó él a la propietaria.

—Ciento ochenta soles.

—¡Vámonos! —Fingí escandalizarme por el precio.

—Díganme ustedes una cantidad —ofreció la mujer, acostumbrada a esa peculiar forma de hacer negocios.

—Cien como máximo —repuse, ante la mirada atónita de Fernando, quien nunca me había visto interpretar ese papel.

Cerramos la operación en ciento veinte y conseguí la pulsera, que llevo con mucha frecuencia. Sigue pareciéndome preciosa, además de evocar tiempos felices. La considero una especie de talismán.

A las pocas semanas de regresar a Lima supe que estaba nuevamente embarazada y que la criatura que esperaba no nacería en Perú. El ministerio enviaba a Fernando a México, en calidad de encargado de negocios.

—¿México? ¡Si España no tiene relaciones diplomáticas con ese país! ¿Qué vamos a hacer con tres niños y otro en camino en un lugar así?

—Confía en mí. Nos irá bien allí.

Tenía razón.

En México nació Lucía y allí hicimos amigos como Manuel y Consuelo, en cuya casa cenamos esta noche.

Lo pasamos bien durante año y medio. Salimos, bailamos, vimos crecer a nuestros hijos, aprendimos las costumbres mexicanas y disfrutamos de su sabrosa cocina, que Jacinta incorporó a su acervo, hasta que llegó la hora de volver a hacer las maletas, llenar baúles, decir adiós a los conocidos y cambiar el guardarropa, con el fin de venir a Estocolmo, donde sigo luciendo el brazalete de piedras semipreciosas y tapándome con la colcha de vicuña. Fernando, en cambio, ya no necesita su sombrero de jipijapa. Lo ha cambiado por uno de astracán, de estilo ruso.

Ayer llegamos a casa a altas horas y con más de una copa en el cuerpo. Sólo porque, como ya he dicho, es un gran conductor, pudo Fernando traer el coche hasta aquí sin perder el control, habida cuenta de que nada más poner pie en la habitación se despojó de la ropa a duras penas y cayó desmayado en la cama. Ni él tuvo fuerzas para darme las buenas noches ni yo para hablarle de Miguel e Ignacio.

Me desnudé, colgué mi ropa, que mañana planchará Oliva, e hice lo propio con el esmoquin que él había dejado tirado. No puedo ver cosas en el suelo, es superior a mí.

El traje de diario, que se había quitado apresuradamente al volver de la oficina, estaba arrugándose sobre una silla, por lo que cogí la chaqueta con el propósito de colocarla en el galán. Entonces lo vi.

Era un papel doblado que se había caído del bolsillo interior. ¿Por qué razón lo abrí? Nunca lo sabré. ¡Ojalá no lo hubiese hecho! Pero lo abrí y vi su caligrafía inconfundible, afilada, trazada con el esmero que pone él en lo que le interesa. Había anotado:

> Inger
> 25/10/12.30
> Karlavägen, 3 – 5.°, izq.

¿Quién es Inger? ¿Para qué debe visitarla mañana? ¿Me engaña con ella? ¿Es esa mujer la razón de que últimamente pase tan poco tiempo en casa y rara vez le pille en la Embajada cuando le llamo?

He pasado la noche dando vueltas y más vueltas de un lado a otro de la cama sin pegar ojo. Es curioso cómo durante unas horas me he olvidado por completo de la guerra y hasta de mis hijos, obsesionada como estaba con esa cita. Parece mentira que las preocupaciones puedan subir y bajar de intensidad con tanta rapidez. Eso debería llevarnos a relativizarlas, aunque yo nunca he sabido hacerlo. A lo más que llego es a disimular bien.

Cuando se ha ido Fernando, a eso de las diez, he fingido estar dormida. No podía mirarle a la cara.

Mañana yo también acudiré a esa cita. Está decidido. Tal

vez se trate de un asunto consular sin mayor trascendencia. ¡Ojalá! Es posible que vea gigantes donde sólo hay molinos de viento. Debería preguntarle abiertamente, lo sé, pero prefiero ir a comprobar con mis propios ojos de qué se trata. Hasta entonces, paciencia.

Basta de escribir por hoy. Necesito una buena siesta. Nuestra vida es como el *Titanic*: por muchos icebergs que haya en el mar, por más agua que entre en el barco, la banda sigue tocando.

Esta noche cenamos en casa de los Chávez, Consuelo y Manuel, que ahora están aquí, destinados en su Embajada. Quieren presentarnos, precisamente, a un exiliado cubano. Un músico recién llegado llamado Bebo Valdés.

6

Madrid,
jueves, 20 de octubre de 2011

¿P or qué engañan los hombres a las mujeres?

—¡Yo no...!

—Déjalo, por favor, no me mientas. Las mentiras sólo sirven para estropear los finales.

Lucía estaba sentada con Santiago en el bar del Palace, situado a pocos minutos de su despacho. Lo había llamado a primera hora, empeñada en quedar con él ese mismo día, antes de que se disiparan los efectos del impacto causado en su interior por lo que contaba María en su diario.

Quería cortar por lo sano.

Las confesiones de su madre, tan reconocibles, tan extrapolables a su propia experiencia que parecían una primera edición de sus sentimientos, la habían llevado a tomar una decisión largamente aplazada, que ahora ansiaba llevar a cabo de una vez por todas. No iba a darse a sí misma la oportunidad de arrepentirse otra vez.

El local estaba sumido en una grata penumbra que le otorgaba esa atmósfera discreta, íntima, tan del gusto de sus contados parroquianos. La mayoría de los huéspedes y visitantes que frecuentaban los salones del lujoso hotel madrileño preferían instalarse en alguna de las mesas de su célebre rotonda, con el fin de ver y ser vistos. Aquél era, de hecho, uno de los principales atractivos de tan emblemático punto de cita.

Por allí pasaba lo más granado de la Villa y Corte a tomar el aperitivo o el café, y entre sus paredes se había fraguado más de una conspiración política, más de un proyecto literario y más de un negocio multimillonario. No en vano el Palace era uno de los lugares de encuentro favorito de diputados, empresarios y periodistas, sobre todo antes de que la crisis recortara los gastos de representación. La época de máximo esplendor había quedado atrás coincidiendo con el fin del derroche, pese a lo cual la histórica puerta abierta a la Carrera de San Jerónimo, la que miraba a los leones del Congreso, seguía presenciando un constante ir y venir de caras más famosas que ilustres.

Esa mañana Lucía había sido la primera en llegar, lo que le había dado opción a instalarse dentro del bar, en una discreta esquina, al abrigo de curiosos. No deseaba encuentros inoportunos ni testigos susceptibles de propagar por todo Madrid lo que estaba a punto de suceder entre el hombre que acababa de entrar al local y ella. Ambos conocían a multitud de personas en distintos ámbitos, lo que multiplicaba el peligro de dar pábulo a los rumores. Y ser objeto de chismorreos era algo que Lucía nunca había soportado.

Se dijo a sí misma que habría hecho mejor quedando con él en otro sitio, aunque ese error de intendencia ya no tenía remedio. Lo que tuviese que ser, sería.

Al acceder, pocos minutos antes, al amplio vestíbulo del hotel, subir las escaleras y echar una ojeada a las gentes variopintas que pisaban esa moqueta, se había preguntado cuántos de ellos estarían fingiendo ser lo que no eran, cuántos estarían impostando un personaje, cuántos necesitarían inventarse historias con las que acallar reproches o conciencia.

¿Todos? ¿La mayoría?

Lucía no quería formar parte de esa legión camuflada. Su especialidad no era precisamente el disimulo, y además sabía que, aunque hubiese pretendido forzar su voluntad, algún resorte inherente a su naturaleza le habría impedido desviar la mirada de lo que resultaba innegable. La evidencia se encarnaba en su mente de manera obstinada, adoptando perfiles tan reales como los de la taza que acababa de llevarse a los labios.

Santiago se acercó a la mesa saludando desde la distancia, con esa forma suya de pisar fuerte, a grandes zancadas, tan característica de su personalidad. Trató de besarla en la boca, pero ella la apartó ofreciéndole a cambio una mejilla. Pretendía dejar las cosas muy claras desde el principio, de modo que no se anduvo por las ramas.

—Santi, esto se ha acabado —dijo clavando sus ojos oscuros en los de él—. Seguramente se hubiera terminado ya mucho antes de que viera esos correos en tu ordenador, pero desde luego lo que leí en ellos remató cualquier resquicio de vida que quedara en esta relación.

—Ya te dije entonces y te repito hoy que te confundes —se defendió el acusado, componiendo un gesto compungido—. Una cosa es que esa chica pretendiera tener algo conmigo y lo hiciera explícito en sus mensajes, y otra muy distinta que yo fuese más allá de un flirteo inocente. Yo te quiero a ti, Lucía, sabes que te quiero, ángel mío.

—¡No me cuentes milongas! —saltó ella como impulsada por un resorte, elevando involuntariamente el tono de su voz grave—. Si me quisieras no me mentirías, no te habrías acostado con esa... con alguien que te escribe auténticas obscenidades; no te comportarías de un modo que resulta tremendamente humillante para mí, no habrías destrozado de este modo la confianza que tanto tardé en reconstruir después de mi divorcio. Mira que lo sabías, que te lo dije...

—¿Qué tendrá que ver una cosa con otra? —Su expresión denotaba sincera extrañeza—. Aunque fuera cierto, que no lo es, se trataría de sexo y sólo sexo, que nada tiene que ver en este caso con el amor.

Lucía lo taladró con la mirada. Habría querido abofetearlo, aunque se contuvo. Apelando a las mejores enseñanzas de Raúl, respiró hondo, contó hasta diez y expuso, como si se dirigiera a un niño malcriado:

—El amor es incompatible con la infidelidad porque quien ama de verdad no hace daño a la persona amada. ¿Es que sólo las mujeres comprendemos esta obviedad?

—Las mujeres también ponen los cuernos —replicó Santiago de inmediato, satisfecho de haber encontrado un argumento de peso con el cual ganar puntos en el combate dialéctico que acababa de empezar—. Los líos entre casados suelen serlo por ambas partes. Dicho lo cual, te doy la razón en que hombres y mujeres perciben la infidelidad de manera distinta. No hay más que repasar la abundante literatura dedicada a la materia. ¿Qué te voy a contar que tú no sepas?

—Eso es muy cierto —concedió ella, esforzándose por adoptar una actitud cínica ajena a su forma de ser—. Es innegable que la percepción de los distintos sexos sobre lo que duele un engaño debe de ser diferente. Tiene que serlo, necesariamente, porque en caso contrario habría que llegar a la conclusión de que la crueldad masculina no tiene límites.

—O plantearte si no serás tú la rara —remató él la ofensiva que aventuraba triunfante.

Lucía llevaba grabado en el recuerdo lo que había escrito María al respecto en descargo de su propio marido, eso de que las necesidades de los hombres difieren de las femeninas y justifican sus escarceos. Nunca le había dicho a ella algo parecido, desde luego, entre otras cosas porque no habían mantenido jamás semejante tipo de conversación ni soñado siquiera con tenerla, aunque Lucía siempre había sabido que su madre pensaba así. En la época que les tocó vivir, ese tipo de intimidad no se daba entre generaciones distintas, ni siquiera en la familia. Era necesario suplirla recurriendo a la intuición.

A falta de palabras, Lucía hubo de conformarse con la asunción, basada en gestos, de que esa peculiar percepción de la realidad, esa asimetría en función del sexo, ese escoramiento sistemático hacia el lado del varón, totalmente inaceptable a sus ojos, era la toma de posición que dejaba traslucir María con su actitud. Y la juzgó con severidad por ello.

Paradójicamente, había sido su padre quien le había enseñado a ella a ser libre y exigir un trato igual, a trazar sus propias metas, a luchar por alcanzarlas sin sentirse inferior a ningún hombre ni doblegarse ante nadie.

De ahí que le escupiera a Santiago:

—A ti te parece que una infidelidad no tiene mayor importancia siempre que el infiel seas tú, ¿verdad?

—No hablo por mí —a esas alturas era evidente que él no pensaba apearse de su versión de los hechos—, pero me consta que para la mayoría de los hombres el sentimiento de lealtad pesa más que el de fidelidad. El primero se refiere al corazón, el segundo a la pura piel. Son conceptos distintos.

—Claro, sobre todo cuando sois vosotros los que ponéis la etiqueta al sentimiento y lo definís según vuestra conveniencia.

—Nosotros distinguimos más que vosotras entre amor y conquista. —El doctor había empezado a hablar ex cátedra, con un tono similar al que empleaba para explicar a uno de sus pacientes en qué consistía una ablación auricular o un cateterismo arterial—. Para vosotras lo esencial es la estabilidad, la confianza, la posesión. Nosotros en cambio necesitamos sentirnos vivos a través de la efervescencia que produce el descubrimiento, el hecho de vivir experiencias nuevas, el aprendizaje. Está en nuestra naturaleza y es sumamente adictivo.

—Por eso una vez que se termina la efervescencia buscáis otra mujer que produzca la misma excitación, ¿verdad? Como en el famoso anuncio navideño de cava. —Lucía estaba furiosa y encauzaba su ira a través del sarcasmo—. ¡Claro! Está en vuestra naturaleza, y dado que carecéis de voluntad para combatir ese impulso, sois víctimas inocentes de una tara... digamos que genética. Lo dice Serrat en una canción, preciosa, por cierto:

> *El milagro de existir...*
> *El instinto de buscar...*
> *La fortuna de encontrar...*
> *El gusto de conocer...*
> *La ilusión de vislumbrar...*
> *El placer de coincidir...*
> *El temor a reincidir...*
> *El orgullo de gustar...*

La emoción de desnudar y descubrir, despacio, el juego...
El rito de acariciar, prendiendo fuego...
La delicia de encajar...

—Eso es lo de menos, créeme —la interrumpió Santiago, quien se encontraba cómodo pensando que la discusión había quedado despersonalizada para pasar ya al campo de la elucubración teórica—. La posesión carece prácticamente de importancia. Es verdad que las hormonas tiran, pero la magia se encuentra en los ritos que preceden al momento de irse a la cama. Está, sobre todo, en el reconocimiento. Somos así de simples.

Lucía no daba crédito a lo que oía. Tenía la sensación creciente de que su pareja de tantos años la tomaba por tonta, lo cual la enfurecía casi tanto como el hecho de haber sido engañada.

Ya esperaba, antes de empezar la conversación, que él se limitara a negar la mayor, como había hecho desde el principio. Sin embargo, la sacaba de sus casillas que se permitiera teorizar sobre la cuestión con ese desparpajo hipócrita, para mayor humillación y escarnio suyos.

Espoleada por la decepción, le demostró que sabía ser muy cáustica.

—O sea, que la traición no procede de una necesidad sexual descontrolada ni de una falta absoluta de principios sino de vuestro instinto cazador.

—No lo sé, cariño. Lo que te digo es que la mayoría de los hombres precisan la seguridad que les da saberse capaces de conquistar a una mujer, porque es una forma de experimentar poder. Es el proceso lo que resulta irresistible, no la culminación del mismo. Dicho lo cual, cuando tienes el reconocimiento de tu pareja no requieres el de otras mujeres ni las buscas.

—Para no estar hablando de ti mismo, lo haces con mucha rotundidad.

—Bueno, no nací ayer. Cuando te conocí ya había corrido lo mío y había engañado a mi primera mujer, eso te lo confesé.

—Con escasos remordimientos, si no recuerdo mal. ¿Tanto merece la pena? —Había casi más tristeza que incomprensión en la pregunta.

—Sí, no, no lo sé... ¿No podemos dejar este tema?

—Contéstame, por favor.

—Es verdad que cuando has saltado la barrera moral una primera vez, las siguientes se hacen más fáciles y vas cediendo al instinto animal, pero no lo es menos que si yo empecé a salir con otras mujeres, estando casado, fue porque Patricia me había echado prácticamente de su cama y había dejado de ser una esposa para convertirse únicamente en la madre de nuestros hijos. Ya hablamos de todo eso en su día y tú me dijiste que lo comprendías. No sé a qué viene esto ahora.

—Sí, es evidente que se va ensanchando la conciencia —murmuró ella entre dientes, lamentando no haber caído entonces en la cuenta de que el ser humano es un animal de costumbres cuyas pautas de conducta se repiten inexorablemente—. ¿Y cuánto «reconocimiento», como dices tú, resulta suficiente para dar plena satisfacción a ese apetito de vuestro ego?

—Supongo que cada hombre es un mundo —contestó Santiago, tratando de poner fin a un debate que volvía a adquirir tintes peligrosos para él.

Lucía evocó de nuevo la imagen de su madre y de su entrega absoluta a un marido que, a juzgar por lo que revelaba en el diario escrito en Estocolmo, no había tenido suficiente con esa devoción y había cedido a lo que Santiago denominaba «efervescencia» o necesidad de conquista, al menos hasta el

punto de sembrar la duda en el corazón de su esposa y llenar-
lo así de inseguridad.

¿Cuántas mujeres a lo largo de sus vidas se habían encontrado ante la disyuntiva de saber y aceptar, o ignorar y permanecer
en la ceguera, tal como le había sucedido a María? Probablemente muchas. ¿Cuántas, a semejanza de Lucía, habían elegido
la primera opción, por más que la verdad fuese casi siempre
equivalente a una condena? Seguramente algunas menos.

Si la mayoría se inclinaba por una mullida ignorancia, tal
vez fuese ésa la respuesta acertada y la suya, en cambio, la
errónea... O tal vez no. ¿Cómo habría actuado su madre de
haber gozado de la independencia económica de la que disfrutaba Lucía? ¿Qué habría hecho ella en el lugar de María, en su
tiempo y en sus condiciones? ¿Realmente la diferencia entre
ellas dos se limitaba a una mera cuestión de circunstancias, o
radicaba en algo mucho más importante, como el amor y el
desamor?

Equivocada o no, Lucía no sabía ser de otra manera.

—Hay algo común a hombres y mujeres, no obstante
—señaló con amargura—, y es que cuando se traiciona, es
porque se ha dejado de amar.

—Te equivocas —repuso él de inmediato, como si cediera
a la necesidad inconsciente de justificarse—. No se es infiel al
amor, se es infiel a las normas, a los usos establecidos en una
sociedad que no tiene en cuenta los impulsos naturales al imponer sus reglas. Te repito que se puede amar profundamente
a una mujer siéndole infiel. Yo conozco casos. Lo que no creo
es que se pueda amar a dos mujeres a la vez. De ahí la diferencia entre infidelidad y deslealtad.

—Estoy completamente de acuerdo —sentenció ella—.
Por amor o por desamor se rompe, no se miente ni se niega la
mayor.

Las palabras de Lucía estaban llenas de reproche. Habría querido mostrarle las heridas de su alma, hacerle tocar su vergüenza, volcar de algún modo en él el torrente de rabia que la inundaba, expresar con palabras el dolor inherente a la incredulidad que precede a la humillación, lograr que se pusiera por un instante en su lugar.

Vano empeño. Santiago permanecía atrincherado en su negativa.

—Primero, no todos los hombres somos iguales. Segundo, claro que quien se comporta así lo hace por egoísmo y es consciente del daño que inflige. Otra cosa es que tenga la fuerza suficiente para evitarlo. Tercero, por lo que me dicen mis amigos, todos creen que sus mujeres no se enterarán. Y, por último, si las cosas se ponen muy mal, se convencen de que serán capaces de hacerse perdonar.

—Sí, la habilidad del ser humano para salvarse por el procedimiento de buscarse justificaciones, atenuantes e incluso eximentes, es ilimitada, ¿verdad? Ojos que no ven…

Un camarero uniformado a la antigua usanza interrumpió la charla al acercarse a preguntar si los señores deseaban algo más. Santiago aprovechó ese momento para consultar su teléfono móvil, cuya pantalla no había dejado de iluminarse coincidiendo con cada vibración del aparato. Pidieron otros dos cafés con leche, a pesar de que la hora habría sido más propia de una cerveza.

—Voy un momento al baño —dijo él.

Y Lucía supo con certeza que iba a llamar o a escribir un mensaje a la autora de esos correos paradigma del mal gusto.

—Todavía no me has explicado por qué me has citado con tanta urgencia —inquirió Santiago al sentarse de nuevo frente a ella, transcurridos unos minutos.

Lucía se fijó en el hombre que tenía ante sí. Era sin duda

cortés además de guapo, de los que atraen la atención de las amigas y provocan comentarios elogiosos. Llevaba ropa de marca bien combinada, impregnada de colonia cara. Sonreía de un modo que en otras circunstancias habría resultado irresistible. Sus manos fuertes, bien cuidadas, sabían acariciar. Su voz, acostumbrada por su profesión a tranquilizar la angustia de pacientes quirúrgicos, envolvía con su calor.

Ése era el hombre con el que ella había compartido los últimos siete años de su vida y a su tesoro más preciado, su hija Laura. Era el compañero con el que había construido sueños y hecho planes de futuro. El cirujano que le había suturado los desgarros y sanado el alma rota después de un divorcio traumático. Ahora veía en él a un perfecto desconocido y se preguntaba cómo es posible viajar del infinito al cero en un espacio de tiempo tan corto, cómo puede el amor convertirse en indiferencia sin completar más recorrido que un paso fugaz por la rabia.

Le había dolido la traición, por supuesto. Tanto como para cubrir su hogar con la sal de la desconfianza que impide volver a sembrar. Aquellos correos explícitos, vulgares hasta la náusea, habían golpeado su orgullo antes de abrirle los ojos. Al cabo de unas semanas comprendía que, en realidad, había sido una suerte leerlos. Que las cosas, como solía decir su madre, siempre ocurren porque en algún sitio está escrito que acaben encajando en un plan.

—¿Sabes, Santi? Yo también he tenido un rollo —le espetó a bocajarro, en parte por venganza y en parte con la intención de poner las cartas boca arriba—. O un amante, como prefieras llamarlo.

—¿Qué?

—Lo que oyes. Y esa palabra, «amante», me produce urticaria, de modo que he venido a decirte que lo que fuera que tuviéramos tú y yo se ha acabado. No quiero amantes en mi vida, prefiero amores.

—No sé cómo tomarme esto —replicó Santiago, burlón—. ¿Estás tratando de castigarme por algo que te imaginas que he hecho? ¿Te acabas de inventar esta patraña porque estás dolida sin motivo?

—Te estoy diciendo la verdad. —Él leyó en sus ojos que era así—. Durante el tiempo que hemos estado separados he conocido a una persona. Bueno, he hecho algo más que conocerlo, me he ido con él de viaje un fin de semana y no precisamente para mirarnos a los ojos. Te ahorro los detalles, aunque puedes imaginarlos.

—¡No me lo creo! —Parecía la negativa de un chiquillo enrabietado.

—Supongo que tu orgullo te lo impide. Allá tú. Es mucho más fácil negar que asumir la ofensa. ¿Me equivoco? —Lucía hablaba con la frialdad de quien se siente afianzado en una decisión correcta—. Desde mi punto de vista probablemente «raro», como dices tú, la infidelidad empieza donde empieza la ocultación y la mentira está reñida a muerte con la lealtad, especialmente con la lealtad a uno mismo. Por eso me siento mejor diciéndotelo.

—Tú no eres así —masculló Santiago.

—Efectivamente, ésta ha sido una novedad en mi vida —repuso ella, forzando un gesto travieso—. Hasta ahora siempre había adoptado el papel que me enseñaron en casa, el que vi. Pero, mira tú por dónde, en esta ocasión he quebrantado las reglas. Me he lanzado a escoger yo en lugar de esperar a ser elegida. Se diría que, por una vez, he sido una sinvergüenza —se recreó en la pronunciación, masticando cada sílaba—. ¿Y sabes qué? Me ha gustado.

Habría podido meter aún más el dedo en la llaga y contarle lo bien que durmió, desnuda, al lado de ese extraño de acento soleado y piel morena; lo mucho que gozaron los dos haciendo el amor con pasión; la alegría con la que despertó, en sus brazos, sintiéndose colmada y libre de culpa.

Sí, de haber pretendido herirlo, le habrían sobrado armas. Pero esa mezquindad no habría sido propia de ella. Prefirió por ello concluir, con serenidad:

—Sabes tan bien como yo que estoy haciendo lo correcto. Deberíamos haber puesto punto y final a nuestra relación hace mucho. Cuando empezamos a buscar pretextos para no pasar más tiempo juntos. Cuando dejamos de bailar y de reírnos.

Santiago sacó del bolsillo un billete de veinte euros que arrojó sobre la mesa con desprecio, sin esperar a la cuenta. La ira había convertido su sonrisa altiva en una mueca de desdén, que acentuó al mirarla de arriba abajo mientras se dirigía a la puerta.

En lugar de despedirse, le escupió:

—¡No te reconozco!

También a Lucía le costaba reconocerse en la mujer decidida y firme que acababa de decir adiós sin miedo.

Lo vio alejarse a grandes zancadas, con la vista fija en el suelo, con más prisa y menos seguridad de las mostradas a su llegada. Con él se iba su segundo intento fallido. Era consciente de que acababa de quemar definitivamente cualquier posibilidad de reconciliación, lo que apenas le producía una ligera sensación de vértigo.

Añadió una cucharada más de azúcar al café y constató, con sorpresa, que no sentía ganas de llorar. Se dijo que debería estar asustada, perdida en un mar de soledad como el que la había ahogado después de su divorcio, hasta el punto de obligarla a visitar a un terapeuta.

¿Por qué entonces no percibía esa angustia por ninguna

parte? ¿Por qué se sentía aliviada, ligera, liberada de una carga penosa?

«El corazón sólo se rompe una vez —le susurró una voz interior—. Los pedazos encolados pueden volver a pegarse.»

Lo que acababa de confesar a Santiago era cierto. Por una vez en su vida se había atrevido a tomar la iniciativa de invitar a un hombre, asumiendo el riesgo de ser rechazada. Lucía había sido quien se había acercado a Julián en esa convención de libreros en la que él tocaba la guitarra entre presentación y presentación. Para alguien que no la conociera podía parecer un comportamiento natural, pero tratándose de ella semejante atrevimiento constituía una osadía. Un paso gigantesco dado contra un huracán de prejuicios ancestrales.

La había atraído de él su aire bohemio, desaliñado, soñador, extraordinariamente parecido al recuerdo grabado en su memoria de ese primer amor adolescente encarnado en un profesor de historia del Lycée Pasteur. Se había fijado en el contraste que marcaban su perfil aguileño, su tez cobriza y su melena morena, que empezaba a blanquear en las sienes, con el color azul claro de sus ojos. Pero lo que había actuado de imán, el resorte que la había impulsado a dirigirse a él, venciendo todas las vergüenzas, había sido su voz, esa voz única, inconfundible, que sólo podía describir con el calificativo de «risueña».

Una vez acabados los discursos y el espectáculo de esa reunión por lo demás aburrida, ambos se habían quedado solos, momento que había aprovechado Lucía para presentarse e invitarlo a una copa.

¡Todo un alarde de valentía!

Julián le contó que había nacido en Chile, concretamente

en Río Negro, donde Neruda compuso sus versos más hermosos frente al Pacífico. Añadió que era cantautor y se pagaba un viaje por toda Europa con actuaciones como aquélla, en busca de inspiración para su nuevo disco. Esos ojos azules, respondió a la curiosidad de Lucía, se los debía a su madre alemana.

—El resto es herencia paterna. Por mis venas fluye la sangre de los araucanos que se comieron al conquistador Pedro de Valdivia —bromeó.

—Yo nací en México —apunto ella sin dejarse impresionar—. ¡Ya tenemos algo en común!

—¿Eres mexicana? —se sorprendió él.

—No, soy española, aunque de allí. Es una larga historia…

Y así había empezado la cosa, hasta acabar poco después en un hotel rural idílico a orillas del mar Cantábrico.

Lo que había confesado a Santiago era por tanto verdad, aunque no toda la verdad.

Pocas veces en su vida se había sentido mejor en la cama que compartiéndola con Julián, pese a lo cual hasta hacía unos minutos le había pesado la sensación de haber hecho algo ilícito al traicionar la confianza de su todavía pareja. Una vez soltado, al fin, el lastre de esa relación acabada, veía desvanecerse ese último resquicio de remordimiento y el vértigo cedía paso a una extraña sensación de euforia.

No estaba sola; era libre, que es algo completamente distinto.

—Yo no me resigno, madre —se dirigió, desafiante, al fantasma de María.

¿Qué habría opinado ella de su aventura con Julián? La respuesta seguía siendo la misma que antes de la ruptura con Santiago. Su madre jamás habría aprobado una cosa así; se lo habrían impedido sus creencias y su rígido sentido de la moral, fruto de una educación implacable.

Claro que, de haber vivido para ver cómo evolucionaban su país y sus compatriotas, habría terminado por aceptar, seguramente con agrado, que ya nadie bajara la voz en España para referirse a una mujer divorciada. Que nadie empleara la coletilla «pobre» o «pobrecilla», como se hacía en su casa cuando salía a la palestra el nombre de Lupe, esa amiga de la familia que llevaba los estigmas de la mujer separada.

—Ya no quedan Lupes, madre —se sorprendió hablando sola en el bar del Palace, mientras pugnaba por meter los brazos en las mangas de la gabardina—. Ahora trabajamos como mulas para llevar un sueldo a casa, pero nos hemos ganado el derecho a que nadie nos lapide.

El tiempo compartido entre Lucía y María había quedado congelado en la gélida eternidad del invierno de 1988. Desde entonces, todas las dudas que hubiera querido plantear la hija a la madre se estrellaban contra un muro infranqueable de añoranza desgarrada, en ocasiones rabiosa hasta la desesperación, casi siempre sorda.

A falta de diálogo posible, Lucía se había acostumbrado a responder por sí sola las preguntas que brotaban de su corazón. Y aunque se esforzaba por ser honesta al ponerse en el lugar de María, cada vez le costaba más mantener esa ficción malsana.

Tal como le repetía Raúl cuando salía ese tema a colación, debería haber hallado años atrás el modo de enterrar sus nostalgias y reconciliarse con el recuerdo de esa mujer tan cercana a su espíritu y sin embargo tan inalcanzable. ¡Claro que debería! ¿Acaso alguien podía ser más consciente de esa obligación que ella misma? Llevaba media vida librando una batalla a muerte contra la melancolía, sin conseguir avances significativos.

No es posible terminar de leer un libro cuando alguien te arranca de golpe las últimas páginas.

Tampoco su padre parecía haber logrado aceptar con normalidad ese adiós escrito a destiempo. Desde que ella, María, se marchara, Lucía le había visto caer en un abatimiento sombrío, profundo, tan obstinado que parecía voluntariamente autoimpuesto. Una pena honda, mayor y mucho más tangible que su inveterada coquetería o su insaciable curiosidad intelectual, cuyos efectos demoledores habían terminado por agriarle el carácter a medida que le robaban la alegría. Con el paso de los años incluso habían puesto en fuga su espíritu, enajenándole de sí mismo acaso como salida piadosa al tormento que sufría su alma.

Hasta que empezó a leer el diario de su madre, Lucía había achacado siempre ese cambio radical a la incapacidad de Fernando para superar semejante duelo en el peor momento de la vida, cuando la jubilación forzosa y prematura arrojó repentinamente a la basura la experiencia que atesoraba y lo condenó a vivir ocioso. Ahora empezaba a pensar que acaso hubiera algo peor oculto tras esa amargura. Algo más pernicioso que la tristeza, agazapado en su corazón. Tal vez un remordimiento o la sombra oscura de una traición pasada. En todo caso una tortura, hija de un amor convulso, porque Fernando había amado a su mujer con locura. De eso no le cabía a Lucía ni el resquicio de una duda.

¿Habría alcanzado su madre la misma certeza que ella?

Cuántas emociones nuevas, cuántas interrogantes y al mismo tiempo cuánta luz contenía ese cuaderno de música hallado en un viejo baúl azul. El diario redactado en 1962 encerraba incontables claves necesarias en su afán, casi enfermizo, de ordenar las piezas de un puzle que durante mucho tiempo habían permanecido dispersas. Claves que Lucía intuía esenciales para entender lo incomprensible y hallar, en esa comprensión, la paz.

El tráfico estaba imposible entre la plaza de las Cortes y la calle Velázquez, casi esquina a Ortega y Gasset, donde se encontraba el restaurante en el que Lucía había quedado a comer con una escritora en trance de publicar su primera obra. Llovía copiosamente, lo que en Madrid es garantía de atasco seguro. A falta de taxis, la editora echó a andar en dirección a Colón, bajo el aguacero, maldiciendo el nombre de una ciudad que perdía los papeles en cuanto caían cuatro gotas.

Durante el trayecto repasó mentalmente la conversación que acababa de mantener con Santiago y volvió a felicitarse. Los compromisos, entendidos como aceptación del mal menor, no iban con ella. Nunca había sido una persona conformista ni aceptaría resignarse a serlo. Desde pequeña sabía, como buena jugadora de mus, que quien apuesta «a la chica» acaba perdiendo la partida.

No quería enseñar a su hija a ser una perdedora.

Ésa había sido otra de las razones de su divorcio. Lucía se había planteado entonces que Laura, una niña, tenía derecho a fraguar en su mente una imagen del amor lo más parecida posible al ideal. La imagen de un sentimiento puro, auténtico, sano, vivo. Con sus altibajos y sus discusiones, pero libre de mentiras y traiciones, ajeno al aburrimiento, opuesto a la indiferencia. Por eso había rechazado ella aceptar lo inaceptable.

A juzgar por el resultado, la decisión había sido acertada.

Laura, convertida con el paso de los años en una mujer segura de sí misma y legítimamente ambiciosa, preparaba ya las maletas para marcharse a Panamá junto al hombre que había escogido por compañero y que la quería como ella merecía ser amada: con tanta pasión como respeto, con dulzura, admiración, alegría, comprensión, exigencia. Un hombre empeñado en hacerla feliz y compartir esa dicha con ella.

Madre e hija eran conscientes de que la separación no sería fácil, aunque sabían de igual modo que la superarían. Se querían demasiado y demasiado bien para dejarse intimidar por la distancia.

Lucía se había conmovido hasta la raíz al leer, de puño y letra de su madre, la afirmación de que no es el dolor ni el miedo lo que nos hace fuertes, sino el amor. Tampoco esa verdad rotunda la había oído nunca de sus labios, aunque sí se la había demostrado María con creces mediante gestos, a lo largo de toda su vida: abrazándola con las chaquetas de punto que no dejó de tejerle mientras pudo, sorprendiéndola con el regalo perfecto cada Navidad y cada cumpleaños, derrochando risas y anécdotas, consolándola en silencio, tendiendo una red irrompible de cariño bajo sus pies, tejida junto a Fernando, con el fin de que Lucía se atreviera a volar alto ignorando el miedo a caer.

Lo mismo había hecho ella con Laura, en la medida de sus posibilidades.

A falta de tiempo disponible, porque el trabajo le robaba las horas, había tratado de compensar sus ausencias multiplicando la intensidad y calidad de los ratos que pasaban juntas, disfrutando cada segundo desde la conciencia plena de que no vivirían otro igual, aprovechando cualquier ocasión para colmarla de besos, jugando, aprendiendo, gozando del placer de tenerse la una a la otra como sólo sabe gozar quien conoce el dolor de la pérdida… Y diciéndole que la quería. Repitiéndoselo mañana y noche para tener la certeza de que Laura no lo olvidara nunca.

Había visto crecer a su flamante arquitecta sonriendo y, sobre todo, haciendo sonreír a los demás. Laura estaba llena de ternura y de sentido del humor. Era afilada sin dejar de ser dulce. Firme y a la vez flexible. Por eso Lucía no dudaba de que construiría su existencia cimentándola sobre pilares tan sólidos y resistentes como los que calculaba para sus edificios.

También tenía la seguridad de que su hija y ella sobrevivirían a la distancia sin perder un átomo de complicidad. Era plenamente consciente, y así se lo había transmitido a Laura, de que existen sentimientos capaces de alentar más allá del tiempo de esta vida, siempre que se hayan sembrado con la suficiente profundidad.

Sentimientos inmortales.

Llegó a su cita empapada hasta los huesos. Carmen, la autora con la que iba a reunirse, la esperaba en la mesa, consultando notas en su tableta, ante una copa de vino tinto.

—¡Qué manera de llover! —exclamó Lucía a guisa de saludo.

—¡Y qué lo digas! Te sugiero que pruebes este Arzuaga. Verás cómo te secas de dentro afuera y entras inmediatamente en calor.

Las dos mujeres se conocían desde hacía meses y se apreciaban. Habían mantenido largas charlas preparando el libro que estaba a punto de ver la luz. Una obra dedicada a glosar las virtudes de la filantropía, escrita por Carmen con el empeño de inspirar a las grandes fortunas del país a compartir su suerte con los menos favorecidos.

—¿Cuándo estarán listas las galeradas? —inquirió impaciente la autora, imbuida de espíritu empresarial—. El lanzamiento hay que planearlo con tiempo. Para que salgan bien las cosas es necesario elaborar proyectos bien definidos, a corto, medio y largo plazo. De la improvisación nunca surge nada bueno.

—Muy radical me parece a mí esa afirmación. Tal vez tengas razón en el campo de los negocios. En el de la vida, en cambio, yo me inclino a creer que cualquier planificación resulta inútil. Por muchos planes que hagas, por muy bien amarrado que creas tenerlo todo, la cruda realidad se encarga de frustrar tus previsiones y te obliga a empezar nuevamente desde cero.

—Yo no lo veo así. —Carmen se aferraba a su punto de vista con toda la fuerza de su propia experiencia—. En la medida en que se trazan metas alcanzables y se trabaja con ahínco e inteligencia, cualquiera puede cumplir sus proyectos, sean profesionales o personales.

—Creo que sobrevaloras la capacidad humana e ignoras el factor suerte. —Lucía tampoco pensaba ceder—. Pocas cosas, por no decir ninguna, dependen únicamente de nosotros, y en cuanto hay alguien o algo más implicado en un proyecto, éste escapa a nuestro control.

Era frecuente que se enfrascaran en interminables debates que empezaban por cuestiones triviales y acababan en citas filosóficas y apelaciones a los más grandes pensadores que había conocido la humanidad.

Una de las cosas que más valoraba Lucía de su trabajo era, precisamente, la oportunidad de conocer y tratar a gente como Carmen. Gente versátil, inteligente, decidida, de la cual se podía aprender mucho. ¿Cuántas profesiones brindaban esa posibilidad?

A su alrededor, en su propio entorno familiar, había conocido los efectos devastadores que causan en el individuo otras formas de ganarse la vida más vinculadas al poder o a la productividad medida exclusivamente en términos de beneficio económico. El embrutecimiento derivado de la necesidad de escalar a cualquier precio, incluido el de utilizar a los demás como peldaños. La pérdida paulatina de sensibilidad, de compasión, de capacidad para conmoverse ante las flaquezas ajenas, provocada por un modo despiadado de entender la competitividad. En definitiva, el asesinato alevoso, cruel, a sangre fría, de la empatía natural que, en mayor o menor medida, habita en todos nosotros.

Ese declive interior experimentado por algunos de sus seres queridos, en paralelo a su ascenso jerárquico, le producía tanta pena como desprecio. Pena, desprecio e impotencia, al no saber a quién o a qué imputar lo que a su juicio era una corrupción de la personalidad, una perversión del intelecto, llamado a retos más elevados. Lo que tenía meridianamente claro era que ella no pensaba pasar por ese aro de pereza. El credo que profesaba Lucía, su particular religión laica, establecía de manera inequívoca la obligación de vivir cada día sin renunciar a crecer. Ampliando, palmo a palmo, los confines de su humanidad.

—¿Dónde andas? —La voz de Carmen la sacó de sus ensoñaciones—. A veces me asustas, ¿sabes? Dejas que tu mirada se pierda en un punto fijo, te escapas del presente y pareces una enajenada.

—Ya estoy aquí. —Lucía rió—. No te preocupes, no soy peligrosa, sólo tengo tendencia a abstraerme. Nada grave.

—¿Pedimos?

—Como quieras.

Tras echar un vistazo a la carta y decidirse por una menes-

Orange Public Library - Main Library
407 E. Chapman Ave. - Orange CA

Customer ID: **********4315

Items that you checked out

Title: La mujer del diplomático
ID: 32357108188216
Due: ~~Saturday, March 21, 2020~~
MAY 01, 2020

Total items: 1
Account balance: $0.00
2/29/2020 6:46 PM
Overdue: 0
Ready for pickup: 0

Orange Public Library & History Center
Monday - Wednesday 10:00 am - 9:00 pm
Thursday - Saturday   10:00 am - 6:00 pm
Closed Sunday
Telephone: (714) 288-2400
Branch hours on website:
http://www.cityoforange.org/library

Thank you for using the bibliotheca selfCheck
system today. Try our new cloudLibrary app to
help you manage your library account in the
palm of your hand.

Customer ID: ********4315

ID: 32357108186216

Account balance: $0.00

tra de verduras, Lucía retomó el discurso que había dejado a medias.

—Lo mismo da que hablemos de un libro que de un matrimonio. Tú puedes escribir una obra maestra y no vender ni mil ejemplares. En cuanto has puesto el punto final, el libro deja de ser tuyo y pasa a pertenecer al lector. Con las relaciones personales ocurre lo mismo. Mejor dicho, en ese caso es peor, porque tu voluntad no influye lo más mínimo en los sentimientos ajenos.

—De todas formas —insistió Carmen, que casi había vaciado su copa—, estarás de acuerdo conmigo en que cuanto más esfuerzo y talento se ponga en un empeño, más posibilidades de éxito tendrá.

—De eso no hay duda —concedió Lucía, dudando si quitarse o no bajo la mesa unos zapatos que notaba literalmente encharcados—. De ahí que sea tan importante disfrutar del camino en sí, al margen de la meta. Tratar de incidir menos en la finalidad de lo que hacemos y poner más el acento en el hecho de soñar y experimentar en todos los sentidos. En eso estaba pensando hace un momento. En la irrenunciable obligación de expandir nuestro territorio interior.

—Te veo muy profunda y muy audaz —comentó la escritora entre risas—. ¿Has decidido lanzarte por el camino de la perdición?

—Yo me entiendo —respondió Lucía enigmática, gozando del placer de haberse descalzado—. Tu libro sale para Navidad. La semana próxima tendrás las pruebas en casa.

—¿Tú crees que se venderá bien?

La editora sabía, a fuerza de experiencia, que todo autor alberga en su interior el anhelo y la vanidad de ser leído. Todos o casi todos dicen escribir para sí mismos, respondiendo a un impulso irrefrenable, y todos o casi todos mienten, porque un libro, de la naturaleza que sea, no deja de ser un acto exhibicionista por parte de quien lo firma.

—Eso esperamos —dijo, y era sincera—. La editorial no es una ONG. Ha apostado por él porque creemos que tiene recorrido. La filantropía es un concepto prácticamente ausente en la cultura española, cuya necesidad va a ir en aumento a medida que se multipliquen los recortes en el gasto público. Si a la gente no le preocupa ahora esa cuestión, por la cuenta que le trae le interesará muy pronto, eso es seguro.

—¡Ojalá! Y no ya por los beneficiarios, sino por los protagonistas de mi libro, que son los filántropos. Todos los que conozco dicen que cada euro aportado a una causa altruista les hace sentirse infinitamente más ricos.

—¡A ver si cunde el ejemplo! —exclamó Lucía, imprimiendo a su tono un cierto retintín escéptico—. Al paso que vamos, el Estado del bienestar con el que soñaron nuestros padres y por el que trabajaron hasta deslomarse dependerá en buena medida de esas personas.

—¡No exageres! —Carmen era una optimista nata—. Dice el gobierno que ya hay brotes verdes en el horizonte...

—Entonces estamos de enhorabuena —repuso Lucía con sorna—. Se disiparán todos los nubarrones, las goteras desaparecerán y seremos felices comiendo perdices. Por cierto, hablando de comer. ¿Qué te parece si compartimos un postre? Me muero por algo de chocolate, pero tengo una reunión con mi jefa a las cinco y media y llevo algo de prisa para un postre entero.

El chocolate se unía a su hija y a París en la lista de sus pasiones.

Trabajar en uno de los barrios más privilegiados de Madrid tenía innumerables ventajas y un inconveniente grave: por delante de la editorial pasaban prácticamente todas las manifestaciones convocadas por alguno de los múltiples colectivos deseosos de sacar a la calle la expresión de sus agravios, y raro era el día en que se libraban de una protesta.

Ya fuesen mineros o agricultores, médicos, profesores, estudiantes, integrantes de cualquier movimiento político o sindical, funcionarios, jubilados, desahuciados, preferentistas estafados... Todos los indignados de España venían a quejarse a Madrid y acababan desfilando por las inmediaciones del paseo del Prado.

Lucía había logrado subirse a un taxi a la puerta del restaurante, pero tuvo que apearse del coche bastante antes de Cibeles, por lo que volvió a mojarse de la cabeza a los pies. Ni siquiera la certeza del catarro que la esperaba consiguió alterar, no obstante, el buen humor con el que entró, milagrosamente puntual, en el despacho de Paca.

—¿Sabemos algo ya de las memorias de Antonio? —inquirió, sonriente.

—Buenas tardes nos dé Dios —contestó su jefa, con esa forma de expresarse tan suya, tan castiza y al mismo tiempo tan jovial, que encerraba el secreto de una serenidad inalterable.

—Buenas aunque pasadas por agua —replicó Lucía sin borrar la alegría de su semblante—. Y una vez cumplido el formalismo, ¿sabemos algo del libro de mi coronel? Vengo de hablar con una autora que me ha recordado la importancia de planificar las cosas bien a largo plazo, y si queremos incluir ese libro en los lanzamientos de la feria tenemos que darnos prisa. Mayo está a la vuelta de la esquina. ¿O lo dejaríamos para después del verano?

—¡Echa el freno, caballo! —Paca la detuvo en seco, con un

245

gesto que hizo reír a carcajadas a su colaboradora. Cuando ese metro ochenta de humanidad se proponía ser graciosa, lo cual ocurría con frecuencia, sus actuaciones superaban las del mejor club de la comedia—. Todavía no me han dado una respuesta, aunque la cosa no pinta bien, te lo adelanto.

Una nube de incomprensión veló de golpe la mirada de Lucía. Era consciente de la reticencia inicial que había manifestado su jefa ante la idea de publicar el testimonio de ese veterano guardia civil, pero creía haberla disipado con sus argumentos.

Paca tenía que ver la oportunidad de sacar a la luz esa obra con la misma claridad que la veía ella. No sólo era justo, es que resultaba imprescindible desde un punto de vista ético y, además, sería un buen negocio. ¿Cómo no iba a venderse un libro así?

Las grandes naciones, le había dicho siempre su padre, conocen y cultivan su historia. Las que cometen el error de ignorarla se condenan a repetirla.

—¿Puede saberse por qué? —preguntó con frialdad desafiante.

—Por las mismas razones que apunté yo —explicó su jefa, tranquila, haciendo gala de su paciencia—. No parece oportuno en este momento de fin inminente de la violencia. Nadie quiere resucitar viejos fantasmas felizmente arrumbados y, además, los libros sobre ETA ya no venden. Eso es inapelable.

—¿Estás peleando por nosotros?

—¿Nosotros? —se sorprendió Paca—. ¿Tanto te importa? Me parece que estás poniendo demasiados sentimientos personales en este asunto, y te equivocas. Deberías delegar en otra persona. Yo misma puedo hablar con ese hombre la próxima vez, lo haría encantada.

—Creí que tú eras la buena de la editorial y yo la mala; que las respuestas negativas eran mi especialidad, no la tuya.

—Bueno, de vez en cuando se cambian las tornas. Aunque, por contestar a lo que preguntabas, te diré que sí, estoy peleando por ese libro.

Lucía sabía que decía la verdad. Paca era el prototipo de la nobleza, una de esas personas incapaces de guiarse por otros criterios que la rectitud. Trabajar a su lado era otro de los incentivos que compensaban con creces un sueldo más bajo del que habría podido cobrar como traductora jurada o intérprete en algún organismo internacional, tareas para las que estaba sobradamente cualificada.

¿Existían oficios especialmente susceptibles de atraer buenas personas? Ella estaba convencida de que sí. Había vivido y viajado lo suficiente como para alcanzar esa certeza. Del mismo modo que otros constituían, a su modo de ver, un imán para las malas personas. El eje de ese gráfico estaba determinado por la cantidad de poder y dinero que se manejaran en la actividad en cuestión.

También esa razón había influido en ella a la hora de orientar su carrera profesional hacia el ámbito de la edición y la literatura. En ese universo las posibilidades de hacerse rico eran escasas tirando a nulas, motivo por el cual los colegas que una se encontraba solían ser agradables o cuando menos previsibles; no era habitual que te apuñalaran por la espalda.

Pese a lo cual, también en la editorial había que pelear duro.

Darse por vencida no entraba dentro de sus costumbres, así que volvió a la carga.

—¿Me quieres decir que no tiene interés la lucha de un hombre como Antonio Hernández por derrotar a una banda terrorista que ha regado España de sangre?

—No lo digo yo —Paca empezaba a cansarse—, te repito lo que me dicen.

—No sé de qué me sorprendo. —El tono de Lucía se había vuelto abiertamente agrio—. La ingratitud es un rasgo característico del ser humano, que en algunas sociedades, como la nuestra, alcanza niveles espeluznantes. Los gobernantes utilizan el miedo de la gente al terrorismo o a la guerra para ganar votos, pero luego se olvidan de quienes se han jugado el tipo en su nombre. Esto no es de hoy, siempre ha sido así. Los héroes se convierten en una carga en cuanto dejan de ser útiles.

—Insisto en que deberías olvidarte de esta historia —dijo Paca, imprimiendo a sus palabras un cariz marcadamente severo—. Te está reabriendo demasiadas heridas mal cerradas.

—No es nada personal —se defendió Lucía, que había pasado del enfado a la tristeza—. ¿No te das cuenta? Es que me produce mucho asco, pena, rabia, frustración, este modo de despreciar el sacrificio ajeno. Siempre lo mismo. Lo hicieron los occidentales con el pueblo húngaro cuando fue aplastado por los soviéticos en el 56…

—¿Y a qué viene eso ahora? —preguntó Paca con sorpresa. Una referencia a la frustrada Revolución húngara era lo último que esperaba escuchar la responsable de obras de no ficción de la Editorial Universal en medio de esa conversación—. ¡Me acabas de dejar perpleja!

—Es que estoy encontrándome con cosas muy interesantes en ese diario escrito por mi madre del que te hablé ayer. El que hallé por casualidad en el trastero de mi casa familiar.

—Creí que se refería a lo de los misiles cubanos. Eso me pareció entender.

—A la Guerra Fría en general. —Lucía trataba de encontrar el modo de describir el contenido de ese cuaderno cuya lectura la estaba influyendo de manera evidente—. Y a muchas más cosas. Estoy conociendo a una madre que ni siquiera imaginaba.

No se había equivocado al aventurar que las confidencias hechas por su madre casi medio siglo atrás en un cuaderno de música arrojarían luz sobre esa mujer envuelta en misterio que, de un modo u otro, seguía marcando su existencia mucho tiempo después de morir.

Poco a poco, a medida que se adentraba en ese océano de emociones narrado con pulso firme por María, a pesar de las circunstancias terribles que relataba en su escrito, Lucía descubría el rostro de la desconocida que se ocultaba tras la imagen serena y sólida que siempre había proyectado su madre ante ella. Se adentraba en sus miedos, su impotencia, las inseguridades que nunca había dejado aflorar ante sus hijos; en una sensualidad innata en ella ahogada por gruesas capas de pudor impuesto; en esa incomodidad casi infantil que le producía su éxito con los hombres, en sus celos…

—Por cierto —dijo llevada por una asociación involuntaria de ideas—. Esta mañana he roto definitivamente con Santiago.

—¡¿Qué me dices?! —exclamó Paca—. ¿Seguro que es definitivo?

—Segurísimo —respondió Lucía con rotundidad—. Le he dicho que había tenido una aventura y ha fingido no creerme, aunque tengo para mí que el golpe ha dado en la diana de su enorme vanidad. En todo caso, después de esa conversación ya no hay vuelta atrás posible.

—Entonces ahora ya puedo decirte lo que pienso del sujeto. —La jefa se puso en jarras, volviendo a mostrar su vis más cómica—. Santiago siempre me ha parecido un cretino, aunque era tu cretino y, como tal, merecedor de mi respeto. No te llegaba a la suela del zapato.

—Y tú eres muy objetiva en el juicio...

—Yo soy tu amiga y tu jefa, por ese orden, lo que significa que te conozco muy bien. Y te aseguro que eres mucho más persona que ese fatuo con el que andabas. Creo que lo veíamos todos los que te queremos, salvo tú misma.

—Santiago tenía muchas cosas buenas, Paca, nunca he sido masoquista —lo defendió Lucía, sin pretenderlo.

—Pues ahora no es el momento de recordarlas sino de centrarte en las otras, las que te han llevado a romper con él. Por ejemplo, ese chileno que te escribe correos. —Guiñó exageradamente un ojo—. ¡Quiero todos los detalles de ese viaje de tórtolos a Asturias! Ya estás contándome con pelos y señales cómo y por qué decidiste dar ese salto a la locura.

¿Por qué razón se había ido con Julián, un perfecto desconocido, a ese refugio de piedra perdido entre el verde y el mar?

Fue por un beso. El que se dieron de manera espontánea la noche en que se conocieron, a modo de despedida. Un beso cargado de promesas. Un beso infinitamente sabio, seductor y sin embargo extrañamente adolescente, cuyo poder evocador la transportó a territorios inexplorados. Un beso con sabor a eternidad que encendió en ella el deseo ardiente de seguir besándolo.

Era jueves. Al día siguiente ella le mandó un mensaje al móvil con una pregunta escueta: «¿Tienes planes para el fin de semana?». La respuesta llegó de inmediato: «No». «Te recojo en tu hotel a las cinco.»

Y allí estaba Lucía a la hora convenida, la de la suerte en los ruedos, al volante de su Seat León.

Había buscado en Google algún hotel rural con encanto a orillas del Cantábrico y encontró enseguida uno, que le atrajo por sus vistas y su enorme chimenea, situado cerca de Cudillero, un precioso pueblecito costero a unos cincuenta kilómetros de Oviedo. Conocía el lugar desde pequeña, por haber viajado allí a menudo con sus padres, aprovechando las visitas de Fernando a su ciudad natal.

La localidad parecía haber quedado atrapada en un pliegue del tiempo y conservaba toda la magia del pasado marinero. El establecimiento escogido era pequeño, apenas contaba con cuatro habitaciones, y estaba a unos cuatro kilómetros del puerto, apartado de la civilización.

El rincón ideal para olvidarse del mundo.

Julián no pareció sorprenderse ante la invitación ni se molestó en preguntar nada. Subió al coche con una mochila a la espalda, llevando por equipaje su guitarra. La saludó sonriente, como si se conocieran desde siempre, mientras se acomodaba en el asiento del copiloto y se abrochaba el cinturón.

—¿Dónde vamos? —inquirió confiado.

—¿Conoces Asturias?

—Sólo de nombre. Creo que uno de mis bisabuelos, minero para más señas, emigró a Chile desde allí. Pero nunca tuve la oportunidad de ir a explorar mis raíces.

—Pues hacia allí estamos yendo. No a la cuenca minera sino a la costa, aunque creo que te gustará. Mi padre era asturiano. ¡Otra cosa que tenemos en común!

Para cuando pasaron el peaje de la A-6 en dirección al noroeste ya había oscurecido. Mientras conducía, movida por un extraño impulso, Lucía contó a ese extraño su vida entera. Le explicó por qué había nacido en el DF mexicano, que con apenas un año se había trasladado a Estocolmo, luego a Madrid, El Cairo, París, Los Ángeles y finalmente de regreso a España, con el fin de empezar su carrera universitaria. Le dijo que estaba divorciada, sin mencionar a Santiago;

que acababa de quedarse huérfana, que su hija estaba a punto de marcharse…

Habló y habló como si alguien hubiese abierto de golpe las esclusas de su alma, necesitada de alivio.

Él la escuchó con atención, aprovechando de cuando en cuando sus pausas para brindarle alguna pincelada de su propia trayectoria: por qué no tenía hijos ni había llegado a casarse, siempre demasiado ocupado en hacer carrera; cómo había terminado por abandonar un trabajo seguro en una empresa de publicidad para lanzarse en busca de un sueño, o hasta qué punto ese viaje, el que le había llevado hasta España y en ese momento a compartir coche y destino con una mujer hermosa, cumplía una vieja fantasía que jamás creyó llegara a materializarse.

Lucía tenía las manos ocupadas en el volante, de modo que le pidió a él encargarse de la música. Julián rebuscó en el desorden de cajas vacías y discos sin funda, hasta dar con un CD de duetos de Armando Manzanero olvidado en el fondo de la guantera. La mayoría eran boleros.

El tiempo voló de tal modo que antes de darse cuenta estaban en la provincia de León, a punto de cruzar el túnel del Negrón que atraviesa la cordillera Cantábrica para desembocar en los valles asturianos. La luna llena bañaba el paisaje de una luz lechosa, espectral, cuyo resplandor contribuía a convertir los campos yermos por los que pasaban en una superficie lunar, y los picos de las montañas en gigantescas almenas de una fortificación imaginaria.

Cuántas veces había oído Lucía contar a su padre la historia de las batallas libradas en esos parajes por sus antepasados descendientes de Pelayo. Hablaba a sus hijos de aquellos primeros reyes, y de los sarracenos a los que habían combatido, con el mismo entusiasmo que mostraba al contarles cuentos.

Ponía en el relato dosis parecidas de saber, emoción y aventura. Él le había contagiado su pasión por la lectura, junto al ansia de aprender.

—¿Ves esta sierra? —dijo a Julián.

—Me recuerda vagamente a los Andes —respondió él, fascinado con el espectáculo que se abría ante sus ojos a través de la ventanilla—, aunque a una escala más pequeña, claro.

—Estos picos separan la meseta castellana de la cornisa cantábrica, habitada originariamente por gentes bravas, indómitas, reacias a dejarse conquistar. Como tus araucanos, que se comieron al pobre don Pedro.

—También tengo sangre española y alemana —adujo el chileno en su defensa.

—Me gusta la india —repuso Lucía, seductora—. ¿Sabías que los cántabros y los astures fueron los últimos en rendirse a los romanos, tras doscientos años de resistencia enconada? Algunos vascones de lo que hoy es Guipúzcoa, la tierra de mi madre, no lo hicieron nunca, y fueron también los astures quienes se levantaron en armas contra los musulmanes. Todos mis abuelos proceden de la cornisa. Tenemos fama de ser duros, resistentes, apasionados y tenaces. Te lo digo para que vayas preparándote...

—¡Calla! —dijo él en tono perentorio.

Lucía habría esperado cualquier respuesta menos ésa. ¿Se habría equivocado de medio a medio con ese hombre? Le miró desagradablemente sorprendida, a costa de perder de vista la carretera, y vio que él había cerrado los ojos e inclinado la cabeza hacia atrás, en actitud soñadora. Al cabo de un instante los abrió y añadió con suavidad:

—Escucha, por favor. Esta canción es increíble.

Era una balada lenta, cálida. Casi un poema hablado acompañado por un piano.

No existen límites, cuando mis labios se deslizan en tu boca.
Inenarrable esa humedad que se acrecienta en mis deseos...
Cuando tu beso se me cuela hasta el alma,
cuando mi cuerpo se acomoda en tu figura,
se acaba todo... y es que no hay límites.

—Es muy hermosa, sí —dijo Lucía—. Hacía siglos que no la escuchaba.

—Pues sigue haciéndolo —pidió él, a la vez que acariciaba su muslo—. Ahora viene la estrofa que canta ella, la mujer...

No existen límites,
cuando me afianzo de ese tiempo en que eres mío.
Ese delirio donde se excede lo irreal, lo inexistente;
y es que lo nuestro nunca vuelve a repetirse,
mira que te oigo hablar y puedo derretirme,
adiós los límites, todo es pasión.
No existen límites,
cuando tú y yo le damos rienda suelta a nuestro amor.

La última nota quedó flotando en el silencio del coche, que rodó un buen rato por la autopista desierta antes de que Julián se atreviera a romper el embrujo.

—Yo no lo habría dicho mejor, señora.

—Yo tampoco, caballero.

Esa misma noche descubrieron juntos que Manzanero no mentía. Lucía se entregó sin reservas y encontró en Julián un pecho abrigado y mullido además de generoso, una boca traviesa, manos tiernas. Respondió a su urgencia con sabiduría, sintiendo que apenas había empezado a saciar la sed de él despertada en su interior por ese primer beso.

Luego se durmieron abrazados.

Se levantaron tarde, pasadas las once, para descubrir, con agrado, que eran los únicos huéspedes del hotel. El propietario y gerente del establecimiento les había dejado preparado un desayuno copioso, a base de pan, fiambre, zumo de naranja, café, magdalenas y bizcocho casero, del que dieron buena cuenta junto a la chimenea encendida. Fuera, el cielo estaba de un color gris plomizo, lo que hacía que la línea del horizonte se perdiera en el mar sin solución de continuidad. La temperatura era suave.

—Te presento Asturias —dijo Lucía con una sonrisa, señalando los prados rodeados de bosque que se veían a través del cristal—. Cuando algunos folletos turísticos pintan a España como una sucesión de playas soleadas, parecen olvidarse de ella. ¡Y no me digas que no es bonita!

—Me gusta. Es justo como la imaginaba. Ahora necesito olerla, caminarla, sentirla en la piel, saborearla.

Había un buen trecho hasta el pueblo, pese a lo cual decidieron recorrerlo andando. Llevaban zapatos cómodos y el paseo discurría por senderos de monte, entre robles, hayas, arces, castaños, abedules y otros árboles de hoja caduca que exhibían una gama infinita de colores otoñales. De vez en cuando un claro les dejaba ver el océano, que a juzgar por la gran cantidad de «corderos» blancos perceptibles desde la distancia debía de estar enfurecido.

—Vas a contemplar la cólera de mi Cantábrico —anunció Lucía con el entusiasmo de una chiquilla—. ¡Me encantan las mareas vivas!

—Ya compartimos algo más, flaca. Tienes que venir a Tierra del Fuego y atreverte a pasar conmigo el cabo de Hornos. Aquí donde me ves no soy mal marinero...

—¡Menos lobos, araucano! —espetó ella burlona, zafándose de la propuesta, por más que el mero hecho de que él la formulara, aunque fuese en broma, le había acelerado el pulso.

Mientras se dirigían a Cudillero, bajando por el tortuoso camino de escaleras y tierra que conducía desde el acantilado al pequeño puerto, Lucía iba contando a Julián que la villa estaba enclavada en un recodo de la costa, invisible tanto desde el mar como desde tierra, y que, según decían sus habitantes, habían sido los integrantes de una expedición vikinga quienes habían fundado la aldea, hartos de guerrear, aprovechando la protección brindada por ese enclave privilegiado. Él escuchaba, observaba y se detenía en cada mirador, empapándose de todo aquello.

Al ser temporada baja, apenas había visitantes foráneos en los bares de la plaza del pueblo, lo que atrajo todas las miradas hacia ellos. En otras circunstancias eso la habría molestado hasta el extremo de empujarla a marcharse, pero ese día estaba tan contenta que no le dio mayor importancia.

Nada más tomar asiento en una terraza, además, ocurrió algo que ya había presenciado en el pasado y que trajo a su mente una catarata de recuerdos, tanto más valiosos cuanto que había dado por sentado, hacía años, que nunca más contemplaría una escena como ésa: a una docena de viejos marinos poniéndose a cantar espontáneamente habaneras en la terraza de enfrente, con un vaso de vino en la mano.

—¡Son formidables! ¿Forman parte de algún coro? ¿Es alguna atracción local patrocinada por la Oficina de Turismo?

—No —respondió Lucía riendo—. Esto no es Disneylandia, es auténtico. Estos hombres han pasado toda su vida en la mar, pescando, sin otro entretenimiento que cantar. Ahora hay dispositivos electrónicos. En sus tiempos mataban las horas de esta forma, improvisando armonías a varias voces. Dime que no es hermoso...

Julián le besó una mano, emocionado.

—Gracias, Lucía. —Se notaba que era sincero—. Gracias por este milagro.

Comieron andaricas también llamadas nécoras, bebieron sidra escanciada vaso a vaso, probaron el virrey, un pescado local que ambos desconocían, escucharon, embobados, un canto sobre una mina que va a morir en la mar y que Julián identificó inmediatamente con su antepasado asturiano, dando por sentado que había trabajado en ella.

Hablaron sin parar.

Antes de regresar al hotel fueron hasta el muelle para que Lucía viese de cerca las olas batiendo con violencia contra las rocas. Era un espectáculo fascinante y a la vez aterrador. El rugido de las aguas semejaba el de una fiera salvaje lanzando espumarajos por la boca. Pese a estar a una distancia prudencial de la rompiente, las salpicaduras les mojaban la cara. El reloj se había quedado gozosamente parado.

—¿Dónde estás? —inquirió él al cabo de un silencio largo.

—Pensaba en lo maravilloso que sería poder hacer con estos momentos como con la comida sobrante en un restaurante, que me los envolvieran en papel de plata para llevármelos a Madrid.

Lucía se dio cuenta de que el amor, o al menos el enamoramiento, estaba embistiendo su corazón con tanta fuerza al menos como la que empujaba al Cantábrico contra la defensa de hormigón levantada por los marineros a fin de proteger sus barcos. Al igual que éste se afanaba en derribar esa barrera de piedra, Julián parecía haberse aliado con los elementos en el empeño de destruir el muro de contención que ella había puesto a sus sentimientos. Claro que ni uno ni otro iban a conseguir su propósito. Las murallas bien construidas no caen así como así.

«Esto es un espejismo —se dijo a sí misma—. No es real. Disfruta del fin de semana y después olvídale.»

Eso era exactamente lo que se proponía hacer.

Regresaron al hotel, exhaustos, después de otra caminata de vuelta por el mismo sendero angosto, alumbrándose con la luz de los teléfonos móviles. Se ducharon con agua ardiendo, sin prisas, disfrutando del placer de enjabonarse el uno al otro. Julián fue al coche a por algo de música, mientras Lucía preparaba unas copas. Como si le hubiese leído el pensamiento, puso a esa noche especial la banda sonora que ella misma habría escogido. Música italiana.

—¿Me concede usted este baile? —propuso él, galante, con ese acento jovial que le hacía irresistible.

Y bailaron con Baglioni y Lucio Dalla, como si por arte de magia hubiesen retrocedido en el tiempo.

Bailaron un lento tras otro, al estilo de antaño, hasta fundirse en un mismo compás al son de la música.

Al abrigo de esa intimidad, Lucía evocó por un instante fugaz la imagen de Fernando y María bailando un tango, como tantas veces les había visto hacer. Sintió una emoción parecida a la que debían experimentar ellos al tener la dicha de compartir algo tan sensual y tan hermoso. Le vino a la cabeza esa canción de Mercedes Sosa cuyo significado iba cobrando sentido: «Durar no es estar vivo, corazón, vivir es otra cosa».

Y vivió ese paréntesis gozoso apurando hasta el último segundo.

7

Estocolmo,
jueves, 25 de octubre de 1962

L a cita que me había robado el sueño era a las doce y media en el número 3 de la Karlavägen, una avenida arbolada de edificios señoriales, alfombrada de hojas secas cuyo colorido parece intentar mitigar la grisura de esta ciudad. Una vía cualquiera, en suma, de un barrio respetable, que se encuentra a unos quince minutos del centro.

He salido de casa con tiempo, a eso de las once, y tomado el tranvía hasta la parada del Palacio Real, en Gamla Stan, con la intención de seguir luego hacia Karlavägen en metro. Me había propuesto llegar media hora antes, apostarme en alguna cafetería cercana y observar. Si Fernando aparecía, subía al piso y permanecía en él más tiempo del razonable para la realización de una gestión burocrática, seguiría sus pasos y le sorprendería en flagrante adulterio.

No he tenido redaños suficientes para hacerlo.

Mira que lo llevaba todo planeado hasta el mínimo detalle. Incluso había ensayado ante el espejo el modo en que le arrojaría a la cara su traición, las palabras exactas que le escupiría, evitando deliberadamente dirigirme a esa mujerzuela a la que una y mil veces he tratado de imaginarme en vano.

Nada.

Pensaba vaciar en él los temores y reproches que se me agolpan en el corazón desde hace días, sin dejarme nada en el tintero; arrancarle la verdad y toda la verdad a cualquier precio. Quería saber, necesitaba conocer a qué me enfrento con el fin de tomar una decisión. Al final me ha faltado coraje, me ha sobrado orgullo o me ha vencido el amor inmenso que siento hacia él, mal que me pese. No lo sé.

Lo único cierto es que me he echado atrás.

He llegado hasta Slottsbacken perfectamente peinada, maquillada, enfundada en el vestido de lunares que tanto le gusta a Fernando y dispuesta a librar la batalla contra las mentiras y el engaño, hasta las últimas consecuencias. Lo he intentado con todas mis fuerzas. En el último momento, empero, en lugar de tomar el metro, he vuelto a subirme al tranvía en dirección contraria, hacia Bromma.

Mejor la duda que la certeza. Me deja un resquicio al que agarrarme para seguir a su lado sin resentimientos, sabiendo que con el tiempo sus pasiones se irán diluyendo, se apaciguarán mis celos y permanecerá el amor que nos tenemos el uno al otro, traducido en una complicidad semejante a la que muestran tener el señor y la señora Crouzier. Una relación plena y serena.

La vida con Fernando estará llena de tormento pero tendrá instantes luminosos que compensen los disgustos. Estoy segura de ello. Si me separara de él no hallaría paz sino tristeza. Lo sé, lo asumo, viviré con esa certeza mientras viva.

Ésta es la última vez que me engaño a mí misma fingiendo anhelar una verdad que prefiero no conocer. Mi verdad, la única que cuenta a mis ojos, es que Fernando es mi marido, el padre de mis hijos y el hombre al que quiero, el que escogí por esposo. Con eso tendrá que bastarme.

¿Dónde iba a ir yo sin él?

Nada más llegar a casa he telefoneado a Paola para invitarla a almorzar. Supongo que ha percibido en mi voz la tensión derivada de lo que acababa de sucederme, porque ha respondido inmediatamente que se arreglaba y venía para acá. Ya no era el momento de salir a comprar, de modo que he pedido consejo a Jacinta sobre lo que podría improvisar y ella ha propuesto una sopa de puerros a la crema de pimienta para empezar y un *soufflé* de queso gruyer como segundo plato. De postre, manzanas asadas.

Jacinta es una fuente inagotable de propuestas culinarias que resuelve con sobresaliente la invitación más comprometida. Una bendición para esta casa.

El reloj no había dado la una cuando entraba por la puerta mi amiga, subida a sus tacones, con unas chucherías para Lucía envueltas en papel de colores.

—*Stai bene?* —me ha interrogado, taladrándome con la mirada.

—Muy bien —he respondido yo, tratando de sonar convincente—. ¿Por qué no iba a estarlo?

—No sé, esa llamada tan intempestiva…

—Ayer tuvimos una cena muy interesante —no era mentira— y quería comentarla contigo, además de preguntarte qué novedades te ha dado George sobre el asunto de los misiles. Sigo terriblemente preocupada por mis hijos, allá en Madrid.

—¿Sólo es eso, estás segura? —ha insistido, con ojos escrutadores repletos de incredulidad.

—Tal vez algo se resaca —he argüido, zafándome lo mejor que he podido—. ¿Qué más iba a ser?

Resulta prácticamente imposible ocultar a Paola una emoción. Posee un sexto sentido extraordinariamente desarrollado para captar aquello que no se expresa con palabras ni se exterioriza en modo alguno, al menos a ojos de la mayoría. Ella ve y oye lo que otros ni siquiera atisban. Claro que posee la virtud de respetar la intimidad ajena. Un don muy raro en este mundo nuestro que tiende a poner todos los focos en cualquiera que aparezca en un momento dado en el escaparate, iluminando en exceso lo que pretendía permanecer en la sombra y dejando en cambio a oscuras a quien necesita luz.

Paola es un ser diferente y único que me atrae y me repele al tiempo sin saber muy bien por qué. Mejor dicho, sí; conociendo perfectamente, en el fondo, el porqué de esa atracción un tanto perversa: es el polo opuesto a mí. La mujer que yo nunca seré.

—Pocas novedades puedo darte. —Me ha seguido el juego, mientras se encendía un Muratti con el mechero de plata en forma de caracola que decora la mesita del salón—. Como te dije, George tiene a media CIA en Estocolmo y está muy ocupado tratando de hallar el modo de sacar a Doliévich de Suecia, después de exprimir al máximo lo que el ruso esté dispuesto a revelar aquí. Llevamos desde el martes sin vernos ni abrazarnos. Hemos hablado por teléfono, eso sí.

—¿Y? —Yo llevaba ya media cajetilla fumada a esas alturas del día.

—Echo mucho de menos sus caricias, su forma descarada de besarme en rincones que ni te imaginas... —Me estaba tomando el pelo a conciencia.

—Me refiero a qué te ha contado. —Yo no estaba de humor.

—La mala noticia es que desde ayer el Mando Aéreo Estratégico de Estados Unidos está en alerta nuclear, que es el último nivel antes de la declaración de guerra. La buena es que se confirma que Kruschev está buscando el modo de salir de este atolladero sin derramamiento de sangre.

—¿Cómo? —Por mucho que oiga hablar a unos y otros, por más argumentos que escuche, no termino de entender la lógica endiablada que rige esta pelea de gallos.

—Verás, María, distintas fuentes occidentales, entre las que se cuentan dos periodistas de Washington, han convencido al premier soviético de que no va a poder mantener sus misiles en Cuba sin ir a una confrontación armada. O sea, que ha pasado el momento del farol y es hora de enseñar las cartas.

—¿Lo que significa que…?

—Él es consciente de lo que se juega y no parece dispuesto a ver cómo una guerra atómica destruye su país, así que trata de hallar una salida honrosa. Dicho de otro modo, ahora que ha visto las orejas al lobo, porque Kennedy no se ha achantado, está intentando dar marcha atrás *senza perdere la faccia*.

De nuevo ha salido a relucir en esta historia la maldita cara, el exterior, las apariencias. ¿Cómo puede pesar más en la mente de los máximos dirigentes mundiales el orgullo que la sensatez? ¿Tan difícil es enfrentarse a la realidad con la humildad necesaria para rectificar, sin más, los errores cometidos?

Oliva nos ha servido un vermut acompañado de patatas fritas, mientras Jacinta termina de preparar la comida. No se ha entretenido más del tiempo indispensable para dejar las bebidas sobre su correspondiente posavasos. Una mirada mía ha bastado para hacerle entender que estábamos hablando de cosas confidenciales y debía apresurarse a dejarnos solas.

En cuanto ha salido, cerrando tras de sí la puerta, he reanudado el interrogatorio.

—¿Hay algún motivo real para pensar que deshará el camino andado antes de que sea demasiado tarde?

—Te repito que la información de la que dispongo hoy es telegráfica —Paola parecía haber adoptado el tono y hasta el lenguaje del espía—, pero la respuesta es sí. Casualmente, el director general de la multinacional Westinghouse estaba ayer en Moscú por cuestiones de negocios y se vio sorprendido por una invitación al Kremlin.

—¡Qué casualidad!, ¿no?

—Fortuita, me dice George. La cosa es que acudió, como no podía ser menos, y fue recibido por el mismísimo Kruschev, quien durante tres horas estuvo desgranando ante él un discurso casi lacrimógeno sobre los beneficios de la paz insistiendo en el carácter meramente defensivo de las armas desplegadas en Cuba.

—¿Y qué tiene eso de bueno? Es lo que viene sosteniendo desde que las rampas fueron descubiertas, ¿no?

—María… —Mi amiga ha tratado de ponerse seria consiguiéndolo sólo a medias—. Yo no evalúo, te cuento lo que sé porque me lo preguntas. Y lo que sé es que los analistas de la CIA interpretan ese gesto como un intento por parte del líder soviético de hallar una salida pacífica a este embrollo. Desconozco cuál pueda ser esa salida, aunque te aseguro que la están buscando tanto en Washington como en Moscú. Más nos vale a todos que la encuentren pronto.

—¡Y que lo digas!

Al menos en ese frente puedo respirar más tranquila.

—George empieza a ver luz al final de este túnel.

—Es tranquilizador oírlo.

—No presume de todo lo que ha hecho a lo largo de su vida ni mucho menos del historial de la agencia para la que trabaja, pero de verdad que es un buen hombre. —Ahora sí, Paola se había despojado por completo del disfraz de frivolidad tras el que se esconde para escapar de sí misma—. Es lo que tú llamarías un hombre de honor.

—¿A qué te refieres con eso de que no presume de lo que ha hecho? ¡No te habrás enredado con un asesino a sueldo o algo parecido!

Me ha lanzado una de esas miradas que me hacen sentir diminuta, torpe, ignorante y al mismo tiempo querida. La mirada de una madre indulgente. Luego ha respondido:

—Que yo sepa, no, aunque tampoco me importaría demasiado...

—¡Paola!

—*Quanto mi piace prenderti in giro!*

—¿Qué?

—Decía que me encanta tomarte el pelo.

—¿Y George? No será peligroso...

—Hasta donde yo sé, estuvo hablando con la mafia de Chicago en busca de un sicario capaz de acercarse a Castro lo suficiente como para matarle, burlando las formidables medidas de seguridad de las que se rodea. Formó parte de un equipo que trató de eliminarle impregnando sus puros con la toxina del botulismo, embadurnando su traje de buceo con esporas del bacilo de la tuberculosis y por supuesto envenenando su comida. A cosas así se refiere cuando dice que no está orgulloso de todo lo que ha hecho.

—Bueno, si sólo es eso, Fidel Castro sigue vivo.

—En efecto, *cara mia*, ese hombre parece tener más vidas que un gato.

—De todas formas no parece cuadrar mucho el honor con los actos de un espía.

—Pues lo es. Ha tenido que mancharse las manos de sangre en alguna ocasión con el fin de hacer el trabajo sucio que nadie más está dispuesto a acometer, sin perder por ello el norte ni olvidar la razón que lo llevó a enrolarse en los servicios secretos.

—¿Tú confías en él? —Habría herido a mi amiga si hubiese insistido más en el escepticismo que me inspira la supuesta honorabilidad de las siglas a las que sirve su amante.

—Lo suficiente para saber que se está dejando la piel en el empeño de evitar que el miedo y la desconfianza mutua nos lleven a una catástrofe que, según él, puede evitarse.

—Esperemos que lo consiga entonces.

—Tú déjalo en sus manos. —Me ha guiñado un ojo, coqueta, recuperando el papel de *femme fatale*—. Él sabe hacer su trabajo. Y ahora cuéntame de una vez por qué tienes esa cara. *Cosa c'è?*

—¡Nada! —He tratado de esbozar una sonrisa que ha debido de quedarse en mueca—. La preocupación, ya te lo he dicho. Y un ligero dolor de cabeza provocado por la resaca y la falta de sueño. Ayer nos acostamos muy tarde.

—*Non ti credo* —ha rebatido ella con firmeza.

—Tonterías. Nada de lo que debas preocuparte.

A fin de zafarme de su mirada escrutadora me he puesto a relatarle con pelos y señales la cena celebrada en la Embajada, poniendo especial énfasis en los coqueteos de monsieur Crouzier. Sabía que ese chisme acabaría consiguiendo que se olvidase de la pena o la inquietud que llevo escrita en el rostro, y así ha sido.

No hay fuerza en este mundo que me lleve a confesar a Paola, o a cualquier otra persona, que esta mañana he estado tentada de espiar a mi propio marido. Cuanto más lo pienso, más me alegro de haberme detenido a tiempo. Al margen de lo que hubiera descubierto, nadie habría quedado más en ridículo que yo.

Hay cosas que una señora no hace.

La verdad es que le estoy cogiendo gusto a redactar este diario. Me produce un alivio inmediato. Esta vida itinerante que llevamos me tiene acostumbrada a tragarme los disgustos sola (¡a la fuerza ahorcan!), y el mero hecho de expresar con palabras lo que siento hace que esos sentimientos parezcan más llevaderos.

No es exactamente lo mismo que tocar el piano, aunque en cierto modo se le parece. Lo único que cambia es el lenguaje.

Sí, decididamente algo tan simple como escribir hace que me sienta mejor, de modo que volvamos a lo que estaba contando.

Oliva ha llamado a la puerta antes de entrar a anunciar que la mesa estaba servida en el comedor.

—¿Tomarán vino las señoras? —ha preguntado, con ese tono un tanto redicho que se gasta cuando hay invitados.

Justo en ese momento ha entrado corriendo Lucía, que iba en babi y zapatillas, con las mejillas encendidas y un rastro de chocolate en la barbilla. Venía a dar las gracias a Paola por los bombones que le había traído. Acababa de terminar su comida en la cocina, rebañando el plato como hace siempre, por lo que Jacinta le había permitido abrir la bolsa y comerse uno de los dulces antes de enviarla a echarse la siesta.

—Guarda alguno para tu hermana, ¡eh! —le ha ordenado Paola, con fingida severidad.

Lucía ha prometido hacerlo antes de darle un beso pringo-
so que mi amiga ha tenido que limpiarse con ayuda de la ser-
villeta. A mí me ha lanzado uno con la mano desde el quicio,
camino de la cama. Iba contenta, canturreando, sabiendo que
cuando se despertara, a eso de las tres y media, saldríamos un
rato al parque de enfrente a montar en los columpios. Después llegaría Mercedes del colegio y se pondrían a jugar, como
hacen siempre. Ellas dos nunca se aburren.

¡Benditos sean los hermanos!

—¿Cuándo nos vamos de compras? —he propuesto, al ver
el estirón que ha pegado mi hija—. Mercedes y Lucía necesitan abrigos para este invierno. ¡Hay que ver lo deprisa que
crecen! Los del año pasado no les sirven a ninguna de las dos.

—¡Cuando quieras! —Paola se conoce al dedillo todas las
tiendas de la calle Kungsgatan y es una de las mejores clientas
de los almacenes Enko—. Me han dado la dirección de un
negocio vintage de ropa del que habla todo Estocolmo.

—¿Vintage? —Mi francés, si es que francesa es la palabra,
no da para tanto.

Paola ha sonreído y negado con la cabeza, en un gesto que
decía algo así como «no me lo puedo creer».

—De segunda mano, dirías tú.

—¿Tú compras ropa de segunda mano? —Me cuesta imaginar a la esposa del embajador de Italia en el monte de piedad, rebuscando entre un montón de trapos—. La verdad es
que me vendría muy bien, porque con dos chicos internos en
un colegio carísimo de Madrid y otras dos aquí, no estamos
Fernando y yo como para gastar una corona de más. Pero lo
último que se me habría ocurrido pensar es que tú aprovecha-
bas ropa ajena.

—Y no soy la única, querida. Todas las señoras chic lo hacen aquí. Así estrenan modelo, incluidos bolso y zapatos, en

cada ocasión señalada. De no ser así, habría que invertir una fortuna para no encontrarse una y otra vez a la misma gente vestida con la misma ropa. ¿Vosotras no habéis descubierto ese truco en España?

—Conocerlo, lo conocemos, pero no recurrimos a él si podemos evitarlo. Y mucho menos tratándose del calzado. Tampoco veo a mis hijos heredando otra ropa que la de sus hermanos o sus primos. Pero debería probar para mí. Mi talla coincide mucho más con la de las suecas que con la media española. Tal vez me hayas descubierto un modo original y barato de renovar mi vestuario.

La llegada de Oliva con el *soufflé* ha interrumpido la conversación. Como de costumbre, Jacinta había bordado el plato, que alzaba su frágil estructura recién salida del molde, perfecta en la forma y a la vez liviana, anuncio de una textura delicada, cremosa, casi vaporosa, como mandan los cánones de la Marquesa de Parabere.

—¡Sírvete antes de que se baje! —la he apremiado, consciente de lo importante que es para nuestra cocinera que sus guisos sean degustados en su punto.

—Da pena destruir esta obra de arte —ha comentado Paola mientras respondía a mi invitación—, aunque lo cierto es que está diciendo «cómeme».

—¡Pues adelante!

Hemos seguido hablando de trapos y otras simplezas, dada mi negativa a entrar con ella en profundidades que no estaba preparada para compartir.

No es fácil digerir sin ayuda lo que me está pasando, aunque lo prefiero a tener que destapar mis intimidades o hablar mal de Fernando ante una persona que, al fin y al cabo, no deja de ser una extraña. Me aferro a la convicción contrastada de que a menudo en esta vida se quiere mejor callando.

¿Qué respondería Paola si le preguntara qué clase de mujeres gustan a los hombres? Probablemente algo parecido a lo que ya sé o cuando menos sospecho, dicho, eso sí, en lenguaje descarnado, con el propósito deliberado de escandalizarme.

No necesito pedir su opinión para oírla pronunciar un juicio así de tajante:

—*Cara mia*, los hombres son todos iguales. Quieren una santa en el salón y una *puttana* en la cama. Como tal cosa resulta muy difícil de encontrar en una misma persona, *si sposano* con una réplica de su madre y sueñan con una libertina que la mayoría acaba buscándose fuera de casa.

¿Qué me va a contar ella, si tiene un amante más joven con el que engaña a su marido? Con eso está dicho todo.

Pero aunque Paola tuviera razón y las cosas fuesen así de simples, algo debo de estar haciendo mal yo, eso es seguro. No soy capaz de darle a Fernando todo lo que él desea o necesita, porque si así fuera él no saldría a buscarlo en otros brazos. Lo cual no obsta para que Paola sea la menos indicada a la hora de dar consejos. Sea cual fuere mi error, no quiero parecerme a ella en ese aspecto.

¿Por qué sigo dándole vueltas a este asunto que no deja de ser una mera sospecha? ¿No había llegado a la conclusión de que no quiero saber? Tengo que dejar de pensar en la tal Inger y la maldita cita que tenía con Fernando esta mañana, porque de lo contrario voy a terminar haciendo alguna tontería o volviéndome loca.

A todos los hombres les atraen las mujeres guapas, no hay más. Y cuanto más hombres son ellos, con más fuerza les atraen ellas. A casi ninguno le gustan las que les llevan la contraria o les amargan con sus problemas y sus celos. Esto es algo que debo resolver yo.

En el matrimonio hay que aguantar muchas cosas e incluso fingir que no duelen. Por el bien de la familia hay que aguantar y callar.

De ahí que no quisiera entablar esta conversación con Paola. Estaba segura de que acabaría recomendándome hacer lo que no debo y haciéndome decir lo que no quiero: que me aterra la posibilidad de que Fernando se haya enredado con otra porque yo he dejado de gustarle. Que desde que nacieron los niños sólo en contadas ocasiones, como durante aquel viaje mágico a Cuzco, ha vuelto a mirarme igual. Que en días como hoy cambiaría todo el afecto y la admiración que siente hacia mí como madre de sus hijos por unas gotas de la pasión que seguramente enciende en él esa otra mujer.

No quería hablar. No debería haberlo hecho, pero he sido incapaz de resistirme y he terminado abriéndole a esa amiga italiana las heridas de mi pecho.

Con alguien tenía que desahogarme.

Tal vez porque el peso de este miedo aumenta de día en día. Tal vez, sencillamente, porque ayer Bebo Valdés tocó precisamente esa canción de Machín, la que habla de un corazón loco, al final he sido yo la que ha destapado la caja de los truenos, tratando de disimular lo que en realidad me interesaba con un rodeo en la pregunta que ha sonado cursi, pueril y sobre todo falso.

—Volviendo a George —he tratado de parecer natural— y parafraseando el bolero, ¿cómo puedes amar a dos hombres a la vez y no perder la cabeza?

Ojalá hubiese logrado imprimir a mis palabras el tono desenfadado que pretendía impostar, en lugar de hacer pura y llanamente el ridículo.

La velada en casa de los Chávez, la víspera, había discurrido por los cauces habituales en los últimos días, mezclando en la coctelera mucha política y encendidos debates sobre los actos y las personalidades de Kennedy y Kruschev, aunque a la hispana; es decir, sin más formalidades que las estrictamente indispensables para cumplir con las normas de la educación.

Estábamos entre amigos.

Manuel, nuestro anfitrión, es hijo de una asturiana emigrada a principios de siglo a América, junto a su familia, en busca de pan y trabajo. Ese hecho resultó determinante en su día para vencer la hostilidad que despierta en muchos mexicanos el nombre de España, en particular cuando va acompañado de un pasaporte diplomático.

Al poco de llegar nosotros a México alguien le presentó a Fernando en un acto benéfico, diciéndole que había nacido en Oviedo, e inmediatamente se pusieron a hablar los dos de lugares que Manuel sólo conocía de nombre, aunque los sintiera como propios: Luarca, Navia, Puerto de Vega y demás localidades vecinas a la Coaña natal de su madre.

Tan sólidos fueron los puentes que tendió esa procedencia común, que a los pocos días nos invitó a su casa en el DF, cosa extraordinaria habida cuenta de su condición de alto funcionario con carnet del Partido Revolucionario Institucional, difícilmente compatible con la de Fernando, representante oficioso, que no formal, del régimen de Franco. Por encima de esa circunstancia prevaleció, desde el primer día, el carácter de paisanos.

Durante el año y medio que duró nuestra estancia en ese país los dos matrimonios nos hicimos prácticamente inseparables, hasta el punto de fueron Consuelo y Manuel quienes actuaron de padrinos de Lucía en representación de mi hermano y su mujer, que son los que figuran en el registro de la Iglesia.

Ahora, por un azar del destino, hemos coincidido aquí, donde Manuel desempeña algún tipo de labor relacionada con los vínculos comerciales existentes entre su país y Suecia, que están en plena expansión.

Cada vez que Manuel y Fernando se enzarzan en una discusión ideológica saltan chispas, a lo cual contribuye el hecho de que suelen hacerlo después de haberse tomado una buena cantidad de copas. Luego acaban proclamando que, en el fondo, sus posturas no están tan alejadas como pudiera parecer a primera vista, y por último brindan por la hermandad entre los pueblos de España y México, hijos de una misma madre.

Ayer noche no fue una excepción.

A la cena estábamos invitados únicamente nosotros y un músico cubano recién llegado a Estocolmo, aparentemente soltero a pesar de no ser un niño. Su nombre, Bebo Valdés, no me había dicho nada, pero al verle de pie ante mí en el salón de nuestros amigos, con una chaqueta de esmoquin blanca que resaltaba el color carbón de su piel, además de sus hechuras de coloso, lo identifiqué al instante por haberle visto actuar en La Habana. La suya no es una fisionomía fácil de olvidar, aunque lo que más haya pesado en mi recuerdo sea su enorme estatura artística.

—Maestro —le saludé, sinceramente asombrada—. ¡Qué sorpresa encontrarle aquí!

—Señora. —Se inclinó levemente con galantería para besarme la mano enguantada, mostrando dos hileras de dientes blanquísimos—. ¿Nos conocemos?

—Usted a mí no —dije riendo—. Yo a usted sí. Admiro su

música y he tenido ocasión de escucharle tocar el piano, con enorme placer, debo decir.

—¿En Cuba?

—Si no me equivoco, exactamente en el Roof Garden del hotel Sevilla.

Acababa de lograr captar la atención de un hombre evidentemente acostumbrado a despertar interés en las mujeres, lo que me produjo una sensación extraña. ¿Quién no se habría sentido halagada? Valdés era tremendamente atractivo y estaba allí, plantado ante mí, con aire despreocupado, como si su presencia en esta ciudad helada no fuese una incongruencia; un misterio que terminó por desentrañarse, aunque la explicación tardara en llegar.

Andaría a medio camino entre los cuarenta y los cincuenta, muy bien llevados. Era lo que en Cuba se denomina un moreno guapo, de pelo corto ensortijado, frente amplia, labios carnosos, ojos levemente rasgados, mirada penetrante. Le sacaba un palmo de estatura a Fernando, que no es precisamente bajito, y exhibía unas espaldas anchas, acentuadas por las hombreras de la chaqueta un tanto pasada de moda, perfectamente proporcionadas al resto de su cuerpo y en particular a unas manos perfectas. Manos habituadas a la manicura, elegantes, delicadas, ágiles, cuyos dedos interminables alcanzaban holgadamente una octava y media del teclado. Manos de pianista.

Nos habíamos quedado mirándonos el uno al otro embobados, como buscando el modo de seguir la conversación, sin que yo pensara siquiera en despojarme del abrigo. Afortunadamente nadie pareció reparar en ello, porque Consuelo ordenó con naturalidad a su doncella que me ayudara a quitármelo y se lo llevara al ropero, junto a la gabardina de Fernando, antes de traer unos aperitivos.

Terminados los saludos, fuimos invitados a charlar un rato en el salón, antes de pasar al comedor. Yo sentía una curiosidad tremenda por saber qué hacía un artista como aquél en la residencia de los Chávez, que se encuentra en Östermalm, el distrito más exclusivo de la capital sueca, aunque no tuve ocasión de preguntar.

Ignorando los principios más elementales de la diplomacia, como hace con cierta frecuencia, Fernando se me adelantó, aprovechado su amistad con Manuel para ir directamente al grano.

—¿Junto a Kennedy o con Castro? —disparó sin preámbulos—. ¿Dónde está ahora mismo tu gobierno?

El cubano, Consuelo y yo nos miramos con ojos llenos de incredulidad. El interpelado soltó una carcajada sonora.

—¡Pinche, paisano, ¿comiste chile al mediodía o viniste ya tomado?! —espetó nuestro anfitrión.

—No me digas que debo andarme por las ramas contigo, compadre —respondió Fernando, en ese tono irritado que emplea cuando trata de disimular su impaciencia sin lograrlo—. ¡Tuviste a mi hija pequeña en tus brazos en la pila bautismal! ¿Tengo que recurrir a circunloquios para saber lo que vas a terminar contándome de todos modos?

—Es que no esperaste ni al primer martini, hermano —repuso Manuel, más divertido que ofendido por lo agresivo del interrogatorio—. ¿Tan mal anda de información tu Embajada?

—No te hablo en calidad de diplomático sino de amigo y padre de familia. —Fernando había cambiado el gesto de repente, dibujando un rictus severo en su rostro hasta entonces relajado—. Tengo a Miguel y a Ignacio, a quienes conoces perfectamente, internos en España. Estoy realmente preocupado.

Esa confesión me dejó sin palabras. ¿Significa que no ignora lo que le digo, que no lo echa en saco roto por mucho que aparente hacerlo, o es que piensa desde el principio lo mismo que yo aunque el orgullo le impida darme la razón?

Este marido mío no deja de sorprenderme. Es como una montaña rusa. O te lleva a lo más alto o te hunde en la miseria. En cualquiera de los casos, has de armarte de paciencia y aceptar que te desquicie.

Nuestro anfitrión optó desde el primer día por quererle y en eso sigue, pese a las peleas a muerte en las que se han enzarzado. Los dos son de sangre caliente, muy parecidos hasta en el físico. Manuel es, al igual que Fernando, el prototipo del latino en el mejor sentido del término. Consuelo, una belleza mexicana racial, de piel cobriza, llena de curvas. Valdés, un verdadero «caballón», como, según nos contó, le apodaban en su tierra siendo más joven.

Ayer quien desentonaba en la velada era yo.

—Está bien —cedió Manuel a la presión, después de apurar de un trago una copa de ginebra seca, perfumada con dos gotas de martini blanco, a la que una aceituna pinchada en un palillo trataba de poner un toque glamuroso—. No creo revelarte ningún secreto si te digo que mi presidente siente una notable simpatía hacia la revolución cubana.

El músico le lanzó una mirada torcida, murmurando al mismo tiempo algo que no alcancé a comprender.

—Entiéndelo, Bebo —añadió nuestro anfitrión a modo de disculpa, dirigiéndose directamente a él—. Mi país abre los brazos a todos los exiliados. ¿Dónde estuviste tú antes de llegar aquí? En México. ¿Dónde fueron los gallegos derrotados en la Guerra Civil? A México. ¿Quién acogió a Fidel Castro cuando se marchó de Cuba después de que Batista lo amnistiara? A México. Allí preparó lo que luego empezó en la Sierra Maestra. Somos gente solidaria con los revolucionarios del mundo, sea cual sea su causa.

—¿Cómo de solidarios? —Fernando volvía a la carga, negándose a recoger el guante que le había lanzado el mexicano—. ¿Hasta el punto de enfrentaros al poderoso gringo del norte?

—¡Quia, mano! —respondió Manuel con su acento cantarín, acompañando la expresión de un elocuente movimiento de cabeza—. Nosotros no hemos intervenido en una guerra desde lo de El Álamo. Los mexicanos somos pacíficos.

—¿Neutrales en esta crisis? —inquirió por tercera vez Fernando.

Se notaba que Manuel estaba empezando a cansarse, pese a lo cual contestó:

—López Mateos ha respaldado abiertamente, como sabes, el movimiento de los Países No Alineados. En cuanto a esta chingada de los misiles, me cuentan que Kennedy lo llamó personalmente hace unos días para saber cómo reaccionaría el país si estallaban las hostilidades. El presidente estaba enfermo y no se puso al teléfono.

—¿Y eso qué significa? —terció Valdés, que a esas alturas estaba tan interesado como el que más en el asunto planteado.

—¡Qué madre de noche me están dando entre todos! —protestó el interrogado, levantando su copa vacía a fin de que Consuelo le trajera otra—. Eso quiere decir que quien atendió la llamada fue el secretario de Gobernación, Gustavo Díaz Ordaz, quien tranquilizó al yanqui diciéndole que México era y pretendía seguir siendo ajeno al conflicto.

—Eso deja bastante solo a Castro —apuntó Fernando.

—Solo con los rusos —le corrigió Manuel—. Y ese Kruschev es un pinche duro de roer. No va a dejarse amedrentar así no más. La cosa se ha puesto fea. En el DF, por si acaso, estos días los federales andan avisando bajo el agua a todos los agentes cubanos de que no se les permitirá utilizar el territorio mexicano para operaciones de espionaje o propaganda contra Estados Unidos. Incluso se han producido detenciones de supuestos turistas que andaban alborotando más de la cuenta.

—De modo que no tenéis intención de inmiscuiros en el asunto —dedujo Fernando.

—Estate tranquilo en lo que respecta a nosotros, hermano —asintió su compadre—. Ni vamos a proporcionar a Fidel una base para exportar su revolución, ni a Kennedy un pretexto para chingarnos.

Consuelo aprovechó ese momento para pasar una fuente con tacos de maíz y varias salsas (moles, dicen ellos) en las que mojarlos, tratando de poner un punto y aparte a la conversación. Fue en vano. Fernando no había dicho la última palabra ni pensaba renunciar a hacerlo. Por más que Manuel hubiera dado muestras claras de querer concluir con el asunto, él siguió erre que erre.

—Es una postura inteligente y acorde con lo que han hecho vuestros vecinos del norte y del sur. Canadá ha respaldado abiertamente el bloqueo decretado por Washington, como ha hecho la Organización de Estados Americanos prácticamente por unanimidad, con la única excepción de Uruguay, cuyo representante no había recibido instrucciones de su gobierno. Perú incluso se ha comprometido a enviar tropas si es necesario, al igual que Argentina…

—Donde los militares dieron un golpe hace seis meses —apostilló Manuel.

—Mira qué suerte para Kennedy —ironizó Fernando—.

Así puede aducir ante Kruschev que toda América, sin excepción, está con él en esta crisis.

La cena discurrió por el mismo carril. Política y más política.

Resumiendo lo esencial, nadie está seguro de que el bloqueo vaya a detener a los barcos soviéticos, a punto de entrar en colisión con los buques de la armada estadounidense, y mucho menos a los submarinos atómicos que transitan a estas horas por esas aguas. Algunos dicen que cuatro y otros que más. ¿Acaso importa? Uno sólo basta y sobra para desatar el Apocalipsis.

Con todo, el ambiente ayer estuvo algo más relajado que la víspera, no sé si porque realmente el conflicto se halla en vías de solución o porque los latinos tendemos a tomárnoslo todo con resignación y alcohol. Seguramente sea esta segunda razón la que explique lo distendido de los cauces por los que discurrió la reunión, sin renunciar a la polémica.

Manuel aprovechó para cargar contra los norteamericanos, que no gozan de su simpatía, acusándolos de pretender imponer su voluntad imperialista a todo el continente. Fernando salió en defensa de su admirado Kennedy, lastrado en su opinión por la pesada hipoteca heredada de su predecesor, al permitir que Cuba se haya convertido en una base soviética desde la cual se amenaza a todo el hemisferio occidental y se quiere extender el comunismo por toda la América hispana.

—Él mismo lo reconoce al declarar que pretende convertir la cordillera de los Andes en la Sierra Maestra de América. Se sabe fuerte bajo la protección de los rusos.

—El bloqueo gringo tal vez pare a los soviéticos —sentenció nuestro amigo, ansioso por cambiar de tercio—, pero no hará claudicar a los cubanos.

—Para empezar no es un bloqueo propiamente dicho

—rebatió Fernando—. Cuba puede seguir exportando su azúcar y su tabaco a la vez que recibe alimentos, medicinas, combustible o cualquier otro producto excepto armas. ¡Miento! Hasta armas puede comprar, siempre que no sean ofensivas.

—Llámalo como quieras, gallego. Yo conozco a Fidel y te digo que es un tipo listo. Ya lo demostró en su día, al convencer a los propios gringos de que no era un comunista, sino un idealista decidido a restaurar la libertad y la justicia en Cuba con su revolución color verde oliva, que no rojo. Ahora utilizará esos barcos contra quienes los mandan y logrará enterrarlos a todos. Él no va a rendirse como hizo Batista en la Nochevieja del 58. Su régimen aguantará, te lo digo yo. Ha devuelto la dignidad a los cubanos. A él le respalda el pueblo, aunque haya cometido errores.

—¿Errores? —Fernando estaba encendido—. Castro es y siempre ha sido un tirano. Nunca tuvo la intención de reformar nada ni instaurar una democracia. Fíjate lo que tardó en nacionalizar la banca, poner al frente de la nueva entidad a un marxista declarado como Ernesto Che Guevara y condenar a veinte años de prisión al jefe militar de la provincia de Camagüey, Matos, que se había opuesto públicamente a ese giro. El pobre Matos y todos los que se atrevieron a levantar la voz están entre rejas o bajo tierra, como Camilo Cienfuegos, cuya muerte prematura resulta más que sospechosa. La revolución sólo ha cambiado a un dictador por otro.

—Los gringos habían convertido la isla en un prostíbulo. —Ahora era Manuel quien elevaba el tono con vehemencia—. Tal vez vosotros no lo vierais cuando estuvisteis allí, pero eso era Cuba antes de Castro: un paraíso para amantes del juego y del sexo con niñas dispuestas a cualquier cosa por ganarse unos dólares para comer.

—Ya veremos en qué se convierte ahora —replicó Fernando con amargura—. De momento, se multiplican los juicios sumarísimos seguidos de fusilamientos, se han suspendido todas las libertades, y millares de ciudadanos españoles han sido expoliados de sus propiedades de un día para otro, al igual que muchas compañías norteamericanas. Si eso te parece aceptable, nunca nos pondremos de acuerdo.

El músico, que había permanecido atento a la discusión mientras comía con apetito, repitiendo de todos los platos y añadiéndoles a todos picante pese a estar ya muy condimentados, decidió entonces romper su silencio.

—Perdonen que me meta donde nadie me llama, pero es que yo he vivido en persona eso de lo que ustedes hablan.

—Claro que sí, Bebo —le animó Consuelo, tratándole con la familiaridad reservada a los viejos amigos—. Queremos escuchar tu opinión. A mí es la que más me interesa, de hecho.

—Yo no soy político —dijo él, e inmediatamente frenó en seco, buscando las palabras más adecuadas para expresarse sin incomodar a nadie—. No soy político —repitió— pero ese sistema… no me va. No digo que sea mejor ni peor, pero no me va.

—Tú sangras por tus heridas, prieto —le echó en cara Manuel, añadiendo a su afirmación un apelativo amistoso que en Cuba significa «negro».

—Tal vez sean mis heridas, sí —repuso el aludido, sin inmutarse—. ¿Por qué negarlo? ¡Son bien reales! A mí trataron de reclutarme para la revolución por las buenas y por las malas. Me exigieron que apoyara públicamente a Fidel, como habían hecho otros compañeros del mundo del espectáculo. Vinieron a buscarme con promesas y con amenazas. Y como siempre me negué, como no quise integrarme, me botaron de todas partes hasta que tuve que elegir entre ir preso, el paredón, o marcharme. Me marché.

Con toques de humor, algún comentario ácido, rabia al evocar el paraíso perdido, dolor, nostalgia, y esa sensualidad inteligente y rápida que brinda a los cubanos un encanto tan especial como único, el náufrago nos contó su historia. Transitaba por los escenarios de mis años más felices.

En 1944, mientras Europa trataba de sobrevivir a la destrucción pavorosa de la guerra, y en España se pasaba mucha hambre, Bebo Valdés tenía dos buenos trabajos como pianista en La Habana, que le permitían mantener holgadamente a su mujer, dos hijos de corta edad, sus padres y cinco hermanos demasiado jóvenes para ganarse el pan por sí mismos.

Cuba no era todavía el gran cabaret que llegaría a ser, pero había oportunidades para alguien que, como él, tenía talento sobrado y ganas de aprovecharlo.

—Poco después, en el 47 —recordó el Caballón con su característico humor negro—, me acusaron de ser comunista, igual que a Celia Cruz y a algunos más. ¡Las vueltas que da la vida! ¿Comunista yo? Nunca he sido comunista. Soy un hombre democrático. Mientras tú no infrinjas la ley, haz lo que te dé la gana, pero no me obligues a mí a hacer lo que tú haces. ¿Es pedir mucho?

Sin esperar respuesta, siguió desmenuzando su relato con mayor soltura a medida que avanzaba, contándonos que la emisora de radio para la que trabajaba en ese tiempo pertenecía a un socialista, lo que había motivado la citada acusación y el subsiguiente exilio temporal en Haití. Más adelante vendrían otros, todos ellos amargos, con distintos grados de dureza. Antes iba a conocer el sabor del éxito durante una década, en el club cuyo nombre trae a mi mente el color y el fuego de los flamboyanes unido a la elegancia altiva de los magnolios: Tropicana.

—Fueron los mejores diez años de mi vida —confesó Bebo.

Yo pensé, sigo pensando, que de la mía también.

La Habana entonces olía a gardenia y a salitre. Tropicana era un jardín, cuajado de flores y frutas, donde el verde exuberante de las plantas competía en vistosidad con la decoración del escenario, cambiante según el espectáculo aunque siempre exquisita. No creo que pueda lograrse crear un ambiente más sorprendente y acogedor a la vez, más cálido, más exclusivo que el de ese cabaret sin parangón en el mundo.

Ir a cenar o a tomar una copa en Tropicana era garantía de disfrute. Nunca he visto cuerpos más perfectos que los de esas bailarinas ni coreografías tan originales como las que ejecutaban, impecablemente, aunando una rigurosa formación en ballet clásico con la voluptuosidad felina que da esa tierra.

Los montajes de Tropicana eran soberbios; el vestuario, deslumbrante; la escenografía, versallesca; la orquesta, capaz de resucitar a un muerto. Los americanos que acudían a jugar en el casino instalado en uno de los salones, o a beber en cualquiera de sus cuatro bares, se quedaban con la boca abierta. Apuesto a que no hay en Estados Unidos un club parecido a ése. Ni tampoco en España, por supuesto.

Tropicana fue el lugar en el que celebramos Fernando y yo la alegría de esperar a Mercedes, Miguel e Ignacio. Allí, sobre una pista cubierta por una inmensa cristalera, aprendimos el mambo que triunfaba en esos años y nos hicimos expertos en el fox-trot, el tango, el bolero y el chachachá. En esa atmósfera húmeda, tórrida, perfumada, descubrí el verdadero significado de la palabra «sensualidad».

Nunca he sentido tan mío al hombre con el que estoy casada como bajo el cielo infinito de sus noches estrelladas.

Había sido tan vertiginosa la aventura que nos condujo a Fernando y a mí hasta ese vergel, tan rotundamente sólido el amor que me impulsó a cometer la locura de acompañarle…

Después de la boda, celebrada en San Sebastián, mi hermano Pachi nos llevó en su automóvil hasta Madrid, donde debíamos tomar el avión de Iberia a La Habana. Viajaba con nosotros Pepita, la chica que tuvimos durante esos años, hasta que se casó con el novio que había dejado en España. Ella estaba nerviosa, yo no.

Vuelvo la vista atrás y me pregunto cómo es posible que aceptara esa vida sin pensármelo, sabiendo que marcharía al otro lado del Atlántico dejando atrás no sólo mi casa y mi país, sino a todos mis afectos, a mis amigas de siempre, a mi familia. La respuesta es él, Fernando.

Lo habría seguido al fin del mundo.

Lo seguiré a donde vaya.

Corría el mes de mayo de 1952. En Madrid nos alojamos en el hotel Ritz, aprovechando que era el Ministerio de Exteriores el que pagaba la estancia. Fueron apenas tres días que disfrutamos al máximo, yendo de aquí para allá de la mañana a la noche.

Yo sólo había estado en la capital un par de veces, una de ellas para convalidar mi título de profesora de piano. Fernando en cambio se movía por esas calles como pez en el agua. Me llevó a ver toros en Las Ventas, a comer callos en Casa Alberto, uno de los mejores restaurantes de la ciudad, a tomar una copa en Chicote y a bailar en Pasapoga. Me enseñó la Rosaleda y la Biblioteca Nacional. Recorrimos del brazo los alrededores de Cibeles y Gran Vía, parándonos a ver los escaparates de las joyerías.

Estábamos enamorados.

El día 27, a las nueve de la noche, embarcamos rumbo a la isla. Era la primera vez que subía a un avión y aguardaba la experiencia con emoción, tratando de imaginar cómo sería por dentro el aparato, un Super Constellation, que iba a trasladarnos por los aires.

Aunque todavía hoy me sorprende sobremanera que una cosa tan grande y pesada pueda volar, el avión resultó más cómodo de lo que pensaba, con asientos relativamente confortables, que podían reclinarse, y un servicio esmerado por parte de azafatas encantadoras además de guapísimas, a decir de Fernando. Nos dieron de cenar estupendamente, acompañando el menú de vino tinto y champán, y al poco sucumbí al sueño. Pasé buena parte del vuelo durmiendo.

Fernando tiene razón al decir de mí que soy «plácida». Trato de serlo y lo fui siempre hasta que llegaron los problemas, que todavía hoy asumo de manera bastante más serena que él. ¡Menos mal! En caso contrario, ya no quedarían muebles ni vajilla en casa.

En nuestro matrimonio él pone el carácter y yo la mano izquierda. Él grita, yo templo gaitas. Incluso ahora es difícil que llegue a perder la calma con la que desembarqué hace diez años en La Habana, una mañana soleada, dispuesta a disfrutar de una experiencia ante la que muchas de mis amigas se habrían sentido acobardadas. Para mí se trataba de un regalo.

La Embajada de España en Cuba, donde tendría su oficina Fernando, estaba situada en la esquina de Cárcel con Zulueta, frente a la fortaleza del Morro, a dos pasos del Malecón. Esto es tanto como decir que se encontraba en la zona más antigua y más bonita de una de las capitales más hermosas del mundo, al menos tal como yo la recuerdo.

No existe una ciudad comparable a La Habana, donde la música esté presente en cada rincón, las calles exhiban una opulencia semejante y el descaro de las gentes sea tan deliciosamente provocador.

La Habana es única por su alegría.

En aquel entonces sí que yo no prestaba la menor atención al trabajo de mi marido. Él solía contarme, como ha hecho siempre, las vicisitudes de su jornada, comentándome los acontecimientos del país. Yo oía pero no escuchaba. Estaba demasiado ocupada con la casa y la ajetreada vida social que llevábamos. Por primera vez en mi vida me estaba divirtiendo de verdad, de un modo que en San Sebastián ni siquiera habría soñado.

A mis ojos, como a los de Bebo, esa Habana, la que conocí a principios de los cincuenta, era un paraíso.

Ayer Manuel nos acusó de frívolos al pianista y a mí por ignorar el sufrimiento de los campesinos oprimidos que acabaron alzándose en armas contra Batista. Ni Bebo ni yo nos atrevimos a rebatirle. ¿Para qué? Él tiene sus opiniones; nosotros, nuestra memoria.

La mía empieza y termina entre sábanas de cuna por estrenar, fiestas prolongadas hasta altas horas de la madrugada, modelos vaporosos, bailes y aperitivos consumidos en alguna terraza aireada, como ésa situada frente a la catedral, en una de las plazas más bonitas de la ciudad, donde siempre había una orquesta tocando boleros.

La de Valdés incluye tiempos más duros.

Las noches de Tropicana acabaron abruptamente para él después de que una bomba colocada en un bolso de mano junto al escenario, a dos pasos del piano, volara un brazo a una criatura de diecisiete años. Al músico lo salvó milagrosamente un árbol situado estratégicamente, que lo protegió del impacto aunque no impidió que decidiera marcharse definitivamente de allí. Así fue como llegó a tocar regularmente en el hotel Sevilla, en cuyo impresionante Roof Garden, un salón ubicado en la última planta del edificio, con vistas a toda la ciudad, lo había descubierto yo, años atrás, actuando en una celebración privada.

—¿Sigue abierto ese hotel? —inquirí al oírselo mencionar—. Su barman era, para mi gusto, el mejor de La Habana. Su hall, el más elegante. El increíble paisaje urbano que se contemplaba desde la terraza, con el Capitolio en primer plano, carecía de parangón. Y su piscina resultaba sumamente acogedora en cualquier época del año, con sus jacarandas y sus flamboyanes.

—Seguía abierto —respondió el pianista con cierta melancolía— en agosto del 59, que fue cuando se me acabó el contrato. Y después también, aunque cerraron el casino. El que había en el Sevilla y todos los demás. Clausuraron igualmente bares y cabarets, alegando que eran antros de prostitución en manos de la mafia norteamericana.

Se detuvo un instante, como para ordenar los recuerdos, antes de concluir, bañando sus palabras en tristeza:

—Los turistas dejaron de venir, claro, los músicos comenzamos a sobrar, y a los que tocábamos con una orquesta nos impusieron comisarios políticos que no conocían ni las notas. Se terminaron las amistades y empezaron las venganzas, las envidias que acababan en denuncias, las traiciones. Cuando vi que no podía más, decidí largarme sin despedirme ni de mis músicos ni de mis hijos. No podía.

Fernando me diría que imito a los avestruces y escondo la cabeza en la arena, pero no quiero saber nada de esta Cuba que nos ha traído hasta donde estamos, a dos pasos de otra guerra. Prefiero atesorar las imágenes de la que yo conocí. Era más luminosa y no tenía olor a pólvora.

Aprovechando las últimas palabras de Valdés, dichas en tono sombrío, Manuel trajo a colación un episodio que ya le había hecho enzarzarse en su día con Fernando en una disputa encendida. La cuestión volvió a dar lugar ayer a grandes voces, aunque los efectos de la bebida hicieron que los gritos se vieran acompañados de risas.

¡Gracias a Dios!

—El que no se marchó fue tu embajador. —El mexicano buscaba pelea mofándose de un hombre por quien Fernando no oculta su admiración—. ¡Un gran patriota ese Juan Pablo de Lojendio!

—No empecemos… —trató de escaparse Fernando, que se conoce bien y sabe lo poco que necesita para acabar discutiendo.

—¿Qué fue de él? —insistió nuestro anfitrión—. Supongo que premiarían su gesto con un buen puesto en el ministerio…

—Pues te equivocas. Franco en persona pidió su cabeza, después de que Fidel le declarara persona non grata, y lo mandó al pasillo una temporada, antes de permitir que fuera destinado a un puesto inocuo en Suiza.

—¡Qué me dices! —Manuel estaba realmente impresionado por esa información.

—Lo que oyes. El Caudillo hace esas cosas. —El alcohol había soltado la lengua a Fernando más de lo razonable, hasta el punto de pronunciar el término «Caudillo» con cierto retintín—. Muestra así su gratitud hacia los que sirven a nuestro país: enviándoles a un motorista con el anuncio de su cese. Si Castro resiste a este embate, tal como auguras tú, creo que Franco y él se entenderán bien.

Estábamos ya en el salón. Consuelo había ido a ver cómo se encontraba su hijo pequeño, que se había acostado con fiebre, y yo me conocía a la perfección la anécdota del marqués de Vellisca, que hace un par de años, estando nosotros en México, tuvo los redaños de presentarse en los estudios de la televisión cubana, abrirse paso hasta el plató en el que Castro estaba hablando mal de España, y rebatirle en directo, sin dejarse intimidar por las amenazas.

Ese acto valeroso casi le cuesta la carrera.

El momento me pareció perfecto para reanudar la conversación con Bebo, que había quedado interrumpida por la cena.

—Mis tres hijos mayores son cubanos como usted…

—¿En serio? —Su sorpresa era genuina.

—Bueno, nacieron en La Habana. Exactamente en la Clínica del Rosario, que estaba en el Vedado, muy cerca de nuestra casa, aunque son españoles. ¿Usted tiene hijos?

—Cuatro, de dos madres distintas —me contestó con naturalidad—. Nunca he sido un santo con las mujeres —se le notaba—, pero ni a ellas ni a ellos les faltó nunca de nada mientras yo pude trabajar en Cuba, se lo garantizo. Siempre les di dinero. No sé qué será ahora de ellos. Todos siguen allá, al igual que mis padres. No creo que los vuelva a ver.

No me pareció prudente seguir por ese camino, de modo que cambié el rumbo.

—¿De qué conoce a Consuelo y Manuel?

—A ella la conocí en los escenarios antes de que se retirara. Usted sabía que fue cantante, ¿verdad?

Asentí.

—Nunca tuvimos nada, ya me entiende, pero entablamos amistad. Antes de venir a Suecia pasé por México, donde recuperamos el contacto. Llegué allí sin un peso en el bolsillo y después de firmar un papel en el que decía más o menos «¡viva la revolución!». Si no lo firmo, no me dejan salir...

—Es un país precioso, México —apunté, tratando de evitar a toda costa volver a enfangarnos en la política—. Nosotros estuvimos destinados en el DF un año y medio, antes de venir a Estocolmo. La gente es particularmente cariñosa...

—Unos más que otros —repuso él, sarcástico.

—No le entiendo...

—Verá usted —se explicó—. Yo estuve muy a gusto en México, hacía mi música, grababa y trabajaba en la radio, hasta que el sindicato de músicos empezó a hacerme la vida imposible. Fue después de lo de Bahía de Cochinos. Un periodista me preguntó qué me parecía aquello y yo respondí lo que pensaba de Castro. Ya le he dicho que nunca me ha gustado.

—Tampoco a mí...

Seguimos hablando del precio de la libertad, de lo duro que es estar lejos del hogar, de lo mucho que se extraña a los padres y a los hijos, de la dificultad de moverse por un país sin hablar la lengua y de otras muchas cosas trascendentes y banales.

Parece mentira que pueda tener yo algo en común con un exiliado político cubano, mulato y pianista, pero lo cierto es que lo tengo. Por eso conectamos tan bien ayer, aunque dispusiéramos de muy poco tiempo para hablar. Su experiencia es tremendamente más cruda que la mía, por supuesto, lo que no nos impide compartir sentimientos: nostalgia, añoranza, soledad y amor por la música.

Claro que él toca el piano. Yo lo aporreo.

Ha venido a Estocolmo contratado por el propietario del Gröna Lund, el parque de atracciones que está en Djurgården, junto a Skansen, muy cerca de la Embajada. El sábado, si Dios quiere, iremos a verle actuar en el Tyrol.

—¡Tócanos algo, Bebo!

Consuelo había vuelto de su inspección, animada. Rellenó las copas personalmente, sacó unos bombones, vació los ceniceros llenos de colillas y señaló al invitado el flamante Burmeister de caoba que aguardaba junto a la pared.

—Por favor...

—Sólo si tú me acompañas cantando —repuso el músico al punto.

Todos secundamos la propuesta con entusiasmo. Ella tiene una voz preciosa. Antes de casarse con Manuel era una artista reconocida, que abandonó el escenario por el amor de ese hombre. Desde entonces sólo canta para los amigos en contadas ocasiones.

—Dale pues. —No iba a hacerse de rogar—. ¡Vamos!

¿Por qué escogió Valdés ese tema? ¿Acaso me leyó el pensamiento? No, claro que no. Tal vez fuera el azar, o bien el hecho de haber interpretado anteriormente esa canción junto a Consuelo. Es posible que le viniera a la memoria por haber estado hablando minutos antes conmigo de las dos familias que había dejado atrás en Cuba. O sería una casualidad sin más.

Lo cierto es que, de todo el repertorio posible, fue a elegir ese bolero, el que abría en canal mi corazón para que sangrara su pena.

No te puedo comprender,
corazón loco,
no te puedo comprender,
y ellas tampoco.
Yo no me puedo explicar,
cómo las puedes amar tranquilamente,

yo no puedo comprender,
cómo se pueden querer,
dos mujeres a la vez, y no estar loco.

Miré a Fernando, que estaba sentado frente a mí, en otra butaca. Vi que tenía los ojos cerrados y marcaba el ritmo con los dedos sobre el cristal del vaso, perdido en unos pensamientos que preferí no conocer. Valdés se afanaba en arrancar al instrumento compases que sólo el maestro Lecuona, antes que él, había sabido encontrar. Manuel contemplaba a su mujer extasiado.

Cuando ella atacaba la segunda estrofa me levanté con la excusa de ir al baño. Tenía que salir de allí.

Desde el pasillo, fuera ya del alcance de su vista, me tapé los oídos con rabia. Pero no hay rabia ni fuerza capaz de impedirte oír lo que brota de tu cabeza.

... una es el amor sagrado,
compañera de mi vida,
esposa y madre a la vez,
la otra es el amor prohibido,
complemento de mis ansias,
y a quien no renunciaré.
Y ahora puedes tú saber,
cómo se pueden querer,
dos mujeres a la vez, y no estar loco.

Paola ha tardado unos instantes en reaccionar a la pregunta que le había hecho referida a la posibilidad de hacer compatibles dos amores. Si ha pensado que su intuición era correcta y a mí me pasa algo raro, ha tenido la delicadeza de callárselo.

Con la sinceridad que la caracteriza, me ha contestado:

—Yo no amo a Guido, María, ya te lo he dicho. Le aprecio, eso sí, y es el padre de mis hijos. Lo nuestro es un arreglo amistoso de mutua conveniencia en el que ambos sabemos a qué atenernos. Matrimonio y amor no van necesariamente de la mano. De hecho, a lo largo de la Historia, nunca se había relacionado una cosa con la otra, hasta hace cuatro días. Es un error que pagaremos cada vez más caro.

—Me parece muy triste lo que dices. No lo piensas de verdad.

—Te aseguro que sí. Mejor nos iría si todos fuéramos sinceros con nuestros sentimientos y definiéramos bien los papeles de cada cual.

—Están muy bien definidos, me parece a mí. —No pensaba dar mi brazo a torcer—. Otra cosa es que haya quien se salte el guión.

—Te voy a escandalizar aún más. —Le encanta hacerlo—. Lo ideal sería que supiésemos diferenciar claramente entre afecto y pasión, prodigando uno y otra en su correspondiente espacio, sin confusiones ni mentiras. Que la sociedad permitiera con naturalidad acotar bien los campos, pactando las reglas de juego entre los participantes: el afecto, para el esposo o la esposa; la pasión, para el amante o la «otra». Así, *tutti contenti*.

He preferido ignorar esa *boutade*, muy propia de ella, destinada a mostrarse más superficial y carente de sentimientos de lo que es en realidad. Le habría encantado embarcarse en un debate sobre moralidad conyugal, sabiéndose mucho mejor polemista que yo, aunque no le he dado ese gusto. Mi cabeza no estaba para pugnas dialécticas; buscaba respuestas, y no se me ha ocurrido idea mejor que lanzarle:

—¿Crees que a Guido le gustaría ser George?

Yo misma me he dado cuenta de la tontería que acababa de decir nada más pronunciarla. Evidentemente no pensaba en Guido ni en George sino en mí, en la envidia que no puedo evitar sentir al fantasear con la pasión que, al parecer, enciende otra mujer en Fernando. En estos celos que me devoran.

Ya sé que no tengo pruebas y que acaso todo sea producto de mi imaginación, pero aun así se ha convertido en una obsesión. Supongo que eso es lo peor de la sospecha, la imposibilidad de combatirla racionalmente.

Andaba en busca de paz al confesarme a Paola, y en lugar de hablar claro o callarme he tirado por la calle de en medio, metiendo la pata hasta el fondo.

Ella ha estallado en una carcajada sonora, hasta el punto de llorar literalmente de risa y contagiarme. Finalmente, después de unos cuantos hipos, ha recuperado el aliento suficiente para decir:

—¿Tú te lo imaginas? ¿Te imaginas a mi *ambasciatore* interrogando a un agente ruso o jugándose el pellejo en una misión de riesgo? *Ma va!*

—No me refería a eso y lo sabes —me he defendido, avergonzada.

—¡Peor aún! —ha exclamado, amagando con repetir el ataque de risa—. Sin entrar en detalles que no querrías oír, te aseguro que uno y otro están muy bien donde están. Si mi pobre Guido me viera en ciertas situaciones, no sabría qué hacer conmigo. Claro que tampoco yo haría con él lo que hago encantada con George...

—¿Estás segura?

Paola es demasiado inteligente para dejarse engañar por mi torpe intento de sonsacarla sin enseñar las cartas. Me conoce a mí y conoce la naturaleza humana, que observa desde su atalaya frívola con la distancia del científico. Pocas circunstancias se le escapan y menos aún la silencian. Cuando tiene algo que decir, lo hace de frente, con claridad, a la cara.

—Ya que te inspira tanta curiosidad la relación que tengo yo con mi amante, ¿por qué no te echas uno tú? Candidatos no te faltarían y te vendría muy bien.

—¡Qué cosas tienes! —he protestado, tratando de parecer ofendida.

—Piénsalo. Solo *per gioco*, un juego, nada serio. Tal vez así pudieras comprender mejor a Fernando.

—Fernando nada tiene que ver en esto —he mentido, sin esperanza alguna de convencerla.

—Si tú lo dices, te creo. —Su sonrisa aseguraba lo contrario—. En tal caso, deja de plantearte cuestiones abstractas que sólo conseguirán hacerte daño. Deja de preguntarte si un hombre pertenece a su esposa o a su amante y cuál de las dos le hace más feliz. Ellos no profundizan tanto en los sentimientos, se limitan a satisfacer sus deseos más primarios. Deja de castigarte con dudas que no llevan a ninguna parte, confía en ti misma. Y sobre todo, deja de sentirte culpable.

—Ojalá pudiera…

—El primer paso para poder es querer. El segundo, poner los medios. Te acabo de sugerir uno. La experiencia es una maestra insustituible. La mejor que conozco. ¿Qué te impide probar? Nadie tiene por qué enterarse…

Se ha hecho un silencio espeso. El reto que me había lanzado seguía en el aire, por mucho que yo lo hubiera despachado sin más. La verdad es que nunca se me ha ocurrido pensarlo. Tampoco he sentido esa necesidad.

Paola esperaba de mí una respuesta a su pregunta de por qué no me busco un amante, de modo que he terminado dándole la más sencilla, la que resume todas las posibles.

—No me reconocería.

Ha dejado de interrogarme con la mirada. La incredulidad un tanto condescendiente que me había demostrado hasta ese momento se ha convertido en ternura. Su rostro, generalmente impenetrable, de rasgos tan perfectos como duros, ha adoptado una expresión dulce, muy rara en ella, para sentenciar:

—María, no te equivoques ni te engañes a ti misma. No es cuestión de quién o cómo seas sino de lo que sientes, de lo que te dicta ese sentimiento. Tú amas a tu marido, eso es todo, y no es poco. Él es un hombre con suerte. He conocido a muy pocas mujeres tan fieles, devotas y entregadas como tú.

—Yo podría decirte lo mismo. —No he sabido muy bien cómo tomarme sus palabras—. De hecho, la mayoría de las mujeres que yo conozco se parecen más a mí que a ti.

—*Beati loro* entonces. Los españoles son afortunados. Pero voy a volver a la pregunta que me hacías y a responderla. Solo por si *tanto per caso* puede ayudarte.

—¿Cuál de ellas? —Me había perdido—. Han sido muchas.

—La referida a la locura.

Estaba fumando, una vez apurada la segunda taza de café turco, cargado, con mucho azúcar, que Jacinta había preparado exclusivamente para ella. Ha dejado el cigarrillo en el cenicero, se ha sentado a mi lado, en el borde del sofá, girada hacia mí, y me ha taladrado con sus ojos oscuros.

—Yo no estoy enamorada de Guido, ni siquiera le amo, por lo que no corro peligro alguno de enloquecer por la poderosa atracción física que me produce George. Una atracción que mi marido no podría impedir, hiciera lo que hiciese. Ahora bien, si le amara, si estuviera enamorada de él, las cosas serían muy distintas. Si amara a Guido, me sentiría terriblemente culpable por esa traición, aunque seguramente no sería capaz de evitarla. Si le amara, esa culpa sería para mí un tormento y lo único capaz de sanar mi alma, redimiéndola de su condena, sería el perdón de mi marido. El perdón es lo único que salva al arrepentido, incluso cuando no existe propósito de enmienda.

Paola se ha marchado al poco de despertarse Lucía, dejándome en un mar de dudas sobre el significado de la palabra «perdón». ¿Es sinónimo de «olvido»? ¿Condición necesaria para alcanzarlo?

¡Basta ya! A este paso la que va a perder la cabeza soy yo.

Me he quedado helada en el parque. Los niños nunca tienen frío pero los adultos sí. Este clima no es para mí. Y eso que soy del norte. ¿Cómo lo resistirán los pobres andaluces trabajadores de la factoría siderúrgica, sin más abrigo que sus gabardinas Puma modelo Milano, sus gorrillas de lona azul y sus zapatos de punta, que vete tú a saber si tendrán suelas de cuero o de cartón? ¡Qué valor! Esa gente está hecha de otra pasta. Hay que descubrirse ante ellos.

Fernando se retrasa también hoy. Ayer trajo de la Embajada el *ABC*, que lleva en su portada una foto muy inquietante de soldados del ejército cubano exhibiendo de forma amenazadora sus fusiles. El periódico viene cargado de información sobre lo que está sucediendo con los dichosos misiles, y he pasado más de una hora leyéndolo.

La crónica del corresponsal en Washington arranca de una manera que hiela la sangre: «En medio de una crisis internacional como la de ahora —a milímetros de una hecatombe nuclear— la existencia de un foro mundial como las Naciones Unidas, reunidas esta noche en sesión de emergencia, es una bendición de Dios. Pidamos que dure. Recemos para que no se desintegre. Es nuestro último vínculo con el nuevo sol de mañana por la mañana».

Y yo que pensaba, después de oír a Manuel ayer por la noche y de hablar este mediodía con Paola, que las cosas estaban un poco mejor...

La noticia que acabo de mencionar, procedente de Estados Unidos, habla de la reunión del Consejo de Seguridad, ponderando mucho la intervención del jefe de la delegación norteamericana al pedir la destrucción de las bases ofensivas cubanas. El periodista reproduce las palabras de Adlai Stevenson, que realmente llegan al alma. Las copio para no olvidarlas:

> Ésta no es una lucha entre dos superpotencias. No es una lucha privada. Es una guerra civil mundial, una prueba entre el mundo plural y el mundo monolítico, una prueba entre el mundo de la Carta y el mundo comunista. Cada nación que ahora es independiente y desea continuar siéndolo se encuentra implicada en ella, quiera o no.

Unas páginas más atrás había leído el comunicado hecho público por un portavoz del Ministerio de Asuntos Exteriores español, dando cuenta de las medidas que iban a adoptarse ante la amenaza, de acuerdo con los convenios de defensa hispano-norteamericanos, y he sentido una punzada de dolor al pensar en mis hijos, solos en ese colegio a dos pasos de la base militar de Torrejón.

Con el corazón y la mente puestos en Miguel e Ignacio, el discurso de Stevenson no resulta precisamente tranquilizador:

> Estamos preparados para satisfacer cualquier legítima queja de los soviéticos, pero sentimos desprecio hacia el chan-

taje. Sabemos que cada retroceso ante la intimidación fortalece a aquellos que dicen que la amenaza de la fuerza siempre puede hacer que se alcancen los objetivos comunistas y mina el ánimo de aquellos que, en la URSS, recomiendan precaución.

¿Qué quiere dar a entender exactamente? ¿Que están a un paso de atacar? ¿Que ya no hay vuelta atrás?

Un pequeño suelto de última hora, publicado en un recuadro, anuncia que, según Radio Moscú, la Unión Soviética no hará uso de las armas nucleares contra Estados Unidos a menos que se cometa un acto de agresión. ¿Significa este anuncio que esos rusos prudentes a los que alude el estadounidense van ganando la partida? ¿Será que Kruschev opta realmente por una solución pacífica que le permita salvar la cara, tal como dijo Doliévich que haría?

Ojalá se hagan realidad las últimas frases del americano:

> Éste es un día solemne y de gran significado para la humanidad y para las Naciones Unidas. Permítaseme recordarlo no como el día en que el mundo estuvo abocado a la guerra nuclear sino como el día en que el hombre resolvió no dejar de hacer cuanto estuviera en su mano, en su búsqueda de la paz.

Me gustaría telefonear a los chicos pero ya es muy tarde para pedir una conferencia en Estocolmo. Mañana, según me despierte, les llamo. Y si las cosas no están mejor, cojo a las niñas y me marcho. No tengo más que abrir el piso de Ferraz, que está vacío, e instalarme allí con los cuatro, hasta que se nos una Fernando, lo antes posible.

¿Dónde vamos a estar mejor? Es nuestra casa, y no la cambiaría por nada. Ni siquiera por uno de esos pisos de lujo que están construyendo, según he visto en el periódico, en la prolongación de la avenida del Generalísimo. Demasiado lejos del centro para mí. Demasiado impersonal y frío.

Un anuncio de turrones La Jijonenca me ha recordado que pronto estaremos en Navidad… si es que llegamos. «Variedades La Jijonenca: Jijona, Alicante, yema, nieve, frutas, en pastillas y porciones», con un nuevo envase al vacío para que no manchen y se mantengan frescos más tiempo. Tengo que decir a Miguel que compre unos cuantos paquetes y los meta en la maleta…

Si llegamos.

8

Madrid,
viernes, 21 de octubre de 2011

E l viejo reloj de pared del Café Comercial marcaba las nueve y veinte
de un día gris. Pasada la hora de los desayunos, el local se había quedado prácticamente vacío, a la espera de una nueva re-
mesa de parroquianos asiduos de la caña de media mañana.
En una mesa del fondo, ante una taza de té sin tocar, una
clienta rezagada parecía absorta en la lectura de un periódico,
aunque no había pasado de la primera página.

Era Lucía.

Entre una cosa y otra llevaba días sin poner la televisión ni
prestar atención a la prensa, ajena por completo a la realidad
del momento. Hacía mucho tiempo que había dejado de interesarle la actualidad recogida por las noticias, que a su modo
de ver se centraba excesivamente en la política e ignoraba
otros ámbitos informativos mucho más interesantes para ella,

como por ejemplo el de la cultura. Además, tenía la cabeza ocupada en otras cosas.

Aquella mañana, sin embargo, se había acercado al quiosco a comprar el *ABC*, siguiendo un impulso absurdo e irracional que mucho más tarde, al tratar de analizar el porqué de semejante conducta, atribuyó a la tormenta emocional provocada en su interior por el contenido de ese viejo diario hallado en el baúl azul.

El testimonio póstumo de María había removido violentamente todas las capas de añoranza acumuladas durante años en su corazón, restableciendo algo parecido a la intimidad que tanto había extrañado y despertando a la vez en ella un anhelo ardiente de cercanía. Por eso había ido a buscar el *ABC*. Como si un ejemplar de ese periódico, prácticamente idéntico en tamaño y forma al que leía su madre en Estocolmo cuarenta y nueve años atrás, pudiera hacer las veces de puente a través del tiempo y llevarla hasta la autora del diario.

Una de las fotografías publicadas ese 21 de octubre en portada obró el milagro, aunque la condujo directamente al infierno.

No estaba muy destacada. Ocupaba un reducido espacio en la parte inferior izquierda de la página, bajo la que sin duda constituía la noticia de apertura del diario: el anuncio por parte de ETA del cese definitivo de los atentados, merecedor de un gran despliegue gráfico y editorial en el que Lucía apenas reparó. Sus ojos vieron a esos dos encapuchados con boina, símbolos del terrorismo vasco, aunque su cerebro y su corazón los ignoraron. La tipografía de grueso calibre la indujo a leer «ETA ni se disuelve ni entrega las armas», sin que su mente hiciera el trabajo de procesar el significado de esas palabras. Toda su atención había sido captada por la pequeña instantánea con la que se ilustraba el titular que llevaba siglos esperando: «Final violento para un dictador cruel».

Apenas era mayor que un sello. Mostraba la cara ensangrentada de un personaje a quien ella identificaba con el mal absoluto. El rostro de la perversión, desprovisto de maquillaje, convertido por el linchamiento en una siniestra máscara mortuoria brutalmente metafórica. El reflejo exacto de lo que había sido en vida ese monstruo. Una alegoría perfecta de la infamia, que terminaba de redondear la información aneja a esa foto: «Gadafi intentó refugiarse en una alcantarilla, pero fue localizado y abatido por los rebeldes libios».

Siempre había pensado que aquello la aliviaría...

Se equivocaba.

Lucía perdió la cuenta del tiempo transcurrido mientras ella permanecía ajena a la realidad, atrapada en ese puente invisible, con la vista clavada en un diminuto rectángulo de papel. Debió de ser largo, porque Juan, el camarero que solía atenderla, terminó por acercarse a preguntarle:

—¿Se encuentra usted bien, señora?

—Un poco mareada. —Eso fue todo lo que Lucía acertó a decir.

—¿Le traigo otra cosa, un café, una aspirina?

—No, muchas gracias, Juan. Creo que voy a irme a casa.

Era viernes y todavía estaba lejos la Navidad como para que se acumularan las presentaciones de libros. Octubre solía ser un mes tranquilo. En la editorial no la echarían demasiado en falta. Pese a ello, envió un mensaje de móvil a su secretaria diciendo que había pasado mala noche, tenía unas décimas de fiebre y prefería guardar cama. Excepto en lo de la fiebre, no faltaba a la verdad.

Tuvo que apelar a todas sus fuerzas para cubrir las tres manzanas de la calle Carranza que la separaban de su piso, sin perder la compostura. A medida que caminaba, sentía el embate del dolor y la rabia golpear los diques de contención levantados a lo largo de los años, preguntándose hasta cuándo aguantarían. Sabía que, una vez rotos, la inundación que sobrevendría cambiaría de manera irreversible sus paisajes más íntimos y la obligaría a empezar a reconstruir desde los cimientos. Claro que hay certezas del alma que la razón se resiste a ordenar a fin de que adquieran forma.

En los últimos meses había sometido esas barreras a mucha más presión de la razonable, poniendo a prueba su resistencia. Los acontecimientos más amargos se habían alternado sin solución de continuidad con experiencias tremendamente excitantes, a semejanza de una brutal ducha escocesa. La presa estaba a punto de reventar. Lucía lo intuía. Llevaba días presintiéndolo y preguntándose cómo reaccionaría llegado el momento. En qué derivaría esa reacción en cadena cuya espoleta acababa de ser accionada.

Llegó a su piso arrastrando los pies, acusando el mismo cansancio que si acabara de correr una maratón. La casa estaba vacía, con las persianas bajadas y las camas sin hacer. Fría, desangelada, fiel relejo de su ánimo.

Laura debía de estar haciendo compras de última hora, porque ese domingo se marchaba a Panamá, donde la esperaba un flamante puesto de arquitecta responsable de la construcción de un gran hotel, cuyo proyecto había sido elaborado en el estudio del que formaba parte en calidad de asociada. Lucía, que la víspera se sentía pletórica por haber sido capaz de romper una relación tóxica sin derrumbarse, experimentando incluso una grata sensación de libertad, se veía de pronto pequeña y vulnerable. Terriblemente pequeña y vulnerable. Igual que aquella tarde de diciembre en la que el mundo se hundió bajo sus pies.

Habían pasado exactamente veintidós años y diez meses desde entonces. Lo recordaba como si hubiese sucedido ayer.

Ese día había marcado el comienzo oficial del invierno de 1988: 21 de diciembre, festividad de Santo Tomás apóstol.

Lucía se encontraba en la cocina, rodeada de cacharros sucios, preparando la cena: rollitos de endivias con jamón y bechamel. ¿Cómo olvidarlo? Sabía incluso el color de los zapatos que llevaba puestos. Todo estaba grabado al detalle en su memoria, desde donde volvía a cobrar vida con lacerante frecuencia en forma de película pasada a cámara lenta.

Luis, su marido, acababa de llegar y se había instalado en el salón a ver la televisión. Su hija de tres años la acompañaba ya en pijama, recién bañada, contándole risueña, como siempre, las incidencias de la jornada en la guardería.

Serían cerca de las nueve cuando sonó el teléfono. Respondió él.

—Lucía, es para ti.

—¿Quién es?

—Un tal José Alberto Santos.

—No le conozco, dile que no puedo ponerme ahora.

—Dice que es importante, que llama del diario *ABC*.

¡Un periodista! ¿Qué podría querer de ella un periodista a esas horas? Seguro que era cosa de Paca... Algún embolado urgente o una de sus travesuras. ¿Cuál de sus compañeros le estaría gastando una broma haciéndose pasar por redactor del diario más prestigioso en el mundo de las letras? La curiosidad pudo finalmente más que la posibilidad de que se quemara el gratinado en el horno.

—¿Dígame?

—Hola, buenas noches, le llamo de la redacción de *ABC*. ¿Es usted Lucía Hevia-Soto Lurmendi? —La voz de ese hombre era grave. Su tono, tan lúgubre que encendió una luz de alarma en la joven editora.

—Soy yo, sí, ¿en qué puedo ayudarle?

—¿No la han informado de lo sucedido?

—¿Qué ha pasado? —se inquietó—. ¿De qué tendrían que haberme informado?

Las palabras de su mujer y la angustia que denotaban de pronto pusieron en guardia a Luis. Acercó la oreja al receptor lo suficiente para oír:

—Siento ser yo quien se lo diga...

—¿Decirme qué? —Lucía había elevado el volumen hasta el punto de gritar—. ¡Si se trata de una broma no tiene gracia! ¿Me quiere usted explicar de qué va esto?

—Verá... —El periodista vacilaba—. Se ha producido un accidente. Probablemente un atentado. El vuelo 103 de Pan Am, que iba de Frankfurt a Nueva York, haciendo escala en Londres, ha estallado en el aire hará unas dos horas, sobre una localidad escocesa llamada Lockerbie...

A Lucía se le cayó el aparato de las manos.

—¿Qué más te ha dicho? —Luis había pasado de la inquietud a la incomprensión—. ¿Qué ocurre?

Ella no podía hablar. Se había llevado la mano izquierda a la boca, de forma instintiva, mientras su cuerpo intentaba protegerse del golpe encogiéndose. Él, que podía presumir sin faltar a la verdad de no perder nunca la calma, recogió el teléfono.

—¿Oiga? ¿Sigue usted ahí?

—Aquí estoy, sí —respondió Santos.

—Soy Luis Valbuena, el marido de Lucía. ¿Se puede saber qué pasa?

El periodista repitió lo que acababa de comunicar a la hija de la víctima, tratando de obtener respuesta a sus preguntas sin traspasar los límites de la ética profesional y de la decencia humana. Conseguir información veraz era su trabajo, el trabajo que le apasionaba y al que entregaba sus desvelos, por más que en días como aquél maldijera lo que le obligaba a hacer.

Toda la redacción del periódico estaba volcada en esos momentos en ampliar la noticia de ese siniestro, atribuido a un ataque terrorista, que según los primeros datos arrojaba un balance de centenares de muertos, al haberse estrellado el aparato derribado contra un núcleo urbano. Mientras unos redactores traducían teletipos de Reuters y Associated Press, otros hablaban con las oficinas de la compañía aérea en Estados Unidos o con autoridades aeronáuticas, en busca de nuevos datos. A Santos le había correspondido la peor parte: localizar a la familia de la ciudadana española que, de acuerdo con el listado de embarque, viajaba en el avión, y obtener su testimonio.

Luis preguntó al periodista, furioso, quién le había dado el número de teléfono de su casa. Éste adujo que lo había encontrado en la guía, lo que constituía una verdad a medias, toda vez que para dar con el mencionado número había tenido que obtener primero el nombre de Lucía de una fuente suya en el Ministerio de Asuntos Exteriores. Tras explicarse lo mejor que pudo, trasladó su más sentido pésame y rogó a su interlocutor que presentara sus disculpas a su mujer.

Con el pragmatismo que le caracterizaba, Luis inquirió si estaba completamente confirmada la presencia de su suegra en ese vuelo. Santos, cuyo error consistía en haber dado por hecho que algún portavoz oficial de Pan Am o del gobierno se habría puesto en contacto con la familia, compartió gustoso la información de la que disponía: que su nombre figuraba en la lista de pasajeros enviada desde la central de Pan Am. Añadió, tratando de dar a sus palabras el tono más profesional y aséptico posible, que el motivo de su llamada era, precisamente, confirmar esa información.

Aunque no se lo hubiera ratificado el periodista, la reacción de su mujer demostraba que, efectivamente, María había tomado ese vuelo y Lucía era consciente de ello.

—¿Se sabe si hay supervivientes?

—De momento es todo muy confuso. —El hecho de poder ser útil era la parte menos desagradable del papel que le había tocado representar a Santos esa noche—. Lo único seguro, de acuerdo con los informes de los testigos, es que el avión ha explotado en el aire antes de caer a plomo sobre el pueblo de Lockerbie y que a estas horas todavía hay varios edificios en llamas. Los expertos con los que hemos hablado sostienen que únicamente una bomba explica una cosa así...

—Tengo que colgar —zanjó abruptamente la conversación Luis, quien ya había preguntado todo lo que necesitaba saber—. Le gradecería que no volviera a llamar.

Laura estaba para entonces junto a su madre, en el suelo, tratando de consolarla con sus caricias. La había oído llorar desde la cocina y había acudido corriendo a su lado. No podía entender la causa de ese llanto, aunque sí captar su dolor e intentar aliviarlo del único modo que conocía.

Durante semanas y meses lo sentiría en cada lágrima y cada silencio. En cada beso de buenas noches impregnado de tristeza. En cada sonrisa robada. Lo sentiría con tanta fuerza como para interiorizarlo como propio hasta el punto de alarmar a su pediatra y a sus maestras.

—Aún no hay información fiable. —Luis era de los que mantienen la cabeza fría y afrontan los problemas desde el lado práctico, por muy grave que sea la circunstancia—. Es posible que tu madre no subiera al avión o incluso que sobreviviese al impacto.

—Tengo que llamar a mi padre.

Desde el fondo del precipicio al que acababan de arrojarla, Lucía sólo acertaba a pensar en él. La mente se le había fundido a negro, como en una de esas cintas de terror que dejan a la imaginación culminar la última escena. Su mundo había saltado hecho pedazos, pero conservaba la suficiente lucidez para intuir que su padre necesitaría en ese instante todo el apoyo que ella fuese capaz de darle.

—Espera un poco. —Luis estiraba ese último resquicio de esperanza, que él mismo sabía infundada, en busca de tiempo para encontrar el modo de afrontar emocionalmente la sacudida—. Vamos a poner la radio a ver si nos enteramos de algo más…

Una voz masculina estaba narrando lo sucedido en la primera emisora que sintonizó el receptor.

«… El vuelo 103 de Pan Am con destino a Nueva York, un Boeing 747 bautizado como *Clipper Maid of the Seas* (*Clíper, la dama de los mares*), había salido del aeropuerto londinense de Heathrow a las 18.04, con media hora de retraso sobre el horario previsto debido a la llegada tardía de los 49 pasajeros que procedían de Frankfurt.»

A Lucía se le encogió aún más el estómago y volvió a faltarle el aire. Lo que acababan de decir desvanecía la posibilidad de que su madre se hubiese salvado al perder la conexión, ya que volaba desde Frankfurt, donde su padre apuraba el último destino de su carrera en calidad de cónsul de España.

Esa misma mañana habían hablado las dos por teléfono, como hacían cada día, más o menos a la misma hora, tuviesen o no algo especial que contarse.

María estaba radiante.

—Me acaba de decir tu hermana que ha empezado a sentir contracciones, de momento muy espaciadas. —Se refería a Mercedes, que iba a dar a luz a su segundo varón—. Llegaré, si Dios quiere, justo a tiempo de ver nacer a mi nieto o de conocerle recién nacido.

Se la notaba tan feliz... Ni siquiera lo inoportuno de la fecha, tres días antes de la Nochebuena, le había impedido cruzar el Atlántico para acudir a la cabecera de su hija mayor, acompañarla y ayudarla en esos momentos difíciles. Estaba acostumbrada a viajar.

—¿Cómo se ha quedado papá? —La pregunta de Lucía era pertinente, dada la dependencia propia de un hombre de su tiempo, mal acostumbrado desde la infancia a ser un inútil doméstico, que no sabía freír un huevo ni encontrar un vaso en la cocina.

—Con Jacinta y protestando. —María nunca perdía el humor—. Pasado mañana lo tenéis en Madrid. Ya le cuidaréis Laura y tú hasta que yo llegue.

«Hasta que yo llegue.» Esas últimas palabras cobraban de repente un significado siniestro.

Lucía rompió a llorar de nuevo, incapaz de contener las emociones que la abrumaban. Poco a poco la incredulidad y el rechazo iniciales iban dando paso a un desconsuelo lacerante y a un terror incipiente, que todo su ser se afanaba en combatir sin éxito. ¿Qué iba a ser de su padre, de su familia, de ella misma, sin la mujer que los mantenía unidos a base de amor y determinación? ¿Qué iba a ser de su hijita, Laura, privada de su abuela? ¿Cómo se sobrepondrían todos ellos a esa ausencia?

Entre jirones de alma desgarrada empezaba a cobrar forma la idea del adiós definitivo, demasiado dolorosa para ser aceptada de golpe y, aun así, despiadadamente perfilada en todo el rigor de su significado.

La voz de la radio continuaba hablando:

«… Según el radar, el 747 volaba a treinta y un mil pies de altura, unos nueve mil cuatrocientos metros, y a una velocidad de quinientos ochenta kilómetros por hora. Entonces, un minuto después de las siete, el punto en movimiento en la pantalla comenzó a parpadear y el controlador que estaba al cargo del aparato inició el procedimiento de contacto con la cabina del vuelo 103, sin obtener respuesta. El Centro de Control Aéreo de Shanwick pidió a un piloto de KLM que volaba cerca hacer lo mismo, pero tampoco él tuvo éxito. Mientras los controladores trataban de descifrar lo que pasaba, la señal del 103 en el radar se multiplicó hasta convertirse en una estela de partículas que arrastraba el viento.

»En Lockerbie era de noche y hacía frío. Según el relato de Jasmine Bell, residente local, "una enorme llamarada se descolgó del cielo, precedida de un estruendo. De repente, todo estaba en llamas: los jardines, los techos, las lámparas, las aceras… Entonces, de pronto, empezó a caer una espeluznante lluvia de cuerpos y restos del avión".

»Otros testigos —siguió diciendo el locutor, en tono profesionalmente neutro— narraron a medios de comunicación locales que muchos cadáveres, todavía sentados en sus butacas, comenzaron a estrellarse ruidosamente contra los arbustos, coches y tejados de las casas, mientras otros quedaron colgando de los árboles o los cables de teléfono, como si fuesen trapos…».

Lucía no escuchaba, no prestaba atención. Su cerebro había corrido una cortina piadosa de abstracción, tejida con el hilo grueso del dolor. Abrazaba a su hija, ausente, sumida en un océano de oscuridad helada. Lloraba lágrimas de pena honda, queda, buscando el modo de aferrarse al recuerdo de su madre viva, de esa madre fuerte, sólida como una roca, que siempre le había parecido inmortal.

En el imaginario de nuestros peores fantasmas la muerte nunca tiene el rostro de nuestros seres más queridos. El temor a esa pérdida supera nuestra capacidad de evocación. Por eso nunca estamos preparados para afrontarla. Por eso, cuando se produce, golpea a traición, sin misericordia, dejando cicatrices imborrables en el alma.

Luis habría querido llevarse a Laura a la cama para protegerla de tanto horror, pero pensó que separarla de Lucía en ese trance sería una crueldad. Se dijo a sí mismo que la niña era demasiado pequeña para darse cuenta de lo que estaba sucediendo hasta el punto de acusar el día de mañana las secuelas de la experiencia, y que su mujer necesitaba desesperadamente el calor de su abrazo. Era mejor dejar que se refugiara en la pequeña, hasta que hallara las fuerzas necesarias para salir poco a poco de su estado de shock. Él, entre tanto, siguió escuchando, cada vez más estremecido:

«… Aproximadamente un minuto después de la siniestra lluvia de cuerpos y escombros, más de la mitad del fuselaje del Boeing 747, desde la nariz hasta la cola, incluyendo las alas y tres turbinas con más de cien toneladas de combustible, se precipitó sobre una calle del pueblo, impactando directamente en la casa del número 13 de Sherwood Crescent con un estruendo ensordecedor. La explosión disparó los sensores sísmicos para esa parte de Escocia y generó un hongo de fuego, similar al que resulta de una explosión nuclear, al que siguió una onda abrasadora que calcinó medio centenar de casas, se teme que con sus dueños dentro.

»A esta hora múltiples dotaciones de bomberos continúan luchando contra las llamas, que todavía mantienen algunos focos activos. Se desconoce el número total de víctimas de esta catástrofe aérea, la mayor en la historia de la aviación estadounidense, que suma a los pasajeros del avión de la compañía Pan American los infortunados habitantes de Lockerbie.

»Seguiremos informando en próximos boletines».

Una densa humareda procedente de la cocina, acompañada del característico olor a comida quemada, les alertó de que el guiso del horno se había carbonizado. Lucía reaccionó instintivamente y fue a apagarlo, apartando con gesto cariñoso a su hijita, que se había quedado dormida en sus brazos.

—Acuéstala tú, ¿quieres? —dijo a su marido.

Cuando se encontraron de nuevo en el salón, ella tenía los ojos hinchados y la cara deformada por un rictus de amargura que él no le había visto hasta entonces. Había dejado de llorar y parecía ser nuevamente dueña de sus actos, aunque no volvería a ser la misma persona despreocupada y feliz que había sido antes de aquello.

Eran poco más de las diez.

—Tengo que llamar a mi padre —repitió con determinación, consciente de no poder seguir aplazando el cumplimiento de ese terrible deber.

—¿Se habrá enterado ya o tendrás que darle tú la noticia? —inquirió Luis, que habría deseado poder ahorrarle ese trago a su mujer.

—Si no le han llamado del ministerio seré yo quien se lo diga —respondió ella, sombría—. Ya sabes lo poco que le gusta a él la televisión, y que yo sepa rara vez enciende el receptor de radio. Es un hombre chapado a la antigua, su medio de información es el periódico, y más no estando con él mamá, que es la que...

Iba a decir que era ella la que ponía habitualmente las noticias del canal internacional de RTVE a fin de mantenerse al tanto de lo que pasaba en España, pero no pudo acabar la frase. Ella ya no estaba con él. Ya no volvería a estar nunca.

El timbre de llamada alemán, una especie de tono corto y repetido, muy distinto del español, sonó seis o siete veces antes de que la voz rota de Fernando contestara secamente:

—Diga.

—Papá, soy Lucía.

Se hizo un silencio espeso mientras ambos trataban de hallar las palabras adecuadas para decirse lo que ninguna palabra puede expresar. No hay verbo capaz de conjugar la amalgama de estupor, negación, miedo, tristeza y tormento que atenaza el corazón ante una noticia así.

Él lo sabía. Ella tuvo la certeza, con sólo oír ese «diga», de que alguien se le había adelantado y había relatado a su padre lo sucedido. En ese preciso instante estaría como ella, haciendo acopio de coraje para coger el teléfono y pronunciar en voz alta la frase maldita: «Mamá ha muerto».

Se lo imaginó en su residencia de Frankfurt, con su bata de seda y sus zapatillas de piel, tratando de asimilar semejante lanzada. Lo vio desvalido en medio de ese ático digno de una película de serie B, provisto de piscina interior y muebles tan caros como horteras, que algún diplomático con más pretensiones que gusto había integrado en el erario público español. Sintió su desconsuelo y su soledad. Oyó su grito mudo. Habría querido abrazarle.

—¿Cómo te has enterado? —Fernando rompió finalmente a hablar, confirmando el hecho absurdo de que, en situaciones así, la trivialidad de la circunstancia se convierte en refugio para eludir mirar de frente a la verdad más descarnada.

—Un periodista ha llamado a casa. —A Lucía no le gustaban las farsas. No estaba cómoda en el disimulo. Prefería ir directa a la herida—. ¿Cómo estás, papá? ¿Te acompaña Jacinta? ¿Has llamado a algún amigo? No trates de aguantar esto en soledad, por favor. Es demasiado para cualquiera.

—Tengo plaza en el primer vuelo que sale mañana hacia Madrid —contestó él, eludiendo la cuestión—. Voy a tomarme un Valium 10 y a intentar dormir un poco.

—Me gustaría estar contigo…

—Lo sé, Juguete, lo sé. —Fernando estaba a punto de quebrarse—. A mí también me gustaría. ¿Está ahí contigo Luis?

—Sí, estoy con él y con Laura. No te preocupes por mí. Iré a buscarte al aeropuerto.

—Hasta mañana entonces.

—Descansa, papá. Te quiero.

Mercedes debía de encontrarse a esas horas de parto, alumbrando una nueva vida. Por nada del mundo le habría revelado su hermana en esa tesitura que su madre acababa de matarse en el avión que la trasladaba hasta Nueva York para asistir al feliz acontecimiento. Ya llegaría el momento de hacerlo cuando no quedara más remedio, del modo más delicado posible.

Quedaban Miguel e Ignacio, a la sazón en Londres y Madrid respectivamente. Lucía les llamó a los dos. Fueron conversaciones breves, ceñidas a lo imprescindible para acordar el modo de hacer frente a las responsabilidades que se les venían encima. El mayor se comprometió a encargarse de los trámites de identificación y repatriación del cadáver. Una tarea que únicamente él, resistente como el amianto desde niño, estaba en condiciones de llevar a cabo sin perder la cordura para siempre. Los otros dos se quedarían esperando en Madrid, comprarían una sepultura, irían a la parroquia, al registro civil…

El papeleo ligado a la muerte añade al dolor inherente a la pérdida un grado de ensañamiento burocrático que resulta inimaginable hasta que se encuentra uno en la necesidad de resolverlo. Y ese momento había llegado.

Fue la noche más amarga de la vida de Lucía.

Luis le propuso ir a la farmacia de guardia a por un somnífero, pero Lucía declinó la oferta. No quería aturdirse. Necesitaba identificar y colocar en su lugar correspondiente cada sensación, cada sentimiento, impregnarse de ellos. Le parecía que mientras se mantuviera despierta, recordándola con todas sus fuerzas, su madre seguiría viviendo en ella.

No podía, no quería despedirse.

—Necesito quedarme aquí un rato más, cariño —dijo en un momento dado, ya de madrugada, a un Luis que pugnaba por no dormirse—. Vete tú a la cama.

—Vente conmigo. Tienes que descansar.

—Descansaré mañana, de verdad. No tengo sueño.

No lo tenía. Dormir es una forma de morir temporalmente y no pensaba permitir que la muerte le ganara dos batallas en el mismo día.

Cuando se quedó sola fue en busca de una vieja caja de cartón repleta de fotografías, muchas de ellas en blanco y negro, guardada en un armario de la biblioteca, junto a una pila de discos. Sacó la caja sin cuidado, ansiosa por zambullirse en el pasado y empaparse de él, o mejor dicho de ella, de su madre. Los discos entonces se movieron, dejando al descubierto ese de Serrat...

Yo quiero ser llorando el hortelano
de la tierra que ocupas y estercolas,
compañero del alma tan temprano...

¿Cuántas veces lo puso? A partir de la cuarta perdió la cuenta. Conocía bien ese poema de Miguel Hernández, aunque nunca hasta entonces había comprendido el significado real de una metáfora más que certera, literal:

Tanto dolor se agrupa en mi costado,
que por doler, me duele hasta el aliento.

Le dolía respirar, la pena ahoga.

Pronto renunció a mirar fotos, incapaz de soportar las cuchilladas de la nostalgia. En el suelo, hecha un ovillo, con los brazos alrededor de las rodillas y los ojos cerrados, se limitó a escuchar cómo el poeta destilaba, verso a verso, su sentir.

Un manotazo duro, un golpe helado,
un hachazo invisible y homicida,
un empujón brutal te ha derribado.
No hay extensión más grande que mi herida,
lloro mi desventura y sus conjuntos
y siento más tu muerte que mi vida...

Fernando salió puntual por la puerta 2 de Barajas, con el abrigo de pelo de camello al brazo, enfundado en un traje gris de lana inglesa cortado a medida, calzando unos zapatos italianos impolutos, la cabellera blanca, sedosa, perfectamente peinada hacia atrás con la raya a un lado. Tan elegante como siempre.

Únicamente la corbata negra y los ojos hundidos tras unas profundas ojeras habrían alertado a un observador sagaz del calvario que estaba atravesando. La corbata, las ojeras y la espalda ligeramente encorvada. Él, que siempre caminaba ergui-

317

do, parecía haber sido golpeado por el rayo, como el Ramón Sijé, de Orihuela, a quien cantaba Miguel Hernández.

A eso de las ocho había sonado el teléfono en casa de Lucía y Luis, quien se había levantado ya y no tardó en responder. Era una llamada del gabinete telegráfico del Ministerio de Asuntos Exteriores. El ministro deseaba hablar con la señora Hevia-Soto Lurmendi, a fin de transmitirle su pésame y ponerse a su disposición. Ella aceptó las condolencias con educación, aunque declinó la oferta de un coche oficial que la trasladara al aeropuerto. Prefería utilizar el suyo. No quería testigos de su llanto ni mucho menos del de su padre. Le parecía una obscenidad exhibir esa intimidad ante extraños.

Pasaron las Navidades más tristes que puedan imaginarse, en el piso de la calle Carranza, Lucía y Luis, Laura, Fernando, Ignacio y Mónica, la mujer de éste, junto a sus hijos Diego y Jimena, un poco mayores que Laura. Miguel seguía en Escocia, aguardando a que concluyera el trabajo de los forenses para poder repatriar el cadáver de su madre, y Mercedes se había quedado con los suyos en Nueva York, tratando de borrar el espanto de lo sucedido con la sonrisa del pequeño Oliver.

Por amor a los niños y porque eso habría querido María, cenaron juntos besugo y capón, respetando la costumbre de la familia, sin apetito. Luego vino Papá Noel con regalos para los pequeños, aunque sin alegría. Tardaría en regresar la alegría a ese salón.

El belén estaba puesto como siempre, con las mismas figuras de antaño, desde principios de mes. A partir de ese año, empero, a la familia le faltaría una figura imprescindible. La que traía paquetes envueltos en papeles de colores, tarjetas escritas en letra pulcra y sorpresas para todo el mundo. La guardiana del secreto que hasta entonces les había mantenido unidos en esa fecha en torno a una misma mesa, por grandes que fuesen la distancia geográfica o las disputas que les separaran: la esposa, la madre, la abuela.

La enterraron en la sacramental de San Justo, no muy lejos de la calle Ferraz, a fin de que Fernando pudiese ir a llevarle claveles blancos cada sábado, lloviese o cayese un sol de plomo. Mientras estuvo en Madrid y pudo valerse por sí mismo, nunca faltó él a esa cita. Lucía lo acompañaba en ocasiones, casi siempre en silencio, mientras él rezaba o simplemente hablaba con ella en su lenguaje quedo, frente a la lápida de mármol gris que recordaba su nombre junto a la leyenda «no te olvidamos».

Ya no era el hombre que había sido. Ni siquiera la sombra de sí mismo.

La tragedia sacudió sus vidas con la violencia de un seísmo, dejando un montón de escombros en lo que hasta entonces había sido una familia. Tras el desgarro vino la incomprensión (¿por qué a mí?), luego la sensación de injusticia (¿qué mal había hecho ella?) e inmediatamente después la rabia, un torrente de rabia acompañada a ratos de odio y afán de revancha, en cuanto se confirmó la hipótesis del atentado terrorista.

Miguel se convirtió en miembro activo de la Asociación de Víctimas del Vuelo 103 de Pan Am, dedicada a exigir justicia en nombre de las doscientas setenta personas asesinadas ese 21 de diciembre de 1988. Casi trescientos civiles inocentes de veintiuna nacionalidades distintas. Su dedicación a esta causa llegó al extremo de obsesionarle, pero el esfuerzo de movilización desplegado por él y otros familiares integrados en el grupo logró el propósito que perseguían: obligar a los gobiernos de Londres y Washington a esclarecer la verdad de lo ocurrido.

Él fue quien mantuvo informados a su padre y a sus hermanos de la evolución de las investigaciones, por más que algunos prefirieran no saber. Fernando y Mercedes habían encontrado refugio en la religión y optaron por el perdón, sin pararse demasiado a pensar a quién otorgaban esa gracia coherente con su fe. En el caso de Fernando, una fe sobrevenida al calor de la necesidad imperiosa de volver a encontrarse con María a cualquier precio, incluido el de perdonar a quienes se la habían arrebatado en esta vida. Una fe sencilla, casi infantil, basada en el cumplimiento estricto de las reglas establecidas por la Iglesia a cambio de la certeza de una resurrección que la llevaría de nuevo a sus brazos cuando ambos se reunieran en el cielo. Una fe antagónica con el agnosticismo que había profesado hasta el momento mismo de perderla. Una fe desesperada.

Lucía e Ignacio, en cambio, esperaban las noticias de su hermano mayor con verdadera avidez, sobre todo al principio. Ninguno de los dos se mostró nunca proclive a la resignación, ni mucho menos al olvido. Ella pensaba a menudo que haber cedido a esa tentación, en lugar de mantenerse firme en la exigencia de luz, habría constituido una bendición. Claro que uno no gobierna siempre todas sus decisiones, especialmente cuando se trata de olvidar o perdonar.

Las primeras pistas que siguieron el FBI y la CIA apuntaban hacia un grupo palestino llamado «15 de Octubre, Abu Ibrahim», basada en Berlín, que había tratado de derribar años atrás un avión de la compañía israelí El Al, con métodos sofisticados similares al empleado por los terroristas para hacer estallar en el aire el 747 *Clipper Maid of the Seas*: una bomba de casi medio kilo de peso oculta en un radiocasete que viajaba dentro de una maleta embarcada en Frankfurt. Las sospechas sobre los palestinos resultaron ser infundadas, aunque no así la pista de la maleta.

Tan rigurosas fueron las pesquisas que los americanos llegaron hasta el punto de localizar, en Malta, la tienda en la que el propietario de una camisa incluida en ese equipaje había adquirido la prenda. Así, a finales de 1991 y tras infinidad de interrogatorios y pruebas periciales, los distintos servicios policiales y de información implicados en la investigación llegaron a la conclusión de que los libios habían sido los causantes de la masacre y acusaron formalmente a dos ciudadanos de ese país como autores materiales de los doscientos setenta asesinatos.

Lucía tenía sus nombres incrustados en la memoria: Abdelbaset al-Megrahi, agente de la inteligencia libia y jefe de seguridad de las Aerolíneas Árabes Libias, y Al Amin Khalifa Fhimah, director de la sede de dicha compañía en Malta. Todo el mundo sabía que detrás de ellos estaba Muamar el Gadafi, en calidad de inductor de la matanza. Era su venganza por los bombardeos de Trípoli y Bengasi, llevados a cabo por aviones norteamericanos en 1986.

¿Y qué tenía que ver su madre en esa madeja de rencores rancios? ¿Qué culpa tenían ella y el resto de los pasajeros de las pugnas de los poderosos por el petróleo de Libia?

Lucía siguió adelante con su vida lo mejor que pudo, sin dejar de sentir un solo día el vacío dejado por esa explosión. Estaba acostumbrada desde niña a las despedidas, aunque aquélla daba una nueva dimensión al concepto. Ninguna de las que vinieron después volvería a desgarrarla de ese modo. Nada igualaría ese dolor. Las quemaduras del cuerpo dejan tras de sí piel rugosa e insensible. Las del alma endurecen el corazón. Lo resecan.

Cuando el dictador libio se negó a entregar a los sospechosos a la justicia que los reclamaba, se dijo a sí misma que Estados Unidos e Inglaterra, dos gigantes de la democracia, impondrían su autoridad a ese dictador sanguinario, cabecilla y encubridor de terroristas. Se equivocaba. La ONU estableció sanciones económicas contra el país y se hicieron algunos gestos de cara a la galería, pero tuvieron que pasar diez años hasta que las presiones de unos y otros obligaron a Gadafi a poner finalmente a los acusados en manos de los tribunales escoceses. ¡Diez largos años durante los cuales esos sicarios siguieron disfrutando de su libertad, mientras Lucía añoraba desesperadamente a su madre, incapaz de poner fin a su duelo!

Al-Megrahi fue condenado por asesinato y sentenciado a veintisiete años de prisión. Fhimah, absuelto. Gadafi siguió ejerciendo el poder, recibiendo en su capital a mandatarios de todas las naciones democráticas y visitando países con honores de jefe de Estado, como si el vuelo 103 de Pan Am no hubiese sido derribado en el aire, con sus doscientos cincuenta y nueve pasajeros a bordo, siguiendo sus órdenes criminales. Como si jamás hubiese existido. Compró impunidad y respeto con billetes manchados de sangre. En el verano de 2003 aceptó asumir la responsabilidad por el atentado y pagar una indemnización a las víctimas, a cambio de que Naciones Unidas levantara las sanciones. Y lo consiguió.

Lucía nunca quiso ver un dólar de ese dinero. Gran parte del importe fue destinado a pagar la atención constante que necesitó su padre durante mucho tiempo, después de que la mente se le nublara por completo a fin de escapar al tormento. Una cantidad considerable había sido donada previamente por Fernando a distintas causas benéficas, y el resto de lo que le correspondía a ella fue a parar a un fondo a plazo fijo a nombre de su hija. Le producía una repugnancia insalvable pensar siquiera en tocarlo.

A lo largo de esos años puso un gran empeño en encerrar su ira bajo siete llaves, consciente de que ni el rencor ni mucho menos la amargura, ni tampoco la revancha, le devolverían a su madre. No siempre lo consiguió.

Todos sus amigos sabían que pronunciar el nombre de Gadafi delante de ella era un modo cruel de herirla, que llegaba a provocarle náuseas. Siempre que salía a relucir en la conversación el terrorismo, cualquier forma de terrorismo, reaccionaba con una vehemencia que sólo sus más íntimos podían entender. Por eso se había ofrecido Paca a sustituirla en la posible edición del libro de memorias de Antonio Hernández.

No importa el tiempo que pase, hay heridas que no sanan nunca.

—Al fin ha llegado tu San Martín, pedazo de cabrón —masculló Lucía entre dientes, hablando consigo misma en la soledad de su piso en penumbra.

Quería conocer los detalles de esa muerte. Para la mayoría de la gente aquello sería un episodio más de esa Primavera Árabe de la que hablaban los medios. Para ella era un punto final, algo así como una justicia postrera que le brindaba tardíamente el destino, después de que la de los hombres le hubiera fallado con estrépito, hasta el punto de soltar, un par de años atrás, al único culpable oficial del atentado, por razones humanitarias.

Menos de dos meses de prisión había pagado ese malnacido por cada una de sus víctimas. Las autoridades escocesas encargadas de custodiarle argumentaban para justificar su excarcelación que estaba enfermo de cáncer y le asistía el derecho a ir a morir a su casa. En Libia se le había recibido como a un héroe, con profusión de homenajes encabezados por el máximo líder del país. Hasta donde sabía ella a través de su hermano, que era quien seguía el asunto más de cerca, todavía andaba suelto por ahí, vivito y coleando.

—¿Sufriste antes de expirar? —le espetó en voz alta a la fotografía de Gadafi publicada en primera plana del *ABC*—. ¿Tuviste miedo? Ahora ya sabes lo que se siente... ¡Ojalá te pudras en el infierno!

La luz de la lámpara situada junto a su butaca de lectura caía sobre el periódico, abierto por las páginas 28 y 29. Un titular a ocho columnas rezaba: «Gadafi muere en una alcantarilla». La crónica era de Mikel Ayestaran, enviado especial a Trípoli.

Empezaba así:

> Muamar Gadafi, uno de los más crueles dictadores del mundo árabe, murió ayer tras ser atrapado en una tubería de desagüe cuando intentaba huir de su último refugio, del último bastión de su dictadura. El extravagante coronel había alardeado de que cazaría a los rebeldes como a ratas. El destino ha querido que fuera él quien viera acabar su vida junto a un desagüe, en lo más parecido a una alcantarilla. «Nos llamaba ratas pero mira dónde le hemos encontrado», afirmó uno de los combatientes que le dieron caza.

«¿Rata? —pensó Lucía—. Las ratas son lo que son, nadie les dio a elegir. Él pudo escoger y escogió arrastrarse por el fango. Asesinar a inocentes. Promover el terrorismo. Vender su alma al diablo. Las ratas son criaturas honorables en comparación con esta abyección de ser humano.»

El relato de Ayestarán era riguroso y pormenorizado:

> A primera hora de la mañana de ayer, Gadafi quiso huir de Sirte en un convoy que intentaba salir de la ciudad. Pero un ataque de aviones franceses de la OTAN se lo impidió. Unas horas más tarde, entre los escombros de la batalla, un grupo

de rebeldes daba con el dictador, escondido en una tubería de desagüe. Allí le dispararon a las piernas y a la cabeza. Un combatiente antigadafista aseguró que el dictador se había «escondido en un agujero» y había gritado: «No disparéis, no disparéis».

O sea, que había terminado sus días como un cobarde, oculto en una tubería e implorando la piedad que él nunca conoció.

—Los que iban en ese avión que tú mandaste derribar no tuvieron opción a implorar —le dijo Lucía al difunto, con la misma vehemencia que habría puesto si hubiera tenido ocasión de dirigirse personalmente a él—. Tú no se la diste. ¿Habrías sido clemente de haber podido oír sus gritos? ¿Te habrías ablandado ante su miedo? No, no lo habrías hecho. La gentuza de tu calaña sólo es sensible a su propio dolor, nunca al ajeno.

La hiel acumulada en más de veinte años estaba saliendo a la luz, de golpe, sin barreras capaces de contenerla por más tiempo. Se hallaba sola con su conciencia. Podía despacharse a gusto, obviando disimulos hipócritas. Y se alegraba de ese final. Sería bárbaro y salvaje, todo lo bárbaro y salvaje que quisieran los portavoces de lo políticamente correcto, pero era lo que se merecía ese tipo. Recogía exactamente lo sembrado a lo largo de sus muchos años de gobierno sanguinario. Ni más ni menos.

Los aviones de la OTAN habían hecho un buen trabajo, con dos décadas de retraso, eso sí. Lucía sabía mejor que nadie la cantidad de ocasiones en las que los máximos dirigentes de naciones miembros de esa organización habían mirado hacia otro lado en aras del diálogo con el dictador libio. La cantidad de visitas que habían efectuado a su país... El cinismo del que habían hecho gala esos políticos sin principios ni honor a los que algunos llamaban «pragmáticos» y ella consideraba pura y simplemente ventajistas sin escrúpulos...

Nadie, a uno y otro lado del espectro ideológico o del mapa, había escapado al influjo maligno de ese hombre. Ni Aznar, ni Zapatero, ni Clinton, ni Blair se habían resistido a la llamada del petróleo que Gadafi administraba a su antojo, negando u otorgando sus favores dependiendo del grado de adulación que le tributaran los huéspedes ilustres que iban a rendir pleitesía a su jaima, guardada por un ejército de presuntas vírgenes. Todos habían sucumbido a sus promesas de invertir en sus respectivos países o contratar a sus empresas, si es que no habían suscrito tratos menos confesables.

—Más vale tarde que nunca. —Lucía escupió nuevamente su desprecio a un retrato tamaño sello—. Te dejaron colgado cuando más los necesitabas. La política es así. Como solía decir mi padre, que en paz descanse, en las relaciones internacionales no hay amigos sino intereses. Y tú dejaste de interesarles cuando perdiste el control de tu pueblo.

En la página impar, una fotografía de gran tamaño mostraba el lugar en el que había caído abatido el tirano. Debajo, un texto encuadrado informaba de que el autor de los disparos mortales había sido un chaval de dieciocho años, Ahmed al-Shebani, que aparecía retratado en actitud triunfal, empuñando el mítico revólver de oro que había pertenecido a Gadafi.

Lucía se quedó mirando la foto un buen rato, preguntándose qué clase de agravios personales, qué odios ancestrales habrían llevado a ese chico a apretar el gatillo. ¿Cuánto le duraría la euforia derivada de ese acto? ¿Hasta cuándo le considerarían los suyos un héroe?

Siguió leyendo.

El diario incluía algún reportaje y varios artículos de opi-

326

nión dedicados al personaje, así como a las reacciones internacionales provocadas por su violento final. Sólo el primer ministro británico, David Cameron, mencionaba a «las víctimas de la dictadura de Muamar Gadafi», e incluso él se refería, Lucía lo supo con certeza, a las de origen libio. ¿Quién recordaba a esas alturas a los pasajeros del vuelo 103 de Pan Am y a los vecinos de Lockerbie abrasados entre las llamas de sus propias casas, alcanzadas por los restos de ese avión derribado en pleno vuelo? Sus padres, sus esposos, sus hijos. Nadie más.

Por un extraño guiño del azar, la página de opinión publicaba dos editoriales aparentemente inconexos, que ella, no obstante, relacionó inmediatamente con otra de las afirmaciones habituales en labios de ese padre al que debía, en buena medida, su curiosidad insaciable: «La historia se repite».

Ésa también lo haría, no cabía duda, en forma de drama.

La primera de las piezas, titulada «En honor de las víctimas», se refería a las asesinadas por la organización vasca y constituía un alegato encendido en favor de su causa:

> Éste es el momento de mantener la frialdad ante los terroristas, no olvidar lo que son y lo que han sido, y no abdicar de las exigencias de justicia que merecen las víctimas de ETA, en cuyo honor debe escribirse el que puede ser el epílogo de la banda terrorista. No es hora de ablandarse ante los etarras sino de hacer presentes, más que nunca, a los casi mil españoles que fueron asesinados por los mismos que ahora se jactan de su historia criminal.

El otro artículo estaba dedicado a «la muerte de un dictador» y no decía una palabra de las múltiples acciones terroristas promovidas por Gadafi a lo largo de sus años de poder absoluto. «Ahora el objetivo más importante para la comunidad internacional —había escrito el editorialista, recogiendo el sentir general— tiene que ser la promoción de la democracia en la nueva Libia.»

Lucía pensó en Antonio, el coronel retirado de la Guardia Civil deseoso de publicar un libro de memorias, y en la conversación que habían mantenido un par de días atrás; en su anhelo de mantener viva la memoria de los héroes y de sus hazañas. ¡Qué ingenuidad! ¿Cuánto tiempo pasaría antes de que el cálculo político y la necesidad de «mirar al futuro» pesaran más en la balanza de los gobernantes que el tan manido «honor» del que todos se habían llenado la boca?

No era preciso ser excesivamente sagaz para darse cuenta de que ya había empezado a suceder. Y aquello era sólo el comienzo.

Las víctimas que no se arman, que no se vengan, que no se convierten en un problema, pasan inmediatamente a ser una molestia. Ella había sostenido lo contrario en infinidad de ocasiones ante su hermano, cuando la asociación de la que él formaba parte se mostraba, a su juicio, excesivamente agresiva en su beligerancia, pero el devenir de los acontecimientos había terminado por dar la razón a Miguel. De haber dejado de presionar como lo hicieron, de haberse conformado con vanas promesas, no habrían obtenido ni siquiera la magra compensación moral del reconocimiento de culpa entonado tardíamente por Gadafi, ni tampoco una indemnización económica.

La conciencia social es tan frágil como la memoria colectiva, e igual de manipulable.

Siempre le había llamado desagradablemente la atención la facilidad con la que políticos y periodistas se referían a «las víctimas», en genérico, como si cada una de ellas no tuviese una historia diferente y única, un calvario propio, un dolor al que hacer frente, un nombre que gritar en sueños. ¿Alguien tenía alguna idea de lo que significaba su pérdida, la de Lucía Hevia-Soto Lurmendi? ¿Podían imaginar siquiera el seísmo que había provocado en su vida la muerte violenta de su madre? No, la añoranza es tan intransferible como el amor, como el odio, como la tristeza. Es una emoción solitaria.

Miró el reloj, más por costumbre que por verdadero interés. Las persianas cerradas mantenían el salón en una oscuridad intemporal, en sintonía con su estado de ánimo. Eran las dos y cuarto. Una hora perfecta para seguir haciendo balance y ordenando, en lo posible, los armarios de su alma, tal como le había enseñado a hacer María con los que guardaban su ropa.

Pasada la tormenta inicial, empezaba a sentirse mejor.

Movida por ese afán de cerrar el círculo y culminar finalmente su duelo, a Lucía se le ocurrió que sería interesante contactar con el periodista que le había dado la noticia del atentado mortal aquella fatídica noche de 1988. No tenía muy claro qué podría aportar él a la historia que ella pretendía concluir, pero era un protagonista destacado del episodio. Nada perdía con hablar con él, si es que, por casualidad, conseguía localizarle.

El periódico que tenía en las manos incluía el número de teléfono de una centralita.

—*ABC* —respondió una operadora—, buenas tardes…

—Buenas tardes. —Lucía no sabía por dónde empezar a explicarse, de modo que se limitó a probar suerte—. ¿José Alberto Santos, por favor?

—Un momento, le paso.

O sea, que él seguía trabajando allí… Recordaba vagamente su rostro, por haberlo visto en alguna rueda de prensa televisada de aquella época, aunque nunca había accedido a concederle una entrevista, a pesar de sus numerosas solicitudes. Mientras esperaba a que le pasaran la llamada, se preguntó si él se acordaría de ella. Lo más probable era que no y Lucía no insistiría.

—¿Diga?

Su voz no había cambiado lo más mínimo. Lucía no necesitó confirmar que era Santos, de modo que se saltó los prolegómenos al uso.

—Señor Santos, soy Lucía Hevia-Soto, hija de María Lurmendi, una de las víctimas del...

El periodista la interrumpió, en un tono que dejaba traslucir tanto asombro como malestar tamizado, eso sí, por una buena educación.

—Sé perfectamente quien es usted, Lucía. Le he telefoneado un millón de veces en los últimos años y le he dejado infinidad de recados, aunque le confieso que había perdido la esperanza de que me contestara.

—Lo entiendo. —Tampoco ella se mostraba particularmente cordial—. Y sin embargo ya ve, esta vez soy yo quien le busca a usted. ¿Podría invitarle a un café?

—¿Ahora? —Para Santos, esa mujer que siempre se había resistido a hablar con la prensa constituía todo un desafío profesional, que con el correr de los años se había convertido en algo personal, no ya tanto por el interés informativo de su testimonio, desaparecido tiempo atrás, sino precisamente por el hecho de ser inaccesible. En 1988 habría dado un mes de sueldo por tomarse un café con ella. A esas alturas ya no, lo que no le impedía sentir una enorme curiosidad ante la perspectiva de ese encuentro.

—Mejor mañana —dijo Lucía—. A eso de las cuatro, si le parece bien, en algún lugar del centro, a ser posible.

—¿Qué tal el ABC de Serrano? —propuso Santos.

—Perfecto —convino ella—. Creo que le reconoceré.

Durante años se había esforzado por olvidar, una vez descartada toda posibilidad de perdón, sólo para terminar concluyendo que esa opción resultaba ser tan inviable como la otra.

¿Cómo era eso que decía María en su diario, esa frase de Paola que tanto había llamado su atención? «Lo único capaz de sanar mi alma sería su perdón.» Ella se refería a la paz que otorga el perdón ajeno. Lucía necesitaba desesperadamente la contraria, la que se deriva de liberar el corazón del odio que lo atenaza. Hasta entonces, ni siquiera se había planteado intentarlo, máxime cuando jamás había percibido la menor sombra de arrepentimiento o propósito de enmienda por parte del asesino de su madre. Ahora presentía que las cosas podían cambiar. Necesitaba que cambiaran. Debía forzar ese cambio.

Volvió a buscar la fotografía del muchacho que había disparado a Gadafi: Ahmed. Le vio exhibir, orgulloso, el revólver dorado del dictador y una camiseta en la que podía leerse la palabra *love*. No era precisamente el amor lo que había guiado su brazo, sino el afán de justicia. Una justicia brutal, primitiva e implacable, pero justicia al fin. La del «ojo por ojo». A falta de otra mejor, tendría que valerles a ambos. A ese chico y a ella. Porque en ausencia de perdón, y el perdón no depende de la voluntad, únicamente la justicia puede servir de bálsamo para determinadas llagas.

—Tendrá que valernos y nos valdrá, Ahmed, estoy segura —masculló entre dientes.

Lástima que Fernando no hubiese vivido para ver amanecer ese día, pensó su hija. Seguramente habría lamentado el final atroz del coronel libio, aunque en su fuero interno se habría visto compensado de algún modo por un castigo tan duro como el sufrido con la muerte de su esposa. Perderla a ella sin previo aviso, sin posibilidad de despedida, sin oportunidad para decirle lo que habría querido decirle ni abrazarla como habría querido abrazarla, constituía un golpe feroz. Recibirlo, además, en la recta final de la vida, sumado a la jubilación forzosa, suponía un ensañamiento añadido del destino. ¿Cuál sería ese «algo» que había llevado a que las cosas ocurrieran así, si es que su madre acertaba al mostrarse convencida en su diario de que las cosas siempre suceden por algo?

Lucía creía simplemente que el azar juega con nosotros. ¿De qué modo podía entenderse, si no, la broma siniestra que le había gastado a su madre? Ella, que según confesaba en su diario, tanto había sufrido por el peligro de una confrontación nuclear, había sobrevivido a dos conflictos devastadores: la Guerra Civil española y la Segunda Guerra Mundial; había superado la amenaza atómica que tan cerca estuvo de materializarse durante aquella famosa crisis de los misiles, así como el peligroso duelo protagonizado por las dos superpotencias enfrentadas durante medio siglo, para sucumbir al terrorismo, la forma más sucia y cobarde de guerra que ha conocido la humanidad.

—Al menos te ahorraste la humillación de volar como lo hacemos ahora por culpa de esos malnacidos —le dijo a la fotografía de la mujer de ojos claros que la miraba, con gesto serio, desde una estantería de la biblioteca—. Te habría horrorizado tener que descalzarte ante cualquiera y dejarte cachear por manos extrañas. ¡Con lo mucho que te avergonzaban tus pies!

A Lucía le habría gustado que su padre leyera la historia de la rata muerta en la alcantarilla. Habría deseado compartir con él la noticia de esa victoria póstuma y celebrar juntos la ejecución de esa sentencia tardía.

Claro que, pensándolo mejor, prefería imaginar que, dondequiera que se hallara Fernando, estaría en compañía de María, haciendo cosas mejores que cobrarse una venganza brutal o pensar en terroristas muertos. Le resultaba mucho más evocadora la imagen de sus padres juntos, tomándose un whisky, paseando del brazo por las calles de París o bailando un vals peruano en plena Plaza de Armas de Cuzco.

El ruido de la puerta al abrirse la sacó de sus ensoñaciones. Era Laura, que se quedó sorprendida al encontrársela en casa a esas horas, prácticamente a oscuras. Al acercarse a darle un beso y ver la cara de su madre, la sorpresa se convirtió en susto.

—¡¿Mamá, estás enferma?! ¿Por qué no me has llamado al móvil?

—Estoy bien, tranquila —respondió Lucía, lo más dulcemente que pudo. Luego, recurriendo a un símil que su hija sabría entender, añadió—: Es sólo que los fantasmas han atacado el castillo.

—Por lo de Gadafi, claro…

Laura era consciente de hasta qué punto ese personaje había marcado a Lucía. Nadie lo sabía mejor que ella y tampoco nadie había luchado con más ahínco para contrarrestar el daño que le había hecho a su madre. Le bastaba con ponerse en su lugar y tratar de hacerse una idea de lo que supondría una experiencia semejante, para darse cuenta de que resultaría insoportable.

—Muerto el perro, se acabó la rabia —sentenció Laura, enérgica—. ¡Y nunca mejor dicho! Nadie va a llorar más hoy aquí.

Con paso firme se acercó a la ventana y subió las persianas hasta arriba, permitiendo que la luz oblicua de la tarde devolviera los colores a la habitación. Lucía estaba mejor en penumbra, aunque no protestó. No habría servido de nada. Su hija había heredado de esa abuela a la que apenas conoció el cabello rubio y la estatura, la alegría, la elegancia, un don rayano en lo milagroso para evitar o resolver conflictos derrochando empatía, y también la cabezonería, que ella prefería denominar perseverancia. Cuando se empeñaba en algo, no había fuerza humana capaz de disuadirla ni obstáculo que la frenara. Era mejor rendirse y dejarla hacer.

Mientras andaba de un lado a otro del salón colocando cosas en su sitio, la regañó con dulzura, recordándole que habían pasado más de veinte años desde aquel horrible día y era tiempo de superarlo. Lucía asintió. No estaba en condiciones de discutir, y menos con Laura, que la miraba, preocupada, con esos ojos impregnados de ternura que habrían desarmado a cualquiera.

—Sé que no la puedes olvidar, pero ya es hora de que te reconcilies con su recuerdo, ¿no te parece?

—En ello estoy. Es exactamente lo que he estado haciendo esta semana. No te lo había dicho, pero el martes encontré un diario escrito por tu abuela en Estocolmo, hace casi medio siglo. Por eso me habrás visto un poco rara estos días.

—¡¿Y me lo has ocultado hasta ahora?! —La indignación de Laura era fingida—. Ya estás contándome con pelos y señales lo que contiene ese diario. Quiero todos los detalles. Vamos a la cocina y me lo explicas mientras preparo algo. No he comido y vengo hambrienta.

Al verla salir del salón, risueña, decidida, pisando fuerte con sus botas de tacón alto y moviendo esa preciosa melena que le llegaba a la cintura, Lucía supo que iba a echarla de menos. Le costaría prescindir de las charlas, más o menos trascendentes, que solían compartir ante los fogones, y más aún de su fuente inagotable de optimismo. También de sus bromas, siempre a flor de lengua, afiladas e inteligentes. Extrañaría el beso de buenas noches y esas pullas cariñosas que le lanzaba a la menor ocasión, con el fin de obligarla a mantener alta la guardia y no ceder al desaliento. Echaría de menos a esa hija tan parecida y al mismo tiempo tan diferente a ella, tan sólidamente arraigada a la vida, tan segura, tan feliz.

—¿Has comido? —Laura estaba aliñando una ensalada—. ¿Te apetece algo?

—No, gracias. Luego te acompañaré en el café.

—Bueno, desembucha. ¿Qué has descubierto de la abuela? ¿Algún secreto inconfesable? ¿Alguna aventura amorosa? ¡Qué emocionante! Una no escribe un diario porque sí...

Aquélla era una pregunta excelente. ¿Qué había descubierto exactamente Lucía en el viejo cuaderno de música de su madre? Ella misma se había planteado esa cuestión en más de una ocasión, mientras lo leía, hasta llegar a la conclusión que estaba a punto de compartir con su hija.

—En realidad nada de particular. O sí...

—No te entiendo. ¿Puedes ser un poco más precisa?

—He descubierto a una mujer. —Lucía buscaba el modo de explicar algo tan sencillo en apariencia y sin embargo tan complejo, visto desde la óptica de sus sentimientos, que no era fácil formularlo. Aun así, lo intentó—: Una mujer como tú o como yo, con los miedos, los amores, los anhelos, las dudas y las certezas de cualquier mujer. Una mujer que me habría gustado conocer.

—Mamá —Laura volvía a emplear ese tono de censura maternal que utilizaba últimamente para regañarla, intercambiando los papeles—, cuando murió, yo ya había nacido. Tuviste tiempo, no seas quejica.

—No, gordita, no lo tuve. —¿Cómo hacerle entender lo que ella misma empezaba a vislumbrar, lo que necesitaba resolver a fin de culminar esa tarea de reconciliación que Laura le conminaba a llevar a cabo sin tardanza?—. Conocí a la madre, no a la mujer. El trabajo del abuelo nos separó al poco de cumplir yo dieciocho años, y justo cuando habríamos podido empezar a compartir, a tejer la red de complicidad que tú y yo nunca hemos dejado de tupir, esa bomba me separó definitivamente de ella. Creo que por eso la he añorado tanto.

—¿Era una mujer parecida a ti? —Laura empezaba a comprender con el corazón, intuyendo el calado de un sufrimiento cuya verdadera dimensión se le había escapado hasta entonces.

—Sí y no —respondió Lucía—. Vivió en un tiempo distinto. En algunos aspectos nos parecíamos mucho y en otros creo que se asemejaba más a ti.

—¿A mí? —Más que una pregunta, era un «no me lo creo».

—A ti, sí, y a las chicas de tu generación. —Lucía estaba constatando sobre la marcha un hecho en el que acababa de caer—. Tu abuela nació para ser madre y esposa, nunca aspiró a otra cosa. Vosotras, al igual que ella, habéis tenido la fortuna de nacer con las expectativas claras. Seréis lo que queráis ser en el terreno personal y en el laboral también. Nadie espera de vosotras que cambiéis las normas de funcionamiento del mundo o alteréis vuestra posición en él, ni tampoco tenéis la necesidad de hacerlo para escapar de una cárcel de desigualdad. Mi quinta no tuvo esa suerte.

—Cualquier tiempo pasado no fue mejor, mamá. —Laura se había tomado el comentario como una ofensa—. Pasado mañana me marcho a Panamá porque aquí no hay trabajo. Sé que voy a tener que bregar con jornadas de catorce horas, como hasta ahora, por un salario mediocre, y vete tú a saber cuándo podremos permitirnos Jaime y yo el lujo de tener hijos. No sé si cambiarías mi experiencia por la tuya.

—No digo que no debáis superar retos y dificultades, no

336

te enfades. —Lucía se acercó a darle un beso en la mejilla en señal de disculpa—. Seguramente más que nosotras en el plano económico o el laboral. Pero sabes que nadie espera de ti otra cosa y que tendrás a tu lado a un compañero que compartirá la carga al cincuenta por ciento, porque habrá sido educado para comportarse de ese modo. Lo mismo le sucedía a tu abuela, aunque el guión fuese completamente distinto: tenía su papel muy claro, igual que lo tienes tú. Nosotras nos vimos obligadas a reescribir radicalmente el nuestro y romper tabúes. Sabemos mucho de cambios y rupturas —añadió con sarcasmo—. A propósito... he roto definitivamente con Santiago.

Laura se esperaba esa noticia desde que él había salido del piso de la calle Carranza. No le sorprendió. Había padecido el ambiente tenso de las últimas semanas y no sentía especial simpatía por ese hombre. Lo único que le importaba era que su madre estuviera bien.

—Lo siento —acertó a decir.

—No hay motivo. Ha sido decisión mía. La libertad de vivir sola o en pareja forma parte de esas conquistas de las que te hablaba. Y todo tiene un precio.

—Eso es verdad —convino Laura, terminando de rebañar con un pedazo de pan la vinagreta de la ensalada—. De hecho, creo que probablemente el precio fuese excesivo.

—¿Te refieres al divorcio de tu padre?

—Desde entonces ha llovido mucho, pese a lo cual no hay goteras —respondió Laura, con una media sonrisa cómplice que significaba «eso ya está superado»—. Me refiero a la felicidad.

Madre e hija se quedaron calladas por un instante, mirándose a los ojos, conscientes de haber llegado a un punto crucial en la conversación que nunca antes habían abordado.

—No es un reproche —precisó Laura, ante el gesto sorprendido de su madre—. No te hablo de mi felicidad sino de la tuya. De todas las cosas que he aprendido de ti, y han sido muchas, la única que he echado en falta es la disposición a ser feliz, a disfrutar de la vida.

—¿Crees que no he disfrutado de la vida? —Lucía sí había recibido esas palabras como un reproche; un reproche grave, viniendo de su hija—. ¡Si soy una privilegiada! Te tengo a ti, un trabajo que me apasiona, estabilidad económica, amigos…

—No me explico bien. Lo que digo es que te has tomado eso que llamas «conquistas» demasiado en serio. Demasiada responsabilidad, sentido del deber, trascendencia. Supongo que lo de la abuela no te habrá ayudado, pero… Mamá, la vida no es eso. No es sólo eso. Ya has demostrado lo que fuera que tenías que demostrar. ¡Date una tregua!

Era un acta de acusación en toda regla, redactada en papel de seda y escrita con tinta azucarada. Un golpe bajo propinado con la mejor intención. Lucía se limitó a encajar el impacto, renunciando a ejercer su derecho a la defensa. ¿Para qué? Laura tenía buena parte de razón y estaba acostumbrada desde chica a decir la verdad sin cortapisas. No estaba echándole en cara un mal ejemplo sino animándola a transgredir las normas. ¿Se habría atrevido ella a hacer lo mismo con María, si la vida les hubiese dado a ambas esa oportunidad? Seguramente no.

Como bien decía su hija, cualquier tiempo pasado no fue mejor. Sólo distinto.

—En ello estoy —comentó lacónica—. También tengo esa tarea pendiente en mi lista.

—Me gustaría leer ese diario algún día, si no te importa —dijo Laura, volviendo al tema que las ocupaba.

—¡Claro, hija! En cuanto lo termine, cosa que espero hacer esta noche o a más tardar mañana, te lo dejo. Iba a pedirte que me ayudaras a escanearlo para enviárselo a tus tíos. Ya que no has tenido abuela, al menos te enterarás de lo mal que lo pasó la pobre por mis hermanos y por mí cuando temió que el mundo se acabara de la noche a la mañana como consecuencia de una guerra nuclear.

—No es verdad que no haya tenido abuela —rebatió Laura, muy seria.

—Bueno, quería decir que eras muy pequeña cuando murió —corrigió Lucía.

—Ya lo había entendido. —Su hija sonrió—. Pero eso no me ha impedido tener abuela. Ya te has encargado tú de contarme todas sus historias, llenar esta casa de fotografías suyas y repetirme un millón de veces lo mucho que te recuerda a ella cualquier gesto o rasgo mío. La abuela siempre ha vivido aquí, con nosotras. Parece mentira que no te des cuenta…

Se habían tomado el café mientras charlaban y Laura estaba colocando los cacharros en el friegaplatos en perfecto orden. Era mucho mejor ama de casa que su madre, sin dejar de ser una brillante arquitecta.

María habría estado orgullosa de su nieta.

—¿Te ayudo a hacer la maleta? —se ofreció Lucía—. Eso es algo que también aprendí de tu abuela y se me da bastante bien. Nadie era capaz de aprovechar el espacio mejor que ella sin que se arrugara la ropa, te lo aseguro.

Pasaron buena parte de la tarde dedicadas a esa tarea, entre bromas y planes de futuro. Los fantasmas fueron derrotados y acabaron por batirse en retirada, dejando el campo libre a los buenos recuerdos que se abrieron paso a golpe de anécdotas y risas. La línea divisoria que separa unos de otros es tan fina como radical. Marca la frontera entre la nostalgia del ayer que se perdió y la certeza de una vida eterna en el amor.

Cuando Laura salió hacia una de las múltiples cenas de

despedida que celebraba desde que se había confirmado su marcha a Panamá, Lucía conectó el teléfono que había tenido apagado todo el día y encendió el ordenador. Tenía varios mensajes de whatsapp de Paca interesándose por su salud, uno de su ayudante recordándole una cita aplazada, múltiples entradas en chats colectivos de grupos de amigos, siete llamadas perdidas y dos docenas de correos electrónicos.

Lo normal.

Repasó rápido la correspondencia, sin leerla, hasta llegar a un remitente especial: julianvalparaiso22@hotmail.com. Era él. Le había respondido.

La voz de la sensatez le susurró nuevamente al oído que estuviera alerta: «¡Cuidado!».

El instinto reiteró su advertencia: «Un soñador incapaz de amar a una mujer de verdad, un enamorado del amor».

Se dijo, por enésima vez, que lo que debía hacer era borrar ese correo y olvidarle, aunque no pudo evitar que su boca dibujara una sonrisa coqueta.

Claro que la noche no iba a ser para él. Tiempo tendría de resolver su dilema interior. Se había pasado todo el día pensando en María y llegaba la hora de ir a buscarla, en las páginas de su diario, a fin de escuchar su voz.

9

Estocolmo,
viernes, 26 de octubre de 1962

Son las once y media de la noche. ¡Vaya horas de ponerse a escribir! He tenido que mirar el reloj para confirmar la fecha y sí, todavía estamos a 26 de octubre. Un día terriblemente largo, que la Historia recordará como el que marcó el principio del fin de una pesadilla aterradora.

Eso quiero pensar, al menos.

Hace sólo unos minutos que hemos vuelto Fernando y yo de la Embajada. Bueno, en realidad de la cancillería, situada en un pequeño edificio anejo que hasta hoy no conocía. Él debe de estar ya dormido. Yo no tenía sueño, de modo que aquí estoy, preguntándome si, como parece pensar la mayoría de la gente que me rodea, de verdad se aleja la posibilidad de que Kruschev o Kennedy aprieten el maldito botón que acabaría con este mundo o lo convertiría en algo irreconocible.

Me gustaría decir que sí, pero en realidad todavía no estoy segura.

Serían las siete de la tarde cuando Fernando ha llamado a casa para decir que estaban a la espera de recibir un largo telegrama cifrado del ministerio y que se quedaría en el despacho hasta tarde con el fin de desencriptarlo. En condiciones normales, no habría dado mayor importancia al asunto. Dada su cita de ayer con la tal Inger, que pudo no haber sido nada pero sigue atormentándome el alma, todas mis alarmas interiores se han puesto a sonar con estruendo, como lo hacían durante los bombardeos de mi infancia. Sin saber de dónde ha surgido semejante inspiración, se me ha ocurrido responderle con la mayor naturalidad posible:

—No te preocupes. Tomo un taxi, me acerco a llevarte la cena y la tomamos allí juntos.

Pensaba que iba a rechazar de plano mi oferta. De ahí que me haya producido tanta sorpresa constatar que no ponía inconveniente alguno. Tampoco se ha mostrado especialmente entusiasmado, ésa es la verdad. Simplemente me ha pedido que abrazara de su parte a las niñas, ya que no las vería esta noche.

—Dile al Juguete que mañana merendamos juntos y le cuento una aventura de don Quintín de Pamplona.

Fernando está chalado con Lucía. Esta pequeña le ha vuelto del revés.

A las ocho y media en punto me dejaba el taxi frente a la cancela del frondoso jardín que rodea la Embajada. Un par de luces encendidas en el pabellón que acoge las oficinas daban cuenta de que, pese a la hora avanzada, todavía había alguien trabajando allí, cosa realmente insólita en Estocolmo. Se trataba por supuesto de Fernando, que ha salido a abrirme personalmente, rebuscando entre las llaves del grueso manojo que llevaba en la mano.

En contra de lo que me había temido, no parecía estar de muy mal humor, aunque sí nervioso. ¿Quién no lo está en estos tiempos?

La luz de una luna llena, acostada prácticamente sobre la línea del horizonte, se filtraba entre jirones de nubes, alargando las sombras de los árboles hasta dibujar un paisaje irreal. En el silencio del jardín nuestras pisadas resonaban sobre la grava con un eco que me ha parecido ensordecedor. Incluso el beso fugaz que nos hemos dado a guisa de saludo se me ha antojado ruidoso.

Noche, frío, eco… Todos los elementos se habían confabulado para añadir dramatismo a una situación ya de por sí muy tensa.

—Dime que ese telegrama es portador de buenas noticias, por favor —he abierto el fuego, mientras me quitaba el abrigo una vez dentro del edificio.

—Todavía no lo sé —me ha respondido, algo seco—. Sigo esperando a que llegue y parece que la cosa va para largo. Supongo que tendrá que ver con la importantísima sesión celebrada ayer en el Consejo de Seguridad. Claro que entre la diferencia horaria con Nueva York y lo laborioso que resulta el proceso de cifrar y descifrar mensajes, hay que armarse de paciencia.

—¿No puede esperar a mañana?

—No. El embajador quiere que le pase el texto esta misma noche, o sea que voy a estar ocupado. No deberías haber venido, vas a aburrirte como una ostra.

—¡Tendrás diez minutos para cenar algo! —he rebatido, buscando un sitio para dejar la cesta que había preparado Ja-

343

cinta con fritos de pescado y huevo, bocadillitos de jamón ibérico, sándwiches de atún y mayonesa y algún otro capricho de los que ella sabe que le gustan a su señor—. Así te hago compañía y veo dónde trabajas.

Es increíble lo que consigue hacer nuestra cocinera con los ingredientes disponibles en Estocolmo. Se maneja con las coronas suecas mejor que yo, conoce a todos los proveedores que disponen de productos de importación y no tiene miedo alguno a subirse al tranvía e irse a buscar lo que haga falta al quinto demonio, si lo necesita para uno de los guisos que agradan a Fernando o a Lucía, que son sus dos grandes amores.

Parece mentira que esta mujer apenas recibiera educación y se pusiera a trabajar recién cumplidos los trece años. Creo que es más lista que todos nosotros juntos, y desde luego una valiente. Claro que tampoco tuvo alternativa. Siendo la mayor de nueve hermanos en la España de la guerra y la posguerra, o espabilaba o se moría de hambre. Ella nos demuestra cada día que el esfuerzo y la voluntad son capaces de suplir las más graves carencias.

Pero volvamos al relato que ya me pierdo en disgresiones.

Era la primera vez que visitaba esa parte de la Embajada, por lo que Fernando me ha hecho de guía a través del recinto. Lo cierto es que tampoco había mucho que ver, ya que se trata de unas instalaciones modestas, de tamaño reducido, sin parangón con el suntuoso palacio que acoge las estancias privadas.

Esto es mucho más humilde: un espacio de dos plantas, la de arriba rodeada de una galería abierta a un gran patio central cubierto. Algo parecido a una corrala, a la que se accede por una puerta lateral, independiente, situada a la izquierda de la escalinata que lleva a la entrada principal del palacete.

No había gran cosa que mostrar, pero Fernando ha encontrado el modo de hacer ameno el recorrido.

—Aquí abajo está la sección consular —señalaba un mostrador de atención al público, detrás del cual se veían algunos escritorios y archivadores baratos—, y arriba, la diplomática. Mi despacho y el del embajador están allí, aunque él suele trabajar desde el que tiene en la residencia, mucho más confortable.

—¡No me extraña! —Recordaba perfectamente el escritorio de estilo imperio, los tapices y cuadros de alta escuela, la alfombra, los adornos de plata o marfil y, sobre todo, el diván perfecto para la siesta que decoran esa habitación.

—Bueno, esto tiene sus ventajas.

—¿Por ejemplo?

—Por ejemplo —me ha explicado, mostrando con la mano un despacho situado a su derecha—, aquí abajo trabaja Javier, el secretario encargado de los asuntos consulares, que tiene desde su mesa una visión perfecta de quién entra y quién sale.

—¿Y eso es bueno?

—¡Ya lo creo! Los sábados por la mañana, que es cuando vienen los españoles a hacer gestiones, acompañados de sus segundas esposas, suele utilizar un palo de escoba para golpear el techo y avisarnos a los de arriba de la presencia de un «monumento» especialmente llamativo, de manera que podamos asomarnos a la galería y así disfrutar del espectáculo.

No sabía si reír o enfadarme, así que he optado por lo primero. Bastaba con imaginarse a Javier, armado de un palo de escoba, en funciones de vigía, y al resto de los empleados, convertidos en adolescentes que miran a las chicas a escondidas en el patio del colegio, para darse cuenta de que la escena debía de ser realmente cómica.

Cuando pienso en lo muy en serio que se toman ellos a sí mismos siempre, especialmente si hay señoras cerca…

¡Y luego dicen que las mujeres somos simples!

Con todo, habría defraudado la opinión que Fernando tiene de mí si no le hubiese preguntado:

—¿Qué es eso de las «segundas esposas»?

—María —me ha dirigido esa mirada habitual suya que aúna ternura y condescendencia—, aquí muchos compatriotas nuestros son bígamos, para qué te voy a engañar. Tienen a una mujer en España y a otra en Suecia, de modo más o menos oficial.

Estaba a punto de pedirle detalles sobre tan sorprendente fenómeno, cuando se me ha adelantado:

—¿Sabes cuál es el secreto de su éxito?

—Pues no.

—La generosidad y la simpatía. Podrán ser bajitos, feos y pobres, pero son también alegres y desprendidos; eso es lo que los diferencia radicalmente de los suecos. Invitan a esas chicas a unas copas, bailan con ellas y las hacen reír. Así se las meten al bolsillo. Deberías ver a las mujeres que pasan por aquí del brazo de hombres a los que sacan la cabeza.

La admiración con la que lo decía era absolutamente genuina. Hablaba en tercera persona, aunque sospecho que habría podido hacerlo en primera, aun sin ser bajito ni feo ni pobre.

Yo, en todo caso, ya había oído suficiente de un tema que en este momento no me resulta especialmente divertido, y tampoco tenía ganas de adoptar el papel de abogado defensor de todas esas esposas burladas, de modo que he dado un giro a la conversación, a fin de dirigirla hacia cuestiones menos espinosas.

346

—Entonces ¿no sabes sobre qué versa ese telegrama que esperas?

—Ya te lo he dicho. Supongo que se referirá a la sesión que está celebrando el Consejo de Seguridad en torno a la crisis de los misiles cubanos. Ayer fue una jornada decisiva, por lo que es de suponer que nuestro embajador ante la ONU habrá emitido un informe que el ministerio ha querido distribuir a las principales embajadas. Estamos en el momento álgido del conflicto y de ese foro podría salir una solución o una declaración de guerra.

—Ya estás hablando otra vez igual que el otro día en la cena con los embajadores. ¿Quieres hacer el favor de no mencionar esa palabra así, con tanta ligereza?

—Es una forma de expresarlo, mujer. —Me ha acariciado la mejilla, como hace con Lucía cuando ella dice algo que le hace gracia—. No creo que la sangre llegue al río.

—¿Qué dice el gobierno español?

Hasta entonces apenas había tenido oportunidad de charlar a solas con él y estaba ansiosa por hacerlo, porque su criterio es para mí el más fiable, aunque me ha obligado a tirarle de la lengua.

—He leído en el periódico que, en caso de necesidad, Madrid estaría dispuesta a activar los acuerdos de cooperación militar que permitirían a los norteamericanos utilizar las bases emplazadas en España.

—Eso se da por supuesto. Pero te repito que no te preocupes, dudo mucho que alcancemos esa situación.

A esas alturas de la noche estábamos en su despacho, ubicado en una habitación amplia, de techo alto y suelo de tarima vieja, tan cálida como ruidosa, que se asoma a través de dos amplios ventanales a un brazo de mar por el que transitan elegantes veleros iluminados con luces tenues. Sobre su mesa, un amasijo de documentos y periódicos daba testimonio de una actividad más intensa de la habitual en un puesto generalmente tranquilo hasta el extremo del aburrimiento.

—¡Tengo apetito! —Se ha frotado las manos, como si se las lavara, en un gesto característico suyo que significa expectación dichosa—. Veamos qué suculencias nos brinda hoy Jacinta...

A Fernando le gusta comer, le gusta beber, le gusta bailar... Disfruta con avidez de todos los placeres sensuales que brinda la vida y también de los intelectuales. Nada le deja indiferente. Goza o sufre con pasión. Ama u odia sin término medio. Celebra el júbilo o abraza la cólera de manera extrema. Las emociones se le desbordan para bien y para mal.

Sólo a costa de mucho oficio ejerce la diplomacia, cuya esencia se adecúa notablemente mejor a mi personalidad que a la suya. Bueno, de oficio y también de disciplina, aprendida desde la infancia de otro hombre igualito a él. ¡Menudo era su padre! Nunca le puso la mano encima, pero cuando don Víctor levantaba la ceja y alzaba la voz, temblaba el misterio.

—Fernando, estamos solos, háblame sin disimulos —he insistido, a la vez que buscaba el modo de hacer sitio entre los papeles para colocar a su alcance el contenido de la cesta: cuatro platos cubiertos con paños de cocina limpios, dos copas y una botella de vino de Rioja.

—Es la verdad —ha contestado él, llevándose un canapé a la boca—. Nuestro gobierno no cuenta. Es un convidado de piedra en esta crisis, como en tantas otras. Se limita a respaldar lo que dice el ejecutivo de Estados Unidos, especialmente ahora que éste se enfrenta directamente al comunismo.

—¿Te parece mal?

—¡No! ¿Cómo iba a parecerme mal? Ya sabes lo que opino yo de Jack Kennedy, es un gran tipo y merece todo el apoyo que pueda recibir. Es más, estoy persuadido de que con la estrategia que está siguiendo, una sabia mezcla de firmeza y contención, logrará evitar la guerra.

—¿Entonces?

—Simplemente respondo a tu pregunta diciendo que lo que haga o deje de hacer Madrid es irrelevante en este momento. Lo único que cuenta es lo que hagan Washington, Moscú y las Naciones Unidas. Francia y el Reino Unido, como miembros permanentes del Consejo de Seguridad, son consultadas, aunque no tengan capacidad de decisión. Nosotros, ni eso.

—¿Y no deberían consultarnos? Si nuestro país puede verse involucrado tan directamente en un conflicto, lo menos que podría pedirse es que contaran con nuestro parecer. ¿No estás de acuerdo?

—Tal vez. En todo caso, la opinión del Caudillo no tiene demasiada importancia. Franco no se caracteriza precisamente por su visión estratégica, sobre todo en cuestiones que trasciendan el ámbito español.

—Siempre dices lo mismo...

—Porque es la realidad. Siente una aversión profunda por todo aquello que escapa a su control. Desconfía de los extranjeros y de los organismos internacionales. Nunca ha perdonado las sanciones impuestas a España por los Aliados en Yalta, que nos habrían matado de hambre de no ser por la ayuda de Perón.

—Y hace bien. Nos hicieron volver a pagar cruelmente una guerra civil que bastante dolor había costado ya.

—¡Si sólo fuera eso! En realidad, Franco desconfía de la política en sí. Desconfía de casi todo y casi todos. Sólo se fía de su propio olfato y de Dios.

—Nunca te ha gustado Franco, ¿verdad? —Más que una

pregunta, era la constatación de un hecho del que pocas veces habíamos hablado tan abiertamente como lo hemos hecho hoy.

—Ya conoces la respuesta —ha contestado él, limpiándose unas gotas de mayonesa del bigote con una de las servilletitas bordadas que Oliva había incluido en la cesta de ese improvisado picnic.

—Yo, fíjate, le agradezco que ganara la Guerra Civil y que no nos metiera en la mundial. Lo que no le perdono es haber tachado a Guipúzcoa de «provincia traidora» por no adherirse al Alzamiento. Otras muchas tampoco lo hicieron y no fueron víctimas de esa ofensa.

—Cada cual sangra por sus propias heridas...

—Pues sí, y yo por las mías. ¿Se merecían esa deshonra los miles de voluntarios que, como mi propio hermano, se unieron a las filas del Movimiento y no tuvieron la suerte de volver a casa? Esa declaración ha generado muchos rencores allí, te lo digo yo. Rencores que algún día saldrán a la luz y reclamarán venganza.

—Hace muchos años de aquello.

Estaba claro que no iba a darme la razón en ese punto ni tampoco a quitármela. A Fernando, creo haberlo dicho ya, le disgusta profundamente hablar de una guerra, la nuestra, que le robó no sólo los mejores años de su vida, sino a varios de sus seres más queridos. Prefiere centrarse en la política actual, que contempla con decepción.

—Franco es sin duda un gran militar —ha añadido—, con un innegable valor físico acreditado en el campo de batalla; nadie puede discutirle esa condición. Pero en esta vida uno tiene que saber cuándo llegar y sobre todo cuándo marcharse por el bien de su país.

—No debe de ser fácil.

—Claro que no. Por eso es precisamente esa cualidad la que diferencia a un hombre de Estado de un caudillo. A mí me gustan más los primeros que los segundos, de la misma manera que prefiero la democracia a secas que la que lleva por apellido «orgánica». Algunas palabras clave pierden su significado cuando se adjetivan.

—Yo no entiendo de política, pero no recuerdo una época en la que España estuviera mejor que ahora. Tenemos paz, trabajo, pan y futuro. ¿Qué más se puede pedir?

Fernando ha torcido el gesto, visiblemente molesto. Cuando está a punto de encolerizarse se le afila la expresión y se le enfría la mirada hasta el punto de dar miedo. Luego, unas veces estalla y otras se contiene a duras penas, dependiendo de su estado de ánimo. Hoy, afortunadamente, ha preferido mantener la calma, sin dejar de rebatir mi comentario.

—Ése es exactamente el argumento que emplea el régimen a fin de perpetuarse, tratando a los españoles como a niños menores de edad incapaces de gobernarse por sí solos. No te niego que España haya empezado a despegar económicamente con fuerza y que ese despegue anuncie buenos tiempos por venir...

—¡Pues eso mismo digo yo!

—Y aciertas. Pero yo sostengo que para mantener esa tendencia no es preciso restringir las libertades políticas. ¿Tú crees que los españoles somos intrínsecamente peores que los suecos, los ingleses o los franceses?

—No lo sé, la verdad. Sólo digo que ahora tenemos paz y prosperidad, que es tener mucho.

—Pues yo estoy convencido de que los españoles somos homologables a cualesquiera otros ciudadanos europeos, con todo lo que ello implica. Y estoy seguro de que nos iría mucho mejor asociándonos a la Comunidad Económica Europea, tal como solicitó formalmente Castiella hace unos meses. Claro que no tenemos la menor posibilidad de ser aceptados en ese selecto club sin reunir los requisitos democráticos exigibles a sus miembros.

—Eso es lo que pretenden también los del Contubernio de Munich, ¿no? —he preguntado, recordando el escándalo que se organizó el pasado mes de junio, cuando varios grupos de opositores al régimen, incluidos socialistas y monárquicos, se reunieron en esa ciudad alemana.

—No emplees esa expresión propia de la prensa falangista. La gente que participó en el Congreso del Movimiento Europeo demandaba algo tan «subversivo» —ha puesto énfasis en el término— como libertad de expresión y asociación, o libertades sindicales y elecciones libres en las que puedan participar distintos partidos políticos. O sea, el abecé de la democracia, sin el cual no habrá incorporación posible a esa Comunidad Económica en cuyo seno nos iría mucho mejor, te lo aseguro. Ya lo decía Ortega: «España es el problema, Europa, la solución».

—Pues, con todos los respetos, entre España y Suecia yo me quedo con España —he sostenido, enérgica y empecinada, como buena vasca que soy.

Fernando ha dejado a un lado la dureza, porque creo que le inspira cierta ternura mi postura. Él es más complejo, más profundo en el análisis. A mí me puede el corazón. Donde yo veo frialdad, él percibe civismo. Lo que a mis ojos es orden, a los suyos, opresión. Y sin embargo, ama a España como el que más. Por eso le duele tanto.

Mientras daba buena cuenta del picnic preparado por Jacinta, me ha estado explicando que Ortega no se refería al clima ni al carácter de la gente, sino a las instituciones, a las relaciones entre gobernantes y gobernados, a la cultura política y a un cierto modo de entender el poder en ausencia de autoritarismo.

A guisa de ejemplo, se ha referido a lo que a su juicio fue una reacción desmedida de Franco con los participantes en esa reunión de Munich, enviando al confinamiento en las Canarias a personajes bien conocidos por la sociedad madrileña, como Satrústegui, Álvarez de Miranda, Gil Robles o Ridruejo, y empujando con ello a algunos de sus compañeros diplomáticos a donar fondos para ayudar a las familias de los represaliados. Algo que me ha dejado de piedra y que organizan, según parece, una mujer llamada Jorgina Satrústegui, Enrique Tierno Galván y el joven periodista de *ABC* Luis María Anson.

El timbre del teléfono ha interrumpido la conversación justo cuando alcanzábamos un punto muerto, dado que no tengo opinión fundada que contraponer a la suya. Fernando ha contestado con monosílabos y cara de preocupación. Nada más colgar, me ha dicho justo lo que esperaba oír:

—Ya envían el telegrama desde el gabinete de cifra Santa Cruz. Tengo que sacar la máquina de la caja fuerte que está en el despacho del embajador. Enseguida vuelvo.

Me he quedado en el despacho, musitando una oración silenciosa elevada al cielo para rogar que ese cable traiga buenas noticias, y también pensando en lo mucho que compartimos mi marido y yo; en la confianza que hemos construido a lo largo de tantos años de convivencia. Eso es algo que me pertenece y que ninguna mujer podrá robarme jamás.

¿A quién más que a mí se atrevería a confesar Fernando las cosas que acababa de decirme? Ni al más íntimo de sus amigos. Ni siquiera a su propia familia.

Sabe perfectamente que, en caso de que trascendiesen esas ideas suyas, le abrirían un expediente que supondría su expulsión inmediata de la carrera diplomática, lo que acabaría de un plumazo con el sueño de su vida, con su anhelo de conocer mundo y ensanchar los límites de todos sus horizontes. Sabe también que yo jamás le traicionaré hablando más de la cuenta. No soy tonta, sé cuál es mi papel y conmigo a su lado puede estar bien tranquilo, sirviendo como hasta hoy a su país sin dejar de pensar lo que piensa.

Hay cosas más importantes que la pasión. Cuanto más lo pienso, más me convenzo de ello. Incluso más importantes que la fidelidad. Hay un sentimiento de entrega que no espera nada a cambio, surge de forma espontánea y cimenta la vida en común. Unos lazos inasequibles al cansancio, el tiempo o la distancia. Un sacramento que emana de Dios y crea un vínculo indisoluble.

Yo soy la madre de sus hijos, su esposa y su confidente. Soy la mujer en la que siempre podrá apoyarse. La que, cuando estaban Miguel e Ignacio aquí, le veía jugar con los chicos los domingos por la mañana a Bonanza, utilizando la cama como caravana para repeler el ataque de los indios. La que algunas noches, las pocas que pasamos en casa, escucha desde un rincón las historias que inventa sobre la marcha para las niñas antes de acostarlas. La que le cuida en la enfermedad y soporta sus peores tormentas. La que ríe y llora con él.

La pasión es pasajera. Esto es amor y permanece.

Siempre he sido consciente de quién era el hombre con el que estoy casada. Con sus virtudes y sus defectos, que son muchos y no precisamente menores. Tal vez en alguna ocasión lejana tratara de engañarme a mí misma pensando que cambiaría, aunque de eso ya hace mucho. Ni él se disfrazó nunca ni yo caí en el error de idealizarlo.

Siempre he visto a Fernando exactamente tal como es. Y, tal como es, le amo.

No pienso dejar que me lo arrebate nadie. Al diablo ese bolero que le oí cantar a Consuelo acompañada por Valdés. Si mis temores son ciertos y me está compartiendo con otra, ya me las arreglaré yo para que renuncie a esa otra y se quede conmigo. Sé muy bien que me quiere y que todo lo demás es juego. Si no es así, miel sobre hojuelas. Sea como fuere, no pienso rendirme.

Ni loca.

—¡Hazme hueco!

Fernando venía cargado con una caja metálica de forma cilíndrica y color negro, que debía de pesar lo suyo a juzgar por el esfuerzo que le costaba llevarla. Nunca había visto nada parecido.

—¿Qué es eso?

—Es el tambor —ha respondido él, resoplando, al tiempo que dejaba ese armatoste sobre la mesa de su despacho, casi tan grande como la de nuestro comedor—. Ahora voy a por el libro de códigos. Retira, por favor, todo lo que puedas para despejarme un sitio amplio. Lo voy a necesitar.

Me he reído yo sola, imaginándome a mi marido en el papel de George, un espía de la CIA manejando códigos secretos y artilugios mecánicos como ese al que acababa de llamar «tambor» y que efectivamente lo parecía vagamente por su forma.

No me había parado a pensar que entre las funciones diplomáticas de mi marido estuviese incluida ésa, que se disponía a realizar a las nueve de la noche de un viernes gélido de octubre. Claro que tampoco habíamos estado nunca, hasta ahora, al borde mismo de la guerra nuclear.

Todo lo que ocurre estos días constituye un despropósito, se mire por donde se mire.

Enseguida ha regresado él con un libro verde en una mano y el telegrama que acababa de llegar, en la otra. Tal como había previsto, se trataba de un texto largo, procedente en origen de la Embajada ante la ONU, en Nueva York, firmado por nuestro embajador allí y, por supuesto, encriptado.

—Esto lo habrá enviado hace varias horas al ministerio nuestro representante ante las Naciones Unidas, José Félix de Lequerica, y ahora nos lo rebotan desde Santa Cruz. Generalmente estos telegramas son cortos, con el fin de ahorrar dinero, pero hoy se han explayado a gusto. ¡Nos van a dar las uvas aquí!

—¿Tan complicado es descifrarlo? —Todavía me estaba riendo, cosa que no le ha hecho gracia, máxime considerando que no podía adivinar el motivo de esa hilaridad ni yo estaba dispuesta a desvelárselo.

—¡Ni te lo imaginas! Vas a conocer a ORNU.

Mientras lo decía, ha empezado a efectuar operaciones matemáticas en un papel. Primero apuntaba un número de cinco cifras que copiaba del telegrama, luego tiraba de una cinta cuyo borde sobresalía de una ranura abierta en el tambor, como si fuera un metro metálico, aunque con conjuntos de cinco cifras en lugar de centímetros, y finalmente restaba esa cantidad a la primera, hasta obtener otra distinta.

—¿Quién es ese Ornu del que nunca te he oído hablar? —he inquirido, pensando que estaría a punto de entrar en el despacho un funcionario desconocido para mí, capaz de interpretar ese galimatías numérico.

Esta vez ha sido Fernando quien se ha reído, sin dejar de darse con los dedos en la boca a fin de contar mentalmente.

—Espera, que me pierdo —me ha hecho callar—. Este

maldito sistema sólo funciona si restas sin llevarte nada. Es un auténtico atentado a todo lo aprendido en la escuela.

—¿Te ayudo? —me he ofrecido, consciente de que las matemáticas se me dan mejor que a él.

—No hace falta, gracias.

Tras una breve pausa, con los ojos y la mente puestos todavía en sus operaciones, ha añadido:

—ORNU son las iniciales de Ortega Núñez, la persona que ideó este mecanismo de cifra que me tiene desquiciado. Al parecer, protege de tal manera nuestras comunicaciones que resultan prácticamente inviolables. Es un ejemplo en todo el mundo. Las encripta tan bien, de hecho, que en ocasiones nos cuesta Dios y ayuda descifrarlas a los propios destinatarios de las mismas.

—¿Tú entiendes el significado de eso que estás escribiendo? —Me parecía increíble que lo hiciera.

—Cuando termine de restar usaré el libro de códigos para traducir las cifras a palabras —ha respondido, a regañadientes, supongo que molesto porque lo interrumpiera—. A primera vista, y como ya tengo cierta experiencia, diría que el telegrama empieza con una advertencia habitual en estos casos: «Descifre vuecencia personalmente».

—¿No debería descifrarlo entonces el embajador?

—Debería… Claro que nunca se ha visto que un embajador haga tal cosa.

Ha transcurrido un buen rato hasta que, a base de mucha paciencia y pericia, Fernando ha logrado convertir esos grupos de guarismos en un texto inteligible. Efectivamente, se trataba de un resumen completo de lo acontecido la víspera en el Consejo de Seguridad, donde el representante estadounidense, Adlai Stevenson, había puesto contra las cuerdas al soviético Valerian Zorin. El embajador Lequerica añadía al relato de los hechos su propia valoración personal, desde el punto de vista de los intereses españoles.

—¡Ha tenido que ser una sesión memorable! Lo que habría dado por estar allí...

—¿Nos acerca el final de este mal sueño?

—De momento —estaba disfrutando con las piezas políticas del rompecabezas como un chiquillo con un mecano—, el norteamericano se ha desquitado del bochorno que sufrió con lo de Bahía de Cochinos y ha dejado al descubierto los embustes del ruso, que probablemente no fuese consciente de que estaba mintiendo. En trances como éste se da uno cuenta de lo vulnerable que es nuestra posición como diplomáticos.

—¿A qué te refieres?

—A que tu gobierno, todos los gobiernos lo hacen, te oculta información o te proporciona una falsa, y tú eres quien ha de dar luego la cara, a riesgo de que te la partan. Cuando llega el chaparrón correspondiente, te toca a ti aguantarlo a la intemperie, hasta que escampe.

—¿Puedes explicarte mejor y empezar por el principio, por favor?

Sucede con cierta frecuencia que Fernando dé por adquiridos en los demás, empezando por mí, unos conocimientos similares a los suyos, cuando en general, y desde luego en mi caso, eso dista mucho de ser así.

Esa presunción errónea suele hacerme sentir muy torpe a su lado, motivo por el cual trato de combatir tan desagradable sensación aprendiendo de él todo lo que puedo, especialmente ahora que está en juego la vida de nuestros hijos y la nuestra.

Hoy quería realmente comprender cómo hemos llegado a este callejón sin salida y a qué nos enfrentamos. Necesitaba saber, y debo reconocer en honor a la verdad que Fernando se ha tomado su tiempo para instruirme. Una de las ventajas de estar casada con un hombre así es que nunca te cansas de escucharlo ni dejas de crecer en sabiduría. Mi hermana suele definirle como una enciclopedia Espasa con piernas.

Si no he interpretado mal sus explicaciones, lo que ha ocurrido esta madrugada en Nueva York es que los americanos han demostrado fehacientemente ante los ojos de todas las naciones que Moscú ha desplegado armas nucleares ofensivas en territorio cubano. Y ese hecho, según Fernando, es de vital importancia, ya que si finalmente sucediera lo peor, ellos serían considerados por el mundo entero como los culpables de haber provocado la guerra. Algo que intentan evitar a toda costa.

Hace año y medio, cuando la CIA organizó el fallido desembarco en Bahía de Cochinos del que tanto se habla estos días, el embajador Stevenson quedó como un embustero ante sus colegas de la ONU, al asegurar con vehemencia que ningún avión de Estados Unidos había tomado parte en la acción y que ningún miembro del personal norteamericano había estado involucrado en ella. Era lo que él creía, lo que le habían asegurado desde el Departamento de Estado de su gobierno. Unas horas después el propio presidente Kennedy le hizo tragarse sus palabras al admitir el papel protagonista de la Compañía en esa aventura desastrosa que, dicen algunos, nos ha traído hasta aquí.

Pues bien, ayer por la noche se cambiaron las tornas. En una sesión de la que todos los gobiernos estaban pendientes, porque lo que se jugaba era nada menos que la paz o la guerra, Stevenson interpeló al ruso con una pregunta directa:

—Hace días nos dijo usted, señor Zorin, que lo que había en Cuba era armamento defensivo. Hoy me dice que esos proyectiles no existen o que no podemos probar que existan.

Señor, permítame que le haga una pregunta: ¿niega usted, embajador, que la URSS haya colocado misiles de alcance intermedio y sus rampas en Cuba? Respóndame sí o no, no espere a la traducción.

Fernando narraba lo sucedido con pasión sincera y contagiosa.

No sólo los diplomáticos allí presentes, sino las cámaras de la televisión y multitud de periodistas tenían toda su atención puesta en el soviético, quien se había visto acorralado por la firmeza de su interlocutor y sólo había sabido dar largas con una sonrisita nerviosa.

El tenso diálogo que se produjo entre los dos representantes enfrentados estaba textualmente recogido en el telegrama cifrado que acababa de ser desencriptado ante mis ojos.

—No me encuentro ante un tribunal norteamericano —se defendió Zorin—. Usted no es un fiscal y yo no tengo por qué contestar a sus preguntas.

—Se encuentra usted, embajador, ante el tribunal de la opinión pública —insistió Stevenson, con aplomo.

—Responderé en el momento oportuno —volvió a escaparse el ruso—. Usted esperará mi respuesta hasta el momento en que yo esté preparado para dársela.

En ese instante, el estadounidense pronunció, al parecer, una de esas frases llamadas a quedar esculpidas en la piedra de la Historia:

—Estoy preparado para esperar su respuesta hasta que el infierno se congele. Pero también estoy preparado para presentar pruebas en esta sala.

Lo que ocurrió a continuación no se había visto nunca en el seno del Consejo de Seguridad.

A una señal del representante estadounidense, entraron en la sala varios funcionarios portadores de caballetes sobre los que fueron desplegadas fotografías de gran tamaño tomadas por los aviones espía U2, que probaban fehacientemente la existencia de esas armas. Las mismas fotografías que habían sido mostradas a De Gaulle, tal como nos reveló el embajador Crouzier en la cena ofrecida por Pedro y María Luisa el miércoles.

Con la ayuda de varios expertos, armado de un puntero y de toda su elocuencia, Stevenson demostró a los allí presentes que sus acusaciones eran ciertas, dejando en evidencia al soviético, a quien lanzó un último desafío susceptible de convertirse en tabla de salvación.

—Nuestra tarea en este foro no consiste, señor Zorin, en marcar puntos en un debate, sino en salvar la paz. Si están ustedes dispuestos a intentarlo, también nosotros lo estamos.

Fernando cree que esta victoria reviste una importancia capital en el desenlace de la crisis. Que el mero hecho de que hayan sido puestas boca arriba las cartas ya nos permite abrigar esperanzas de hallar una salida pacífica a este atolladero endemoniado. Él otorga una gran trascendencia a la puerta que le ha dejado abierta el americano al ruso.

¡Ojalá no se equivoque!

—No pensé que Stevenson tuviera esos redaños —me ha comentado, mientras tecleaba con dificultad en la máquina de su secretaria el texto íntegro del telegrama que debía pasarle al embajador—. ¿Te acuerdas de él?

—¿Le conozco?

—Le vimos este verano en San Sebastián, cuando pasó por España. ¿No recuerdas? Un tipo de estatura media, calvo, de nariz y orejas grandes…

Y lo he recordado. Efectivamente, coincidimos con él en un almuerzo celebrado a mediados de agosto en el Palacio de la Cumbre, en el que Fernando y yo hacíamos bulto entre un montón de autoridades convocadas para honrar a tan ilustre visitante. Un banquete en el que destacaban Castiella, el conde de Motrico, Manuel Aznar y el propio embajador Lequerica. El invitado ponderó tanto la comida y el paisaje que terminaron llevándole a sobrevolar la bahía de la Concha en avioneta. Y ahora puede ser que debamos a su buen hacer el milagro de evitar la guerra…

¡Que venga a San Sebastián todos los veranos, que le convidamos a lo que haga falta!

Hace un mes yo no habría sabido decir cómo es la sede de las Naciones Unidas en Nueva York. Ahora en cambio podría describirla con los ojos cerrados. Desde que se hizo pública la amenaza que pende sobre nuestras cabezas, los noticiarios de televisión repiten una y otra vez las imágenes de Kruschev golpeando con su zapato amarillo el pupitre de su escaño en la Asamblea General celebrada hace dos años.

Una secuencia que abochorna.

El ruidoso dirigente protestaba porque el secretario general de entonces, el sueco Dag Hammarskjöld, lejos de dimitir, tal como le exigían los soviéticos que hiciera, quería mandar tropas a interponerse entre los combatientes que se masacraban unos a otros en la guerra civil del Congo.

Hace poco más de un año que murió violentamente ese pobre hombre, precisamente en el Congo, después de haber logrado que la ONU enviara allí una misión de paz. Seguramente por eso, y porque el difunto era sueco, no dejan de emitir en los informativos esa escena que debería sonrojar a su protagonista.

¡Qué tipo más bárbaro este Kruschev! Yo no entiendo lo que dicen los presentadores, pero las imágenes se comentan por sí mismas. El líder de una superpotencia como la Unión Soviética, dando gritos y tratando de boicotear el debate con el estruendo ensordecedor de sus golpes. ¿Podemos confiar en que ceda a la presión internacional y dé marcha atrás, en lugar de huir hacia delante y lanzar el primer ataque?

Tengo mis dudas, aunque me quedo con lo que se dijo en esa cena celebrada en nuestra Embajada a la que tuvimos el privilegio de asistir: el dirigente soviético es un tipo duro, rústico y maleducado, pero no es un loco. Si el diagnóstico es certero, no nos arrastrará en su locura.

Esta tarde, al regresar del colegio, Mercedes ha venido a preguntarme qué es lo que está pasando.

No me ha sorprendido. Ya intuía yo que algo le inquietaba, llevo días notándola preocupada, pero hasta ahora no había encontrado el modo de abordar con ella el asunto. Espero que se haya quedado más tranquila y, sobre todo, confío en no haberle transmitido ni una ínfima parte de la angustia que me invade a mí. Antes al contrario, lo que he tratado de hacer ha sido quitar hierro al asunto. Claro que ella es una criatura muy sensible, entiende suficiente sueco como para enterarse de que algo peligroso nos acecha y además debe de oír comentarios al respecto en su escuela.

Ha sido una conversación difícil.

Me ha sorprendido en su cuarto, ordenando un armario, cosa que hago a menudo, en parte porque me gusta el orden y en parte porque así me distraigo y no pienso. Lucía estaba con Jacinta en la cocina, preparado masa para hacer huesos de santo, cosa que les encanta a las dos. Mi hija mayor ha dejado la cartera sobre una silla, ha cambiado las gruesas botas que llevaba por zapatillas de estar por casa, se ha soltado las trenzas en las que Oliva le recoge la larga melena rubia cada mañana y me ha mirado a los ojos.

—Mamá, ¿es verdad que casi estamos en guerra?

—¿De dónde has sacado esa idea? —Se me da tan mal mentir que incluso a mí me ha sonado falsa la respuesta.

—Lo dicen las niñas en el colegio.

—Pues no es verdad.

—¿Son unas mentirosas?

—No, pero se equivocan. Seguramente hayan oído campanas en sus casas y no sepan bien de qué hablan.

—¿Y qué deberían haber entendido? —ha insistido ella, como hace siempre, hasta oír una respuesta satisfactoria.

La lógica de los niños resulta con frecuencia aplastante.

—A ver cómo te lo explico... Tú sabes que tus hermanos se pelean a menudo por ver cuál se ha servido más patatas fritas o tiene más sitio en la mesa para colocar sus libros, ¿verdad?

—Sí.

—¿Y acaban pegándose?

—No. Bueno, casi nunca, alguna vez, sí.

—Bien, pues esto es un poco lo mismo. Hay unos señores muy importantes, los presidentes de Estados Unidos y la Unión Soviética, que andan discutiendo sobre cuál de los dos tiene más armas y más derecho a repartirlas por distintos países. Están discutiendo, pero eso no significa que vayan a llegar a las manos ni mucho menos a utilizar esas armas, ¿comprendes?

Según lo iba diciendo, trataba de convencerme a mí misma tanto como a Mercedes de que aquello no iba a suceder.

—Ya, pero Miguel e Ignacio no se pegan porque saben que si lo hacen papá les castigará. ¿Quién es el padre de esos señores?

Para eso sí que no tenía yo respuesta.

Después de conocer lo sucedido en la ONU y la intervención de Stevenson, tal vez le habría contestado que el papá de Kennedy y Kruschev, o sea, la autoridad por la que los dos sienten respeto e incluso temor, es la opinión pública internacional. Que ni uno ni otro se atreverán a quedar retratados en la Historia como el responsable de desatar la peor confrontación jamás conocida por la humanidad. En ese momento, no obstante, ni yo disponía de esa información ni estoy muy segura de que Mercedes, que tiene ocho años, hubiese entendido lo que trataba de explicarle. Por muy madura que sea, no deja de ser una niña.

Tenía que hacerle ver de algún modo que en este caso el miedo es nuestro mejor aliado, la baza más segura con la que contamos. ¿Cómo conseguirlo sin destruir lo que con tanto esfuerzo he sembrado en ella, al igual que en sus hermanos, desde que tienen uso de razón? ¿Cómo decir a mi hija que el pavor que se tienen mutuamente Kennedy y Kruschev es positivo, hasta el punto de que puede ser precisamente el que impida que entremos en guerra?

Les he enseñado desde pequeños a ser valientes.

Soy consciente de que el miedo es uno de los motores más potentes de cuantos mueven a la mayoría de los seres humanos. Un estímulo casi siempre superior a cualquier otra emoción, convicción, creencia o principio, incluido el amor. Un elemento esencial a la hora de tomar decisiones, ante el cual únicamente retroceden el verdadero coraje o el fanatismo. Lo sé, aunque lo rechazo.

A mi modo de ver, el miedo nos achica y paraliza, nos arrincona impidiéndonos crecer y avanzar, saca lo peor de nosotros. Fernando comparte conmigo esa opinión e incluso la predica con mayor ardor. Por eso nos hemos empeñado los dos siempre en que nuestros hijos se enfrentaran a la vida armados de valor, libres de cualquier temor susceptible de amargársela. Su padre más que yo, he de reconocerlo. Porque a mí me vence el miedo por ellos, por mis hijos, y aún más por mis hijas, a quienes quisiera proteger de cualquier peligro incluso a costa de cortarles las alas. Él en cambio me obliga a sobreponerme y dejarles volar, a riesgo de verles caer.

Fernando es, en ese sentido, igual que Paola. Quiere a sus hijos fuertes y duros, de manera especial los varones y en particular el mayor, que se empeña en modelar a su imagen y semejanza, a fin de que encarne su propio modelo de perfección, violentando de ese modo la naturaleza del chico.

Yo me conformo con verles felices, lo que me lleva en ocasiones a consentir más de lo que a juicio de mi marido debiera. Eso ha provocado entre nosotros más de una discusión amarga, en las que él se apunta la victoria y yo acabo actuando a sus espaldas, vencida por las súplicas de Miguel. Supongo que hago mal, pero no puedo evitarlo. El corazón tiene razones que la razón no entenderá jamás.

Y una madre es una madre.

¿Cómo poner de repente el miedo en valor y hacerlo, además, de forma comprensible para mi hija de ocho años, evidentemente asustada por lo que ha oído?

Me he encomendado a la confianza que tiene en mí y he improvisado lo mejor que he sabido.

—Miguel e Ignacio no se pegan por miedo a que papá les castigue, es cierto, aunque creo que también tienen en consideración el hecho de que se harían daño. ¿No crees?

—A lo mejor...

—Miguel es mayor pero Ignacio es más alto y los dos saben que se llevarían más de un coscorrón por parte del otro. Pues bien, a los presidentes de Estados Unidos y la URSS, que son los que andan metidos en esta discusión absurda, les pasa lo mismo. Saben que juegan con fuego y no correrán el riesgo de quemarse. Así que no te preocupes, ¿de acuerdo?

Se ha quedado callada, reflexionando sobre lo que acababa de decirle, probablemente para calibrar si debía dar más crédito a mis palabras o a las de sus compañeras de clase. Está todavía lejos de la edad en la que los padres contamos muy poco frente a los amigos, lo que me proporciona cierta ventaja.

Antes de que me formulara otra pregunta enrevesada, he sido yo la encargada de llevar la charla hacia otros derroteros más gratos.

—¿Cómo van los ensayos para *El lago de los cisnes*?

Mercedes recibe clases de ballet en una academia que goza de bastante prestigio entre el cuerpo diplomático. Es una alumna aventajada. Tiene un gran sentido del ritmo, que ha heredado de nosotros, además de disciplina para aprender los movimientos y repetirlos una y otra vez hasta rayar la perfección. Su profesora se deshace en elogios hacia ella cada vez que me ve cuando voy a recogerla.

—Hemos avanzado mucho —me ha respondido, sonriente. Luego, frunciendo ligeramente el ceño, ha añadido—: Trabajamos muy duro.

—¿Qué te parece si te vistes las mallas, te calzas las zapatillas, vamos al salón, ponemos el disco y me bailas tu parte?

—¿En serio? —Le brillaban los ojos de la emoción.

—¡Estoy deseando contemplar la función, señorita!

Tchaikovski siempre me ha perecido el paradigma de la fuerza. Su música desgarrada se entiende mejor, además, en la fría oscuridad de Estocolmo, tan parecida a la San Petersburgo natal del compositor ruso, que en la soleada Madrid. En todo caso allí, aquí o en cualquier otro lugar, Tchaikovski es capaz de dejarte sin habla.

He visto bailar a mi hija en varias ocasiones, aunque en los últimos meses ha progresado de una manera sorprendente. No puedo expresar con palabras el orgullo que he sentido al contemplarla moverse con gracia por la habitación, enfundada en su tutú de color rosa, al compás de los vientos y la percusión que convierten *El lago de los cisnes* en una obra de arte que apela a los sentidos casi con violencia.

Dentro de un par de meses sus compañeras y ella interpretarán esa coreografía en el Teatro de la Ópera de la capital sueca, ante una de las princesas reales. Hoy Mercedes me ha hecho ese regalo en exclusiva a mí. Ha detenido el tiempo con sus zapatillas de punta roma y sus manitas voladoras. Se ha convertido en candil para alumbrarme con su luz.

Mientras los tambores anunciaban la muerte del cisne, han ido encendiéndose velas en las casas que rodean el parque al que se asoma nuestro jardín, vestido de colores ocres que hacen del otoño una estación cálida a pesar de la temperatura invernal y de lo cortos que son aquí los días.

Durante un instante eterno me he olvidado de la guerra, del miedo, de los celos y hasta de lo mucho que extraño a mis hijos varones. Estábamos solas ella y yo, madre e hija, compartiendo una misma pasión por la música y la belleza.

Una pasión inmortal.

Ya es sábado. El tiempo cabalga mientras escribo, pero sigo sin irme a dormir. Quiero agarrarme con uñas y dientes a la esperanza de que mañana, cuando el padre Bartolomé diga, al finalizar la misa, «podéis ir en paz», ese anhelo signifique algo más que una fórmula ritual.

Paola es cada vez más optimista y eso me anima.

Esta tarde, poco antes de salir hacia la cancillería, he tenido una larga conversación telefónica con ella. Me ha contado que George se mantiene en contacto permanente con el cuartel general de la CIA y que allí se abre paso la idea de que en las últimas horas podría estar fraguándose un arreglo negociado de la crisis.

Al principio me ha lanzado una retahíla trufada de palabras italianas, casi incomprensible, referida a las manifestaciones de protesta contra Estados Unidos que alientan socialistas y comunistas en Italia.

—*Questi disgraziati figli di una mignotta...*

—¿Qué dices?

—Que estos desgraciados compatriotas míos, los de la izquierda que se pretende democrática, están incendiando los periódicos y las calles acusando a los americanos de ser los responsables de la crisis por haber decretado el bloqueo naval. Como si los rusos no hubieran desplegado antes las armas atómicas en Cuba y Fidel Castro fuese un *angioletto* de los que pintaba Botticelli.

—¿Un qué?

—Un angelito. Él y sus amigos soviéticos. Te digo muy en serio, María, que a los italianos no hay quien nos entienda. Hoy ensalzamos a Mussolini, mañana a Kruschev, con idéntico entusiasmo.

Pasado el estallido inicial, se ha olvidado de su enfado y me ha expuesto con paciencia los motivos por los cuales George se muestra cada vez menos sombrío.

Si he comprendido bien, la esperanza en que se halle una salida negociada al conflicto se basa en los informes de un agente doble, un tal Scali, periodista de una cadena de televisión norteamericana, a quien el jefe del espionaje soviético en

Washington, Feklisov, habría utilizado de enlace para transmitir una propuesta informal de arreglo incruento. Un pacto basado en tres puntos: el desmantelamiento de las bases de misiles instaladas en Cuba, bajo supervisión de las Naciones Unidas; la promesa explícita de Fidel Castro de no volver a aceptar el despliegue de armas ofensivas en su país y, a cambio, el compromiso formal de Estados Unidos de renunciar a invadir la isla.

Según la expresión textual empleada por un alto dirigente de la Casa Blanca, que a fuer de gráfica se me ha quedado grabada, Kennedy y Kruschev se estaban mirando fijamente a los ojos y ha sido el ruso quien ha parpadeado primero.

Naturalmente, como me ha sucedido desde el primer día, mi reacción instintiva ha sido poner en cuarentena esa información hasta convencerme de que ni Paola ni su amante estuvieran hablando a humo de pajas. La explicación que me ha dado ella, no obstante, parece bastante convincente.

—¿Recuerdas que te mencioné a Doliévich, el agente soviético que se ha pasado a Occidente?

—Claro. ¿Sigue en Estocolmo? Pensé que se lo habrían llevado ya a un lugar más seguro.

—Sigue aquí, a buen recaudo, encerrado con todo el equipo que ha venido de Langley para interrogarle. —Lo ha dicho en voz baja, como quien desvela un gran secreto—. Le están apretando las tuercas todo lo que pueden, y más ahora.

—¿A qué te refieres? Con lo que nos estamos jugando no me divierten los acertijos.

—María, ni siquiera debería estar hablando de esto contigo.

—De acuerdo, lo siento. Sigue contándome, por favor.

—George se comunica a diario con sus superiores de la CIA y éstos le proporcionan información altamente clasificada, porque necesitan que Doliévich confirme si realmente en Moscú hay voluntad de alcanzar un acuerdo pacífico o si estas propuestas son en realidad un subterfugio destinado a proporcionarles tiempo mientras los misiles desplegados en Cuba terminan de estar plenamente operativos, que es lo que piensa el jefe McCone.

—¿Y bien? ¿Qué dice el ruso?

—Doliévich cree que Kruschev busca desesperadamente un asidero al que agarrarse para evitar la guerra sin correr el riesgo de ser derrocado por los miembros más duros del Politburó. Y la misma opinión sostiene el ex embajador estadounidense en Moscú, Averell Harriman, quien aboga por que desde Washington se le abra esa puerta lo más rápidamente posible, so pena de caer en una escalada imparable que llevaría a una confrontación nuclear global.

—¿Y cuándo te ha contado George todo esto?

—Esta mañana se ha escapado del piso franco —me ha contestado Paola con una risita— pretextando una antigua cita a la que no podía faltar sin levantar sospechas. Nos hemos visto en el apartamento de siempre, hemos hecho el amor como dos posesos y después se ha puesto a hablar mientras yo fumaba. Estaba contento, aunque un tanto misterioso. Algo se trae entre manos que no ha querido revelarme. Ya se lo sacaré la próxima vez.

Mi amiga ha seguido traicionando la promesa de silencio hecha a George con el fin de ponerme al día de los últimos movimientos que se han producido en ese comité de crisis que la Casa Blanca ha denominado ExComm.

La parte buena de lo ocurrido es que a esta hora el propio presidente Kennedy sigue apostando por hallar una salida negociada, aunque se haya quedado en minoría, junto a sólo dos de sus asesores. La mala es que el jefe de la CIA, los altos mandos militares y otros destacados miembros del gobierno prefieren la opción de atacar.

—Te diré, para que te tranquilices, que también circulan intensos rumores referidos a una carta que el propio Kruschev habría enviado muy recientemente al presidente Kennedy, proponiéndole algún tipo de solución digamos que discreta.

—¿Y George confía en esa posibilidad?

—Él sigue poniéndolo todo de su parte para que esa solución se materialice. El testimonio de Doliévich es, en ese sentido, de vital importancia. Y también me ha mencionado varias veces unos misiles instalados en Turquía, que podrían servir de moneda de cambio.

¿Cuánto se habrán gastado en armamento Kruschev, Kennedy y quienes les han precedido en sus respectivos despachos, para terminar regateando a la baja como en el Rastro? Recuerdo lo que nos dijo al respecto Crouzier y me invade la indignación.

¿Qué lógica endemoniada nos ha traído hasta donde estamos? Todo es sinrazón en esta crisis: un cúmulo de sinrazones que nos hace pender de un hilo. ¡Ojalá no se rompa en el último momento!

Ni Paola ni yo tenemos medida con el teléfono. Luego llegan las facturas y Fernando pone el grito en el cielo, con eso de que «ese maldito aparato es para dar recados urgentes». Claro que hoy quien llamaba era ella, con lo cual yo no tenía prisa.

Después de comentar todo lo referido a la amenaza de guerra, que lógicamente era lo que más me preocupaba a mí, ella ha probado a tirarme de la lengua, preguntándome por mi estado de ánimo. No me ha sacado nada sustancioso.

Hoy no estaba yo por la labor de hacerle confidencias y ha

sido ella, en cambio, la que se ha mostrado tensa, rara. Creo que está enredándose demasiado con ese espía americano y se lo he dicho sin rodeos. A ella le ha disgustado escucharlo.

—Te agradecería que no me juzgaras. —Su tono era tan seco que he temido que fuera a colgarme.

—¡Líbreme Dios de ello! Lo único que quiero es que no sufras, y me da la sensación de que estás a punto de empezar a hacerlo, si es que no ha ocurrido ya.

—Todas sufrimos… *Non è vero?* —Había un punto cínico en sus palabras, algo así como un ataque velado a lo que ella considera mi actitud pacata ante la vida—. Puestas a padecer, que merezca al menos la pena el causante de ese sufrimiento.

Tiene razón. Vivir significa sufrir tanto como gozar. Y no siempre resulta clara la línea divisoria entre ambos.

Serían cerca de las once cuando Fernando ha terminado al fin de transcribir el dichoso telegrama. Ocupaba casi dos folios, una auténtica barbaridad que ha debido de costar una fortuna al ministerio.

Mientras él tecleaba torpemente en la máquina de escribir Royal, con dos dedos, múltiples erratas y frecuentes gruñidos de irritación, yo he recogido los restos de la cena y retirado las migas de la mesa lo mejor que he sabido, utilizando mi pañuelo a guisa de bayeta. Ni él ni yo estamos acostumbrados a hacer trabajos de esa clase.

—Entrego esto a Pedro y nos vamos a casa de una vez —ha exclamado, aliviado, a la vez que hacía extraños movimientos con la cabeza a fin de desentumecer la musculatura del cuello—. Estoy baldado.

Le he acompañado escaleras abajo, por el angosto pasaje que comunica interiormente la cancillería con la residencia, hasta la puerta de esta última. Me he quedado allí esperándole, porque ninguno de los dos queríamos que nos invitaran a tomar una copa.

Cuando se hace tanta vida social, llega un momento en el que el salón de tu casa se te antoja un palacio. Una mansión que no cambiarías por la más lujosa del mundo.

Las calles de la ciudad estaban desiertas. En poco más de un cuarto de hora hemos cruzado en coche los dos puentes que es preciso atravesar para llegar desde Djurgården a Bromma, sin apenas hablar. Fernando iba perdido en sus pensamientos y yo en los míos, centrados en él: en las horas de intimidad que acabábamos de pasar, en lo profundo de los sentimientos que nos unen, en la satisfacción que encuentro en compartir con él estas cosas sencillas...

En lo mucho y bien que le quiero.

La casa estaba agradablemente cálida al llegar, en contraste con el frío húmedo de la calle. Hemos subido al dormitorio en silencio, por no despertar a las niñas. Oliva había abierto las camas, doblando con cuidado las colchas de vicuña que compramos durante aquel viaje a Cuzco. Una piel suave, delicada, increíblemente agradable al tacto. Una caricia tan dulce como las que me regaló Fernando allí, entregado, derrochándose todo él en mí, al embrujo de esas noches mágicas.

Cuánto extraño las lunas de miel que dejaron de brillar hace tiempo. Lo que habría dado por que me tomase hoy, con la fuerza devoradora de entonces; por que me besara en la boca y corriese después el cerrojo de la puerta, como hace siempre para indicarme que le apetece hacer el amor, que me desea...

Hoy no ha habido fuego. Él no tenía ganas ni yo le he insinuado las mías. No me atrevo. Soy incapaz de vencer la vergüenza. Da igual lo que me sugiera Paola; eso no está bien. La iniciativa es cosa suya. Así ha sido siempre y así seguirá siendo en lo que a mí respecta.

Nunca sabrá la cantidad de noches que he pasado junto a él, escuchándole respirar, oliendo el aroma de su piel, rozando apenas la tela de su pijama con mano temerosa, tragándome el anhelo de amarle y ser amada por él, de complacerle. Nunca se me ha ocurrido reprochárselo ni sugerírselo siquiera.

Soy su mujer. Aquí estaré cuando él me busque.

Es muy tarde, pero sigue sin llegar el sueño. El día no quiere morir. Ojalá sea un buen augurio y signifique que allá lejos, al otro lado del océano, quienes tienen capacidad de maniobra están aprovechando estas horas para tender puentes de entendimiento que permitan evitar la guerra.

Voy a poner el punto y final por hoy.

Basta ya de escribir. Siento que me llama *La dama de blanco*, ansiosa por entretener mi espera hasta que me rinda al cansancio. En la vida real nunca se sabe cómo acabarán las cosas y lo más que podemos hacer es rezar para que terminen bien. En las historias de Wilkie Collins, en cambio, hasta el más complejo de los enigmas encuentra una solución ingeniosa.

Decididamente, hoy, él y sus personajes son la mejor compañía.

Voy en busca de Walter y Laura en Limmeridge.

10

Madrid,
sábado, 22 de octubre de 2011

María solía hacer punto mientras leía. Los personajes de las novelas policíacas que devoraba contemplaban su quehacer, silenciosos, desde la distancia que iba de sus rodillas a sus ojos. Para Lucía, en cambio, eran auténticos interlocutores. Compañeros de aventuras más corpóreos y verdaderos que muchos de sus conocidos.

«Es lo que diferencia a la mujer práctica que era ella de una romántica incurable, como yo», pensó, esa mañana, evocando con ternura la imagen de su madre sujetando a duras penas con el codo una de sus agujas de tejer, mientras pasaba la página.

Lucía había sufrido tormento con Cipriano Salcedo, el hereje de Delibes, por negarse a abjurar de sus convicciones sin más argumento que la razón de la fuerza. Conocía en persona el terror que habita en las profundidades del mal y encarna

Nyarlathotep, el dios primordial, perverso, viscosamente maligno, creado por Lovecraft en la mitología de Cthulhu. Se sentía representada por Guillermo de Baskerville cuando éste abogaba por la causa de los *fraticelli*, enfrentados a la poderosa Orden de los Dominicos en el sombrío medievo prodigiosamente descrito por Umberto Eco.

Todas esas criaturas vivirían eternamente en ella.

De niña, había descubierto el amor a la vez que la Bella Durmiente, dándole la forma de un Príncipe Azul con el que más tarde degustó algunas perdices, antes de que la fantasía fuese perdiendo su color hasta desvanecerse en una infinita variedad de grises. Entonces Azul se convirtió en el conde Vronsky que retrata la segunda parte de *Anna Karenina* y el mundo de sus sueños empezó a resquebrajarse.

Los libros acudieron prestos al rescate, como habían hecho siempre, sirviendo de aliados y coartada al mismo tiempo. Constituían la cara y la cruz de una existencia construida, en buena medida, sobre sólidos cimientos imaginarios. Su capacidad para fabular era tan prodigiosa que a menudo la llevaba a inventarse a las personas, moldeándolas a la medida de sus necesidades. Una equivocación grave que acabaría costándole cara.

Cuando la soledad tomó la forma de un rostro irreconocible sentado en el mismo sofá, mirando en silencio la pantalla del televisor común, compartiendo una cama de matrimonio súbitamente partida en dos por un muro inexpugnable de frialdad, la lectura se convirtió en una alfombra mágica capaz de sacarla de esa cárcel para transportarla a territorios soleados donde todo era posible y estaba, además, permitido.

¿Cómo no iba a entregarse en cuerpo y alma a sus libros? Ellos nunca le fallaban.

Las horas volaban en el trabajo, entre historias inéditas y

manuscritos poblados de seres misteriosos por descubrir, mientras parecían detenerse en casa. La realidad fue retrocediendo paulatinamente ante la ficción, muchísimo más grata. La voz muda de la tinta resonó con estruendo, durante largo tiempo, en el universo callado de un hogar al que ya únicamente Laura ponía campanillas de plata.

Los libros fueron ocupando mes a mes, lustro a lustro, las estanterías de un corazón que las despedidas iban vaciando.

Luego la soledad se hizo más soportable al tomar conciencia de sí misma y convertirse en conquista de un espacio propio; al desprenderse del ensañamiento añadido que producen las expectativas frustradas; al asumir Lucía que solos nacemos y morimos y solos también estamos condenados a vivir, hasta que logramos vencer esa sensación aprendiendo a ser de verdad lo que siempre seremos en esencia.

Entonces, poco a poco, esos amigos de papel dejaron de ser trinchera y adquirieron una dimensión mucho más confortable. Tan confortable como para constituir una alternativa consciente, meditada, divertida y, precisamente por ello, peligrosa.

Esconderse en la trama de un relato ya no fue a partir de ese momento una necesidad, impuesta por una circunstancia amarga, sino un placer renovado saboreado con deleite. Cualquier experiencia ajena resultaba más interesante que las propias. Cualquier tiempo pasado, mejor. Cualquier evasión literaria, preferible a la mejor de las relaciones humanas y, sobre todo, menos arriesgada.

Su hija tenía razón, toda la razón del mundo al reprocharle falta de ambición en la búsqueda de la felicidad. Hacía mucho tiempo que se había rendido ante la vida sin apenas darse cuenta de ello ni mucho menos sentir pesar.

«¡Se acabó!», se dijo Lucía a sí misma. El futuro pertenece a los valientes. Ya va siendo hora de salir del cascarón.

El teléfono sonó cuando estaba terminando de recoger las tazas de café del desayuno, a las diez y media de un sábado otoñal, lluvioso.

Era su jefa.

—¡Niña! —El tono jovial y cálido de siempre invitaba a la sonrisa—. ¿Te encuentras mejor? ¿Estás ya buena?

—No fue nada —respondió Lucía con idéntica cordialidad—. Una mala noche y un poco de fiebre. El lunes estoy de vuelta en mi despacho, como nueva.

—Tengo que darte una noticia que no te va a gustar —anunció Paca, evidentemente incómoda ante el penoso deber que se disponía a cumplir.

—Tú dirás.

—Mejor nos tomamos algo y te lo cuento en persona. También voy a plantearte una oferta que compensará el disgusto.

Lucía sospechaba por dónde irían los tiros. Tal como le había dado a entender desde el primer día, Paca le comunicaría de manera oficial que Universal no tenía intención de publicar el libro de memorias que proponía Antonio Hernández y, probablemente, le endulzaría la medicina con algún caramelo goloso: un proyecto de best seller, un viaje destinado a fichar a algún autor interesante, quién sabía si un ascenso.

Nada de todo eso la tentaba en principio, aunque tampoco iba a cerrarse en banda. Una puede pelear hasta donde llegan las fuerzas, sin perder de vista el hecho de que hay que saber perder.

—Ahora no puedo verte —declinó la oferta, con toda la sequedad que era capaz de mostrar ante su jefa—. He quedado con alguien esta mañana.

—Venga, no te enfades. Verás cómo lo que te digo te convence.

—Tal vez. El lunes hablamos.

—¡De eso nada! Yo no me paso todo el fin de semana calentándome la cabeza contigo. ¿Tienes plan para comer?

—De momento, no. —Laura almorzaba con sus amigas, antes de regresar a terminar el equipaje y arreglarse para salir a darse un homenaje junto a su madre en su restaurante favorito de Madrid.

—Pues ya lo tienes. ¿Dónde vas a estar a eso de las dos? Si quieres te recojo y vamos juntas a algún sitio.

—Luego te llamo y te lo digo.

Es difícil dar un «no» por respuesta a quien no está dispuesta a aceptarlo, máxime cuando esa persona es alguien a quien aprecias de verdad. Por eso lo que vino a continuación fue dicho con un tono de retranca, que Paca reconocería:

—Pero no te hagas ilusiones. No pienso contribuir a tranquilizar tu conciencia.

¿Fue a raíz de esa llamada cuando en su mente empezó a cobrar forma un pensamiento difuso, que sólo con el paso de las horas iría definiéndose hasta adquirir el rango de idea? Lucía habría jurado más tarde que sí, aunque en ese instante no fue consciente de ello. Y eso que se trataba de una idea magnífica.

Entre una cosa y otra se le había hecho tarde, como era costumbre en ella. Debía ducharse a todo correr si quería llegar puntual a su cita con ese periodista rescatado de un pasado reacio a cicatrizar, con quien todavía no sabía bien de qué iba a hablar. De hecho, empezaba a arrepentirse de haber concertado ese encuentro, aunque ya era tarde para cancelarlo. Después de haberle evitado durante media vida para terminar yendo en su busca, lo menos que podía hacer era presentarse en el lugar acordado y dar la cara. Sólo cabía esperar que la conversación fuese surgiendo por sí misma.

El tráfico en Madrid era fluido, como ocurría habitualmente durante el fin de semana. Sin colegios ni oficinas, los atascos desaparecían como por arte de magia, otorgando a la ciudad un aspecto grandioso que parecía ampliar el tamaño de las calles y lograba que Lucía se reconciliase con ella. Era entonces cuando descubría el encanto de una capital abierta a todos, así fuesen naturales del lugar o foráneos de visita: hospitalaria, respetuosa, amable, repleta de historia y rincones hermosos por descubrir, además de rica en locales de ocio que hacían imposible el aburrimiento.

Madrid era decididamente un buen sitio para vivir, en el que, por fortuna, llovía poco.

Apenas tardó diez minutos en llegar a la plaza de Colón, presidida por una gigantesca bandera cuyos colores rojo y gualda ondeaban al viento mesetario. Sin proponérselo, le vino a la cabeza lo que relataba su madre en el diario sobre la enseña que coronaba el tejado de la Embajada de España en Estocolmo y le pareció rescatar esa imagen de lo más profundo de su memoria, aunque era probable que se tratara de un recuerdo inducido y, por ende, falso. Uno entre muchos, seguramente, habida cuenta de su tendencia un tanto enfermiza a recrearse en el tránsito por el pasado.

Torció a la izquierda por el paseo de la Castellana y enseguida alcanzó su destino, contando con el viento a favor de los semáforos en verde. Dejó el viejo Seat León en el parking del edificio centenario que albergaba el ABC de Serrano y tomó el ascensor hasta la primera planta. Allí se encontraba la cafetería en la que había acordado encontrarse con José Alberto Santos.

El centro comercial estaba a reventar de gente, comprando en las tiendas que jalonaban las diversas galerías, paseando con sus niños al abrigo del frío o tomando el aperitivo. Lucía tuvo en más de un momento la sensación de hallarse en un lugar distinto del que había visto la última vez que había estado allí, porque la naturaleza de los comercios cambiaba con mucha frecuencia y donde hasta ayer vendían zapatos ahora despachaban ropa interior o bombones. Era complejo orientarse.

Mientras caminaba a paso lento, con cierto recelo ante lo que la esperaba, pensó en lo admirable que resultaba ser el espíritu aventurero de quienes se arriesgaban a invertir tiempo, dinero y esfuerzo en unos negocios tan volátiles como lo eran a todas luces aquéllos. La audacia necesaria para embarcarse en semejante aventura debía de ser notable y no estaba, desde luego, suficientemente reconocida.

España seguía siendo un país cicatero con los emprendedores, como lo había sido en los últimos trescientos años. Eso comentaba a menudo su padre, desde su atalaya de viajero y observador incansable. A Lucía le habría gustado decirle que seguía cargado de razón.

La editora no tenía modo de poner cara a su cita a ciegas, puesto que nunca se había encontrado personalmente con él. Pese a ello, nada más verle supo que el hombre sentado en un taburete de la barra, evidentemente incómodo, era Santos.

Tal vez fuese su uniforme de periodista a la antigua usanza: pantalones de franela gris y chaqueta de tweed, camisa Oxford azul, sin corbata, zapatos con cordones de ante marrón oscuro, gabardina apoyada en el asiento contiguo, bajo una cartera de piel. Acaso su cabello rubio veteado de hebras blancas, demasiado largo para la moda, o su barba gris, perfectamente cuidada, que recordaba a las de algunos profesores que había tenido ella en la universidad. Probablemente le delataran sus ojos inquietos, agazapados tras unas gafas de montura de pasta incapaces de ocultar esa peculiar forma de lanzar miradas impacientes, racheadas, repletas de curiosidad.

Se trataba de él sin duda.

Venciendo la timidez natural en ella, que a fuerza de voluntad había aprendido a domeñar, se acercó al caballero tratando de aparentar mucha más seguridad de la que en realidad sentía.

—¿José Alberto Santos? —preguntó antes de tenderle la mano.

—¿Lucía Hevia-Soto?

Se había puesto en pie, con gesto galante.

—La misma...

—¡Al fin la conozco!

La forma en que lo dijo dejaba meridianamente claro que la satisfacción era sincera.

—Es extraordinario...

Lucía miraba directamente al interior de la persona que tenía ante sí, fascinada por el timbre de su voz; esa voz que llevaba tatuada en el alma y que habría reconocido en medio del mismísimo infierno.

—¿Extraordinario?

—Extraordinario, sí —explicó ella, sentándose a su lado—. Que nos hayamos encontrado después de tantos años; que le localizara cuando ayer llamé a la redacción de *ABC*, sin la menor esperanza de que siguiera usted allí; que el mundo sea tan pequeño...

Pidieron una caña cada uno, mientras buscaban el modo de empezar a trenzar esa charla, tanto tiempo aplazada. Durante unos minutos, que a Lucía se le hicieron interminables, se lanzaron ojeadas de soslayo, sin que ninguno de los dos diera con la frase adecuada para romper el hielo.

Finalmente fue él quien se decidió a arrancar.

—No la cité aquí por casualidad, ¿sabe?

—Llámame Lucía y tutéame, por favor. Esto no es una entrevista.

—Tienes razón. ¡A buenas horas iba a serlo! Sin embargo, no te oculto que me quito una antigua espina con este encuentro.

—Ibas a explicarme por qué me citaste aquí, aunque supongo que lo sospecho.

—Sí, es bastante obvio. —Santos fue a sacar un cigarrillo, en un movimiento instintivo, e inmediatamente volvió a guardar la cajetilla en el bolsillo de su chaqueta, recordando que estaba prohibido fumar en locales cerrados. A guisa de disculpa comentó—: La costumbre, ya sabes...

—Continúa con lo que ibas a decirme, por favor.

—Exactamente aquí —marcó el lugar con los índices de ambas manos—, aunque una planta más arriba, estaba yo esa noche horrible de diciembre del 88, cuando te hice una llamada telefónica que desearía no haber tenido que hacer jamás. Mi mesa estaba nada más entrar a la redacción, de espaldas al vestíbulo.

—Viendo lo que es esto ahora cuesta creerlo —repuso Lucía, pugnando por concentrarse en los recuerdos del periodista en lugar de volver a los suyos—. Nadie diría que no es un centro comercial semejante a cualquier otro de los muchos que hay en Madrid.

—Hace veintitrés años aquí mismo hacíamos todo el periódico —Santos parecía encajar muy bien en esa imagen de periodista clásico que Lucía asociaba con el diario centenario—; desde las reuniones de redacción hasta la carga de los camiones que se llevaban las primeras ediciones a provincias. Más o menos a la altura del parking estaban las rotativas y los talleres, donde se componían las páginas manualmente antes de mandarlas a imprimir. Había que bajar hasta allí por unas escaleras de película de miedo o en un ascensor de principios de siglo que ni siquiera tenía puertas. Aquí, a ras de la calle Serrano, estaba el portón de entrada, custodiado por una legión de ordenanzas...

—El negocio editorial ha variado bastante desde entonces —le cortó sutilmente ella, a quien las catacumbas de ese oficio tan plagado de rufianes no interesaban demasiado.

Santos, sin embargo, no se dio por aludido y continuó con su recorrido por los vericuetos de un pasado que evidentemente añoraba, a juzgar por su forma de evocarlo.

—No sé si te habrás fijado en la escalinata que hay a la derecha de la puerta que da a Serrano. Ahora está clausurada. En aquellos días esos peldaños, cubiertos de gruesa moqueta, daban acceso a la redacción, previo paso por la sala que había acogido a las primeras plumas del periódico, agrupadas en torno a una única mesa...

—José Alberto —cortó por segunda vez Lucía, armándose de valor—. Tú cubriste el atentado en el que murieron mi madre y otras doscientas sesenta y nueve personas más. Tienes que tener más información de la que se ha publicado.

—No creas. Todo lo que se sabía se contó, en su mayor parte esa misma noche y los dos o tres días siguientes. Después, como sabrás tan bien como yo, llegaron las sanciones, las detenciones... Todo está publicado. No hay más, al menos que yo sepa.

—¿Por qué derribaron precisamente ese avión? —insistió

Lucía, trasladando a su interlocutor las preguntas que ella misma se había repetido en vano a lo largo de todo ese tiempo—. Y sobre todo, ¿podría haberse evitado esa tragedia de algún modo? Sé que nada de lo que me contestes podrá cambiar lo sucedido, pero te ruego que me digas la verdad.

—¿Venganza? ¿Alarde de poder? ¿Barbarie pura y dura? Ojalá pudiera darte una respuesta convincente. —Había auténtica compasión en sus ojos miopes—. Yo también me he devanado los sesos tratando de hallar porqués a las informaciones que cubro habitualmente y he llegado a la conclusión de que se trata de un empeño vano. El terrorismo nunca tiene causas lógicas, se fundamenta en el odio y se nutre de irracionalidad. No hay nada que entender. Lo único que podemos hacer es combatirlo, cada cual en la medida de sus posibilidades.

—No sé si me dejas como estaba o me quitas un peso de encima. En todo caso tenía que preguntarte. —Dio un largo sorbo a la cerveza—. En cuanto a lo de combatir, te lo dejo a ti. Yo sólo espero que mi hija llegue a vivir algún día en un mundo libre de esta lacra. Mi familia ya ha pagado un tributo suficientemente alto. Todo lo que ansío es poner punto y aparte a este capítulo.

El periodista se percató en ese instante de que había metido la pata y trató de dar marcha atrás.

—¡Haces muy bien! Lo cierto es que tampoco merece la pena implicarse más de lo imprescindible. Nuestra sociedad es tremendamente ingrata. Fíjate, sin ir más lejos, las críticas que están recibiendo estos días las asociaciones de víctimas de ETA por no querer aceptar la negociación del gobierno con la banda.

Lucía era muy consciente del problema. En poco más de una hora había quedado en reunirse con su jefa y estaba segura de que escucharía de sus labios toda una batería de argumentos *razonables* destinados a justificar los motivos que hacían poco recomendable la publicación de las memorias de un coronel de la Guardia Civil retirado que había dedicado su vida entera a combatir a la organización terrorista vasca. Hasta podía imaginarse algunas de esas razones: imprudencia, presiones políticas difícilmente soportables en un momento de alta vulnerabilidad para el negocio editorial, inoportunidad, falta de demanda, escaso interés, riesgo comercial y un largo etcétera. Paca le diría que Universal estaba obligada a velar por sus intereses empresariales y ella no tendría elementos suficientes para rebatir una afirmación así. Pero ¿los periodistas? ¿Podían aceptar esa mordaza los autoproclamados garantes de la libertad de expresión?

—Deberíais ser más contundentes en la denuncia de estas cosas. —De pronto el hombre que tenía ante sí se convertía en chivo expiatorio de todos los agravios padecidos—. ¡Perdona, eh! Supongo que es más fácil decirlo que hacerlo, aunque sigo pensando que deberíais hablar más claro.

—¿Denunciar qué?

—El abandono social y moral de las víctimas. Los intentos de silenciarnos y escondernos en un desván, pasados los primeros días después de nuestra desgracia, como si fuéramos testigos incómodos de acontecimientos que vale más olvidar. Hablo por mí y por muchos otros.

—Hacemos lo que podemos —se defendió Santos—. Bien sabes tú cuánto te he perseguido para recoger tu testimonio.

—No me refiero a eso.

—Entonces ¿a qué?

—Hablo de amparo, de reconocimiento, incluso de afecto, por qué no. Imagino que es algo imposible de explicar a quien no comparte la misma experiencia. Es algo personal e intransferible, supongo. Siento el desahogo y te agradezco que hayas venido.

—Lucía, te comprendo mejor de lo que crees. ¿Cómo no voy a hacerlo? Sé hasta qué punto se pervierte la realidad, en ocasiones hasta el extremo de invertir los papeles.

—¡Exacto! —Al fin sentía que se hacía entender—. Los verdugos, ensalzados; las víctimas, ignoradas. El mundo al revés.

—Hace unos días ayudé a un compañero con una información que ponía de manifiesto la hipocresía y rapacidad de unos presuntos mediadores internacionales, encabezados por el ex secretario general de la ONU, Kofi Annan, que han venido a España a «interceder a favor de la paz», según ellos, o sea, a poner en el mismo plano a los asesinos y a sus víctimas, a cambio de retribuciones que oscilan entre treinta y cinco mil y ciento cincuenta mil dólares.

—Eso es repugnante —se indignó ella—. A eso me refiero. Deberíais poner mayor énfasis en la denuncia de esas infamias.

—Ya lo intentamos, te lo aseguro, a pesar de que el mero hecho de contarlo, y no digamos criticarlo, te granjea la antipatía de los partidos políticos, del universo donde se mueve el dinero, por lo general muy cobarde, y de la enorme cantidad de gente que sólo aspira a ver zanjado este problema como sea.

El tono de Santos era triste. Destilaba en cada palabra la amargura de ver truncadas muchas esperanzas, unida a la inquietud por un futuro más que incierto para quienes, como él, creían que el periodismo no era un trabajo cualquiera, sino la traducción a los hechos de un compromiso ético.

—Unos lo intentan más que otros —repuso Lucía, un tanto cáustica—. No recuerdo que los periódicos hayan hecho muchas referencias a los muertos en el atentado del vuelo 103 de Pan Am, cada vez que algún gobernante nuestro ha ido a visitar a Gadafi a Libia o él ha venido aquí, con su jaima, su guardia de vírgenes y el resto de la obscena parafernalia que arrastraba.

—Es verdad. La memoria es corta cuando interesa olvidar, y aquí se ha olvidado muy rápidamente.

—Aquí y en todas partes, empezando por vosotros, los informadores.

La cafetería se había llenado de gente que empujaba sin demasiadas contemplaciones a fin de hacerse un hueco en la barra. Varios niños correteaban entre las mesas, dando gritos, evidentemente faltos de educación y control por parte de sus padres. El ruido era infernal.

En esas condiciones resultaba cada vez más complicado mantener una conversación seria, como la que les ocupaba, pese a lo cual Santos no dejó pasar el lance sin salir en defensa de su gremio. Últimamente no dejaba de escuchar críticas de ese tipo y empezaba a estar un poco harto.

—Verás, Lucía —adujo, lo más serenamente que pudo—, a menudo se nos acusa a los periodistas como si fuésemos nosotros quienes decidimos qué informaciones publicar y cuáles no, qué espacio asignarles y cómo tratarlas. En realidad, eso no es así. Los redactores, muy a nuestro pesar, no somos los propietarios de la información; nos limitamos a recogerla y elaborarla lo mejor que sabemos. Son otros quienes deciden, en última instancia, qué interesa y qué no.

—¿Los directores? Me da lo mismo. Siguen siendo profesionales obligados a honrar esa sacrosanta libertad que no se les cae de la boca.

—Tampoco los directores, lamentablemente, a pesar de que la mayoría hace lo que puede para eludir las presiones del poder político, las grandes empresas, los anunciantes... Es muy complicado, y más en tiempos de crisis, cuando a falta de harina, todo es mohína y despidos en las empresas de comunicación. Sólo te pido que lo tengas en cuenta y no nos juzgues con demasiada severidad.

—Sí, supongo que tienes razón. Aun así...

—¿Has oído hablar de Indro Montanelli? —La cara de Santos se había iluminado con esa luz inequívoca que surge de las entrañas cuando evocamos el rostro de una persona querida.

—¡Claro! Disfruté mucho leyendo sus historias de los griegos y los romanos.

—Además de escritor, fue un gran periodista. En mi opinión, el más grande de los contemporáneos. Hace muchos años tuve ocasión de entrevistarlo, cuando acababa de cerrar un periódico fundado después de que el magnate Silvio Berlusconi, editor y propietario del diario que dirigía hasta entonces, tratara de imponerle la línea editorial. Estaba lógicamente dolido por ese fracaso, aunque no se arrepentía de haberlo intentado. Me dijo dos cosas imposibles de olvidar.

—¿A saber? —Si no hubiera mostrado interés, Santos se habría sentido ofendido.

—Una, que la calidad no tiene mercado en el tiempo que nos ha tocado vivir. Dos, que la independencia siempre es posible, si uno está dispuesto a pagar el precio correspondiente. Un precio cada vez más alto, no sólo en términos económicos, sino a nivel profesional y personal.

Lucía supo, nada más oír esas palabras, que les daría más de una vuelta en la cabeza antes de que acabara el día. Eran dos frases lapidarias, de esas que inducen necesariamente a la reflexión. Dos sentencias susceptibles de ser aplicadas a su propia actividad y a su vida. Claro que antes tendría que empezar por definir lo que entendía por «calidad». ¡Casi nada!

Miró el reloj. Eran las dos y cinco, hora de llamar a Paca y concretar el restaurante en el que se encontrarían, dado que se había hecho tarde para pedirle que fuera a buscarla. Sacó el monedero con la intención de pagar, pero Santos se le adelantó con un gesto de la mano que significaba «¡alto ahí!».

—Por favor, déjame esto a mí. Es lo mínimo que puedo hacer.

—¿Por qué? —Lucía no sentía que ese hombre le debiera nada. Antes al contrario, era ella quien se había mostrado esquiva con él durante mucho tiempo, ignorando sin más sus llamadas.

—Porque me tocó ser el mensajero de una noticia que probablemente haya sido la peor de tu vida. Porque si esa llamada ha tenido un profundo impacto en mi existencia, si ha dejado una huella imborrable en mi memoria, apenas acierto a imaginarme la herida que debió de causarte a ti.

—Era tu trabajo.

—Aun así, quisiera pedirte perdón.

—No tienes por qué. No fue culpa tuya. El mensajero nunca es el causante de la noticia.

Santos escuchó esas últimas palabras como quien recibe una absolución, un alivio inmediato para una conciencia atormentada. Era plenamente consciente de su inocencia y no se cansaba de defender por tierra, mar y aire el argumento expuesto por Lucía con total naturalidad, pese a lo cual oírselo decir a ella lo había liberado de una carga.

Razón y corazón no caminan necesariamente de la mano.

—Una cosa más —añadió él, armándose de valor—. Ojalá puedas cerrar esa página y dejarla definitivamente atrás. Ya sé que no soy nadie para decírtelo y me estoy metiendo donde no me llaman, pero me siento de algún modo responsable y por eso me tomo esa libertad.

El timbre grave del periodista había adquirido un matiz cálido. Su expresión subrayaba la sinceridad del deseo que acababa de formular, con mayor elocuencia que cualquier calificativo. Estaba hablando con el alma, sin perseguir otra finalidad que la de transmitir a esa mujer lo que tantas veces se había dicho a sí mismo.

Lucía se sintió conmovida por esa demostración de humildad, por esa forma de actuar tan inesperada, viniendo del representante de una profesión que nunca le había inspirado demasiado respeto y que con el correr de los años parecía encanallarse más y más. Pensó, con agrado, que a partir de ese momento ya no asociaría la voz de José Alberto Santos al desgarro causado por ese «siento ser yo quien se lo diga», sino a la mirada limpia de un profesional honrado.

Un superviviente, a fin de cuentas, exactamente igual que ella.

—Me alegro de haberte conocido —dijo a guisa de despedida, levantándose del taburete—. Si alguna vez necesitas algo de mí, tienes mi número.

—Lo mismo te digo yo. —Él no sabía si darle la mano o un abrazo, así que se quedó quieto—. Hasta entonces, trataré de seguir tu consejo.

Lucía arqueó las cejas en señal de interrogación.

—¿Qué consejo?

—Ser valiente.

El almuerzo con Paca transcurrió en una atmósfera cordial, al calor de una pizza, bañada con cerveza, seguida de un tiramisú. A pesar de alguna tirantez inicial, al confirmar su jefa punto por punto los temores de la editora, hasta esgrimir prácticamente entero el argumentario previsto, el postre hizo honor a su nombre y levantó el ánimo de ambas, poco dadas por naturaleza al rencor.

La decisión final sobre el destino de las memorias de Antonio Hernández no estaba en manos de ninguna de las dos, luego carecía de sentido enfadarse. Aparte de que hacerlo con Francisca Tejedor, Paca para los amigos, resultaba sencillamente imposible. Era preferible tomarse el rechazo con humor, aunque fuese negro.

—Te vas a quedar sin saber lo que es un *laguntzaile* —dijo Lucía, evocando esa larga entrevista mantenida con el coronel—, y por qué los confidentes son a la Guardia Civil lo que el estiércol al campo.

—¿A saber?

—Basura necesaria para aflorar y cosechar frutos. Una metáfora que podría aplicarse a varios otros colectivos, por cierto. Te aseguro que vamos a dejar pasar una oportunidad de oro.

—Créeme que lo siento —respondió su jefa haciendo un gesto de impotencia—. Es probable que en una editorial más pequeña y especializada sea más factible sacar adelante el proyecto. Hablaré con un par de contactos y se los facilitaremos a tu autor. Nosotros somos demasiado grandes.

—Jefa, sabes tan bien como yo que se lo debemos.

Paca percibió perfectamente que aquello no era una petición al uso ni siquiera un argumento profesional, sino una reivindicación personal surgida de las llagas abiertas de esa colaboradora a la que le unía una amistad entrañable.

—Os lo debemos, tienes razón.

—¿Le ayudarás entonces?

—Haré lo que pueda, aunque no te prometo nada. ¿Qué te voy a contar a ti que tú no sepas sobre los gustos cambiantes de los lectores?

Lucía conocía de memoria el orden de las principales listas de libros más vendidos y recibía mensualmente el informe Nielsen, donde estaban cuantificadas las ventas de los títulos disponibles en el mercado, con precisión milimétrica.

—No me lo digas, que te hago la lista en un minuto: sexo,

a ser posible con un toque de perversión; novela negra, en cierto declive; grandes sagas históricas, siempre que estén firmadas por autores reconocidos; autoayuda, en todas sus manifestaciones; escándalos de corrupción política; ensayos demagógicos de coyuntura...

—Y buena literatura —completó el elenco Paca—. La buena literatura es imperecedera.

—¿Tú crees? —inquirió Lucía, recordando la cita de Montanelli sobre la calidad y el mercado.

—Estoy segura de ello. —A pesar de que su responsabilidad era el área de no ficción, Paca conocía bien los secretos del mundo editorial en el que se había movido como pez en el agua desde que se había licenciado en la universidad—. Si la piratería no termina de matarnos, cosa que todavía está por ver, siempre habrá hueco en nuestra programación para una novela que merezca la pena. Lo que me lleva derechita a la cuestión que quería plantearte.

—No me digas que el gobierno va a sacar por fin una ley eficaz y seria que ponga coto a las descargas ilegales de libros, o que has decidido montarte una web pirata con el propósito de redondear tus ingresos. Si es así, a lo mejor me asocio contigo y nos hacemos de oro.

—Ni una cosa ni la otra. Mucho mejor todavía. Me ha dicho Álvaro, el jefe del departamento de ficción, que acaba de llegarle un manuscrito como hacía mucho que no leía. Algo nuevo y original, que introduce una forma inédita de interacción con el lector y puede suponer un bombazo a nivel internacional. Una joya en bruto de un escritor novel, que requiere mucha labor de lija y posterior pulido. ¿Te gustaría editarlo?

Lucía se quedó callada. Ya había previsto que Pepa le ofrecería un premio de consolación, y estaba preparada para rechazarlo. Pero lo que acababa de oír no hacía sino avivar una luz que se había encendido en su mente hacía un rato, hasta convertirla en un reclamo irresistible. Un auténtico faro, comparable al de Alejandría, que indicaba el camino a seguir a partir de ese momento.

No todos los días tenía una la oportunidad de trabajar con material realmente bueno. Contar una historia, construir un relato, explorar emociones, dibujar personajes, enamorar al lector página a página, ayudando a un escritor a ordenar su creación, era lo que mejor hacía ella. Acometer esa empresa con el apoyo entusiasmado de sus superiores suponía sin duda un aliciente añadido. Una forma inmejorable de combatir la tristeza inherente a la marcha de su hija o los coletazos que pudiera propinar, todavía, la rabia derivada del engaño de Santiago.

La perspectiva resultaba tentadora. Sonaba francamente bien.

Ese libro podría convertirse, además, en una inversión rentable para Universal, muy necesitada de aciertos que equilibraran su cuenta de resultados, duramente castigada por la crisis y el robo impune de propiedad intelectual a través de internet.

Decididamente, sonaba de lujo.

—Dime que te he convencido —la urgió su jefa, que había estado observando con atención los leves cambios de expresión que traducían en el rostro de Lucía todas esas consideraciones silenciosas.

—Me has convencido.

—¡Dame un abrazo! —La estrujó con todas sus fuerzas—. ¿Le digo entonces a Álvaro que lo harás, que le cedo a mi mejor editora, por supuesto con billete de ida y vuelta?

—Dile que el lunes hablaré con él —respondió la abrazada, recuperando poco a poco el aliento, mientras abría la caja cerrada que acababa de traerle un camarero con la cuenta y comprobaba el importe de la factura—. Vamos a sorprendernos mutuamente, te lo aseguro.

Ese sábado estaba resultando más intenso que cualquier jornada laborable. Lucía solía trabajar en fin de semana, entre otras cosas porque su trabajo era al mismo tiempo la principal de sus aficiones, aunque esa noche tenía un plan más apetecible aún. Esa noche Laura y ella iban a cenar mano a mano, y tal vez se dejase convencer después para ir juntas a dar una vuelta por el barrio y tomar algo en alguno de los locales que abundaban por allí.

Llegó a casa pasadas las seis, sintiendo la mente en plena ebullición. Se acomodó en su butaca, después de quitarse los zapatos, calculando si le daría tiempo o no a retomar la lectura del diario, que parecía llamarla desde el escritorio. Dado lo avanzado de la tarde descartó la idea, con cierto pesar, diciéndose a sí misma que los placeres aplazados se disfrutan el doble. Tiempo habría para sumergirse en esas páginas, sin prisas.

La visión del portátil abierto, sobre la mesita del salón, le recordó la existencia de un correo por abrir. Un mensaje procedente de Santiago de Chile, firmado por alguien a quien todavía no sabía bien dónde ubicar en el fichero imaginario que se afanaba en vano por ordenar el caótico universo de sus afectos. ¿Amor, amante, amigo, aventura, atracción fatal? Todos empezaban por «a» pero entrañaban relaciones opuestas.

Julián estaba pendiente de clasificación.

¿Cómo era eso que María había escrito en su cuaderno?

Lo que le había respondido a Paola cuando ésta le insistía para que engañara a Fernando… «No me reconocería.»

En eso Lucía siempre había sido muy parecida a su madre. La idea de traicionar a un ser querido le resultaba insoportable. Y, pese a ello, no sólo se reconocía en la mujer que había compartido con Julián una pasión sensual completamente ajena al compromiso, sino que hasta cierto punto le asustaba lo bien que le había sentado la experiencia.

De todas las sorpresas que le había deparado ese encuentro con el músico, la que más seguía sorprendiéndola era la ausencia total de remordimiento. Claro que ella no había necesitado mentir ni tampoco quebrar nada que no estuviese roto de antemano. Había puesto las cartas boca arriba desde el primer momento, consciente de las consecuencias que traería esa confesión.

En cuanto al chileno…

Ninguno de los dos había prometido nada. Y sin promesas no hay embustes que valgan, no hay dolor ni desengaño. No hay esperanzas frustradas.

Se habían despedido con un socorrido «hasta la vista», sabiendo perfectamente que no volverían a verse. Y de repente él reaparecía desde las antípodas, tratando de dar continuidad a lo que había nacido con vocación de ser efímero. ¿Por qué no se atenía al guión? Aunque Lucía no había practicado hasta entonces esa modalidad de juego, creía haber pactado con él las reglas que lo regirían. Ahora no sabía si alegrarse o lamentar el hecho de haberse equivocado tanto.

Abrió la carpeta del correo, en busca del procedente de Chile, con más ansiedad de la que habría admitido si le hubieran interrogado al respecto. Traía consigo un archivo adjunto, lo que hizo que tardara varios segundos en descargarse y convirtiera la espera en una eternidad. Esa misiva despertaba en ella la misma curiosidad que había suscitado su remitente desde el mismo momento en que le había puesto la vista encima. O sea, mucha.

¿Volvería a emular a Frank Sinatra y decirle algo tan estúpido como «te quiero»?

Antes de empezar con la lectura, cerró un instante los ojos a fin de acercarse a Julián. A pesar de la prevención con la que iba a adentrarse en esas líneas, quería que su sonido conservase el acento de quien las había escrito. La música inherente a su forma de hablar. Ese timbre risueño, algo infantil, que constituía uno de sus principales encantos.

Una vez preparada para escuchar con los cinco sentidos, empezó a leer:

Querida española de México:

¿Sabes que Serrat compuso una canción sobre nosotros? ¡Claro que lo sabes! Te lo habrán dicho mil veces y ahora mismo estarás reprochándome, desde el otro lado del ordenador, lo poco original que soy.

Me lo merezco. Discúlpame.

Te escribo al amanecer, después de una noche insomne agarrado a la guitarra, componiendo con las tripas. A través de la ventana de mi alcoba veo las cumbres nevadas de la cordillera, que parecen peinar el cielo con púas de fuego prendidas por el sol naciente. Es hermoso y poderoso, tan poderoso y hermoso que me ha recordado a ti.

Apuesto a que te gustaría esta ciudad de anchas avenidas, asentada entre los Andes y el océano. A ella le gustarías tú, te lo aseguro. Me lo dicen sus aceras arboladas y las estatuas de sus plazas; los cangrejos del Pacífico, tan sabrosos como los que comimos en Asturias aunque mucho más grandes; las nubes que sobrevuelan los rascacielos de Santiago; las gentes, ansiosas por conocerte.

La primavera se abre paso aquí con fuerza. En el sur, camino de Tierra del Fuego, habitada por glaciares y ballenas, la pradera de la Patagonia debe de estallar en una paleta infinita de colores. El viento, que ruge con furia, nos llama. Puedo oírlo. Es mi cómplice. Allá conozco un lugar, apartado de la civilización, donde reviviríamos o reinventaríamos ese fin de semana compartido que pone música a mis sueños. Una cabaña de troncos, perdida en la inmensidad de la estepa, desde la cual se divisan, en los días claros, las majestuosas Torres del Paine.

¡Una locura que te aguarda!

No son torres construidas por el hombre. ¡Qué va! No te hablarían de batallas ni hazañas similares a las que me contaste tú mientras conducías, en la noche, hacia la tierra de tu padre. A falta de castillos y catedrales, yo te ofrezco la naturaleza salvaje de mi patria chilena, nuestro territorio virgen, los arroyos que en esta época bajan de las montañas rebosantes de agua helada, su cielo puro, el silencio.

Lucía, te extraño. Ya te lo dije, me embrujaste con tus historias de Scherezade de la que espero mil noches más. Y mil días. Días y noches en los que no me cansaría de escucharte y abrazar a tu lado la vida, haciendo mías tus ganas.

¿Qué me dices?

El álbum del que te hablé va cobrando fuerza. Si todo se desarrolla según lo previsto, empezaré a grabar en un par de meses, lo que significa que me encerraré en un estudio hasta finales de verano. Ayer fui a visitar las instalaciones con el fin de probar el sonido y aproveché para hacerte este pequeño regalo, que adjunto en el correo. Espero que acaricie tu alma herida.

Al principio probé con Serrat, pero sonaba demasiado obvio. Mi «Lucía», la que te escribí yo, es una composición coral para bocas y piel, destinada a ser interpretada a dos voces. Una sinfonía ardiente como la mujer que se esconde en ti.

Apelo pues al maestro Benedetti, que pone letra certera a lo que quiero decirte. La música es mía, al igual que la voz. Bueno, en realidad son tuyas, puesto que tú las inspiraste.

TQ,

JULIÁN

«¿Scherezade? ¿Abrazar la vida?», pensó Lucía, sangrando por las heridas de su reciente ruptura. A nueve de cada diez hombres lo que les gusta abrazar son curvas, más o menos pronunciadas según las preferencias. Y los que dicen otra cosa mienten o se engañan a sí mismos. La palabra «peligroso» se queda corta para describir a este cantante. Es el demonio en persona… O un ángel caído del cielo.

Finalmente terminó de descargarse el archivo adjunto al correo, que contenía un vídeo casero grabado con el móvil. En él aparecía Julián, con un fondo típico de estudio de grabación, sentado en un taburete bajo. Vestía vaqueros, camisa blanca y zapatillas deportivas, como la última vez que lo había visto ella en el aeropuerto, a punto de cruzar el control de pasaportes. Una cinta de cuero ceñida en la frente sujetaba su melena e impedía que le cayera sobre el rostro, mientras punteaba suavemente acordes, a la vez que recitaba:

Compañera
usted sabe
puede contar
conmigo,
no hasta dos
o hasta diez
sino contar
conmigo.

Lucía conocía ese poema, por supuesto. Lo había leído a menudo. Nunca hasta entonces, empero, le habían llegado tan hondo los votos que formulaba el poeta. Nunca había sentido en la piel el significado de su promesa y su ruego.

> *Si alguna vez*
> *advierte*
> *que la miro a los ojos*
> *y una veta de amor*
> *reconoce en los míos,*
> *no alerte sus fusiles*
> *ni piense ¡qué delirio!*
> *A pesar de la veta,*
> *o tal vez porque existe*
> *usted puede contar*
> *conmigo.*

—¡Eso quisieras! —musitó, sonriendo, la destinataria de esos versos—. Que no alertara mis fusiles. Pues están en máxima alerta y así van a seguir estando, por mucho que me halaguen tus requiebros, artista.

Julián, entre tanto, seguía declamando:

> *Pero hagamos un trato.*
> *Yo quisiera contar*
> *con usted.*
> *¡Es tan lindo*
> *saber que usted existe!*
> *Uno se siente vivo.*
> *Y cuando digo esto*
> *quiero decir contar*
> *aunque sea hasta dos,*

aunque sea hasta cinco,
no ya para que acuda
presurosa en mi auxilio
sino para saber
a ciencia cierta
que usted sabe que puede
contar conmigo.

Lucía volvió a recordar esa canción de Kenny Rogers que parecía escrita para la ocasión: «No te enamores de un soñador, porque siempre acabará tomándote el pelo». ¿Estaría inspirada en Julián?

«No podías atenerte al guión, ¿verdad?», volvió a reprocharle en su fuero interno, tratando de dilucidar si estaba conmovida o enfadada.

Sus maneras de trovador experto en rituales de conquista producían en ella el efecto de un imán y simultáneamente el de un semáforo en rojo. Ese rostro mestizo, bello, que había contemplado durante horas sin cansarse en el transcurso de su estancia en Asturias, que había cubierto de caricias y de besos, se tornaba de repente calavera descarnada cruzada por dos tibias. Veneno.

¿Por qué lo había elegido entonces? ¿Por qué había ido directa a por él, durante aquella convención de libreros, ajena a los peligros que pudiera entrañar una aventura a su lado?

La imagen de María acudió de nuevo a su mente, por sorpresa, con una fuerza increíble. La vio recién casada, casi una niña, abandonar su San Sebastián natal para embarcar plácidamente en un avión, rumbo a Cuba, sin el menor atisbo de miedo, abrochada a la confianza absoluta que le inspiraba el hombre con el que iba a compartir su vida... Y al amor.

Rota la confianza, pensó Lucía, queda el amor o no queda nada. Su madre había conseguido milagrosamente mantenerlo intacto, contra viento y marea, alentando en ella hasta el último día. Se había empeñado en protegerlo y conservarlo a base de generosidad, convicción y entrega. Nunca había dejado de amar a Fernando ni tampoco de sentirse amada.

Su madre había sido una mujer afortunada.

—Ya veremos adónde va esto —dijo a la pantalla, dirigiéndose a Julián—. Tal vez merezca la pena contar contigo, aunque sea hasta dos. Aunque sea hasta cinco. Me gustas mucho, poeta. Y en todo caso la vida es ahora. Ni ayer ni mañana; ahora mismo.

El zumbido característico de un mensaje en el teléfono móvil le hizo dar un respingo. Era su hermana, que preguntaba si estaba disponible para hablar un rato. Lucía agradeció la interrupción. Mercedes era un magnífico antídoto de realidad contra el riesgo inherente al espejismo encarnado en Julián. Un pretexto perfecto para librarse de contestar a su correo. De ahí que respondiera al instante: «Cuando quieras».

Antes de que sonara el primer timbrazo se sorprendió a sí misma pensando: «Sin promesas ni planes de futuro no hay esperanzas frustradas, es cierto. Tan cierto como que la vida carece por completo de valor cuando falta la esperanza».

—¿Molesto? —Mercedes debía de estar un poco dolida por la brusquedad con la que había sido tratada en el transcurso de su última llamada.

—En absoluto. De hecho, te has adelantado por cinco minutos. Pensaba marcar tu número ahora mismo.

—¡Qué casualidad! —Había cierto escepticismo en el tono—. ¿Y a qué iba a deber el honor?

—Verás… El otro día, ordenando el trastero de la calle Ferraz, encontré un diario de nuestra madre.

El auricular se quedó mudo. Lucía era consciente de que la noticia iba a producir un impacto en su hermana tan grande al menos como el que había sufrido ella, y no se sorprendió. A fin de cuentas era a Mercedes a quien María iba a visitar cuando el avión en el que viajaba había sido derribado por una bomba terrorista. Aunque nunca lo hubiera confesado abiertamente, parecía probable que ella albergara cierto sentimiento de culpa por esa muerte violenta acaecida prematuramente o, cuando menos, un desgarro especial y único.

Mercedes había tenido que hacer frente al duelo por su madre, asesinada, mientras criaba a un hijo recién nacido. No había podido llorarla como hubiera querido y necesitado hacer, de manera que se había obligado a esconder a ese espectro en el rincón más oscuro de la memoria, el más inaccesible. Lucía, en cambio, pecaba exactamente de lo contrario.

Cada vez que entre las hermanas surgía el tema de la pérdida que compartían, de la brutalidad de esa muerte o de la injusticia sufrida, el consejo de la mayor a la pequeña era el mismo: «Tienes que superarlo, pensar que está en un lugar mejor y seguir adelante con tu vida».

Lucía solía preguntarse si de verdad Mercedes era capaz de atenerse a esa recomendación, sin duda muy razonable, que a ella le resultaba imposible llevar a cabo.

—¿Mercedes? ¿Sigues ahí?

—Sí. —Su voz anormalmente baja delataba lo que debía de estar bullendo en su interior y jamás confesaría—. Es que nunca pensé que nuestra madre escribiera un diario. No era el tipo de persona sofisticada que alberga secretos, ¿no? Era más bien una mujer previsible, una madre convencional.

—A mí también me sorprendió encontrarlo, y mucho más ir descubriendo su contenido.

—¿Sobre qué escribía?

—Todavía no lo he terminado, aunque me falta muy poco. Está escrito en Estocolmo, en octubre de 1962, durante la semana de la crisis de los misiles de Cuba que casi desata una confrontación nuclear. Se ve que pasó mucho miedo por nosotros, y sobre todo por Miguel e Ignacio, que estaban en España.

—¿Miedo? No creo haber visto nunca a nuestra madre asustada. Tú eras muy pequeña, pero yo me acuerdo perfectamente de esos días y te aseguro que no pasó miedo. Salía, entraba, hacía la vida de siempre. ¡Si era una roca!

—Que no la viéramos asustada no quiere decir que no lo estuviera. —Lucía tenía la ventaja del conocimiento—. Y no sólo por la posibilidad de que estallara la guerra... Ya verás cuando lo leas. Mañana por la mañana te envío el documento escaneado.

—¿A qué te refieres? ¡Cuenta más! Ahora que me has puesto la miel en los labios no puedo esperar a mañana.

—Es mejor que lo leas, hazme caso. —Lucía empezaba a arrepentirse de haber adelantado a su hermana la información sobre semejante hallazgo, antes de compartir con ella el manuscrito—. Verás por ti misma a qué me refiero. La que firma esas líneas no es nuestra madre, es una mujer como tú y como yo... no sé cómo explicarme mejor. Te lo mando esta misma noche.

Nada más pronunciar las palabras «nuestra madre» se dio cuenta de que la expresión era incorrecta. María había sido una madre para Mercedes y otra muy diferente para Lucía, para Miguel y para Ignacio. Ni mejor ni peor, sólo distinta. Cada uno de ellos atesoraba una experiencia singular, recuerdos personales diferentes a los de los demás, un punto de vista propio y un juicio basado en su propia percepción. Probablemente por eso casi nunca hablaban entre sí de su madre ni tampoco de su padre.

Los distintos enfoques que cada uno hacía, tan alejados entre sí que llegaban a ser contrapuestos, derivaban irremediablemente en bronca.

Impaciente por salir de un terreno en el que no debería haber entrado, Lucía trató de responder a la pregunta de Mercedes resumiendo en una frase lo que sentía en aquel momento:

—Me gustaría haber heredado su fortaleza y su capacidad de amar.

—Y su paciencia y su resignación... —El tono era en cierto modo irónico, como si escondiera un reproche.

—¿Lo dices por...? —Lucía era consciente de que su hermana no daba puntada sin hilo—. ¿Tú sabías que papá...?

—¡Pues claro que lo sabía! Siento que te hayas enterado. Ahora déjalo estar. Las cosas del pasado están muy bien donde están.

—Bueno, no siempre son esas cosas exactamente lo que parecen, ni la explicación más sencilla resulta ser la correcta. Ya lo verás por ti misma y me dirás lo que opinas. Yo te repito que habría deseado heredar su capacidad de amar y haberme sentido tan amada como ella.

A partir de ese momento la conversación no iba a dar mucho más de sí, pensó Lucía. Ni su hermana podría entender ni ella sabría explicar hasta qué punto aquellas páginas estaban cambiando no sólo la opinión que tenía de sus padres y la relación que habían mantenido entre ellos, sino el modo en que ella, Lucía, había contemplado hasta entonces conceptos aparentemente tan sencillos como la fidelidad o el amor.

Hacía apenas unos días había sostenido ante Santiago, tajantemente, aquello de que quien ama de verdad no engaña, y ya empezaba a poner en duda su propia afirmación. Tal vez se pudiera amar y traicionar, después de todo, aunque a un precio terriblemente elevado. A costa de un sufrimiento atroz, difícilmente soportable tanto para el traicionado como para el traidor.

En esta vida, lo sostenía su terapeuta Raúl, cargado de razón, todo lo auténtico se paga, ya sea en forma de renuncia, en soledad o en dolor.

—¿Cuándo se marcha Laura? —preguntó Mercedes en una evidente maniobra de evasión.

—Mañana. —También Lucía agradeció el cambio de tercio—. Dentro de un rato nos vamos a cenar las dos para despedirnos. Empieza una nueva etapa y se va llena de ilusión, a sembrar allá donde hay alguna oportunidad de cosechar. No creas que se marcha triste, es una luchadora.

—Esperemos que no dure mucho el exilio y pueda regresar pronto a España, ¿no? —Su hermana sabía de sobra lo mucho que representaba esa hija para Lucía.

—No estoy muy segura, la verdad. Tal vez encuentre su camino allí, como te ocurrió a ti, y se instale definitivamente en otra tierra. Tú y yo sabemos mejor que la mayoría de la gente que nada es eterno y que los cambios pueden ser buenos o malos, dependiendo cómo se los tome una. —Lucía estaba más cómoda en ese terreno en el que sentía la complicidad tejida con Mercedes a lo largo de los años decisivos de la infancia—. Las cosas, las personas, las situaciones tienen un comienzo y un final. Vienen y van. Lo aprendimos de niñas, a base de mudanzas y nuevos colegios. Es un entrenamiento duro pero útil.

—¡Y que lo digas! A lo de duro, me refiero... Pero sin

duda resultó ser útil. A ninguna de las dos nos ha faltado nunca el trabajo.

—Ni nos ha tumbado una tormenta. Ahora que la precariedad empieza a ser la tónica en este país, algunas llevamos ventaja. No necesitamos un libro de autoayuda para saber que si el viento no te quiebra te hace invencible.

—Y que detrás de cada ruptura hay una oportunidad.

—Tú lo has dicho. Somos nómadas en busca de un hogar siempre huidizo, capaces de acampar en cualquier parte y levantar el campamento a la mañana siguiente, sin mirar atrás.

—Uy uy uy… —Mercedes la conocía tanto que solía adivinarla—. ¿Hay algo en perspectiva que quieras compartir conmigo?

—Nada claro por el momento. Pájaros en la cabeza, cantos de sirena, ofertas laborales, proyectos difusos, ideas locas. Te escribiré con calma para contártelo, ahora tengo que irme.

—¡Mándame el diario!

—Esta misma noche. A ti y a los chicos.

El espejo le mostró una imagen familiar con la que había aprendido a convivir sin excesiva dificultad. No tenía el glamour de su madre ni mucho menos su habilidad para sacarse partido, pero tampoco podía quejarse. El rostro que la observaba desde el otro lado del cristal era el de una mujer con una mirada intensa, cuya expresión estaba impregnada de curiosidad.

Mientras se aplicaba el maquillaje sin demasiada habilidad, ayudada por una esponjita especial, fue haciendo el recuento de las arrugas con las que se iba encontrando, aceptándolas y reconociéndolas. Las del cuello, excavadas una a una a golpe de horas de lectura. Las que surcaban el contorno de sus ojos miopes, insaciablemente ávidos de contemplar nuevos paisajes. Las que el tiempo había labrado alrededor de sus labios hambrientos de experiencias, sedientos de amor, empeñados en morder, masticar y saborear hasta el último bocado de vida que les fuese dado probar antes de exhalar el último aliento.

Esa noche salía con Laura y quería estar guapa.

Le llevó lo suyo completar la obra de restauración en marcha, a base de sombra de ojos, rímel, colorete y lápiz de labios, aunque, una vez concluida la tarea, el resultado le pareció bastante satisfactorio. Tanto, que se regaló una sonrisa de esas que se prodigaba poco por tenerlas reservadas para las personas más queridas. Y no porque estéticamente le gustara demasiado lo que contemplaba, sino porque acababa de caer en la cuenta de que el rostro que tenía ante sí era el que ella había construido; el fruto de su voluntad, sus decisiones, sus actos, sus aciertos y sus fracasos.

Un último toque de esencia de Dior *Grand Bal* puso fin a la operación y llevó inevitablemente a su mente el nombre de María, su aroma a perfume mezclado con tabaco rubio, la seda de su piel cálida, su voz… evocadas, al fin, sin desgarro ni rabia ni amargura, con la paz que trae consigo la aceptación de lo acontecido. Una resignación nacida en parte de la comprensión, en parte de la convicción de haber obtenido justicia.

Laura tenía razón. Su madre siempre había vivido junto a ellas, al calor de la memoria, y allí permanecería en los años por venir, ocupando el lugar más abrigado de la casa.

11

*Estocolmo,
domingo, 28 de octubre de 1962*

Acabo de apagar mi último cigarrillo. Un trato es un trato. Prometí que dejaría de fumar durante un año si la guerra pasaba de largo y Dios ha cumplido su parte. Ahora me toca a mí honrar la palabra dada.

Han sido dos días de infarto. Cuarenta y ocho horas durante las cuales hemos pasado del terror a la euforia y vuelta al desánimo, prácticamente sin transición. Un espanto que afortunadamente llega a su fin.

Ayer sábado las cosas empezaron bien. Yo me había levantado tarde y tenía puesta la radio, en francés, por ver si informaban de alguna noticia esperanzadora. Fernando estaba en la Embajada, dado que los sábados son los días de más trabajo allí. Tuve que esperar por tanto a que viniera a comer a casa, a eso de las dos, para comentar con él lo que, desde mi punto de vista, constituía un avance sustancial hacia el final de la pesadilla en la que hemos estado viviendo estos días: Kruschev accedía a retirar los misiles de Cuba, bajo la supervisión de las Naciones Unidas, siempre que Estados Unidos hiciese lo propio con los que tenía desplegados en Turquía.

El arreglo, contenido en una carta enviada por el presidente soviético al norteamericano, cuyo contenido literal había sido emitido por Radio Moscú, iba en línea con lo que la víspera me había contado a mí Paola citando a George; es decir, con las ofertas y contraofertas que se hacían, más o menos bajo cuerda, los mensajeros de uno y otro bando. A mi modo de ver, parecía equilibrado y justo. Perfecto en aras de salvar esa paz que, según sus propias declaraciones, constituye la principal preocupación de los mandatarios en pugna.

Tan contenta me puse al dar por supuesto que el conflicto entraba en vías de solución, que mandé a Jacinta preparar un postre especial, esas natillas con isla flotante de merengue que tanto nos gustan a todos, y meter en el *frigidaire* una botella de champán a fin de celebrar juntos la buena nueva. En cuanto vi la cara que traía él comprendí, no obstante, que probablemente me hubiese precipitado en mi alegría.

Fue innecesario que yo dijese nada. Fernando adivinó lo que estaba pensando y se adelantó a la pregunta.

—No lancemos las campanas al vuelo antes de tiempo. Esta oferta es sencillamente inaceptable.

—¿Por qué? Parece un acuerdo impecable, en el que ambos ceden un poco en el empeño de entenderse. ¿Dónde está el problema?

—Los problemas son varios, María. —Nos habíamos sentado a la mesa con Mercedes, que asistía atentamente a la conversación mostrando su buena educación al abstenerse de interrumpir a los mayores—. Para empezar, Turquía es un miembro de la OTAN, un aliado de Estados Unidos a quien Washington no puede dejar desprotegido de la noche a la mañana, retirando esos misiles de manera unilateral, como parte de un acuerdo suscrito con la Unión Soviética al margen de la Alianza.

—¿Tan importantes son esos malditos cohetes? —El disgusto me había quitado el apetito y amargado el humor—. Al que algo quiere, algo le cuesta...

—En realidad no son tan importantes, no. —Fernando se había servido una porción generosa de lubina al horno y empezaba a dar buena cuenta de ella, con esa lentitud calculada que caracteriza la forma de comer de los gourmets que saborean cada bocado—. Desde el punto de vista militar, se trata de equipamiento obsoleto que pronto será sustituido por submarinos Polaris dotados de armamento nuclear. Ésa no es por tanto la cuestión sustancial.

—Entonces ¿de qué estamos hablando?

—De diplomacia, María. Estamos hablando de política. Kennedy no quiere dar a los miembros de la OTAN la impresión de que los utiliza como moneda de cambio a su conveniencia, no debe transmitir una imagen de debilidad y mucho menos puede permitirse el lujo de aparecer ante los ojos del mundo como el perdedor de este pulso mantenido con Kruschev.

—¿Perdedor por qué? —No conseguía entender unas supuestas razones carentes, a mi juicio, de sentido.

—Porque quedaría en una posición peor de la que tenía antes de empezar la crisis. Con su órdago, Moscú habría logrado forzar la mano de Washington y obligar a la Casa Blanca a retroceder de manera sustancial en el tablero internacional, sin otra concesión que regresar a la casilla que ocupaban los rusos al arrancar la partida. Es muy sencillo.

—¿Y qué va a pasar ahora?

Yo ya daba por hecho que no habría champán ni celebración, aunque esa noche habíamos quedado con nuestros amigos Consuelo y Manuel en ir a escuchar al músico cubano a quien habíamos conocido en su casa. Su actuación estaba programada para las ocho, en el cabaret Tyrol. En vista de la evolución de los acontecimientos y del análisis sombrío que hacía de ellos Fernando, empezaba a plantearme si no sería mejor cancelar los planes, por si acaso sucedía algo grave en las horas siguientes. Claro que él, a diferencia de mí, no parecía excesivamente angustiado.

—Es pronto para saberlo. Probablemente en este mismo momento esté reunido el gabinete de crisis en la Casa Blanca, estudiando las distintas opciones. Habrá quien presione al presidente para que desestime la oferta en su totalidad y lance un ataque devastador contra la isla y otros, los miembros más prudentes del gabinete, seguramente encabezados por McNamara, estarán proponiendo opciones más conservadoras.

Mercedes, que hasta entonces se había mantenido en silencio, demostrando un dominio de los cubiertos de pescado muy notable considerando su corta edad, miró a su padre con los ojos muy abiertos y le preguntó a tumba abierta:

—Entonces ¿al final va a haber guerra?

La estábamos asustando. Era evidente que la niña entendía sólo una parte de lo que decíamos, pero captaba lo suficiente para alcanzar sus propias conclusiones. Y no eran precisamente conclusiones tranquilizadoras.

Iba a intervenir yo procurando quitar importancia a la gravedad de la situación, cuando se me adelantó Fernando, que suele dirigirse a los tres mayores como si fuesen adultos.

—Todavía pueden pasar muchas cosas, Mercedes, aunque lo más probable es que no. Las personas de las que estamos hablando encontrarán la manera de salir de este atolladero, ya lo verás.

—¿Cómo saldrías tú? —replicó la niña, con esa curiosidad insaciable y en ocasiones implacable que caracteriza su forma de ser.

—¡Vaya preguntita! Supongo que intentaría ganar tiempo para seguir negociando discretamente en busca de un acuerdo susceptible de permitirnos a los dos, rusos y estadounidenses, evitar llegar a las manos sin por ello perder la cara.

—¡Ya estamos con la maldita cara! —salté yo, furiosa—. ¿Qué son las apariencias en comparación con la paz?

—Las apariencias en política lo son todo, María. —Fernando estaba empezando a perder la poca paciencia que tiene—. Creo habértelo explicado ya más de una vez. Si Kennedy da su brazo a torcer y aparece como el perdedor de este envite, habrá conseguido pan para hoy y hambre para mañana. La paz que resulte de un arreglo así no podrá durar.

—¡Pero habremos salvado el trance!

—Te equivocas. Sólo estaremos seguros si el mundo entero juzga que aquí no ha habido ni vencedores ni vencidos. En caso contrario, el que se sienta más fuerte podría caer en la tentación de volver a probar suerte pegándole a su rival otro mordisco en un lugar más doloroso... Sobre todo si quien percibe esa sensación de superioridad es Kruschev.

—Si es por eso, también los soviéticos podrían considerar que retirar los misiles de Cuba es una derrota...

—Precisamente por lo que apuntas, porque Kruschev es consciente de ese riesgo y no está dispuesto a correrlo, es por lo que exige, en contrapartida a su gesto, la eliminación de los cohetes desplegados en Turquía. *Do ut des.*

—¿Qué significa eso? —inquirió Mercedes, que no se perdía una sílaba de lo que se estaba hablando.

—Significa que yo te doy una cosa a ti y tú me das una a mí —aclaró su padre, con una sonrisa cómplice—. Por ejemplo, si yo te doy una corona en concepto de paga, ¿qué recibiré a cambio?

Daba así por terminada la conversación. Supongo que estaría cansado del tema y no querría alarmar más a nuestra hija, que debe de estar pasando por dentro mucho más de lo que exterioriza. Yo tampoco insistí. Era consciente de que poco más se podía añadir a lo dicho.

La botella de Moët & Chandon se quedaría enfriando, en espera de mejor ocasión.

Habíamos previsto telefonear a los chicos en Madrid esa tarde, aunque tuve que contener el deseo de oír sus voces hasta después de que Fernando se despertara de la siesta. Esa media hora en la butaca, sin un vuelo de pájaro que le moleste, es para él sagrada. Ya podría hundirse el universo, que nadie le privaría de ese sueño ni nos libraría a los demás de su cólera si llegáramos a interrumpirlo.

Fernando es, ya lo he dicho, un hombre de principios firmes y hábitos arraigados, además de un sibarita.

Serían por tanto más o menos las cuatro cuando sonó el teléfono, media hora después de que se despertara él solo, sin mediar ruido alguno, gracias a Dios y también al cuidado extremo que ponemos todos en que así sea.

La voz característica de la operadora anunció, en francés:

—*Madrid à l'appareil.*

¡Cómo me gusta esa frase!

Miguel e Ignacio hablaron primero con su padre y después conmigo, sospecho que extrañados ante semejante abundancia de llamadas por nuestra parte. Las conferencias internacionales son muy caras y se limitan, generalmente, a las ocasiones especiales. En lo que va de semana era la segunda vez que les requería el conserje del internado para atender el teléfono, y ellos empezaban a tener la mosca detrás de la oreja, aunque no dijeran nada al respecto. Les conozco de sobra.

¿Qué clase de cábalas se estarán haciendo? ¿Cuánto les habrán contado en el colegio de lo que está sucediendo mientras ellos siguen con sus clases de matemáticas y gimnasia? Probablemente poco o nada. Claro que no son tontos. Si algo temen, no obstante, se cuidaron mucho de confesárnoslo y se mostraron, en cambio, contentos e impacientes por venir en Navidad. Será la primera vez que se suban ellos dos solos a un avión, al cuidado de las azafatas, y no ven la hora de que llegue la fecha señalada para el viaje.

¡No van a presumir nada ante sus compañeros de haber vivido esa experiencia, seguramente única entre todos ellos!

Ayer estaban expectantes, también, porque al cabo de un rato iba a ir a buscarles su abuelo para llevarles al cine a ver una película de vaqueros. Un largometraje americano, titulado *Gerónimo*, que recrea la vida de un indio apache, según me explicó Ignacio con su elocuencia habitual. Y pensar que tiene sólo siete años… ¡Si se expresa mejor que un sacamuelas! Este niño va a llegar lejos.

Me ha llenado de ternura saber que mi padre se ha desplazado a Madrid, donde debe seguir mientras escribo, con el fin de pasar estas horas difíciles junto a sus nietos. No me había dicho que tuviera intención de hacerlo, ni siquiera mencionaba esa posibilidad en su última carta, en la que me daba cuenta de la marcha del negocio además de comentar lo mucho que extraña a mamá.

¡Cómo no iba a extrañarla! Iban juntos a todas partes, lo

compartían absolutamente todo, formaban uno de esos matrimonios que sirven de inspiración.

Lo he pensado mucho en estos días y no me imagino a papá teniendo una aventura. Me resulta inconcebible, por mucho que haya señores perfectamente respetables de San Sebastián liados con una querida oficial a la que por supuesto no dan carta de naturaleza en sociedad, aunque sea vox pópuli su existencia. No, papá no es de ésos. Mamá nunca dio a entender que dudara de su esposo y, si lo hubiese hecho, yo lo habría sabido. Las mujeres tenemos un instinto especial para captar esas cosas, no se me habría escapado. Lo habría leído en sus ojos, que se cerraron en paz, sin reproches ni resentimientos, llenos de amor hacia él.

Papá, el bueno de papá, estaría preocupado por la evolución de los acontecimientos y optó por tomar el coche cama hasta Madrid, con el propósito de estar cerca de mis hijos en caso de necesidad. No hizo falta que se lo pidiera. Dejaría el martes o el miércoles la empresa en manos de Pachi, quien por otra parte es el que carga con la mayor parte del trabajo, y se trasladaría a la capital. Haría de tripas corazón con tal de proteger a sus nietos, por mucho que le cueste alejarse de ese mar que contempla al pasear cada tarde por la Concha, así luzca el sol o caigan chuzos de punta.

Ahora se habrá instalado en un hotel cercano a la plaza de España y allí se quedará, estoy segura, hasta que pase el peligro, ejerciendo de abuelo que malcría a dos chiquillos internos y alejados de sus padres. Ayer por la tarde los invitaría al cine y hoy a comer un buen cocido a Lhardy, antes de ir juntos al fútbol. Porque se los habrá llevado a ver jugar al Real Madrid, apuesto dos contra uno. Como buen donostiarra, él es de la Real Sociedad, pero podrán más en su sentimiento la sonrisa de Miguel e Ignacio y mi tranquilidad.

Si no fuera por la familia, esta vida nuestra de aquí para allá sería todavía más dura. Si no fuera por la familia, no creo que yo aguantara. Pero ahí estaba mi padre, viudo, a punto de cumplir setenta años, echando sobre sus espaldas la responsabilidad de mis dos hijos.

¡Bendito sea!

Tener la certeza de que ellos están en las mejores manos me había devuelto en cierta medida el sosiego y, con él, las ganas de salir a escuchar ritmos cubanos. La cita con nuestros amigos era temprano, a las siete y media en la puerta del cabaret, ya que la cena espectáculo empezaba a las ocho, siguiendo el horario sueco. Estaba a punto de empezar a arreglarme, ante la atenta mirada de Mercedes y de Lucía, cuando Fernando encendió de nuevo la radio para escuchar el boletín de las seis.

En mala hora.

El locutor daba lectura, en ese preciso momento, a un comunicado de respuesta hecho público por la Casa Blanca apenas dos horas después de que se recibiera en Washington la carta de Kruschev.

Decía así:

> La condición previa a la toma en consideración de las propuestas formuladas es que los trabajos que se llevan a cabo en las bases militares de Cuba han de cesar de inmediato. Las armas ofensivas desplegadas en la isla deben ser inutilizadas y tiene que cesar por completo el envío de nuevo armamento. Todo esto debe efectuarse en el marco de una verificación internacional eficaz.

—Kennedy no se ha tragado el anzuelo —comentó Fernando, lacónico.

—¿Y ahora qué? —inquirí yo, de nuevo con el alma en vilo.

—Volvemos a donde estábamos, aunque sospecho que este cruce de declaraciones esconde algo que no nos desvelan. Lo normal es que ambas partes estén negociando bajo cuerda, porque lo que parece evidente es que ninguno de los dos desea una guerra. Si estuviesen buscando la manera de provocarla ya la habrían encontrado.

—¿Estás seguro? —Lo que acababa de oír sonaba terriblemente duro para tratarse de un mero gesto.

—No puedo estarlo. No dispongo de información. El instinto y la experiencia me dicen, no obstante, que ni Kennedy ni Kruschev se comportan como quien desea un pretexto para declarar la guerra, sino, antes al contrario, como hombres de Estado responsables, ansiosos por hallar la forma de resolver un problema gravísimo.

—¡Ojalá la encuentren!

Al oírle, me había venido a la cabeza el texto del discurso pronunciado por el líder soviético ante los miembros de su gobierno, del que me había hablado Paola unos días atrás. Ése en el que Kruschev decía algo así como que las armas nucleares se desplegaban, en el bien entendido de que nunca serían utilizadas, porque en caso de hacerlo desencadenarían una guerra que nadie podría ganar.

—Ojalá —ha repetido Fernando—. Todo consiste en que den con la fórmula que les brinde una satisfacción aceptable a cada uno de ellos y que, a su vez, ellos puedan vender como un éxito a sus respectivos entornos. Ya veremos...

Nada podíamos hacer nosotros por ayudarles en esa empresa, de manera que lo mejor era tratar de distanciarse de la preocupación. El plan, además, resultaba francamente apetecible. Confieso que me inspiraba una enorme curiosidad ver el modo en que el público local recibía a una orquesta de música caribeña encabezada por un pianista mulato, en esta ciudad tan laboriosa y poco dada a los excesos, que a las nueve o diez, como muy tarde, apaga la luz y se acuesta.

La noche era especialmente fría, incluso para los parámetros de Estocolmo. Al salir, poco después de las siete, el termómetro de la puerta marcaba tres grados, y eso que estamos en octubre. Fernando sacó el coche del garaje enfundado en su abrigo de pelo de camello, con guantes de cuero y bufanda de cachemir, mientras yo le esperaba en la calle, con mi vestido de noche escotado, tiritando bajo una estola de visón.

Al menos no llovía, era un consuelo.

Antes de arrancar anduvimos hurgando en el dial de la radio del coche hasta sintonizar algo comprensible, que resultó ser la BBC. Aunque yo no entienda inglés, Fernando se comprometió a traducir cualquier noticia relevante que oyera durante el trayecto, y no hizo falta esperar mucho. Todavía no habíamos llegado al puente cuando comprendí, viendo el gesto con el que escuchaba, que habían dicho algo importante. Algo que no parecía bueno.

Lo único que yo alcanzaba a captar, en una lengua que me resulta totalmente indescifrable, era un nombre: Anderson. La locutora lo repitió tres o cuatro veces antes de que me atreviera a preguntar:

—¿Qué ocurre?

—¡Déjame escuchar! —Su tono era brusco—. Cuando acaben de dar la noticia te lo explico.

El tiempo que transcurrió a partir de ese momento se me hizo eterno. ¿Habría sucedido lo peor? ¿Se habrían desatado las hostilidades? Me dije a mí misma que no, porque en tal caso nos habríamos dado la vuelta para regresar a casa, y lo cierto era que Fernando seguía conduciendo, muy despacio, en dirección a Djurgården.

Fuera lo que fuese, empero, se trataba de algo malo.

Finalmente, tras la sintonía que marcaba el final del boletín, mi marido apagó el receptor antes de empezar a darme cuenta de lo sucedido.

—Los rusos o los cubanos, ese extremo no está claro, han derribado un avión de reconocimiento estadounidense sobre Cuba, matando al piloto.

Inmediatamente deduje que ese pobre hombre se llamaba Anderson. Las consecuencias del derribo eran de tal gravedad que justificaban la honda preocupación dibujada en el rostro de Fernando. Debía de estar a punto de sucumbir al pesimismo natural en él, al que con tanto ahínco se había resistido hasta entonces, porque a continuación añadió:

—Tal vez estuviera yo equivocado al pensar que tanto Kennedy como Kruschev estaban intentando por todos los medios evitar llegar a las manos.

—¿Crees que ha sido ése el pretexto que buscaban?

—Tiene todo el aspecto de ser una provocación, un motivo redondo para justificar una declaración de guerra. Lo que no llego a entender es quién ha dado esa orden, después de tantos vuelos de reconocimiento norteamericanos llevados a término sobre la isla sin que se produjeran incidentes.

—¿No podría tratarse de un error?

—Podría ser, sí. —Se ha quedado pensando unos instantes—. Claro que también podría indicar que Kruschev ha perdido el control de sus fuerzas armadas y alguien en La Habana se ha encargado de ordenar una acción que debe merecer, necesariamente, una respuesta contundente por parte de Washington.

—Me estás asustando.

—Es para estarlo. Desde que comenzó esta crisis nunca habíamos estado tan al borde del desastre. Lo lógico sería, de hecho, que la respuesta de la aviación estadounidense se hubiese materializado ya, destruyendo la base de misiles desde la que ha sido lanzado el cohete que ha impactado en el U2.

—¿Era nuclear? —he inquirido, aterrorizada.

—No, se trataba de un arma convencional, afortunadamente. Ahora sólo queda esperar a ver...

Esa expresión, «esperar a ver», era idéntica a la empleada por Paola. Según ella, una actitud muy propia de las naciones democráticas, que a mí, en medio de esa tensión, se me antojaba imposible.

—¿Tendremos que esperar mucho?

—No lo creo. Si la Casa Blanca no ha reaccionado todavía será porque está calculando los riesgos o acaso haciendo averiguaciones sobre quién está al mando en Moscú. Dependiendo de las respuestas que obtenga, Kennedy tomará una decisión terriblemente dramática. Si te digo la verdad, no me gustaría estar en su pellejo.

—Estás dándole vueltas en tu cabeza a algo que no me dices. —Conozco tan bien a mi marido que sé cuándo algo le atormenta.

—Bueno, supongo que entre las consideraciones que estará haciendo ahora mismo el presidente norteamericano, ocuparán un lugar importante las consecuencias que tendría para Europa una ofensiva militar en Cuba.

—¿A qué te refieres exactamente?

—A que si Estados Unidos consiguiera derrotar a los soviéticos en Cuba y echar abajo el régimen de Fidel Castro, lo cual es mucho suponer, las tropas del Ejército Rojo tomarían represalias en nuestro continente, tan seguro como que me llamo Fernando. Tal vez únicamente en Berlín, tal vez en toda Alemania, Italia e incluso aquí. Es imposible saberlo con certeza.

Instintivamente me santigüe y empecé a rezar un padrenuestro en voz baja, como hago cuando iniciamos un viaje largo en coche, invocando Su protección. Fernando se perdió en pensamientos seguramente sombríos. Apenas habían transcurrido unas horas desde que la carta de Kruschev nos había llenado de esperanza y ya estábamos otra vez asomados a lo más profundo del abismo, exactamente igual que cuando empecé a escribir este diario.

Lo dicho, ayer fue un día de infarto.

Nunca habíamos estado en Gröna Lund, y eso que el parque de atracciones más antiguo de Suecia se encuentra a dos pasos de la Embajada de España. Tanto es así que la célebre montaña rusa que le da fama casi parece al alcance de la mano desde las ventanas orientadas al sur. Habíamos oído hablar de ese lugar, por supuesto, pero los rigores del clima nórdico hacen que permanezca cerrado una gran parte del año y centre su actividad en los meses de verano, que es cuando los niños y yo estamos en San Sebastián.

Un simple vistazo al recinto me indicó que no me había perdido gran cosa. Salvo por las luces de neón que decoraban el local al que nos dirigíamos, presidido por una espiral luminosa a guisa de estandarte festivo, el conjunto del parque estaba casi a oscuras y en silencio, sin movimiento ni actividad. Me pareció desangelado, incluso triste; la antítesis de lo que entendemos nosotros por una feria. Claro que ni la hora ni tampoco el ánimo acompañaban.

Me he propuesto regresar en cuanto llegue el buen tiempo,

con Mercedes y Lucía, para sacarme la espina de ayer. No quiero llevarme ese recuerdo de Estocolmo. Esta ciudad no lo merece. Y además descubrí, con grata sorpresa, que los suecos se pirran por los ritmos caribeños.

El tranvía, que tiene una parada justo enfrente de la entrada principal a las instalaciones, iba cargado hasta los topes de personas, en su mayoría jóvenes, atraídas por la reputación del grupo al que acababa de sumarse nuestro amigo Bebo Valdés en calidad de arreglista y pianista: los Lecuona Cuban Boys, una orquesta integrada por once grandes profesionales de la música cubana, según pude comprobar en cuanto empezaron a tocar. Una banda cuyo repertorio trajo a mi memoria con increíble nitidez las noches perfumadas de La Habana.

Consuelo, asidua visitante del club, me dijo en tono cómplice nada más sentarnos:

—Los músicos, como verás, son hombres muy atractivos, lo que explica que entre el público abunden las damas y que éstas, a su vez, sirvan de reclamo para un gran número de muchachos que vienen a ver si logran conquistar a una soltera guapa.

—¡Nunca lo hubiera creído! —exclamé, haciendo gala de mis prejuicios.

—Pues ahí tienes —señaló ella el comedor, repleto hasta los topes de juventud, la mayoría desemparejada—, la cadena completa de la seducción. Lo bueno gusta a todo el mundo.

Era cierto. Aunque el Tyrol no es precisamente Tropicana, el dueño del cabaret era consciente del fervor que despertaba en su clientela ese tipo de ritmos y ofrecía con los Lecuona Cuban Boys una puesta en escena muy digna, para entusiasmo de un público entregado, aparentemente ajeno a la amenaza de los misiles soviéticos y al feroz combate sordo que libraban a esa misma hora las dos superpotencias mundiales.

Habíamos llegado con el tiempo justo, como siempre, y nos encontramos con la desagradable sorpresa de una cola de gente aguardando su turno para entrar. Una cola sueca, es decir, perfectamente formada, disciplinada y paciente. Nosotros teníamos mesa reservada, por lo que Manuel y Fernando hicieron ademán de saltarse la espera, ante la mirada atónita de los congregados, para quienes semejante conducta resulta inimaginable. Sólo los latinos afrentamos de tal modo el espíritu cívico. Los nórdicos no conciben la falta de urbanidad inherente a nuestra cultura.

Consuelo, cuya influencia sobre su esposo es superior a la mía, paró los pies a Manuel rogándole que no le hiciera pasar esa vergüenza. Yo me sumé a su petición con la mirada, y entre las dos conseguimos aplacar las prisas de nuestros maridos, que accedieron a esperar su turno, protegiéndonos de la lluvia bajo sendos paraguas negros.

La velada no empezaba bien.

Una vez dentro, eso sí, nos instalaron en una de las mejores mesas del salón, situada en primera fila, mirando al centro del escenario. Teníamos una vista inmejorable del espectáculo, que ya había empezado, con puntualidad escandinava, cuando por fin pudimos sentarnos, exactamente a las ocho y diez.

Cenamos bastante callados, en parte por falta de ganas de hablar y en parte porque la música era excelente, al igual que la escenografía. En medio de un decorado de motivos tropicales, los once integrantes de la banda, a los que se había sumado Bebo, aparecían riendo y moviéndose como sólo los caribeños saben hacerlo, elegantemente vestidos con pantalones de paño oscuro y guayaberas de lino bordadas, que a los suecos les llamaban la atención por no haber visto nunca esa prenda. ¡No me extraña! En Estocolmo serviría de muy poco, habida cuenta del clima.

El repertorio incluía desde conga hasta rumba o mambo, el ritmo más de moda ahora mismo, pasando por boleros y guaracha. De haber tenido yo el corazón más dispuesto a la alegría, aquello habría sido una verdadera fiesta comparable a las de Tropicana, por mucho frío que hiciera fuera. La verdad es que tanto el coreógrafo del espectáculo como los Lecuona Cuban Boys lo ponían todo de su parte por recrear en Estocolmo el ambiente de los cabarets de su isla natal... Y casi lo conseguían.

En el momento álgido, cuando ya en las mesas había corrido generosamente la cerveza, que es lo que suelen beber por estos pagos, se apagaron las luces de modo que sólo quedara iluminado el interior de las maracas, provistas de pequeñas bombillas, que todos los músicos comenzaron a tocar al unísono. El efecto fue formidable y el aplauso, ensordecedor.

Lo malo es que yo llevaba el hielo metido en el cuerpo.

Serían cerca de las doce cuando vino un camarero a tomar nota de las bebidas largas que deseaban los señores. A partir de la media noche está prohibido servir alcohol, por lo que es costumbre acumular en la mesa copas a título preventivo, para asegurarse de que nadie se queda seco. En condiciones normales habríamos hecho una buena provisión de tres o cuatro por barba. Siempre que vamos a bailar al Diplomatic o al Nalen es lo que solemos pedir, sabiendo que acabaremos consumiéndolas. Ayer nos limitamos a un whisky cada uno.

No estaba el horno para bollos.

La actuación tocaba ya prácticamente a su fin, cuando el pianista atacó los primeros acordes de un bolero mexicano que siempre ha sido mi favorito. Inmediatamente le siguieron los demás integrantes de la orquesta, incluido el cantante.

Reloj no marques las horas
porque voy a enloquecer
ella se irá para siempre
cuando amanezca otra vez…

—Qué bien traída está esta pieza —comentó Consuelo, con su sagacidad acostumbrada—. Creo que hoy todos querríamos que se detuviera el reloj antes de que alguien cometa un error fatal.

—Yo lo que quiero es bailarla contigo —le respondió su marido, que la miraba como si en su boca se hallara la fuente de la sabiduría y en sus ojos la de la belleza.

Nadie bailaba en el Tyrol ni había un lugar específico para hacerlo, lo que no constituyó ningún obstáculo para que Manuel se levantara y sacara a bailar a su mujer allí mismo, en el reducido espacio que quedaba libre entre las mesas y el escenario.

Se produjo un murmullo a nuestro alrededor, sospecho que de envidia por parte de quienes habrían deseado hacer lo mismo aunque no tuviesen el valor de atraer sobre sí tantas miradas. Fernando apuntó, aparentemente ajeno al revuelo:

—Nadie ha cantado *El Reloj* como Lucho Gatica…

Yo no contesté, aunque él debió de intuir lo que le estaba pidiendo a gritos, o tal vez no quisiera ser menos que su compadre. Sea como fuere, lo cierto es que siguió los pasos de Manuel y me ofreció galantemente su mano izquierda para ayudarme a levantarme, a la vez que pasaba la derecha alrededor de mi cintura y me estrechaba fuerte entre sus brazos, como si quisiera que nos fundiéramos en un mismo ser. Con fuego en la cintura.

Mientras, el solista cantaba:

No más nos queda esta noche
para vivir nuestro amor
y su tictac me recuerda
mi irremediable dolor...

No sé si Fernando pensaba en Inger o en mí al escuchar esa letra, aunque a juzgar por el modo en que me abrazaba habría jurado que era yo la mujer más próxima a su corazón. Claro que ella estaba allí también, no tengo duda. Estaba presente en el desgarro con el que él marcaba los pasos de una danza que no ejecutan los pies, sino la piel y el alma entregadas a la pareja. Estaba allí, entre él y yo.

Ella ha logrado ocupar el exiguo espacio que queda libre entre su pecho y el mío, a pesar de lo íntimamente juntos que respiran al bailar. Tal vez evocara Fernando el rostro de esa mujer sin dejar de acariciar mi mejilla con la suya. Quiero pensar, no obstante, que era yo la destinataria de sus palabras cuando recitaba en mi oído los versos escritos por Roberto Cantoral:

Reloj detén tu camino
porque mi vida se apaga
ella es la estrella que alumbra mi ser
yo sin su amor no soy nada.

Detén el tiempo en tus manos
haz esta noche perpetua
para que nunca se vaya de mí
para que nunca amanezca.

Yo sé que Fernando me ama. Lo sé. Y él sabe que pronto o tarde tendrá que decir adiós a esa otra que le ha trastornado el juicio. Tal vez incluso lo haya hecho ya. Ni él se irá de mi lado ni yo le abandonaré. Ambos haremos lo que debemos, por nuestros hijos y por nosotros mismos, por los votos que pronunciamos en su día con vocación de eternidad.

Él volverá a ser mío. Yo secaré mis lágrimas y olvidaré lo sucedido. Como dice ese bolero, que ayer nos valió el aplauso de un público tan sorprendido como entregado a nuestra audacia: «Yo sin su amor no soy nada...».

Él sin el mío, tampoco.

Esta mañana hemos ido a misa de once, como siempre, a nuestra parroquia de la Anunciación. Se notaba que el ambiente estaba tenso como cuerda de violín, porque hasta el padre Bartolomé, habitualmente tan charlatán, se ha limitado a recordar en su homilía que el papa Juan XXIII ha lanzado un nuevo llamamiento a las naciones para que encuentren el camino de la paz, invitándonos a todos a rezar con él por esa causa.

A la salida nos hemos parado a saludar a unos cuantos diplomáticos hispanoamericanos que acuden a la misma iglesia, cuyas noticias no resultaban precisamente tranquilizadoras. Venezuela, al parecer, ha hecho una movilización general, Estados Unidos llama a filas a otros catorce mil hombres de la reserva... Pequeños e inquietantes pasos en la dirección contraria a la que acababa de indicar el sacerdote. Jalones en la senda de una guerra atroz que yo intentaba desesperadamente apartar de mis pensamientos.

El domingo había amanecido claro, con ese sol distante y pálido que dibuja sombras largas en las horas centrales del día. Si regresábamos a casa íbamos a estar presos de la radio, buscando información de emisora en emisora, lo que amenazaba con volvernos locos. Era mejor distraerse y hacer un regalo a las niñas, que esta semana apenas nos han visto juntos.

—¿Qué os parece si nos vamos a comer *smörgåsbord* a ese restaurante que tanto nos gusta?

Era una propuesta arriesgada, sabiendo lo poco que le agradan a Fernando esas improvisaciones, aunque sabía que contaría con el respaldo entusiasta de Mercedes y de Lucía, como así ha sido. La pequeña ha resultado decisiva en la tarea de convencer a su padre, incapaz de negarle un capricho. Así que ha bastado un puchero de ella para que el «no» inicial se convirtiera en un «vamos», y acabáramos enfilando la carretera hacia Solna, el barrio situado al norte de Estocolmo y al este de nuestra isla, Bromma, donde se encuentra ubicado el restaurante Ulriksdals Wärdshus, rodeado de jardines y árboles vestidos con las galas del otoño.

Como era previsible, el local estaba a reventar de parroquianos, pese a lo cual el maître, que nos conoce, ha conseguido acomodarnos en una mesa que acababa de quedar libre. Por las amplias cristaleras del comedor entraba una luz amarillenta similar a la de las velas, que contrastaba con el blanco inmaculado de toda la carpintería y el mobiliario interior. Un blanco empeñado en iluminar tanta tristeza.

Nada más tomar posesión de la mesa y dejar sobre ella nuestras cosas nos hemos acercado al bufet, en busca de las delicias que componen esos entremeses típicos suecos: platos dulces y salados, pescado ahumado, fiambres diversos, múltiples variedades de pan, mantequilla salada, encurtidos, tartas de manzana y ruibarbo… Alimentos ajenos a nuestra dieta habitual, que precisamente por ello gustan tanto a las niñas. Los adultos, en cambio, no teníamos mucho apetito.

Durante el almuerzo hemos hablado de todo y de nada. Yo he sugerido a Lucía que aprovechara la ocasión para preguntar a su padre por ese barco, el *Vasa*, que vimos el otro día anclado en un muelle recién rescatado del mar, lo que ha dado pie a Fernando para tejer sobre la marcha una historia de piratas y naufragios que nos ha tenido en vilo durante un buen rato. Después he prometido a mis hijas comprar o confeccionar, si es que soy capaz de hacerlo, sendas coronas a las que puedan acoplarse siete velas, a fin de que puedan participar en las romerías de críos que recorren el barrio el día de Santa Lucía, el próximo 13 de diciembre.

Este año la pequeña tendrá edad suficiente para celebrar su santo y la mayor estará feliz de acompañarla en su procesión cantora por las calles, junto al resto de los chiquillos. La verdad es que se trata de una fiesta preciosa, con la que los suecos celebran que los días pronto empezarán a alargarse. ¡Falta hace que así sea!

Hemos terminado de almorzar poco antes de las dos y ya era prácticamente de noche.

De regreso a Bromma Fernando ha conectado la radio del coche, aunque no han contado nada relevante. La noticia que nos ha devuelto el color y la esperanza ha llegado un poco más tarde, a eso de las tres y media, cuando ya estábamos en casa, pegados al receptor del salón. El locutor francés ha interrumpido el programa cultural que estaba en antena para dar cuenta de lo que escupían los teletipos en ese mismo instante: «Kruschev acepta retirar sus misiles de Cuba».

Sin pensármelo dos veces me he abrazado a Fernando, sintiendo cómo se me desbordaba el llanto. Toda la angustia contenida, todo el sufrimiento acumulado desde el lunes han brotado de golpe, diluyendo el terror en lágrimas de alegría.

No soy llorona, nunca lo he sido; antes al contrario, estoy acostumbrada a tragarme los dolores del cuerpo igual que los del alma, sin exhibirlos impúdicamente ni importunar con ellos a nadie. Pese a todo, hoy he sido incapaz de contenerme. He llorado mi miedo y mi pena en brazos de mi marido, ante la mirada sorprendida de nuestras hijas. Me he vaciado. La tensión de esta semana ha podido más que la vergüenza.

Tampoco ha durado mucho el desahogo. Ni está en mi naturaleza ese tipo de conducta ni quería perderme el resto de la noticia. Pasada la reacción inicial, he aceptado el pañuelo que me tendía Fernando, esbozando una sonrisa que él no habrá relacionado con una mancha de rímel cuyo perfil se difumina, y he regresado a mi butaca.

El conductor del programa de libros había dado paso a los servicios informativos, y éstos estaban ampliando el flash anterior en un boletín especial, destinado a dar cuenta de la carta enviada por el líder soviético al presidente norteamericano en respuesta a la que habíamos conocido esta misma mañana. Aquella en la que Kennedy rechazaba la propuesta rusa de cambiar los misiles de Cuba por los de Turquía.

«He recibido su mensaje del 27 de los corrientes —decía la misiva radiada por la emisora oficial de la URSS—. Quiero expresarle mi satisfacción y agradecerle el sentido de la proporción que muestra en él. A fin de proceder lo más rápidamente posible a la liquidación de un conflicto peligroso que amenaza la causa de la paz, y de tranquilizar al pueblo norteamericano, el gobierno soviético, además de ratificar las instrucciones dadas con anterioridad a fin de paralizar los trabajos destinados a la construcción de nuevas bases de misiles en Cuba, ha cursado las órdenes necesarias para que las armas que usted denomina ofensivas sean desmanteladas y traídas de regreso a la URSS.»

—Ahora sí, se acabó —ha sentenciado Fernando, tan aliviado como yo.

—¿Seguro?

—¡Seguro! En lenguaje diplomático el texto de esta carta es equivalente a una rendición en toda regla. Si Kennedy es inteligente, y lo es, no tratará de humillar innecesariamente a Kruschev, con el fin de no debilitar aún más su posición dentro del Politburó del Partido Comunista. Pero lo cierto es que le ha vencido.

—¿Y no decías que eso no era bueno, que podría envalentonar a Kennedy?

—Peor hubiese sido que el derrotado fuese él. De todas las soluciones que imaginaba para esta crisis, ésta es sin lugar a dudas la mejor.

—¡Demos gracias a Dios entonces! —Yo estoy segura de que Su mediación ha sido determinante. Fernando, en cambio, otorga todo el mérito a la Casa Blanca.

—Esta batalla marcará una época, María. Las fuerzas de la democracia, bajo el liderazgo de Estados Unidos, derrotaron al comunismo en Berlín y ahora han vuelto a hacerlo en Cuba. Ojalá pueda España incorporarse pronto a ese ejército, y estemos nosotros aquí para verlo...

—¿Tú crees que ahora caerá Fidel Castro? —Me había venido a la cabeza el músico exiliado a quien me costaba imaginar siendo feliz en un lugar tan distinto a su tierra natal como Estocolmo.

—Eso es mucho decir. Kennedy se ha comprometido a no invadir la isla y no lo hará. Es un hombre de palabra. Si los cubanos se libran del yugo, será por sus propios medios. No creo que Washington vuelva a correr un riesgo como el de estos días, sin otra finalidad que cambiar el régimen de La Habana. Sería una apuesta muy peligrosa. Tendrán que acostumbrarse a vivir con ese grano en el culo, del mismo modo que el barbudo tendrá que aceptar la idea de que se ha quedado solo.

Fernando quería dormir un rato, igual que Lucía. Mercedes se había ido a su habitación a hacer los deberes. Yo he aprovechado para llamar a Paola, desde el teléfono de nuestro dormitorio. Me sentía en la obligación de compartir con ella la felicidad de saber que ya no hay nada que temer y asegurarle, además, que su secreto estaba a salvo; que hiciera lo que hiciera con George, no sería yo quien la juzgara ni mucho menos la delatara.

Esperaba encontrar a mi amiga eufórica, como lo estoy yo, pero parecía más bien apagada. Me ha costado un buen rato averiguar el porqué de ese estado de ánimo. Ni ella me lo ha confesado de entrada ni yo le he formulado las preguntas correctas. Supongo que cuando se tienen tantas preocupaciones propias como las que tengo yo, es fácil que se te escapen las ajenas.

—María… —A su voz le faltaban las burbujas habituales—. ¡Qué sorpresa, no esperaba esta llamada en *domenica*!

—¿Cómo no iba a llamarte? —La mía, en cambio, reía—. Con todo lo que hemos hablado estos días… ¡Te habrás enterado de las buenas noticias!

—*Lo so, lo so.* —He oído a través del receptor el ruido del mechero encendiendo un cigarrillo—. Parece que al final pronto verás a tus chicos. No ha sido para tanto después de todo…

—¡Estoy tan contenta! —En ese momento ya sabía yo que iba a tener que cumplir mi promesa de dejar el tabaco durante un año, aunque me ha dado envidia y la he imitado—. Fernando cree que esto es el final y que Kennedy ha ganado. ¿Qué dice Guido?

—Está satisfecho, naturalmente.

—¿Y George? —Me sorprendían esas respuestas lacónicas, tan impropias de ella, aunque no sospechaba el motivo que escondían.

—Poca cosa.

—¿No has podido hablar con él?

Se ha hecho un silencio espeso al otro lado de la línea. Yo oía con claridad su respiración al inhalar el humo del cigarrillo que se estaba fumando, por lo que sabía que la llamada no se había cortado. Sorprendida, he insistido.

—Paola, ¿sigues ahí?

—George se va —ha disparado, al cabo de unos segundos, en un tono gélido que no he sabido interpretar.

—¿Adónde?

—Se marcha de Estocolmo, lo requieren en Langley para un ascenso.

Debería haber sido capaz de reaccionar con mayor nobleza y captar la tristeza que escondía su modo de decírmelo, porque era evidente, ahora lo veo, que trataba de aparentar mucha más indiferencia de la que en realidad sentía. No he sabido estar a la altura de la comprensión que ella esperaba de mí, e incluso de la que me ha brindado siempre desde que nos conocemos. Tampoco ha sido mala intención, ésa es la verdad. He dicho lo que me ha brotado espontáneamente de dentro:

—¡Estará contento!, ¿no?

—Sí lo está, sí. Está radiante de felicidad. *Figurati! Felicissimo lui, felicissima io.*

—¿Cuándo te lo ha dicho? —Yo seguía sin detectar el sarcasmo que encerraban sus palabras.

—Esta mañana. Habíamos quedado en vernos aprovechando que Guido tenía un partido de golf, y me ha recibido con esa gran noticia. Él se va, yo me quedo. Así son los amantes: vienen, van... sin compromiso ni ataduras. Es el precio que se paga por una pasión prohibida. La gozas el tiempo que dura y se acabó; no esperas que te haga compañía.

—Mejor así, ¿no? —Supongo que de haber estado frente a frente sus ojos me habrían fulminado, porque su respuesta no se ha hecho esperar.

—¿Qué es lo que te parece mejor exactamente? —Había una mezcla de incomprensión y desafío en su tono—. ¿Ahora que ya no necesitas información te alegras de que me libre de él?

—¡No! —Era evidente que me había explicado fatal—. Lo que quiero decir es que estabas empezando a enamorarte de ese hombre y entrando en un terreno peligroso para tu matrimonio y tu familia.

—En Italia, María, existe el divorcio…

—¿Quieres decir que te habrías planteado seguirle? —Me costaba imaginar siquiera esa posibilidad descabellada.

—*Chi lo sa?* —Había un deje melancólico en esa expresión tan suya—. En todo caso no hará falta que me lo plantee.

—¡No puedes estar hablando en serio!

—¿Y por qué no? —Su enfado ha traspasado claramente el auricular—. ¿Porque se trata de un espía, porque ha sido mi amante, porque es más joven que yo, porque me hace feliz y me colma?

—Porque tienes un marido y unos hijos a los que no puedes abandonar por un capricho. —Era tan evidente a mis ojos la explicación, que me costaba tener que expresarla en voz alta.

—¿Tú crees que la felicidad es un capricho? *Io non lo credo.* Yo no renuncio a soñar. Y cuando mis hijos sean lo suficientemente mayores para no necesitarme, ten por seguro que cumpliré mis sueños. Yo no me resigno.

—¿Te ha pedido él que le acompañes?

—No, ya te lo he dicho. Supongo que no encajo en sus planes. Según él, su trabajo es incompatible con una mujer como yo. Dice respetarme demasiado para ponerme en semejante tesitura.

—Pues eso demuestra que es un hombre de honor, Paola. Hoy tal vez no puedas verlo, pero mañana se lo agradecerás.

La estaba hiriendo con mis palabras, empezaba a darme cuenta de ello, aunque me resultaba imposible darle alas en un proyecto que desde mi punto de vista no tiene ni pies ni cabeza, además de ser una inmoralidad. Habría sido igual que proporcionarle la cuerda para que se ahorcara. ¿Cómo iba a animarla a romper todas las amarras de su vida sin otro propósito que lanzarse a una aventura completamente disparatada?

—Tú y yo nunca veremos ciertas cosas del mismo modo, María. No estoy segura de cuál de las dos acierta y cuál se equivoca. Tampoco sé cuál vivirá más años. Pero ten por seguro que yo le sacaré más jugo al tiempo que pase en este mundo. Cada minuto mío será una hora de las tuyas. Caeré desde más alto, eso es innegable, pero al menos habré volado.

—Es posible... Ahora lo importante es que le olvides cuanto antes y pases una página que es mucho mejor dejar atrás.

—Por cierto —ha ignorado mis palabras, recuperando el tono suficiente que adopta cuando quiere defenderse de algo que la incomoda—; tu Fernando se equivoca.

Había acentuado en exceso el adjetivo posesivo, lo que ha hecho que me diera un vuelco el corazón.

—¡No me digas que la pesadilla sigue!

—No, la amenaza ha pasado, pero no porque Kennedy haya derrotado a Kruschev. Al menos, no es eso lo que dice George. Los rumores apuntan a que se ha producido un acuerdo secreto que llevará a los norteamericanos a retirar sus misiles de Turquía de aquí a unos meses, de manera discreta.

Me he sentido mucho mejor volviendo a un terreno que nos produce inquietud y no sufrimiento. Resulta más sencillo transitar por la jungla de los juegos de poder que hacerlo a través de la selva del engaño, que te obliga a sortear toda clase de emociones encontradas.

Mañana llamaré de nuevo a Paola y me disculparé con ella por no haber sabido comprenderla y arroparla. Trataré de consolarla, igual que ha hecho ella conmigo a lo largo de estos días, sin por ello darle la razón. Le propondré que nos vayamos de compras o a comer, recurriré a mis viejas anécdotas familiares a ver si consigo hacerla reír...

Mañana será otro día. Hoy me han faltado reflejos.

—Si te soy sincera —he respondido—, me da exactamente lo mismo quién haya ganado o perdido. Lo que me importa es que no haya guerra.

—Hay gente muy enfadada en Washington por esa razón.

—¿Enfadada porque se haya evitado una confrontación nuclear?

—Enfadada porque las guerras esconden un gran negocio. Ciertos tiburones habían olido la sangre y ya empezaban a relamerse. Este desenlace pacífico ha frustrado sus planes, cosa que no olvidarán fácilmente. George está convencido de que se lo harán pagar a Kennedy más pronto que tarde.

Fernando se acababa de despertar y me estaba llamando. Era hora de colgar.

—Paola —he zanjado la charla un tanto precipitadamente—. Tengo que dejarte ya. Mañana seguimos hablando. ¡Anímate!, ¿de acuerdo? Te aseguro que lo ocurrido con George es lo mejor que podía pasar.

—Y yo te digo que no. —Aquello ya no era amargura sino

determinación—. Lo mejor, María, hoy y siempre, es obedecer al corazón.

La televisión muestra imágenes de La Habana, donde una marea de manifestantes se concentra en la plaza de la Revolución en apoyo a Fidel Castro, quien hace un rato ha hecho público un comunicado que muestra su profundo malestar por el modo en que se han resuelto las cosas. Me ha hablado de él Fernando, después de encender nuevamente la radio.

—Pareciera que el ex alumno de los jesuitas del Colegio Belén habría preferido el estallido de una guerra.

—¿Por qué lo dices?

—Porque a juzgar por sus palabras estaba furioso. Se ve que Moscú no ha tenido a bien informarle del paso que se disponía a dar, lo cual ha debido de herir de lo lindo su orgullo. Ha difundido una declaración en la que asegura que las garantías de no agresión a Cuba ofrecidas por Kennedy no serán tenidas en cuenta en tanto en cuanto no cese la presión económica a la que está sometida la isla, cesen las violaciones de su espacio aéreo y sea evacuada la base de Guantánamo.

—¿Puede esa declaración frustrar el acuerdo alcanzado entre Kennedy y Kruschev?

—Ni lo más mínimo. Castro no ha sido en esta crisis más que el convidado de piedra, el administrador del campo en el que se jugaba el partido.

Los telespectadores suecos no deben de entender una palabra de lo que cantan ahora mismo, con su guasa característica, los cubanos indignados que salen en las noticias. De hecho, a la presentadora no debe de resultarle fácil lograr que su audiencia lo comprenda. Para nosotros, en cambio, está clarísimo: «Nikita, Nikita, lo que se da no se quita…».

He vuelto a la mesita de bridge que me sirve de escritorio.

Mercedes me acaba de preguntar qué estoy haciendo y le he contestado que las cuentas, sin mentir del todo. Ella habrá interpretado que voy a anotar los gastos realizados a lo largo de la semana a fin de calcular el dinero que nos queda para llegar a fin de mes, aunque eso lo haré en otro momento. Ahora tengo que terminar lo que empecé hace una semana, que no ha sido sino dar cuenta de unos acontecimientos terribles. Del miedo, el ansia y la angustia que nos han atenazado el alma a lo largo de estos días de vértigo.

Lucía se ha puesto a jugar en la alfombra, a mi lado, con su muñeca favorita. A la pobre no le queda mucha vida. Cada vez que mi hija la viste y la desviste le arranca una pierna o un brazo, para luego pedir a su hermana que arregle el desaguisado. Será un buen regalo de Navidad. Otra muñeca, esta vez de goma blanda, con las articulaciones sólidas, a prueba de mamás tan brutas como esta pequeña mía.

Fernando descansa en la butaca que hay junto a la lámpara de pie, leyendo, enfundado en su bata de seda. Le siento infinitamente lejos de aquí, perdido en ese libro que le atrapa, y al mismo tiempo sé que nunca se irá de mi lado. Nos queda mucho mundo por recorrer juntos, incontables baúles que hacer y deshacer, encuentros, despedidas, recepciones, traslados. Tenemos que librar aún tantas batallas él y yo, labrar tantas reconciliaciones…

Vendrán a nuestro encuentro días de boda y días de luto. Compartiremos unos y otros igual que compartimos silencios. Me basta verlo ahí sentado para saber que es mi luz tanto como mi condena. En los años que nos quedan por vivir voy a llorar, eso es seguro, pero al menos estaré viva. No hará mella en mí el aburrimiento.

Pocas manifestaciones de fuerza hay más hermosas que una galerna en el Cantábrico. Nada he visto en la naturaleza con semejante poder de atracción. Enciende los sentidos, te obliga a estar alerta, sobrecoge por su belleza y simultáneamente intimida.

Así es él a mis ojos.

Las ventanas del vecindario se van llenando de estrellas cuyo brillo sonríe a la noche. Tengo la agradable sensación de que hoy echaremos el cerrojo. ¿Por qué no? Todo lo que hemos pasado ha de tener un sentido. Las cosas siempre suceden por algo.

Es tiempo de poner punto final a este diario. Ya ha cumplido su cometido. Mañana a primera hora enciendo la chimenea y lo quemo.

12

Madrid,
lunes, 24 de octubre de 2011

Habían pasado cuarenta y ocho años, diez meses y veintisiete días desde la fecha en que fue anunciada su inminente destrucción por el fuego, pero el viejo cuaderno de música permanecía intacto, con su etiqueta identificativa firmemente pegada en el interior de la portada y sus pentagramas convertidos en renglones repletos de escritura redonda, pulcra, ligeramente inclinada hacia la izquierda.

Kennedy y Kruschev estaban muertos, al igual que María y Fernando, por más que los primeros viviesen eternamente en la Historia y los segundos, en los corazones de quienes les habían amado.

La Unión de Repúblicas Socialistas Soviéticas no era más que un recuerdo sombrío del pasado, de cuya existencia oían hablar en la escuela los menores de veinte años como sus padres habían aprendido la del Imperio austrohúngaro, sin la menor emoción. La que rivalizara con Estados Unidos por el título de superpotencia del siglo xx había saltado hecha pedazos. En su lugar, el mapa mostraba una multitud de países de nombres difíciles de pronunciar, que capitaneaba la gran Rusia, antaño imperial, lanzada a una batalla contra el tiempo a fin de mantener el control.

El comunismo parecía definitivamente vencido por la fuerza de la razón, encarnada en la democracia, si bien, tal como había pronosticado en Estocolmo el diplomático mexicano, permanecía férreamente enquistado en su bastión cubano. Fidel Castro, último superviviente de cuantos habían protagonizado la crisis de los misiles relatada en ese diario, se aferraba al poder pese a su avanzada edad, utilizando como espantajo y coartada ante su pueblo sometido la amenaza norteamericana. El fantasma de un deseo de agresión inexistente y la sombra de un supuesto bloqueo impuesto en aquel lejano 1962, que ni entonces ni después había sido otra cosa que un embargo comercial limitado.

La guerra ya no era fría sino sucia y traicionera, aunque llevara el apellido de «santa». Las armas atómicas permanecían a buen recaudo en sus silos, una vez frenada la escalada de esos años de locura y reducido drásticamente el número de cabezas nucleares.

Los conflictos que ensangrentaban el mundo en ese arranque del tercer milenio estaban localizados en lugares alejados del Occidente próspero, lo que no impedía que sobre éste pendiera una espada de Damocles tan fiera y aterradora como la que había mantenido en vilo a buena parte del planeta durante aquella semana atroz en la que la paz pendió de un hilo: la del terrorismo islámico, empeñado en golpear sin piedad a los «infieles», asesinando a civiles inocentes sin aviso previo ni escapatoria posible. La siniestra *yihad*, librada desde las sombras por sicarios convencidos de ganarse de ese modo el cielo, cuya brutalidad había sembrado de muerte Nueva York, Londres, Madrid, Casablanca y un largo etcétera de ciudades mártires.

Había transcurrido casi medio siglo desde que María pusiera el punto final a su relato y decidiera darlo en pasto a las llamas.

¿Por qué no quemó el diario?

Lucía había pasado buena parte del domingo haciéndose esa pregunta y cavilando distintas respuestas, sin dar con una que resultara ser completamente satisfactoria. Claro que a esas alturas de la peculiar relación entablada tardíamente con una madre desconocida, que regresaba del pasado convertida en un personaje muy distinto al que recordaba su hija, todo debía ser contemplado bajo una luz diferente. Cualquier interpretación basada en criterios antiguos había de ser revisada y corregida desde la cruz a la raya.

La explicación más sencilla, la primera que había acudido a su cabeza nada más terminar de leer, era que María hubiese dejado el cuaderno guardado en cualquier cajón y simplemente se hubiera olvidado de él, arrastrada por la vida frenética que ella misma narraba en esas páginas. Llegado el momento de hacer una nueva mudanza, alguien del servicio se habría topado con un objeto difícil de clasificar y lo habría introducido en el baúl que tuviera más a mano, donde el diario permanecería a salvo de miradas curiosas hasta el día en que Lucía lo encontró, al cabo de un largo sueño silencioso.

Habría sido una hipótesis plausible si María no hubiera sido una persona obsesivamente ordenada y si ese cuaderno de música no hubiese contenido sus confesiones más íntimas;

el testimonio en carne viva del miedo, la angustia, los celos, el amor abrasador y también el amor tierno que habían inundado su alma en un momento crucial de su existencia. Miedo, angustia, celos, fuego y ternura desgarrada que ella había preferido ocultar a las personas que más amaba, con el propósito de protegerlas.

El mero olvido, el despiste a secas no podía en modo alguno dar satisfacción al enorme signo de interrogación que Lucía había visto dibujarse ante sus ojos esa tarde nostálgica de domingo, al contemplar fijamente el objeto que tenía en las manos como si quisiera traspasarlo con la mirada y así penetrar su misterio.

¿Por qué no lo quemó?

La pregunta no había dejado de taladrarle la mente.

María había sido una mujer pudorosa hasta límites que hacían reír a su amiga Paola y provocaban agrias discusiones con sus hijas adolescentes cada vez que iban de compras. Ni en lo físico ni mucho menos en lo espiritual había mostrado nunca más de lo estrictamente indispensable con arreglo a sus cánones de elegancia sobria y discreción. No había lucido jamás un escote exagerado como tampoco se le habría ocurrido exhibir sus emociones íntimas. Lo previsible, por tanto, habría sido que cumpliera su palabra y destruyera la prueba de cargo que le atribuía, sin margen para la duda, un corazón mucho mayor y más vulnerable de lo que ella misma habría reconocido en caso de ser preguntada. Ese diario la retrataba en su faceta más humana, la más alejada de la frivolidad que envolvía su día a día, la que ella se resistía con uñas y dientes a enseñar.

¿Por qué lo salvó del fuego entonces?

A medida que Lucía se devanaba los sesos revolviéndose en su butaca, en busca de una buena razón susceptible de convencerla, había ido abriéndose paso una hipótesis audaz aunque no descabellada. ¿Y si María había buscado, consciente o inconscientemente, que Fernando hallara su diario y lo leyera?

Esas páginas, trazadas con lágrimas de sangre, constituían una declaración de amor en toda regla, plasmado en hechos tangibles. De amor generoso hasta la abnegación, dispuesto a perdonar lo imperdonable, determinado a perseverar en el empeño de hacer feliz al ser amado, a pesar de todos los pesares.

¿Querría ella confesárselo a Fernando sin palabras?

Lucía había conocido lo suficiente a su madre como para saber que difícilmente se habría atrevido a decir a su marido a la cara las cosas tan hermosas que habían quedado recogidas en esos pentagramas, convertidos en custodios de una caligrafía tan recta como la conciencia de quien la trazaba. Tampoco a sus hijos. Un extraño sentido del recato le impedía expresarse de otro modo que mediante gestos en ese terreno pantanoso que eran para ella los sentimientos. ¿Y si en el último momento, justo antes de encender la chimenea, se le había ocurrido dejar el cuaderno al alcance de su esposo, como el náufrago que arroja al mar su mensaje en una botella?

La madre que ella recordaba, la que contaba anécdotas de familia y tejía chaquetas de punto, era demasiado transparente y previsible para recurrir a ese tipo de ardid. La mujer que se desnudaba en el diario, en cambio, sí parecía capaz de emplear una estratagema semejante. Con tal de reconquistar al hombre que amaba tanto como a su propia vida, habría hecho eso y más, demostrando así al padre de sus hijos la pasión que habitaba en ella.

Lástima que él hubiese permanecido ciego a lo que tenía ante los ojos.

Lucía había dedicado un buen rato esa tarde a maldecir al

destino por mostrarse tan cruel con su madre primero y con su padre después. Tratando de imaginar el dolor, la decepción, la humillación que se habrían ido abriendo paso en el corazón de María al ver que transcurrían los días y Fernando no se daba por enterado de su declaración de amor. La resignación con la que habría terminado por recoger el diario de dondequiera que estuviese, bien a la vista de su marido, y enterrarlo en un sepulcro oscuro, a fin de olvidar su existencia y las razones que lo habían alumbrado.

En aquel momento, cuando María había lanzado ese grito silencioso, Fernando debía de estar distraído, absorto en sus asuntos, deslumbrado por su propio resplandor, hasta el punto de ignorar algo tan llamativo como un cuaderno de música dejado sobre una mesa de bridge. Después, llegado el tiempo en el que él habría dado todo lo que poseía e incluso su propia alma con tal de saberse perdonado, el diario yacía, dormido, en el fondo de un baúl azul, bajo capas de glamour demodé impregnado de olor a naftalina.

¿Por qué no quemó María su relato?

Lucía había acabado por rendirse a la evidencia de que jamás obtendría una respuesta definitiva a esa pregunta. Lo más que podría alcanzar sería una aproximación a las motivaciones que habían movido a su madre a actuar como lo hizo, tomando como punto de partida de su reflexión la convicción, compartida por ambas, de que las cosas siempre suceden por una razón. Y algo en su interior le susurraba que la conclusión a la que había llegado no se alejaba demasiado de la realidad.

Fuera cual fuese la causa de que ese viejo cuaderno hubiese atravesado el tiempo, intacto, hasta llegar a sus manos, la consecuencia era que Lucía había recuperado en él la voz de la mujer cuya ausencia había estado atormentándola desde esa noche espantosa de 1988 en que el terror se la había arrebatado. Tal vez no fuese ella la destinataria original de las palabras contenidas en él. Seguramente hubieran sido escritas con el propósito de que otra persona las leyera. Lo cierto era, empero, que el diario había caído finalmente en su poder, y eso encerraba también alguna clase de significado.

El destino le devolvía de ese modo una parte de lo que le había quitado. Una parte pequeña, infinitamente menor de la arrancada, aunque suficiente para demostrar algo que Lucía se empeñaba en creer, apelando a la voluntad y también a la razón práctica: que la vida nunca pierde su capacidad para sorprendernos. Un motivo de peso como para no arrojar la toalla ante ella.

No era una conclusión demasiado trascendente. Tampoco desentrañaba por completo el enigma al que se había enfrentado la editora desde que, a media tarde del día anterior, había terminado de leer el diario y conocido que la intención inicial de su madre había sido destruirlo. Pero era algo. Al menos tenía la intuición de que su hallazgo no había sido fortuito y la certeza de que una fuerza muy superior a la mera casualidad había guiado sus pasos.

De un modo imposible de explicar, tenía la extraña sensación de que todo lo ocurrido desde el instante en que María había puesto el punto final a su narración y aquel en que ella había descubierto el cuaderno en un rincón del trastero poseía un sentido definido y estaba regido por un hilo conductor. Sabía que el instinto no la engañaba, sino antes al contrario la conducía en la dirección correcta.

La noche del domingo al lunes se hizo eterna en ausencia de sueño. Llevaba muchas horas dando vueltas a la idea que había empezado a tomar forma en su mente un par de días atrás, y lo que en un primer momento no pasaba de ser un pensamiento difuso fue adquiriendo perfiles concretos, hasta aproximarse a la definición de proyecto, en toda la complejidad del término.

Saber con exactitud lo que tenía que hacer proporcionó a Lucía una profunda sensación de alivio.

Ese domingo, ciertamente atípico, estuvo marcado también por la partida de Laura hacia el futuro que la aguardaba en Panamá: trabajo, oportunidades, reconocimiento, un sueldo digno… Alicientes indispensables para cualquier persona decidida a abrirse camino, que su propio país le negaba.

A primera hora de la mañana Lucía la había acercado en coche al aeropuerto, con tiempo para tomar un café antes de pasar el control de pasaportes.

—¿Lo llevas todo? —A la madre le costaba no ver a su niña pequeña en la mujer hecha y derecha que estaba a punto de embarcar.

—Lo llevo todo, mamá. ¿Cuándo dejarás de preocuparte por mí?

—Nunca, supongo.

—Ahora soy yo la que está preocupada por ti. —La expresión de Laura reflejaba esa inquietud con una intensidad conmovedora.

—Pues no deberías, porque voy a estar fenomenal. Parece mentira que todavía no me conozcas.

—¿De verdad vas a estar bien? —Laura había invertido los papeles y adoptado el papel de madre protectora con sentimiento de culpa. Un papel que Lucía había llegado a bordar a fuerza de interpretarlo en el pasado y que, precisamente por eso, deseaba ahorrar a su hija a toda costa.

—¡Mucho mejor de lo que piensas!

Habría hablado a Laura de Julián y de la posibilidad de ir a visitarle, si hubiese estado segura de que ésa era su intención. Pero no lo estaba. Y tampoco era él la causa de que ella fuese a estar bien. La luz que alumbraba su espíritu, sin más interrupción que algún chubasco esporádico, procedía de su interior, de la sensación de estar en paz consigo misma. La había descubierto al escrutar sus sentimientos después de romper con Santiago y no hallar rastro alguno de inseguridad o reproche hacia sí misma. Había crecido en intensidad a medida que se reconciliaba con el fantasma de su madre y lo colocaba en la alacena de los dulces, como decía el doctor Cabezas, sacándolo para siempre del cajón de los cuchillos. Parecía suficiente para llevarla a hacer lo que se disponía a llevar a cabo, dando la espalda a su refugio habitual.

—Te llamaré en cuanto llegue —prometió Laura, relajando el gesto de inquietud que desdibujaba hasta entonces su sonrisa.

—Y yo te iré contando cosas.

—En esto de trasladarse no de vacaciones sino con la casa a cuestas tienes más experiencia tú que yo…

—Pues sí, no cabe duda. ¿Y sabes qué te digo? Que vas a aprender y a disfrutar mucho. Ya era hora de que salieras del cascarón. ¡Vas a crecer!

—¿Qué aprendiste tú?

Había auténtica curiosidad en la pregunta. Un deseo de conocer que iba mucho más allá de lo que pudiera parecer en una interpretación superficial. Laura no daba puntada sin hilo; aquélla era una manera muy suya de averiguar, como quien no quiere la cosa, qué era lo que debía buscar, en caso de que esa sabiduría de la que hablaba su madre no fuera a su encuentro de manera espontánea.

¿Qué había aprendido Lucía? La cuestión se las traía. Por

eso dio un sorbo largo al café antes de responder, proporcionándose así tiempo para pensar. Habría podido impartir a su hija una clase magistral sobre la materia, hablando de idiomas, adaptación a distintos ambientes, don de gentes y un largo etcétera de herramientas sociales incluidas en el bagaje acumulado a lo largo de su vida itinerante. En más de una ocasión había mantenido sesudas conversaciones con gentes diversas en torno a esa misma cuestión, pintando el elenco de colores claros o bien ensombreciéndolo según su estado de ánimo. Lo cierto era que la lección aprendida podía resumirse en una frase.

—A sobrevivir en todos los mares.

—Te conformas con poco —le espetó Laura, decepcionada por la respuesta.

—¡¿Te parece poco?!

Mientras lo decía, se levantó y fue a abrazar a su hija, que parecía empezar a nublarse al mirar el reloj y comprobar que era hora de dirigirse a la puerta de embarque. Lucía había de ser fuerte por las dos, de modo que rebuscó en su interior hasta encontrar una sonrisa, antes de añadir:

—No es fácil romper amarras, eso es verdad; siempre hay afectos que se quedan atrás y costumbres de las que es preciso despedirse. Pero sin que te des cuenta la maleta va llenándose de nombres, rostros, amigos y lugares con los que habías soñado. Ya lo descubrirás por ti misma. ¡Me das mucha envidia!

—¿Cuándo vendrás a verme?

—Antes de lo que imaginas.

Las lágrimas, inevitables, esperaron a que ella se perdiera entre la multitud, después de lanzar un último beso con las dos manos desde el otro lado de la cinta de seguridad. Era una pena dulce, de la que resbala por las mejillas sin arañar. Un llanto compatible con la felicidad, reflejo de emociones coloridas, como el arco iris que surge de la mezcla entre lluvia y sol.

De regreso a la ciudad, al volante del Seat León que parecía renquear más que a la ida, Lucía se puso a pensar, sin proponérselo, en lo que escribía su madre en su cuaderno sobre esa sensación perversa y al mismo tiempo inevitable, ese recelo tan irracional como tangible contra el que ella misma estaba librando una dura batalla en ese preciso instante. El miedo.

Decía María algo así como que el miedo, su feroz adversario en el combate, nos achica y paraliza; nos impide avanzar a la vez que saca lo peor de nosotros. Era verdad. De ahí la necesidad de plantarle cara y no darle cuartel.

En su diario María relataba un hecho del que su hija podía dar fe: el empeño que tanto ella como su marido, sobre todo este último, habían puesto en conseguir que sus hijos fueran valientes y se enfrentaran a la vida libres de cualquier temor susceptible de amargársela. Era un objetivo que éstos habían alcanzado plenamente, al menos en lo que a Lucía se refería, hasta el día en que Laura vino al mundo. Desde entonces en adelante, el terror de que a su hija pudiera sucederle algo malo se había convertido en una pesadilla, hasta el extremo de hacerle ver bajo un prisma completamente distinto, y amenazador, acciones tan habituales como subirse a un avión o ponerse en carretera.

De madre a madre no le había costado lo más mínimo entender lo que quería expresar la suya al confesar que habría hecho cualquier cosa por proteger a sus hijas del peligro, incluso a costa de cortarles las alas. Ésa era una tentación compartida, que las dos, en todo caso, habían logrado vencer en mayor o menor medida.

Lucía sólo se había descubierto vulnerable al tomar conciencia de la enorme responsabilidad que significaba la irrupción de Laura en su existencia. Esa niña no había traído bajo el brazo un pan, sino un manual de prudencia, cualidad que brillaba por su ausencia hasta entonces en el ir y venir de su madre. Claro que el miedo, el verdadero pavor, había llegado más tarde, al mirar cara a cara a la muerte y captar el significado último de la palabra «adiós», dirigida a la sangre que le dio la vida.

Poco después del duelo por María la parca había vuelto a rondar por su hogar, en forma de enfermedad, trayendo consigo su escolta de horror y sufrimiento. Acaso por efecto de la pena percibida en su entorno, interiorizada y somatizada, o tal vez por puro azar, Laura había padecido unas fiebres de origen desconocido, que la habían sumido en un estado de extrema debilidad. La gravedad de su dolencia había requerido su ingreso en la UVI pediátrica del hospital Ramón y Cajal, donde un equipo de sanitarios, a los que la familia de la niña jamás podría agradecer suficientemente sus desvelos, se había dejado la piel a fin de sacarla adelante y lo había conseguido al cabo de un par de semanas. Antes, no obstante, Lucía había vuelto a notar el filo helado de la guadaña en el cuello, a sentir el dolor lacerante que llena el pecho hasta privar de aire los pulmones, a preguntarse, inútilmente, por qué Laura y no ella.

María había criado hijos valientes, no cabía duda. Dondequiera que estuviera, podría enorgullecerse de ese logro. Si Lucía había sido capaz de mantenerse en pie también en aquella ocasión, sobreponiéndose al miedo que paraliza y saca lo peor de nosotros, era gracias al valor que corría por sus venas. Y al amor. Ese amor tejido puntada a puntada que nos alienta a mirar al frente manteniendo la cabeza alta.

¡Cuánto había llovido desde entonces!

La niña de antaño, convertida en mujer, volaba hacia su

futuro sin otra carga que sus sueños y dos maletas de gran tamaño repletas de ropa y zapatos. Ni el miedo ni tampoco el dolor formaban parte de su equipaje. Aún tardaría en llegar el tiempo de la prudencia. La vida, convertida en rueda, terminaba de cerrar un círculo a fin de seguir avanzando.

Era casi mediodía.

Al llegar a su piso, Lucía puso a hervir agua con la intención de hacerse unos espaguetis, algo rápido al alcance de sus escasos recursos culinarios. Luego fue en busca de la agenda en la que anotaba las tareas pendientes. Su memoria era excelente en lo concerniente al pasado lejano, pero se quedaba en nada cuando se trataba del futuro inmediato. De ahí que apuntara: «Buscar compañía de transportes y almacenaje. Quedar cuanto antes para ir a recoger contenido trastero Ferraz. Bultos a guardamuebles de la empresa. Baúl azul a casa. (Ya le haré hueco en algún sitio.)».

Antes de sentarse a almorzar, marcó el número de teléfono móvil que le había proporcionado Antonio Hernández al despedirse de ella, aprovechando el hecho de que él, impaciente por conocer el veredicto de la editora, había insistido en que le llamara cualquier día de la semana, a cualquier hora. Quería citarle en su despacho al día siguiente, sin más tardanza, a fin de explicarle las razones que impedían a Universal atender su petición.

En condiciones normales recurría al correo electrónico para desestimar la propuesta de un autor, utilizando un modelo de carta tipo, fríamente cortés y distante. En ese caso, con carácter excepcional, se sentía en la obligación de hablar personalmente con el coronel, exponerle sin tapujos los motivos por los que la editorial no editaría su libro y, en la medida en que Paca hubiera cumplido su promesa de mover algunos contactos, brindarle un par de alternativas. Si alguien se merecía más consideración por su parte que la meramente exigible en términos profesionales, ese alguien era él: un hombre de honor, ansioso por contar su historia, a quien sabía que iba a dar un disgusto.

«De alguna manera lo haremos, Antonio —se dijo a sí misma—. Te lo prometo.»

Elena, la vieja amiga que le había recomendado al doctor Raúl Cabezas y escuchado las cuitas de Lucía en los peores momentos, era comercial en la editorial. Una de las mejores, no sólo de Universal sino de todo el ramo, probablemente porque le entusiasmaba su trabajo. En varias ocasiones sus jefes le habían propuesto ascender a la comodidad de un despacho, en vano. A ella le gustaba patear la calle, encontrarse con los libreros, escucharles, planear con ellos las ferias del libro y las firmas de autores. Lo suyo era la brega diaria con la realidad del mercado.

Vivía en guerra permanente con el tabaco, del que algunos meses atrás parecía haberse separado definitivamente, y con las comisiones cobradas por sus ventas, a las que se refería explicando que ella trabajaba «a la pieza» y que cada vez era más difícil lograr cerrar un pedido que mereciera la pena.

Lucía la había querido desde el primer café que se había tomado con ella al poco de entrar a trabajar en la empresa. La consideraba una amiga leal además de fiable. Una de esas a las que puedes llamar a cualquier hora y para lo que sea, sabiendo que responderá, aunque pasen meses enteros sin cruzar más de dos whatsapps.

Esa tarde de domingo las dos amigas estaban sentadas en

la barra de un bar desierto, atacando un gin-tonic. Lucía le había enviado un mensaje proponiéndole invitarla a una copa a cambio de pedirle consejo y Elena había escogido el sitio, demostrando con la elección que su especialidad distaba de ser la vida de crápula, al menos en los últimos tiempos.

Como si hubiera leído el pensamiento a su compañera, empezó la conversación justificándose:

—Esto estaba más animado cuando se podía fumar.

El local parecía, en efecto, no haber sido renovado desde su inauguración, ni en el mobiliario ni en la decoración ni tampoco en el servicio: un camarero vestido con pantalones y camisa negros, entrado en años y carnes, que languidecía junto a la caja registradora después de haberles preparado las bebidas, incluyendo una ración de ginebra más generosa de lo habitual, acaso como premio por ser ellas sus únicas clientas.

Las paredes lucían un recubrimiento de madera, espejo de glorias pasadas. La barra, barnizada para resistir cualquier roce, estaba bordeada por un ribete de cuero verde capitoné, a juego con el remate de la barandilla primorosamente torneada que delimitaba la zona de las mesas, desierta. Una moqueta oscurecida por las manchas cubría el suelo, salpicado aquí y allá de palomitas caídas. De no haber sido su vieja colega la que la había llevado a ese lugar, Lucía habría sospechado que el tipo de citas que se concertaban allí no eran precisamente de negocios… o sí, según se mirara. El ambiente, más que retro, olía a rancio. Claro que ellas no habían ido en busca de diversión sino de calma para poder hablar, y de aquello el bar estaba sobrado.

Lo único que rompía el silencio era una música suave, como de gramola de los años setenta, muy en sintonía con el entorno. Nada susceptible de tapar la voz de Elena, por más que la tuviera rota de tanto fumar.

Hasta entonces la charla había discurrido por cauces intrascendentes, en espera de que Lucía se decidiera a plantear la cuestión que le quemaba en los labios. De hecho, era la comercial quien estaba quejándose amargamente de la situación económica, entre trago y trago de un combinado tan cargado que rascaba en la garganta como lija.

—Pretenden que bajemos los precios. ¿Te lo puedes creer? Ahora resulta que veintidós euros por un libro es mucho dinero. ¡Mucho dinero! Y de ahí tenemos que vivir autores, editores, imprenta, red comercial, libreros... ¿Cuánto has pagado por las copas?

—He dado un billete de veinte y no me ha traído vueltas.

—Pues ahí lo tienes. Y un libro, en cambio, les parece caro. No me digas que tiene un pase...

Lucía se había quedado de pronto muda, haciendo el gesto característico de quien agudiza el oído con una leve inclinación de cabeza hacia el mismo lado que señala el dedo índice. Elena captó el mensaje y calló también, aunque apenas comprendiera alguna palabra suelta de la canción que sonaba en ese instante ni se explicara por qué merecía semejante atención por parte de su colega.

> *Con te dovrò combattere*
> *non ti si può pigliare come sei.*
> *I tuoi difetti son talmente tanti*
> *che nemmeno tu li sai.*
>
> *Sei peggio di un bambino capriccioso,*
> *la vuoi sempre vinta tu.*
> *Sei l'uomo più egoista e prepotente*
> *che abbia conosciuto mai.**

* Contigo tendré que luchar / no se te puede aceptar como eres. / Tus defectos son tantos / que ni siquiera tú los conoces. / Eres peor que un niño caprichoso, /

A guisa de explicación, Lucía dijo escuetamente:

—Ésta era la canción favorita de mi madre.

Ma c'è di buono che al momento giusto
tu sai diventare un altro.
In un attimo tu sei grande, grande, grande,
e le mie pene non me le ricordo più. *

—¿Quién la canta? —inquirió Elena, no tanto por verdadero interés como para romper la tensión creada, que le resultaba incómoda.

—Mina. ¿La recuerdas?

—Ni me suena.

—Una italiana pura pasión y fuerza. Mi madre tenía varios de sus discos y los escuchaba a menudo.

La expresión escéptica de la vendedora denotaba claramente que sus gustos musicales no coincidían en lo más mínimo con los de María. Ella juzgaba el sonido, los acordes. ¿Cómo habría podido entender el significado de esa partitura, si le faltaban las claves? Lucía, en cambio, empezaba a atisbar por qué, cada vez que sonaba esa melodía, su madre se ponía a canturrearla en el italiano macarrónico aprendido de Paola, cuya amistad había cultivado con cartas y llamadas esporádicas de teléfono hasta el último día de su vida.

Paola tampoco era fruto de la casualidad. El cariño con el que se hablaba de ella en el diario era idéntico al que mostraba María al relatar a sus hijos viejas anécdotas compartidas con

---

siempre quieres salirte con la tuya. / Eres el hombre más egoísta y prepotente / que yo haya conocido jamás.

* Pero lo bueno es que cuando es necesario / sabes convertirte en otro. / En un instante tú eres grande, grande, grande, / y de mis penas ya no me acuerdo más.

esa mujer singular. Paola era el reverso de la moneda, la botella medio llena, la tentación asumida y gozada. Esa italiana menuda, enemiga de vergüenzas, era la demostración viviente de que bajo la coraza de moralidad que Lucía siempre había visto en su madre habitaba un alma alegre y en el fondo aventurera. De ella debía de haber aprendido María bastante más que los rudimentos de una preciosa lengua.

En la penumbra del pub, Lucía enfocaba toda su atención en traducir cada palabra de la letra que desgranaba Mina con voz ardiente, sorprendiéndose al constatar hasta qué punto cobraban un nuevo sentido esos versos a la luz de los sentimientos que el diario había puesto al desnudo.

Io vedo tutte quante le mie amiche
son tranquille più di me.
Non devono discutere ogni cosa
come tu fai fare a me.

Ricevono regali e rose rosse
per il loro compleanno.
Dicon sempre di sì
non hanno mai problemi e son convinte
che la vita è tutta lì.*

—Ahora que lo pienso, me parece haber oído este tema cantado en inglés por Pavarotti y Céline Dion. —Elena había quebrado la magia, ajena a las emociones de su amiga.

---

* Veo que todas mis amigas / están más tranquilas que yo. / No tienen que discutirlo todo / como tú me obligas a hacer a mí. / Reciben regalos y rosas rojas / por su cumpleaños. / Siempre dicen que sí / no tienen problemas y están convencidas / de que la vida es eso.

—Sí —contestó ésta de mal grado, pugnando por seguir escuchando—. Una versión mediocre del original, que alcanzó mayor fama por el nombre de los cantantes. Lo mejor viene ahora, ya verás.

Invece no, invece no
la vita è quella che tu dai a me,
in guerra tutti i giorni sono viva,
sono come piace a te.

Ti odio e poi ti amo
poi ti amo, poi ti odio
e poi ti amo.
Non lasciarmi mai più.
Sei grande, grande, grande,
come te sei grande solamente tu.*

Las últimas notas de la canción se perdieron en un punteo de guitarra eléctrica, mientras Lucía sonreía de manera inconsciente al comprobar cómo la última pieza del puzle encajaba a la perfección. ¿Cuántas veces, siendo ya mayor, había visto a su madre poner ese LP en el tocadiscos y llevar directamente la aguja hasta el corte correspondiente a *Grande, Grande, Grande*?

A Lucía la canción le recordaba a su padre, que aparecía retratado en una parte de la letra con precisión fotográfica. Ahora estaba en condiciones de ponerse en la piel de su madre y captar

---

* Pero no, pero no / la vida es la que tú me das a mí, / luchando todos los días me siento viva, / soy como a ti te gusta. / Te odio y luego te amo / luego te amo, luego te odio / y luego te amo. / No me dejes nunca más. / Eres grande, grande, grande, / nadie te iguala en grandeza.

en toda su profundidad el significado de un estribillo que María repetía con tanta vehemencia como Mina, y seguramente más corazón: «Te odio, luego te amo luego te amo, luego te odio, luego te amo, no vuelvas a dejarme nunca más, eres grande, grande, grande, no hay nadie que te iguale en grandeza».

Elena debió de sentirse en la obligación de reiniciar la conversación restando solemnidad al momento, porque rompió el hielo con un comentario que Lucía ya le había oído en alguna otra ocasión y solía ser objeto de la misma polémica.

—¡Quién viviera como nuestras madres!

—¿Tú crees?

—No tengo la menor duda. Al menos la mía nunca conoció el estrés que me acompaña a mí de la mañana a la noche. Tampoco madrugó lo que yo madrugo.

—Yo no estoy muy segura de que fueran más felices que nosotras.

—No sé si serían más felices, pero desde luego vivían más tranquilas.

Lucía sabía que aquello no era cierto. Lo había descubierto hacía poco en las páginas de un viejo cuaderno de música.

Durante años había estado convencida de que su generación había sido infinitamente más afortunada que la anterior, al gozar de una libertad y una independencia que ella consideraba irrenunciables. En los últimos tiempos, sin embargo, la certeza había dejado paso a la duda, en ésa como en tantas otras cuestiones. La arrogancia, al igual que la juventud, es una enfermedad que se cura por sí sola. Últimamente su pensamiento abrigaba muchos más interrogantes que dogmas.

En todo caso aquella tarde no era la más adecuada para perderse en vericuetos filosóficos. Parecía mejor idea aprovechar la percha que le tendía Elena y abordar el asunto que la había llevado hasta allí, en busca de consejo.

—Nuestras madres se marcaron probablemente metas más fáciles de alcanzar. Nosotras hemos querido volar más alto, decidir nuestro propio destino, lo que implica incertidumbre y esfuerzo. A ti y a mí no nos basta con «un buen pasar», me parece; aspiramos a lo mejor. Y a mayor ambición, mayores decepciones...

—Lo cual nos lleva a... —zanjó la comercial, haciendo gala de su espíritu resolutivo.

—Julián, el músico del que te he hablado.

—¿Qué pasa con él?

—Esas mañas de trovador tienen que esconder algo.

—¿Un corazón de caballero tal vez?

—No, es demasiado perfecto, como si hubiera estudiado al detalle lo que hay que decir a una mujer para conquistarla, y siguiera el guión a rajatabla. Me temo que ese hombre es el prototipo del perfecto seductor. Un espécimen peligroso en cuyo camino he tenido la desgracia de cruzarme.

—La gente no siempre es lo que parece, ¿sabes?

Elena era una ciclotímica de libro, capaz de hundirse en un pozo de amargura o levantar el ánimo más tenebroso, empezando por el suyo, sin solución de continuidad. Ese domingo la suerte había querido que mostrase su cara optimista, por más que Lucía la interpretara al revés.

—¿Me lo preguntas en serio? ¡Lo sé de sobra! Ya se me han convertido dos príncipes en rana. ¿Por qué te crees que me pongo en guardia?

—Pues a lo mejor esta vez la rana se vuelve príncipe, mira tú por dónde. Y si no, que te quiten lo *bailao*. Hasta donde llegue la historia, llegó.

—Lo pagaré.

—¿Hay algo gratis en esta vida?

—Sigo pensando que oculta algo, lo que no termino de atisbar es de qué se trata y por qué yo. No le encuentro sentido.

—Puede ser que le gustes.

—Puede ser, pero eso no explicaría tanto empeño, tanto despliegue de medios. Es peligroso, ¿sabes?

—Puede que en el fondo sea un tímido y trate de tapar su inseguridad de ese modo, puede que sea un psicópata descuartizador de mujeres, tipo Jack el Destripador, y esté tratando de atraerte a su trampa, o puede que realmente sea el hombre ideal. ¿Por qué no le das una oportunidad?

Lucía hizo caso omiso del símil, sin descartar que fuese acertado, al menos como metáfora.

—Porque no quiero volver a enamorarme ahora que he encontrado algo muy parecido a la paz.

—¿De qué paz me estás hablando? —El tono era de reproche firme aunque carente de acritud—. ¿De la que consiste en encerrarte en tu sótano de nostalgia para no tener que enfrentarte al futuro? Ahí no vas a encontrar nunca luz. Todos los sótanos son oscuros.

—Y abrigados.

—Pero vamos a ver… —La copa de balón que Elena tenía en las manos ya sólo contenía hielo y limón. El resto se había ido trasvasando poco a poco a la boca, hasta soltar los últimos nudos que retenían su lengua—. ¿Me quieres decir qué arriesgas? Yo tengo un marido viendo el fútbol en casa al que en muchas ocasiones no puedo soportar, pero que me hace compañía y con el que comparto la vida. Supongo que le quiero, para bien y para mal. ¿Qué tienes tú? ¿Quién te frena?

Lucía acusó el golpe. Habría sacado las garras si hubiese percibido mala intención en las palabras de su amiga, aunque, conociéndola, sabía que únicamente trataba de empujarla a ignorar sus recelos y atreverse a vivir hasta el final esa aventura, por temeraria que le pareciera. Antes de darse por vencida, no obstante, intentó una última maniobra defensiva, más dirigida a convencerse a sí misma que a rebatir esas palabras.

—Me arriesgo a estrellarme otra vez. Me frenan la cordura y el deber, a partes iguales. Son dos contra uno.

—¿Quién es el uno?

—El deseo.

—Yo que tú lo escucharía. Total, el deber no conduce a nada más que a pagar los platos rotos de otros y la cordura, todos acabamos perdiéndola pronto o tarde, más o menos coincidiendo con el control de los esfínteres.

—¡Estás borracha! —dijo Lucía riendo.

—¿Tú crees? Si es así, ya sabes que los borrachos y los niños siempre dicen la verdad.

—¿Qué verdad es ésa?

—Que puestos a morir, mejor hacerlo estrellada que convertida en estatua de sal. Es más rápido.

Querido Julián:

¿O debería decir Mario? Ni el propio Benedetti recitaría su poema mejor que tú.

«No hasta dos ni hasta diez sino contar conmigo.»

Me gustaría tanto creerte… Eres un grandísimo intérprete, de eso no hay duda.

¡Cuánto habría gozado contigo contemplando el sol de primavera que describías en tu carta! Acabo de enterarme por casualidad, fíjate qué sorpresa, de que fui concebida en la ciudad de Cuzco, a la sombra de esos picos nevados que peinan el amanecer. A juzgar por la pasión que debieron de poner mis padres en el envite para producir a alguien como yo (esto es broma, es que he tenido ocasión de leer el relato de esa noche y conocer el modo ardiente en que fui encargada a la cigüeña), se ve que los volcanes de esas montañas provocan terremotos no solamente en la tierra, sino también en las gentes. ¡Todo un prodigio!

Ya sé que Chile y Perú distan mucho de ser lo que se dice naciones hermanas, pero supongo que las diferencias políticas no llegarán hasta la cordillera. Sea como fuere, he decidido ir a contemplarla con mis propios ojos.

Siempre he querido ver de cerca una ballena, caminar por un glaciar y lucir en la oreja el pendiente reservado a los valientes que se atreven a desafiar las aguas del cabo de Hornos. Esto último no es cierto, pero podría serlo. La verdad es que aparte de los Andes, incluso antes que los Andes, lo que más curiosidad me inspira de cuantas maravillas describías en tu correo es esa composición coral para bocas y piel que lleva mi nombre. Dices que está destinada a ser interpretada a dos voces y, dado que por mis venas corre sangre vasca y asturiana, el reto me ha calado hondo. Ya habrás oído decir que lo nuestro es cantar, especialmente si se trata de sinfonías corales.

¡No se te ocurra ensayar sin mí! Y no apagues el teléfono, por si acaso.

«Es una lástima que no estés conmigo cuando miro el reloj y son las cuatro…»

Ahora son más de las diez y aún te extraño,

Una española de México

Aquel lunes por la mañana Lucía se adelantó al reloj. Quería estar segura de llegar al despacho antes que su cita, por lo que a eso de las ocho y cuarto estaba entrando por la puerta, consciente de que el día no sería semejante a cualquier otro.

Antonio Hernández llegó a las nueve en punto, se despojó del gabán, saludó a su anfitriona con un enérgico apretón de manos y tomó asiento en la misma butaca que la vez anterior. Pese a sus esfuerzos por disimular la ansiedad, sus ojos inquietos anhelaban una respuesta que Lucía no intentó aplazar.

—Antonio, no sabe cuánto lo siento...

Él no quiso oír más. Debía de haber recibido más de una negativa anteriormente, porque su actitud denotaba una total falta de interés por las excusas que, a buen seguro, acompañarían a esa disculpa hueca. Sin decir palabra, se levantó, haciendo gala de una sorprendente agilidad, y regresó sobre sus pasos, en dirección al pasillo.

—¡Coronel! —lo llamó la editora.

—Estoy retirado —replicó Hernández, sin dirigirle una mirada.

—Eso no le priva del rango, ¿verdad? A juzgar por lo poco que sé de usted, se lo ha ganado.

El guardia civil se detuvo en seco. Así como el «no sabe cuánto lo siento» le había sonado a muletilla propia de quien quiere quitarse a alguien de encima, ese comentario referido a su trayectoria parecía sincero. Dedicar unos minutos de atención a la persona que lo formulaba no podría hacerle daño.

—Está claro que no van a publicar mi libro —dijo, todavía en pie, pugnando por ocultar hasta qué punto estaba herido su orgullo—. No necesita decir más.

—Quiero que sepa que lo hemos intentado. —Lucía se había levantado y le invitaba mediante gestos a que tomara asiento de nuevo en la butaca—. Tanto Francisca Tejedor, mi jefa, como yo misma hemos hecho todo lo que estaba en nuestras manos, sin éxito.

—Con eso quedan ambas liberadas del compromiso.

—No ha sido por compromiso. El proyecto merecía la pena. Estoy convencida de que la editorial se equivoca y así se lo he hecho saber a mis superiores.

—¿Por qué se toma tantas molestias en justificarse? —En las otras puertas a las que había llamado nadie había envuelto el «no» con tanto papel de seda.

—Ni son justificaciones ni es molestia. Le estoy diciendo la verdad porque me importa.

—Si usted lo dice...

—Lo digo —le lanzó una mirada desafiante— y usted sabe que no miento.

Efectivamente, Antonio Hernández estaba acostumbrado a medir el grado de sinceridad de las personas con un margen de error minúsculo. Había realizado tantos interrogatorios a lo largo de su carrera que era capaz de detectar un embuste únicamente afinando el oído a fin de captar una leve inflexión en la voz, o bien observando un temblor en los párpados, una dilatación casi imperceptible de la pupila... La mujer con la que estaba hablando no presentaba ninguno de esos síntomas. Al menos no en esa ocasión.

Durante la primera conversación mantenida con ella sí se había quedado con la impresión de que le ocultaba algo, aunque se había guardado mucho de preguntar. Fuera lo que fuese, no era asunto suyo. Además, sabía de sobra que no se obtiene una confesión presionando, sino a base de paciencia y de haber delimitado claramente el campo de lo que se está buscando. En el caso de esa editora, ningún secreto que pudiera ocultar le incumbía a él en modo alguno. Por eso se limitó a constatar, lacónico:

—La verdad no le importa a nadie. No interesa. No conviene.

—Comprendo que piense así. —El tono era más conciliador—. Yo misma dije algo muy parecido cuando me comunicaron la decisión que acabo de transmitirle. No obstante, interese o no, acabará saliendo a la luz de un modo u otro, eso es seguro.

—Yo tengo mis dudas. La mayoría de la gente vive perfectamente cómoda instalada en sus prejuicios o su ignorancia. No quiere que se le incordie agitándole una conciencia que prefiere sestear a gusto.

—La mayoría de la gente no escribe con su sangre la historia común. Ese privilegio está reservado a los héroes.

—Cómo se nota que se dedica usted a los libros —bromeó el coronel—. ¡Me está liando con halagos!

Lucía no estaba dispuesta a recurrir a su propia experiencia como argumento en apoyo de su tesis. La muerte de su madre en el atentado terrorista de Lockerbie era algo demasiado sagrado para compartirlo con un desconocido, una cicatriz de las que no se enseñan al primero que pasa. Sin embargo, ya que había fracasado en el empeño de editar su libro, pretendía hacer lo posible por aliviar la carga de ese hombre que, como ella, sabía lo que es soportar el peso de una soledad feroz. Deseaba hallar la manera de animarle a sentirse comprendido, a no perder la esperanza.

—Lo que le digo, coronel, es que incluso cuando falla la ley de los hombres entra en acción una forma más elevada de justicia que acaba poniendo a todo el mundo en su lugar. Sólo es cuestión de paciencia.

—Hasta entonces —él debió de interpretar que ella se refería a Dios— me habría gustado dejar constancia de lo que hicimos, de lo que sufrimos y de lo que bregamos. Sigo pensando que se lo debemos a quienes fueron quedándose por el camino.

—¿Y no cree que les debemos el compromiso de seguir viviendo?

Lucía buscaba el modo de transmitir al militar las conclusiones que ella misma había alcanzado a raíz de la muerte brutal de Gadafi, lo cual resultaba a todas luces imposible sin desvelar la información que deseaba mantener oculta. Pese a ello, insistió:

—Me refiero a gozar de la vida que ellos no pudieron gozar, a superar el pasado y salir de la cárcel de rencor en la que corremos el riesgo de encerrarnos nosotros solos.

—Lo que yo creo es que nuestro deber consiste en seguir luchando —rebatió él, apretando los puños.

—Yo le ayudaré con esas memorias, Antonio, se lo prometo. Al margen de quién lo edite, y le garantizo que encontraremos editor, ese libro verá la luz. Prométame usted que lo escribirá sin resentimiento.

El veterano hijo de la Guardia Civil le lanzó una mirada gélida, cargada a partes iguales de ofensa e incredulidad.

—Nunca he abrigado tal propósito. ¿Por quién me toma? Honrar a los compañeros caídos significa rememorar su trabajo, su sacrificio, su coraje. Los asesinos no me interesan lo más mínimo, ni siquiera para escupirles mi desprecio. Lo que era preciso hacer con ellos ya está hecho, al menos por nuestra parte. Lo que hagan otros ahora es cosa suya.

—¡Bien dicho, coronel! —Ese picoleto de cuerpo y espíritu macizos, aparentemente inquebrantables, le caía cada vez mejor—. Acaba de venirme a la cabeza una cita de Albert Camus que podría servir de encabezamiento a nuestro libro: «De los resistentes es la última palabra». ¿Qué le parece?

—Se la compro.

Lucía se despidió de Antonio Hernández con más calor del que ambos habían puesto en el saludo, y el compromiso de seguir en contacto.

Había otra gestión inaplazable que ella debía realizar esa misma mañana, antes de ver vacilar su determinación.

Paca estaba prácticamente tumbada en su silla ergonómica, con las piernas cruzadas apoyadas sobre una papelera. Las gafas de leer, de pasta roja, cortaban por la mitad su nariz, confiriéndole ese aspecto cómico que ella cultivaba sin proponérselo. Parecía enfrascada en la lectura de un manuscrito encuadernado de forma casera, aunque levantó la vista y sonrió en cuanto oyó la voz de Lucía.

—Te traigo un regalo de despedida —anunció ésta, tratando de dar un aire alegre a sus palabras.

—¿Me voy a algún sitio?

—No, la que se va soy yo.

La silla volvió instantáneamente a su posición natural, al igual que los labios. Cualquier traza de humor se había desvanecido de su rostro. De repente era Francisca, responsable del área de no ficción de Universal, superiora directa de una editora valiosa que sin previo aviso abandonaba el barco. Con gesto desconcertado y cierto enfado en la voz, preguntó:

—¿Has tenido algún problema con Álvaro y ese manuscrito que iba a pasarte?

—No, ninguno —respondió Lucía, sorprendentemente serena, tendiéndole un sobre de tamaño folio color marrón, acolchado, que a juzgar por su volumen parecía contener una cantidad de papel considerable—. De hecho, ni siquiera le he visto. Prefiero confiarte esto a ti, lo vas a entender mejor.

—¿Confiarme qué? Anteayer me dijiste que te había convencido, que ibas a aceptar la propuesta de editar la obra de la que te hablé. ¿Qué ha ocurrido desde entonces? Esto no es propio de ti...

La editora se había sentado frente a su jefa y la miraba a los ojos, tratando de transmitirle también por ese cauce lo que se disponía a explicarle.

—Paca, escúchame, por favor. El sábado me hablaste de un

manuscrito como hacía mucho que no leíais en la editorial, emotivo, original, susceptible de cautivar a los lectores.

—Así es. Y no exageré en absoluto, te lo aseguro.

—Te creo, tranquila. Sólo digo que lo que traigo aquí reúne los mismos requisitos, al menos para mí.

Paca recogió el paquete y lo dejó sobre la mesa, sin abrirlo. Se la notaba molesta e intrigada a la vez, intentando entender qué sentido tenía ese cambio brusco de rumbo por parte de la mujer con la que llevaba más de veinte años trabajando.

—Dime la verdad. ¿Qué ha ocurrido en los dos últimos días para que me vengas con éstas?

—Necesito vacaciones, jefa.

—¡Estamos en octubre! No tocan.

—Yo quiero un otoño cálido, Paca. Me hace falta y voy a ir a buscarlo allá donde tengo una posibilidad de encontrarlo, por remota que sea.

—¿Es ese músico chileno? —Paca era demasiado lista para dejarse engañar por eufemismos—. ¿No puedes esperar al puente de la Constitución o, mejor, a Navidad?

—No es él, o al menos no es sólo él. Es que en esta ocasión no tengo intención de esconderme.

—¿De quién?

—De la vida.

—¡Niña! ¿Estás bien?

—Mejor de lo que recordaba desde hace mucho tiempo. No me marcho para siempre. Un mes o dos, tal vez tres… Un permiso sin sueldo. ¿Querrás aprobarlo?

Francisca Tejedor habría podido negarse, aduciendo las reglas del mercado laboral, especialmente en tiempos de crisis. Paca apenas necesitó una mirada para saber que Lucía se iría con permiso o sin él. Y no estaba dispuesta a perderla.

—Digamos que lo apruebo… ¿Qué me das tú a cambio?

—Una novela.

En lugar de contestar, Paca enarcó las cejas. Luego, como si hubiera comprendido sin necesidad de explicación, rasgó con la ayuda de un abrecartas la parte superior del sobre que su amiga había dejado sobre su escritorio y extrajo de él una carpetilla de plástico transparente. Contenía una especie de facsímil, un montón de folios cubiertos de pulcra escritura a mano trazada sobre pentagramas.

—¿Adivinas lo que es? —inquirió Lucía, pese a estar segura de que su jefa a esas alturas de la conversación ya había hilado los hechos y extraído las deducciones correspondientes.

—Creo que sí.

—Tú fuiste quien me dio la idea —le aclaró su colaboradora—. Querías una historia, ¿no? Ahí tienes una que merece ser contada.

—No sé qué decir. —La profesional habría encontrado palabras que al ser humano se le escapaban.

—Pues no digas nada y lee.

—¿Estás segura?

Ambas sabían que Paca se refería a la decisión de hacer público lo que no había sido escrito con esa intención sino con la de custodiar secretos íntimos. Lucía era consciente de lo que suponía. ¿Cómo no iba a serlo? Había meditado a fondo los pros y contras de dar ese paso. Lo había calibrado desde todos los ángulos imaginables, hasta alcanzar la convicción que expuso ante su jefa.

—No se me ocurre mejor homenaje a la autora de ese manuscrito, ya lo verás por ti misma.

—Si tú lo dices…

—Es el relato de una semana que hizo estremecerse al mundo de terror, Paca, pero sobre todo el testimonio de una mujer generosa que supo conservar y compartir su risa. Hoy en día no abundan las personas como mi madre, inmunes a la amargura.

—¿Por qué no te quedas y lo vemos? Si vamos a editarlo, tú eres la más indicada para llevar a cabo la tarea.

—La tarea está hecha, te lo aseguro. Todo está ahí, en esas páginas. Ella remó bien, como dicen en Asturias, hasta alcanzar su orilla. Yo todavía tengo que navegar un trecho.

Paca asintió en silencio, apoyando la mano derecha sobre el manuscrito fotocopiado para indicar que tomaba buena nota de cuanto acababa de escuchar. Luego puso en pie su gigantesca humanidad y se fundió con su colaboradora en un abrazo maternal de los que únicamente ella era capaz de dar. Un abrazo cuya fuerza habría desarmado a un ejército o derretido un glaciar.

Desde la puerta, a punto de salir, Lucía se dio la vuelta como si hubiera olvidado decir algo importante.

—Durante años la juzgué, ¿sabes? Desde mis principios y mi experiencia, cargando la sentencia de prejuicios. ¡Qué estupidez!

Aquello era una confesión desgarrada. Lucía había alcanzado sus propias conclusiones y encontrado en ellas su camino de expiación, que estaba decidida a seguir hasta el final.

No esperaba que su jefa fuese capaz de comprender el significado último de lo que acababa de decir, por lo que añadió:

—Su tiempo fue el de las certezas. El mío, el de la libertad. A ninguna de las dos nos fue dado elegir y las dos pagamos con creces el tributo debido a la vida.

—Lucía...

—Te dejo su diario, Paca, yo me llevo lo mejor. Voy a bailar un rato más, como siempre hizo ella.

Nota de la autora

Bebo Valdés llegó a Estocolmo en abril de 1963. Allí residió, casado con Rose Marie Pehrson, prácticamente hasta su muerte, acaecida en marzo de 2013. Me he tomado la licencia de adelantar en unos meses la fecha de su desembarco en la capital sueca, con el fin de encajar a este gigantesco artista en el relato de lo sucedido a lo largo de esos días que hicieron estremecerse al mundo. Con esta salvedad, todo lo referido a él es real. El local en el que actuó, su persecución y exilio de su isla natal o el pensamiento político que le llevó al destierro se cuentan tal y como él mismo se los confió a su amigo, Mats Lundahl, en *Bebo de Cuba*, la biografía que recoge su vida a la vez que su formidable obra musical.

Por lo demás, los acontecimientos históricos a los que se refiere esta novela se ciñen estrictamente a lo que nos han transmitido las crónicas de la época, así en 1962 como en 2011.

A diferencia de lo que advierten algunas películas y series de televisión, en el libro que el lector tiene en sus manos cualquier similitud con hechos concretos realmente acaecidos NO es pura coincidencia.

Agradecimientos

La mujer del diplomático no podría haber sido escrita sin el concurso de los amigos que me han ayudado a tejer la historia de María, Fernando, Lucía y los restantes personajes que transitan por estas páginas. Han sido su memoria y experiencia, unidas a las mías, las que han dado forma al relato y sus protagonistas. Sin su ayuda generosa, sin la existencia de muchos de ellos, que aparecen en la novela bajo identidades o nombres ficticios, esta obra no habría visto la luz. En el momento de poner punto y aparte a dos años largos de trabajo, les doy las gracias de corazón.

A Chencho Arias, veterano diplomático y viejo amigo, cuya agenda resultó ser para mí tan valiosa como su dominio del método de cifrado ORNU.

A Javier Jiménez Ugarte y Mercedes, su adorable esposa, embajadores de España en Estocolmo, que me abrieron las puertas de su hogar.

A Javier Villacieros, embajador de España, magnífico conocedor de los pormenores de la crisis de los misiles y de la cancillería de nuestra legación en Suecia en la época descrita en la novela. Él vio pasar los «monumentos rubios» que yo describo.

A Federico Ayala Sorensen, responsable de Documentación y Archivo en la Casa de *ABC* que nos acoge a ambos y desempeña el papel de puente entre las dos orillas de esta historia, por darme acceso al impagable archivo documental que atesora este periódico centenario.

A Félix Hernando, general del benemérito Cuerpo de la Guardia Civil, curtido en mil batallas contra ETA que hoy parece más oportuno olvidar, aunque algunos nos empeñemos en mantenerlas vivas en la memoria.

A Moshé Bulkovshtein (en la ficción, Doliévich), que me mostró lo que pocos tienen la oportunidad de atisbar entre los pliegues de los servicios secretos.

A Eric Frattini, compañero y amigo, por compartir conmigo sus libros y a su gente.

A David Trías y Alberto Marcos, mis pacientes editores en Plaza y Janés, por su consejo siempre sabio, su aliento incesante y sobre todo su confianza en mí.

¡Va por ustedes!